KB070369

살인의 고백 — 하

살인의 고백告白 하

마치다 고
장편소설

권일영 옮김

한겨레출판

차례

마쓰나가 구마지로가 기도 구마타로의 집으로 찾아온 것은 그로부터 열흘 뒤였다.

"구마, 있는가?"

구마지로가 찾아왔을 때 집에는 구마타로 혼자였다.

누가 왔나 싶어 나갔는데 봉당에 서 있는 구마지로를 보고 구마타로는 깜짝 놀랐다.

설마 구마지로가 자기를 찾아올 줄은 몰랐기 때문이다.

구마타로는 구마지로를 손님방으로 데리고 들어갔지만 숲속의 작은 도깨비를 꼭 닮은 구마지로가 자기 집 방 안에 앉아 있다는 게 이상해서 견딜 수 없었다. 어떤 태도를 취하고 어떤 말투로 이야기해야 좋을지 몰라 완전히 허둥댔다.

그에 비해 구마지로는 아주 차분했다. 스스럼없이 방석 위에 책상다리를 하고 앉아서는 바로 입을 열지도 않고 기묘한 눈빛으로 구마타로를 물끄러미 바라보았다. 구마타로는 점점 쫓기는 듯한 느낌에 그만 "저번에 고조에서는……"하고 입을 뗐다가 얼른 그만두었다.

지금 고조에서 있었던 일 이야기를 꺼내면 마치 빈정거리는 걸로 보여 안 그래도 어색한 분위기가 더 어색해지는 게 아닐까 하는 생각이 들었기 때문이다.

나이가 위인 구마타로가 그런 생각을 하며 허둥지둥하고 있는데 구마지로는 더할 나위 없이 차분했다. 그는 품 안에서 담배를 꺼내 한 대 피워 물었다. 향이 짙은 담배였다. 구마지로는 담뱃대를 화로 가장자리에 탕 하고 두드리더니 한 모금 더 빨고 나서 천천히 "요즘 내 동생과 자주 어울린다던데"라고 했다.

구마타로는 구마지로가 자기 동생과 어울리는 것에 불평을 하려는 모양이라고 생각했다.

"아니야, 자주 어울리기는. 기쓰지에서 돈이 없어서 곤경에 빠진 걸 도와준 거야."

이렇게 말하고 나니 어쩌면 이 말이 고조에서 자기를 무시한 구마지로에 대한 야유로 들리진 않았을까 하는 생각이 들었다. 그러면서도 구마타로는 왜 이리 주눅이 들었나 싶어, 자신이 한심하고 창피했다.

그러나 구마지로는 "그건 미안해"라며 그 문제에 대해서는 크게 개의치 않았다. 그렇다면 도라키치와 어울리는 것을 불평하러 온 것도 아닌 모양이다. 구마지로 앞에서는 지나치게 주눅이 든다고 스스로 반성한 구마타로는 작심하고 단도직입으로 물었다.

"그래, 오늘은 어쩐 일로?"

"아아, 그래, 그렇지."

구마지로는 연극 대사를 읊듯 말했다. 촌스러운 녀석.

"오늘은 부탁할 게 좀 있어서 왔는데."

"부탁?"

"그래, 부탁."

구마타로는 경계하면서도 속으로는 으헤헤 웃었다. 불손한 구마지로가 내게 머리를 숙이고 부탁하다니 재미있군 하는 생각이 들었다.

구마지로가 말했다.

"부탁하고 싶은 건 다케다 아저씨 문제야. 그냥 넘어가기에는 아저씨가 너무 딱해. 아무래도 저쪽 집 부모와 아들이 와서 구미 묘에 참배하고 다케다 아저씨에게 사과 정도는 하는 게 당연하다고 생각해."

"하긴 그렇지."

"맞아. 그렇지? 그런데 그쪽 집안은 행세깨나 하는데 이쪽은 가난한 농사꾼이잖아. 어지간해서는 좋은 방법이 나오지 않을 거야."

"경찰에 가서 이야기한다거나 하면 안 될까?"

"그건 안 되지. 경찰은 그쪽 편이니."

"그럼 우리 마을 어른들에게 가서 이야기해달라고 하면 되지 않겠어?"

"그것도 안 돼. 다들 빚을 지고 있거나 신세를 지고 있으니 말이지."

"그럼 어쩌나?"

"뭐, 평범한 방법은 통하지 않을 거야. 그러니 아예 한번 거칠게 밀어붙여야 한다고 생각해."

"어떻게 거칠게?"

"관을 짊어지고 그쪽 집으로 쳐들어가서 며느리를 직접 데리고 왔다고 하는 거지. 그런데 아직 약혼도 하지 않았다, 앞뒤가 뒤바뀌기는 해서 미안하지만 약혼 예물을 받아가겠다, 이런 정도는 해야 하지 않을까?"

"대단히 거칠군."

"그렇지만 그 정도 하지 않으면 다케다 아저씨가 딱하잖아."

"그야 뭐, 그럴지도 모르지만."

"그래서 부탁하는 거야."

"뭘?"

"저쪽 집으로 쳐들어가는 일. 맡아주었으면 하는데 어떤가?"

구마지로는 그렇게 말하더니 구마타로의 눈을 보았다.

구마타로는 냉큼 대답했다.

"거절하겠어."

"안 되겠는가?"

"안 돼, 안 돼. 도대체 내가 왜 그런 일을 떠맡아야 하지? 그럴 관계도 아닌데."

"그렇지만 그러면 다케다 아저씨가……"

"딱하다는 건가?"

"그래. 딱하지."

"그렇게 딱하다면 네가 가면 되잖아."

"맞아. 그야 나도 갈 수 있다면 가고 싶지. 그렇지만 그럴 수 없는 사정이 있어서 부탁하는 거야."

"뭔데, 그 갈 수 없는 사정이란 게?"

"그게 말이지……"

구마지로는 자기 집은 할아버지 대부터 술집 다스기야(田杉屋)와 알고 지내는 관계이다, 실제로 자기가 우지에 나가 살았던 것도 다스기야가 주선했기 때문이며, 결국 그런 깊은 관계이기 때문에 자기가 가봤자 교섭이 이루어지지 않을 거다, 라고 말했다.

그렇지만 그 설명을 듣고도 구마타로는 왜 자기가 가야 하는지 이해할 수 없었다.

"그렇지만 왜 나지? 다른 사람이 가도 상관없잖아."

"아니, 바로 그거야. 잘 생각해봐, 이 일은 거칠게 담판을 지어야 해. 다케다 아저씨는 말이야. 그쪽 집 아들이 구미와 그런 사이라는 걸 인정하고 사과한 다음 돈도 이백 엔은 받아내고 싶어 해. 그런 이야기는 평범하게 해선 말이 통하지 않잖아. 아무래도 겁을 좀 준다거나 그런 짓을 해야만 할 테지. 사람들에게 떠벌리고 다니겠다, 신문사에 알리겠다 정도는 겁을 줘야지. 그런 걸 이 동네 사람들이 할 수 있겠어? 아니지. 그런 일은 역시 평소 노름판에도 드나들고 싸움에 익숙한 사람이 맡아야 하지 않겠어?"

"그러면 돈다바야시 쪽 협객에게 부탁하면 되지 않겠어?"

"그건 절대 안 돼. 그쪽 협객들은 다들 다스기야의 부하나 마찬가지거든."

"그런가? 안 되나?"

"그렇지. 그러니 역시 구마밖에 없다는 거지. 그러니 어떻게 좀 다케다 아저씨와 그 죽은 딸이 불쌍하다 생각해서 나서줄 수 없겠어? 응, 구마? 이렇게 부탁할게."

그러면서 구마지로는 방석 옆으로 내려앉아 다다미에 머리를 조아렸다.

"그러지 마. 바로 앉아."

구마타로는 구마지로가 머리를 조아린 모습이 보기 불편했다.

그 불손한 마쓰나가 구마지로가 부탁한다면서 다다미에 머리를 조아리고 있다.

구마타로는 우월감을 느꼈지만 동시에 이 일을 떠맡으면 큰 대가를 치러야 하는 게 아닐까 하는 편치 않은 마음도 있었다. 다시 바로 앉으라고 했지만 구마지로는 "부탁을 들어주기 전에는 고개를 들지 않겠다"며 고집을 부렸다.

구마타로는 구마지로의 등에 비치는 햇살을 멍하니 바라보면서 차라리 부탁을 받아들일까 하는 생각을 했다.

구마지로의 말은 사이쇼 아쓰시가 두려워 부탁받지도 않았는데 고마타로의 소 발톱을 깎아주러 간 이후 내내 품고 있던, 마을에 도움이 되고 싶다는 소망을 자극하는 매혹적인 제안이었다. 사실상 구마타로는 구마지로가 부탁하는 말을 꺼냈을 때부터 그 요청에 매력을 느꼈다.

그러나 소 발톱 깎기 사건도 있고, 기분에 휩쓸려 요청을 받아들이면 결과적으로 자기가 큰 손해를 본다는 사실을 구마타로는 경험상 잘 알고 있었다. 그래서 제삼자인 자기가 마을에 도움이 된다는 매력적인 제안을 받아들이지 않고 있었다.

구마지로는 여전히 다다미에 머리를 조아린 채 "제발, 제발" 하며 몸을 흔들기도 하고 궁둥이를 좌우로 흔들기도 했다. 그런 모습을 보며 구마타로는 받아들였을 때와 받아들이지 않았을 때의 이해득실에 대해 머리를 굴렸다.

받아들여서 얻을 것은 무엇보다 명예다. 구마타로는 대단하구나. 굉장해. 다들 우러러보리라. 여태까지 나를 멍청한 양아치로 여기며 무시하던 녀석들이 나를 존경할 것이다. 여자들이 내게 반할 것이다. 그리고 기쓰지에서 도라키치를 도왔을 때도 생각했지만, 착한 일을 해두면 나중에 그게 내게 이득이 될 가능성이 크다. 예를 들면 지금 구마지로가 이 문제를 내게 부탁하러 온 것은 기쓰지에서 내가 도라키치를 구해 신뢰감이 쌓였기 때문이다. 이렇게 이야기하면 이기적인 계산만 하는 것 같지만 꼭 그렇지만은 않다. 나는 이월당에서 십일면관세음보살께 기도했다. 그래서 내가 지금까지 지었던 죄가 소멸되었다면 나는 지금까지와는 달리 착한 사람으로 살아갈 수 있다. 첫 단계로 다케다를 위해 움직이는 것은 불교적인 견지에서 보더라도 결코 나쁜 일은 아니다. 그럼 반대로 손해는 무엇일까? 우선 저쪽에 거칠게 나가 담판을 지어야 하니 그들도 협객을 불러 자칫하면 칼부림이 날지 모른다. 그때 내가 당하면 아픈 만큼 손해다. 또 그러다 칼침이라도 맞거나 해서 그 집안의 사과나 돈을 받지 못하면 잃는 것은 역시 명예다. 구마타로 녀석, 잘난 척 으스대며 가더니 쥐어터지고 울면서 돌아왔다는 소리나 듣게 되리라. 그런 상황이 되면 어떻게 하지?

그런 생각을 한 구마타로는 구마지로에게 말했다.

"그러면."

말을 걸자 구마지로가 고개를 들었다.

"맡아줄 건가?"

"아니, 그게 아니고. 그건 아니지만 만약에, 만약에 내가 담판을 지으러 갔다가 사과도 받지 못하고 돈도 받아내지 못하면 어떻게 되는 거지?"

"그럴 염려는 절대 없어."

"어떻게 그렇게 자신할 수 있지?"

"그야, 저쪽은 행세깨나 하는 집안이잖아. 그런 집안은 무엇보다 소문을 중요하게 여기거든. 하물며 그 집에는 나이가 찬 딸도 있어. 잔뜩 윽박지르고 사람들에게 떠벌리겠다, 오사카에 있는 신문사에 제보하겠다고 하면 끝이야. 벌벌 떨면서 사과문을 쓸걸."

"그래, 윽박지르는 것까지는 가능하겠지. 그렇지만 그다음 일이 그리 쉽게 풀릴까?"

"그건 별거 아니야."

"뭐가 별거 아니야?"

"구마는 윽박지르는 일까지만 해주면 돼. 그다음엔 내가 가서 저쪽 상담을 받아주는 척하며 잘 풀 테니까."

"흐음, 그럼 그렇게 할까?"

"맡아주는 거야? 정말, 정말 고마워."

구마지로는 구마타로의 손을 잡고 흔들었다. 구마타로는 그런 구마지로의 태도가 여전히 불편했다.

"그런데 저쪽에서 협객 같은 놈들을 부르면 어떻게 하지?"

"그때는 두뇌와 배짱으로 어떻게든 버텨줘. 그리고 데리고 다니는 야고로라는 아우가 싸움을 엄청나게 잘한다고 하던데. 그 녀석과 함께 가면 아마 괜찮을 거야."

"그렇지. 야고로가 있군. 그런데 야고로 녀석이 나하고 함께 가겠다고 할까?"

"그야 형님이 가니까 아우도 따라가겠지."

"아니야, 그건 몰라."

구마지로가 결연하게 말했다.

"그럼 이렇게 하지. 만약 다니 야고로가 가지 않는다고 하면 나도 포기하고 다른 사람에게 부탁하거나 내가 직접 갈게. 하지만 다니 야고로가 가겠다면 내 부탁을 받아들인다. 이렇게 하면 어때?"

그렇게까지 양보하는데 구마타로가 안 가겠다고 버틸 수는 없었다.

"그럼 그렇게 할까?"

구마타로가 대꾸했다. 그러나 구마지로에게는 확신이 있었다.

냉철한 구마지로는 몸 안에 난폭한 피를 지닌 듯한 야고로가 부잣집에 가서 난동을 부려달라는 부탁을 거절할 리 없다고 보았다. 또 구마타로가 노름판에서 하는 행동을 미루어보면, 다스기야와 거래할 때도 여차하면 크게 한번 폭발할 거라고 보았다.

그리고 그 예상은 모두 적중했다.

단 한 가지, 가장 중요한 것을 제외하면.

구마타로가 맡는 것이 거의 확실해지자 구마지로는 다시 여느 때와 같은 느긋한 태도로 담뱃대에 연초를 채우더니 한 모금 빨았다. 입을 다문 채 '너도 한 모금 어때?'라고 하듯 물부리 쪽을 구마타로에게 향하도록 하고 담뱃대를 내밀었다.

구마타로가 "난 됐어"라며 거절하자 구마지로는 후우 하고 숨을 토해내고 눈을 껌뻑거리면서 "그러지 말고 한 모금 해. 이거 좋은 담배야"라고 했다. 구마타로는 "그럼 어디" 하며 한 모금 빨았다.

맛도 이상하고 냄새도 야릇한 담배였다. 구마타로는 묘한 담배라고 생각했다. 그 순간 묘한 담배라는 그 말의 느낌이 너무도 이상야릇하게 느껴졌다. 왠지 담배이긴 한데 복어 모양이거나 원숭이 출입구 같다거나 하는 그런 괴상한 생각이 자꾸만 머릿속에 떠올라 구마타로는 푸하하하하하하하하하하하하하하하하하하하하 하고 웃음을 터뜨렸다.

웃다보니 어디선가 누가 큰북을 치고 피리 연습을 하는 듯 쿵쿵쿵쿵, 삘리릴삘릴리 하는 소리가 바람에 실려왔다. 그 소리가 묘하게 생생했다. 큰북의 가죽과 북채가 스치는 소리, 피리에 입술 스치는 감촉까지 느껴져 유쾌해 견딜 수 없었다. 가만히 보니 구마지로도 담배를 빨며 히죽히죽 웃고 있었다. 그러고 보니 본오도리 이튿날 아침에 구마지로와 고마타로가 큰 소리로 웃으며 걷고 있었지. 그것도 바로 이 담배 때문이었나? 그런 생각을 하자 그게 다시 우스워 구마타로는 또 웃었다.

구마타로는 웃으면서 어쩌면 구마지로는 좋은 녀석일지도 모르겠다고 생각했다.

구마지로는 그런 구마타로를 빤히 바라보면서 담뱃대를 화롯가에 두드려 재를 떨고 담배를 다시 채워 넣었다.

마쓰나가 구마지로는 정말 좋은 녀석.

이건 구마타로가 대마초를 피우고 한 생각이지 사실 구마 지로는 나쁜 놈이었다.

그야 당연하지 않은가. 고조에서는 그토록 무시해놓고 이 제 와서 갑자기 머리를 조아리다니, 누가 봐도 뭔가 속셈이 있다고 생각할 게 틀림없고, 실제로도 그러했다.

구마지로의 농토와 이웃한 풀숲이 다케다 산사부로의 땅 이라서, 거기에 구마지로의 꿍꿍이셈이 있었다. 도조 쪽에 사 는 사람 가운데 그쪽 땅을 모두 사고 싶어 하는 이가 있었던 것이다.

구마지로는 두말없이 팔고 싶었다. 고조에서 돈을 많이 딴 것처럼 보였지만 사실은 크게 잃어 노름빚이 사십 엔이 넘었고, 그 돈을 급히 갚아야 했다. 아버지 덴지로로부터 집안 살림을 어느 정도 떠맡고 있던 구마지로는 이 땅을 팔아 메우려고 했다.

그런데 그쪽에서 무슨 생각인지 몰라도 다케다 산사부로의 땅까지 함께 살 수 없다면 사지 않겠다고 나왔다. 하지만 다케다는 왜인지 팔지 않겠다고 고집을 부렸다. 그런 땅이면 틀림없이 팔 거라고 걱정도 않던 구마지로는 당황해 다케다의 집을 찾았다.

구마지로는 다케다 산사부로에게 "아니, 그 땅을 왜 안 팔겠다는 거요? 그런 잡초 우거진 땅 가지고 있어봐야 아무 소용도 없을 텐데"라고 말했다. 그러자 산사부로가 대답했다.

"그 땅 안 팔아."

"어째서요?"

"난 거기 건드릴 수 없어. 전에 거기 땅을 팠더니 옛날 돈이나 돌무지, 뼈 같은 게 나오더군. 그런데 그쪽 나무를 벴더니 배가 아프더란 말이지. 거긴 건드리면 안 돼."

"뭐요? 그 풀숲을 건드리면 동티가 난다는 건가?"

"그래."

구마지로는 요즘 같은 세상에 그럴 일 없다, 그런 소리 하지 말고 팔아라 하고 산사부로를 꼬드겼지만 산사부로는 도

20

무지 고개를 끄덕이지 않았다.

그러던 중에 산사부로의 딸이 스스로 목숨을 끊었다.

구마지로는 이참에 낙심한 산사부로를 도와주면 고맙게 여겨 땅을 팔지도 모른다고 생각해 여러모로 산사부로의 의논 상대가 되어주었다. 하나뿐인 딸을 잃고 다스기야로부터 업신여김까지 당했지만 자기 힘으로는 어찌해볼 도리가 없던 산사부로는 구마지로에게 가능할 리 없다는 걸 빤히 알면서도 "다스기야로부터 정식 사과를 받아내고 조의금으로 이백 엔을 받아오면 땅을 팔겠다"고 말했다. 그래서 구마지로는 구마타로를 찾아와 다스기야에 가서 소란을 피워달라고 부탁한 것이었다.

구마타로는 그런 사정을 전혀 몰랐다. 구마지로가 짐작한 대로 부잣집에 쳐들어간다며 어서 가자고 신바람이 나서 바로 따라나선 다니 야고로와 함께 돈다바야시를 향해 성큼성큼 걷기 시작한 것은 이튿날 점심때가 지나서였다. 이 근방 농사꾼들이 '팔삭(八朔) 보타'라고 부르는 보타모치를 쪄 먹는 팔삭, 즉 음력 8월 초하룻날이었다.

다니 야고로는 곧 한바탕 몸을 풀 수 있겠다며 잔뜩 기대에 부풀어 걷고 있었지만 구마타로는 우울했다.

21

단둘이 저쪽에 쳐들어가 과연 제대로 겁을 줄 수 있을지 걱정이었기 때문이다.

말이 없는 구마타로에게 기운이 넘치는 야고로가 물었다.

"형님아, 왜 그렇게 말이 없어?"

구마타로는 형이라는 체면상 저쪽이 세게 나올지도 몰라 겁이 난다고 할 수는 없어 "작전을 궁리하는 거야"라고 대꾸했다.

"작전이 뭐야?"

"그야 저쪽에 쳐들어가서 어떻게 겁을 주면 좋을까, 하는 거지."

"그런 거야 쳐들어가서 '이놈들' 하고 한바탕 뒤집어엎으면 그만이잖아."

"뭐, 기본적으로야 그렇지만 그러면 그냥 행패를 부리는 거랑 같잖아."

"아, 그런가?"

"게다가 함부로 소란을 떨다가 저쪽이 협객이라도 부르러 가봐. 어지간한 놈들이라면 몰라도 칼 뽑아 들고 덤비면 보통 일이 아니지."

그 말을 듣더니 야고로가 씩 웃었다.

"그렇기야 하지만 난 이런 걸 가지고 있거든."

그러더니 품 안에서 시커멓고 묵직해 보이는 물건을 꺼냈다.

"아니, 이게 뭐냐? 권총 아니야? 어디 봐. 멍청이, 이거 어디서 난 거냐?"

"히히히. 전에 어떤 사람이 맡겨놓았는데 그 사람이 그만 물에 빠져 죽었어."

이런 좋은 걸 가지고 있다니. 유사시에는 이걸 쓰자. 그렇지만 처음에는 점잖게 이야기를 꺼내야 한다. 어차피 상대방이 제대로 듣지 않을 테니 여차하면 행패를 부려 문짝을 부수고 족자나 가구 같은 걸 우물에 처박은 다음 이놈저놈 가리지 않고 두들겨 팬 뒤 술통 안에 소똥을 처넣자. 두 사람은 그렇게 결정했다. 얼토당토않은 이야기였다.

야고로가 말했다.

"그런데 경찰에 신고하러 가면 어쩌지?"

"그러지 못할 거야."

"어째서?"

"출발하기 전에 구마지로와 다 이야기했어. 우리가 돌아오지 않으면 오사카 쪽 신문사에 알리기로. 처음에 점잖게 이야기할 때 그런 말을 미리 해두면 신고하러 쉽게 가지 못할 거야. 기껏 불러야 동네 어깨들이겠지."

"그럼 권총을 꺼낼 일도 없잖아."

"그렇지. 자, 그럼 소똥을 줍자."

"그래."

두 사람은 소똥을 주워 들고 돈다바야시 지나이 초에 있는 다스기야 근처까지 성큼성큼 걸어갔다.

에이로쿠(永禄) 시대에 종교도시로 출발해 간분(寬文) 무렵부터는 상업도시로 번영을 누린 지나이 초에는 으리으리한 상점들이 즐비했다.

별생각 없이 싸돌아다닐 때는 "허, 저게 돈 좀 있다고"라며 여유를 부리던 구마타로였지만 이제 저 으리으리하고 근엄한 저택 안으로 쳐들어가 집주인에게 겁을 주어야 한다고 생각하니 외려 주눅이 들었다.

내가 먼저 주눅이 들면 어쩌자는 거냐. 정신 차려, 이 얼간아.

구마타로는 속으로 스스로를 꾸짖었지만 다리가 후들후들 떨려 도무지 제대로 걷기가 힘들었다. 구마타로는 품 안에 있는 소똥을 손으로 슬쩍 확인하며 옆에 있는 다니 야고로의 표정을 훔쳐보았다.

그야말로 아무렇지도 않은 얼굴이었다.

이 얼마나 듬직한 사나이인가.

그렇게 생각한 구마타로는 목소리가 떨리지 않도록 신경 써서 말했다.

"으음, 이 근처일 텐데. 어디라고 했더라?"

"조노몬스지(城之門筋)라고 했잖아?"

"조노몬스지 어디쯤인가? 아, '스지'라면 세로로 난 길이잖 아. 가로로 난 길은 뭐라고 하지?"

"글쎄, 뭐라고 하던데."

"그럼 모르는 거야?"

"아무튼 큰 절 앞에 있는 집이라고 했지?"

"아, 뭐라고 그랬는데. 어, 저기 절이 보이네."

그러면서 이른 곳이 고쇼지(興正寺). 그 바로 앞에 다스기 야라는 건물이 있었다. 그 앞에 선 구마타로는 그만 숨이 멎 었다. 으리으리한 저택이 즐비한 가운데서도 다스기야는 더 욱 웅장해 주위를 압도하며 위용을 자랑했기 때문이다.

새카만 기와지붕은 바다처럼 넓고, 몇 겹인지 헤아릴 수 없 이 이어지는 듯했다. 도깨비 모양으로 장식한 망새가 구마타 로를 무섭게 노려보았다. 고급스러운 회반죽을 잔뜩 칠한 흰 벽은 성곽처럼 눈부셨다. 몇 칸인지 모를 정도로 아주 넓고, 담장 또한 끝없이 이어지는 듯했다. 담장 위에 쳐진 위압적인 철책이 침입자를 단호하게 거부했다.

구마타로는 그런 다스기야의 겉모습에 기가 죽었지만 야고로는 달랐다.

"뭐야, 이 집. 사람 우습게 보는 건가?"

이렇게 큰소리치더니 속 편한 소리를 했다.

"정말. 우습게 보는 거로군. 좀 웃기네."

그러더니 벌컥 대문을 열고 안으로 들어갔다.

구마타로는 '으악, 나는 아직 마음의 준비가 안 되었는데'라고 생각했지만 야고로가 이미 들어가고 말았으니 어쩔 도리가 없다. 애써 당당하게 보이려고 옷자락을 툭툭 털며 "게누구 없느냐" 하고 낮은 목소리로 말하며 성큼성큼 안으로들어갔다.

부드럽게 열리는 문으로 들어가 손을 뒤로 해서 문을 꼭닫고 들어선 봉당은 어두컴컴했다.

오른쪽에 가마솥이 걸린 부뚜막과 일꾼들이 머무는 아래청, 왼쪽에 부엌과 발이 쳐진 방이 있고, 부엌의 중인방(中引枋)에는 활과 창이 걸려 있어 이 집의 품격을 말해주고 있었다. 그걸 보고 구마타로는 또 마음이 어두워졌다.

발이 쳐진 방의 삼면에는 칸막이 격자가 쳐져 있고 울타리도 둘러져 있다. 그 안쪽 중인방에는 뭐라고 썼는지 알 수 없는 한자가 적힌 편액이 걸려 있다. 구마타로는 저건 뭐라고 쓴 걸까 하는 생각을 했다.

'원숭이가 봄에 된장국을 마시고 복통(猿春味噌汁飮腹痛).' 이런 말을 쓴 걸까? 그럴 리 없으려나?

구마타로가 그런 생각을 하는 중에도 야고로는 발이 쳐진 방 울타리 앞까지 저벅저벅 걸어가더니 "누구 없소? 이봐"라고 큰 소리로 말했다. 구마타로는 목을 움츠렸다.

"아니, 뉘시오?"

그렇게 말하면서 안에서 나온 사람은 쉰 살쯤 되어 보이는 뚱뚱한 남자였다. 이렇게 대단한 곳이니 지배인도 한두 명이 아니라 네댓 명일지 모른다. 그 가운데 두 번째는 되어 보이는, 아무리 봐도 지위가 높아 보이는 사람이라 구마타로는 '큰일이로군' 하고 생각했다.

나는 무덤에서 가지고 나온 옥을 팔러 갔을 때도 제대로 흥정을 못했다. 그런 작은 고물상의 머리 벗어지고 흰 수염이 덥수룩하며 후줄근한 옷을 걸치고 그것도 앞섶이 풀어헤쳐져 거의 알몸이 드러난 사람에게도 겁이 나서 말이다. 그런데 이렇게 명주로 지은 옷을 입은 지배인, 더구나 평범한 가게라면 주인 노릇을 할 만큼 관록이 물씬 풍기는 녀석이 나오면 내가 겁을 집어먹지 않겠나. 부디 신참내기 점원 같은 녀석이 나오기를 바랐는데. 그러면 나는 전혀 꿀리지 않고 '이놈' 하고 호통을 칠 수 있었으리라.

구마타로는 그런 한심한 생각을 했지만 상대는 번듯한 가게의 지배인이었다. 아무리 보아도 제대로 된 손님 같지 않은 구마타로와 야고로를 보고 '네까짓 것들이 여긴 왜 왔느냐, 멍청아?' 같은 노골적으로 무시하는 말은 하지 않았다.

"저는 이곳에서 일하는 사헤에라고 합니다. 어떤 일로 오셨는지요?

역시 겉으로는 부드럽고 평범하게 맞이했다.

하지만 아까부터 가게 규모와 지배인의 관록에 완전히 풀이 죽은 구마타로는 불쑥 "아, 이거 정말 죄송합니다"라며 고개를 숙이고 말았다.

야고로가 불쑥 큰 소리로 사람을 불렀으니 무엇 하러 왔는지 상대에게 분명히 말해야 한다. 처음에는 정중하면서도 공손하게 사정을 이야기하다가 차츰 분위기를 띄우자고 야고로와 의논했지만 이렇게까지 비굴하게 나가면 곤란하다. 구마타로 역시 말을 내뱉고는 바로 너무 비굴했다는 생각에 속이 탔다. 그런데 애가 타니 말이 제대로 나오지 않아 그만 영문을 알 수 없는 소리를 주절거리고 말았다.

"아, 죄송하다고 한 건 말이오. 내 생각에는 실수요. 그러니까 뭐 우리가 스이분에서 왔다고 하면 더 자세한 이야기는 안 해도 왜 왔는지 아시지 않으려나? 그래서, 엇, 아니, 그런 미심쩍은 표정을 짓는 걸 보면 우리를 무슨 공갈, 협박으로 남의 등이나 치는 그런 사람처럼 여길지도 모르지만, 그런 생각이 들게 만든 게 우리 잘못이라면 사과해야 할 텐데, 아니지, 우린 잘못 없지. 뭐랄까 잘못한 건 오히려 댁들이지. 이렇게 이야기하면 점점 공갈을 치는 걸로 들릴지도 모르겠지만, 진짜 공갈치는 거요. 말인즉 우리가 스이분에서 왔다고 하면 무슨 일 때문인지 짐작할 거라고 생각할 수야 없겠지만, 정말 짐작이 가지 않소? 그런가? 이렇게 빙빙 둘러서 말하는 게 공갈, 협박으로 들리려나? 그렇다면 좀 더 확실하게 이야기해야겠군. 우린 말이오, 다케다 산자부로의 심부름으로 왔소. 이제 아실 테지. 어떻소?"

구마타로는 다케다 산자부로가 보내서 왔다고 하면 지배인이 모든 걸 알아차릴 거라고 생각했다. 그렇지만 지배인은 "글쎄, 무슨 말인지 도통 모르겠구려"라며 의아한 표정을 지을 뿐이었다. 이쯤 되자 구마타로도 살짝 부아가 치밀었다.

아무리 저쪽이 부잣집이고 이쪽은 가난뱅이 농사꾼이라고 해도 저지른 짓이 있다. '글쎄'라고. 전혀 짐작이 가지 않는다는 표정을 짓다니 속이 빤히 들여다보인다. 어떻게 저런 속보이는 짓을 할 수 있는가. 이쪽이 별 볼 일 없는 어중이떠중이라고 생각해 허투루 보기 때문이다. '어디서 서툰 연극이야, 멍청하긴.' 구마타로는 생각했다.

그런 생각이 들자 구마타로는 혀가 풀렸다. 차츰 평소 말투를 되찾았다.

"사헤에 씨라고 했나? 그런 식으로 얼버무려선 해결이 안되지. 사헤에 씨, 딱 한 번만 더 이야기할 테니 잘 들으쇼. 아, 아직 우리 소개를 하지 않았군. 난 기도 구마타로라고 하고 이 친구는 다니 야고로라고 하지. 우린 이시카와 군 아카사카 촌 아자 스이분이란 곳에 사는 다케다 산자부로라고, 이 집 얼간이 같은 아들에게 농락당해 이와미긴잔이란 쥐약을 먹고 죽은 구미라는 불쌍한 아가씨의 아버지 부탁을 받고 온 거요. 이번에 장례를 치르는데 이 집안에서는 아무도 얼굴을 비치지 않았더군. 물론 깜빡할 수도 있겠지. 이렇게 큰 가게니까. 너무 바빠서 정신이 없어 깜빡 잊은 걸로 생각해 우리가 친절하게 조의금을 받으러 온 거요. 이렇게 설명해도 모르겠다고 나올 건가? 엉? 뭐라고 대답 좀 해보시지."

처음에는 그래도 낮은 목소리였지만 말을 하다보니 차츰 흥분해 나중에는 큰 소리로 호통을 치고 말았다. 구마타로는 흥분하면서도 머릿속으로 이제 돌이킬 수 없는 지점까지 오고 말았구나 하는 생각이 들었다.

이미 평범한 대화는 불가능하다. 이제 계속 분노를 터뜨릴 수밖에 없다. 폭발이 그치면 끝장이다. 구마타로는 결의를 다졌다. 절망적인 결의였다.

그러나 구마타로의 내면이 그런 심각한 상태인데도 지배인은 여전히 의아한 표정이었다.

"저어, 뭔가 잘못 아신 거 아닙니까? 무슨 말씀인지 전혀 모르겠습니다만."

그러자 그때까지만 해도 구마타로의 마음속에서 또렷하게 구분되던 연기로서의 분노와 오리지널 분노가 하나가 되었다. 구마타로는 호통을 쳤다.

"이렇게 알아듣도록 이야기했는데도 시치미 뚝 떼고 계속 연극을 할 텐가? 이 얼간아."

구마타로는 목청이 터져 피가 나는 게 아닐까 걱정될 만큼 크게 소리쳤다.

그 소리를 들은 가게 젊은 점원 네댓 명이 "무슨 일입니까?" "무슨 일 있어요?" 하며 안에서 우르르 몰려나왔다. 구마타로는 긴장했다.

"별일 없습니까, 지배인님?"

"이 녀석들은 뭐죠?"

저마다 소리치는 젊은이들에게 야고로가 "함 붙어보자, 이 자식들아!"라고 호통을 치며 노려보았다. 하지만 점원이 불량배와 소동을 일으키면 곤란하다고 생각한 지배인은 가게 점원에게 "아냐, 아냐. 별일 아니야. 별일 없어. 잠깐 잘못 안 거지"라고 했다. 구마타로는 그 가벼운 말투에 또 화가 치밀었다.

"뭘 잘못 알았다는 거야? 이 멍청아."

구마타로가 버럭 소리를 질렀다. 그러자 지배인은 자세를 바르게 하고 말했다.

"이거 죄송합니다. 우리 젊은 애들이 거칠게 굴기라도 하면 방법이 없어요. 그걸 막으려고 그만 잘못 안 거라고 했습니다. 정말 미안합니다. 어쨌든 일단 이리 들어오시죠. 천천히 말씀을 듣겠습니다."

지배인은 그렇게 말하더니 젊은이들에게 차와 과자, 담배합을 내오라고 시켰다.

경험 많은 장사꾼인 지배인은 이런 놈들은 적당히 다루어 쫓아내더라도 조만간 다시 찾아와 또 같은 소리를 하며 억지를 쓸 게 틀림없으니 그렇다면 시간이 좀 걸리더라도 정식 손님으로 맞이해 이야기를 확실하게 마무리하는 편이 오히려 시간을 절약하는 거라고 판단했다.

하지만 구마타로는 지배인이 그렇게 정식 손님으로 맞이하는 모습을 보며 다른 생각을 했다.

처음에는 적당히 다루며 얼버무리려고 하다가, 그것을 지적당하자 이 지배인은 깔끔하게 실수를 인정하고 사과한 다음 바로 태도를 고쳤다. 사람들 중에는 자기 생각만 내세우며 잘못을 인정하지 않고, 이러니저러니 늘어놓으며 계속 실수를 거듭하거나 심지어 잘못을 지적당했다는 사실에 화를 내며 더 거칠게 나오는 이도 있는데, 역시 이만한 가게를 책임지는 지배인이라 됨됨이가 다르구나. 구마타로는 그렇게 생각하며 감동했다.

사람과 사람 사이의 관계란 거울과 같다.

지배인이 성의 있는 태도를 보이기 시작한 순간 구마타로도 조금 전까지 내뱉던 거친 말투를 고쳤다. 그리고 처음 가게에 들어왔을 때처럼 비굴한 말투도 아닌 아주 자연스러운 태도를 보일 수 있게 되었다.

"그럼 실례지만 들어가리다."

구마타로는 속으로 이런 흐름이라면 이야기가 잘될 것 같다고, 어쩌면 구마지로가 말한 것처럼 행패를 부린다거나 하지 않아도, 또 훗날 구마지로가 와서 이야기를 마무리할 일

33

도 없이 당장 이 자리에서 사과문과 조의금 이백 엔을 받아 돌아갈 수 있을지도 모르겠다고 생각했다. 그렇게 되면 체면을 크게 세울 수 있으리라.

"그럼 한 대 피우겠소."

구마타로는 이렇게 말하며 담배를 끌어당겼다. 지배인은 "아, 예. 그러시죠"라고 하더니 잠깐 실례하겠다며 가게 안쪽으로 돌아가려던 젊은이를 불러 세웠다. 그러고는 가게와 현관 사이에 있는 방으로 가서 선 채로 이야기를 하기 시작했다.

지배인의 뒷모습을 보면서 구마타로는 담뱃대를 물고 담배를 채우느라 담배합 쪽으로 몸을 숙였다.

구마타로는 담배에 불을 붙이고 나서 윗몸을 일으켰다.

지배인은 아직도 젊은이들과 이야기하는 중이었다.

그리고 구마타로는 그만 보고야 말았다. 지배인이 오른손 검지를 자기 옆머리에 대고 손가락을 세 바퀴 돌렸던 것이다.

구마타로는 감정이 폭발했다.

처음에는 졸졸 흐르는 물이었다.

인간에게서 샘솟는 물. 사람의 옆구리나 머리에 작은 틈새가 생겨 거기서 물이 졸졸 흘러나온다. 비겁한 자의 눈물. 나는 이 엄청나게 큰 가게 앞에서 너무 하찮은 존재였다. 보잘것없는 놈이었다. 싸구려 그릇도 바위에 부딪히면 깨진다. 나는 매일 싸구려 그릇에 밥을 담아 먹는다. 술도 마신다. 이 집 사람들은 틀림없이 번듯한 그릇에 밥을 담아 먹겠지만. 그런 내게서 물이 새 나온다. 이건 분노의 물. 물이 점점 더 세게 솟아난다. 그건 당연하다. 내가 아무리 보잘것없는 건달이라고 해도, 혹은 다케다 산자부로가 가난뱅이 농사꾼이라고 해도 자기들이 실제로 저지른 짓이 있는데 무슨 소리냐며 빤한 연극으로 하지 않은 척하고, 남이 목숨 걸고 필사적으로 설명하는데 겉으로는 사근사근한 표정을 지으며 예, 예 듣는 척하다가 뒤돌아서서 저놈은 정신 나갔다며 웃음거리로 삼다니. 그렇게 해도 되나? 그런 식으로 나와도 되나? 권세를 휘두르고 재력을 휘두르면서, 필사적으로 하소연하는 보잘것없는 사람을 비웃고 짓밟다니. 그런 짓을 해도 되나? 인간이 그래도 괜찮다고 생각하는 건가? 마음속으로 외치는 구마타로에게서 이제는 어마어마한 양의 물이 솟아나왔다.

거침없이 흐르는 분노와 슬픔의 거대한 강물이었다.

거대한 강은 바위를 깨부수며 흐르는 격류나 탁류에 비하면 조용히 흐르는 듯했다.

그러나 흐르는 물의 양과 에너지는 바위를 깨부수며 흐르는 격류를 훨씬 능가하는 무시무시한 것이었다.

구마타로는 찻잔을 들고 돌아온 지배인에게 차분하게 말

했다.

"사헤에 씨, 이게 뭐요?"

"그건 차입니다만, 뭐가?"

"이 가게는 무슨 장사를 하는 데지?"

"보시다시피 손님들께 술을 내오는 곳입니다만."

"그런데 왜 차를 가져오나. 술을 내와야지."

여전히 나직한 목소리였다. 지배인은 멍하니 구마타로의 얼굴을 바라보았다. 구마타로는 너무 화가 난 나머지 흰자위에 빨갛게 핏발이 서 있었다.

구마타로의 얼굴을 본 지배인은 '제정신인 놈의 눈이 아니다'라고 생각했다. 말하자면 구마타로는 그만큼 화가 치민 상태였던 것이다. 그러나 구마타로를 미치광이라고 여긴 지배인은 당장은 거스르지 않는 게 낫겠다고 판단해 점원을 불러 술을 가져오라고 했다.

구마타로는 찻잔에 술을 따라 마셨다. 야고로도 마셨다.

찻잔을 다다미 위에 내려놓고 구마타로가 말했다.

"자, 사헤에 씨. 다시 한 번 말하지. 나는 아카사카 촌 스이분이란 곳에서 온 기도 구마타로. 이쪽은 내 아우 다니 야고로. 굳이 여기까지 찾아온 까닭은 이 가게 주인의 아들에게 농락당하고 죽은 스이분 사는 농사꾼 다케다 산자부로의 딸 구미에게 사과문과 조의금, 그것도 많지 않아, 겨우 이백 엔, 그걸 받으러 왔소. 그것만 받으면 바로 돌아갈 테니 지금 당장 사과문과 조의금을 가져오시오. 아, 참, 그렇지. 깜빡했는데, 혹시 도저히 내놓을 수 없다면 바로 포기하지. 그렇지만 우리도 생각이 있소. 오사카 신문사에 낱낱이 까발려 세상 사람들에게 누가 잘못했는지 평가를 받을 테니까 그리 알고 결정하쇼."

"그, 그렇게 말씀하셔도 저는 도무지 무슨 내용인지……"

"모르겠다는 건가?"

"그렇습니다."

"그래? 그럼 좋아. 야, 아우야. 아까 그거 좀 빌려다오."

"그거? 아, 그거 말이로구나."

야고로는 품에서 소똥 꾸러미를 꺼냈다.

"이거 말이지?"

"아니, 그거 말고. 또 하나 있잖아. 다른 거."

"아, 그거? 미안, 미안."

사과하면서 야고로가 품에서 꺼내 구마타로에게 건네준 것을 보고 지배인은 넋이 나갔다.

지배인은 오른손을 뒤로 짚으며 상체를 물렸다. 오른쪽 손바닥을 구마타로에게 내보이고 저으면서 말했다.

"자, 잠깐만. 그, 그 총으로 뭘 하려는 거요?"

"응? 별로 죽이고 싶지는 않아."

"그러지 마시오. 살려주시오."

"그럼 사과문과 조의금을 내놓을 텐가?"

"그, 그건……"

"그럼 할 수 없네. 죽여야지."

그렇게 말하며 구마타로는 권총으로 지배인의 이마를 겨누었다.

"으으으윽."

지배인은 공기가 새는 듯한 비명을 지르더니 그만 오줌을 지렸다. 엉금엉금 기어 도망치려고 했지만 몸이 덜덜 떨려 그러지도 못했다.

구마타로와 야고로는 다다미 틈새를 타고 흐르는 오줌을 피하려고 일어섰다. 바로 그때였다. 밖에서 "실례"라고 하며 들어오는 자가 있었다.

순사일지도 모른다고 생각한 구마타로는 얼른 권총을 품에 넣었지만 들어온 사람은 한눈에 보기에도 야쿠자였다. 지배인의 귓속말을 들은 젊은이가 근처 우두머리를 부르러 달려갔던 것이다.

구마타로는 '역시'라고 생각했다.

이야기를 정성껏 듣는 척하더니 뒤로는 이런 짓을 하다니. 더러운 놈이다.

야쿠자 같은 녀석은 구마타로와 야고로, 지배인을 보며 상황을 파악하더니 호통을 쳤다.

"너희들 대체 무슨 생각이냐? 지금 당장 여기서 꺼져, 멍청한 놈들아."

구마타로와 야고로는 겁을 먹었을까? 전혀 그렇지 않았다.

왜냐하면 그 말투가 귀에 익었기 때문이다. 그랬다. 지배인이 점원을 시켜 불러온 협객이란 물건은 메이지 14년, 그러니까 1881년에 다니 야고로를 처음 만났던 작은 노름판의 물주 역할을 했던 후시 씨, 바로 그 인물이었다.

후시 씨 뒤에는 비옷을 입은 갓파와 꼭 닮은 중년 남자가 서 있었다. 비옷 입은 기요 씨였다. 그 뒤에 있는 두 사람은 구마타로가 모르는 젊은이들인데 다들 얼간이처럼 멍청한 모습이라 짜증이 났다. 구마타로는 호통을 쳤다.

"야, 이놈들아. 네놈들 아직도 여기서 어슬렁거리는 거냐? 너 같은 똥파리가 얼씬거리니 성가시구나. 얼른 꺼져, 이놈들아."

"똥파리? 무슨 헛소리를 지껄이는 거냐. 이놈, 내가 누군지 알고 그런 소리를 하는 거냐?"

"아느냐고? 너 후시잖아."

"어라? 내 이름을 알다니. 어디서 만난 적 있나?"

"만났었지."

"만났었다고?"

"까먹었다면 할 수 없군. 가르쳐주지. 메이지 14년이야. 네가 벌인 재미도 없는 노름판에서 용돈 오십 엔을 받아갔던 형님이 계실 거야. 그게 바로 나다."

"앗, 잊지 않았지. 그건 잊을 수 없어. 그, 그럼 옆에 있는 너는……"

"그때는 어린애였지. 그 애가 이렇게 컸어. 피차 나이를 먹었군."

"닥쳐. 그 뒤로 난 돈이 없어서 개고생을 했다. 결국 여기서 만나다니, 혼찌검을 내줄 테니까 각오해라."

구마타로는 생각했다.

복수심에 불타올라 그냥두지 않겠다면서 다가오는 후시씨 일행은 네 명. 뒤에는 가게 점원 열 명쯤이 장작을 들고 서 있다. 야고로가 아무리 싸움을 잘해도 이런 상황이라면 승산은 없다. 그렇다면 권총을 꺼내 겁을 주며 빠져나갈 수밖에 없는데 그렇게 되면 으름장을 놓은 열매, 이 열매라는 표현이 좀 이상하지만 아무튼 저쪽이 우리를 물리쳤다는 인상이 짙게 남아 열매는 얻지 못한 채로, 저놈들은 자기들이 남을 기만한 짓은 반성하지 않고 계속 거짓말을 하며 건방을 떨 것이다. 그건 너무 화가 난다. 대체 어떻게 해야 할까?

이런 생각을 하던 구마타로는 한 가지 꾀를 냈다.

1881년, 후시 씨의 노름판에서 소동을 벌인 뒤에도 구마타로가 쫓기지 않았던 것은 후시 씨 일행이 화가 난 구마타로를 미치광이로 여겼기 때문이다. 무슨 짓을 할지 모르는 놈. 그래서 후시 씨는 겁을 집어먹었다. 구마타로는 그 방법으로 헤쳐나가기로 했다.

일부러 정신이 나간 놈처럼 행동해 후시 씨에게 겁을 주고 상대가 공포심에 휩싸이게 한 뒤에 물러간다. 놈들은 겁을 먹고 반성할 것이다. 그래, 이거다.

구마타로는 야고로에게 "지금부터 좀 이상한 녀석처럼 행동할 테니까 겁먹지 말고 장단을 맞춰"라고 귓속말을 한 다음 품에 넣었던 권총을 꺼내 후시 씨에게 총구를 겨눴다.

후시 씨 일행은 으아악 하고 비명을 지르며 그 자리에 멈춰 섰다.

구마타로는 "그만 좀 해요"라고 낮고 슬픈 목소리로 말했다.

모두들 숨을 죽이고 입을 다물었다.

가게 안에 구마타로의 목소리만 울려 퍼졌다.

"거짓말 좀 그만할 수 없어요? 난 거짓말이 싫단 말이에
요. 거짓말을 견딜 수 없어요. 난 나라에서 십일면관세음보살
님께 내가 지은 죄를 용서해달라고 빌었어요. 솔직히 말해서
내 죄를 용서받을 수 있을지는 나도 모릅니다. 다만 나는 십
일면관세음보살님에게 기도했다, 그 한 가지를 붙들고 앞으
로 진지하게 인간의 도리를 지키며 살아가려고 생각했어요.
만에 하나일지도 모르지만 난 내가 용서받을 거라고 믿고 앞
으로는 올바른 일만 하며 살아갈 생각이에요. 내 목숨을 판
돈으로 걸고서."

후시 씨가 기요 씨에게 속삭였다.

"이봐, 저 녀석 뭐라는 거야?"

"전혀 모르겠는걸."

지배인이 몰래 안으로 기어들어가려다가 야고로에게 차여
쓰러졌다.

구마타로가 말을 이었다.

"내가 여기 온 것도 그래서입니다. 가난한 사람이 죽임을
당했어요. 돈 많은 사람은 그걸 인정하지 않고 시치미를 떼
고 있어요. 난 이걸 바로잡으려고 여기 왔죠. 그런데 부자는
가난뱅이를 짓밟고도 창피한 짓이 아니라는 듯 그걸 따지러

온 내 이야기를 겉으로는 성실하게 듣는 척하면서 조롱하고 결국에는 불량배까지 불러 나를 혼내려고 합니다."

구마타로는 "그게 내게 새로운 죄를 짓게 만드는 겁니다. 예를 들면……" 하고 말을 끊더니 가게 점원들에게 다가가 관자놀이에 권총을 들이대고 "잠깐 그 몽둥이를 빌려주세요"라고 했다. 눈을 감고 얼굴을 돌리는 점원한테서 장작을 받아든 구마타로는 손을 축 늘어뜨리고 백만 엔이 든 지갑을 잃어버려 넋이 나간 사람 같은 걸음걸이로 토방으로 내려섰다. 그러고는 숨도 못 쉬는 후시 씨 일행에게 다가가 불쑥 장작을 치켜들고 "이 멍청한 새끼가"라고 호통을 치며 바로 앞에 있던 비옷 입은 기요 씨의 옆머리를 힘껏 때렸다.

억.

외마디 소리를 지르며 기요 씨가 바닥에 쓰러졌다.

구마타로는 그 기요 씨의 등을 다시 장작으로 마구 후려쳤다.

"왜 거짓말을 해. 왜 거짓말을 하느냐고. 너희들이 속이 빤히 들여다보이는 거짓말을 하니까 내가 이런 짓을, 내가 이런 짓을 하지 않을 수 없잖아. 왜 솔직하게 이야기하지 않아. 난 이렇게 사람을 때리거나 하는 짓 하고 싶지 않아. 그런 건 싫다고. 그런데 네놈들이 거짓말을 해서 이렇게 만들잖아. 관세음보살님이 이제 용서해주시지 않을지도 몰라. 어쩔 거야, 이 멍청아."

나중에는 눈물까지 흘리며 절규했다.

오른손에 권총을 든 채로 장작을 휘두르다보니 그만 방아쇠를 당기고 말아 천장 쪽으로 총탄이 몇 발 발사되었다. 후시 씨 일행과 가게 점원들은 그때마다 목을 움츠렸다.

오줌을 지리는 이도 몇 있어 봉당과 응접실 바닥이 어느새 축축해졌다.

총성과 구마타로가 울부짖는 소리, 젊은이들의 비명이 가게 안에 울려 퍼졌다.

후시가 무심코 중얼거렸다.

"정말 그렇구나."

픽.

구마타로는 봉당 바닥에 장작을 내동댕이치더니 옆에 있는 문간방으로 올라가 넋이 나간 사람처럼 털썩 주저앉았다.

후시 씨 일행과 가게 점원들은 공포에 질려 몸을 웅크린 채 꼼짝도 못했다.

이윽고 구마타로가 권총을 쥔 오른손을 움직였다.

야고로를 제외한 모두가 흠칫 움츠러들었다. 그러나 구마타로는 권총을 왼손으로 바꿔들었을 뿐이었다. 구마타로는 오른손을 뻗어 작은 술병을 들고 잔에 따라 한 모금 마시더니 "맛있는 술이로군" 하고 말했다. 그야말로 태연스러운 말투였다.

잔에 따른 술을 들이켠 뒤에 구마타로는 지배인에게 말했다.

"내가 하고 싶은 말은 모두 했으니 오늘은 이만 물러가겠소. 가까운 시일 내에 다시 올 테니 이 집주인, 아들과 잘 상의하시오. 부탁하오."

지배인은 뭔지 모르지만 어쨌든 돌아가겠다고 하니 다행이다 싶었다. 하여 안도의 오줌을 지리는 지배인에게 구마타로는 "다만" 하고 단서를 달았다.

지배인이 떨리는 목소리로 물었다.

"다만, 뭡니까?"

구마타로는 히죽 웃으며 말했다.

"난 전부터 이런 맛있는 술을 대체 어떻게 만드는 걸까 궁금해서 한번 술 만드는 걸 보고 싶었어. 모처럼 이 댁에 들렀는데 술 빚는 걸 구경할 수 있겠나?"

이런 행패를 부리고 나서 술 빚는 걸 견학하겠다는 태평한 소리를 늘어놓다니, 그 속셈을 헤아릴 수 없어 지배인은 "어어" 하고 모호하게 대답했다.

"어어, 라니. 좋다는 거겠지? 자, 아우야, 구경하자."

구마타로가 자리에서 일어나자 야고로도 따라 일어났다. 지배인이 얼른 입을 열었다.

"죄송합니다. 저희는 그런 견학 같은 건 하지 않아서."

"아, 그래? 그거 아쉽군."

밝은 목소리로 대꾸한 구마타로는 권총을 지배인의 관자놀이에 바짝 들이대고 공이치기를 뒤로 당겼다.

"그럼 죽어야지."

"아, 안내해드리겠습니다."

지배인이 떨리는 목소리로 말했다.

"아, 이게 양조용 통인가?"

술 창고로 안내받은 구마타로는 이 미터도 훨씬 넘는 양조용 술통을 우러러보며 말했다.

"그렇습니다."

"그렇군. 이게 그건가? 뭐라고 노래 부르면서 막대기로 막 휘젓는 거?"

"그렇습니다."

"흐음. 오묘하군. 난 오랜 세월 술을 마셨지만 이걸 보기는 처음이야. 안을 좀 들여다봅시다."

그러면서 구마타로는 통에 세워진 사다리에 발을 걸치더니 "아우야, 그거"라고 말했다.

"지배인님, 술이 맛있어지게 좋은 걸 넣어드리지."

구마타로는 양조용 통 안에 소똥을 잔뜩 던져 넣었다.

"앗, 뭐 하는 거요?"

지배인이 발을 잡고 매달렸지만 구마타로는 그를 차내고 뛰어내려 원숭이처럼 재빠른 동작으로 죽 늘어선 양조용 통들에 소똥을 고루 던져 넣었다.

지배인은 "무얼 넣는 거요? 무얼 넣는 거냐고" 하면서 땅바닥을 기어 구마타로에게 엉금엉금 다가갔다. 가게 점원과 후시 씨 일행은 넋이 나간 표정으로 우두커니 서 있었다.

구마타로는 발을 잡고 늘어지는 지배인에게 말했다.

"술이라는 건 그걸 빚은 집주인 성격이 맛에 그대로 드러난다고 들었어. 그 집주인이 끈질긴 놈이라면 진한 맛이 나고 산뜻한 녀석이라면 깔끔한 맛이 난다고 하지. 그래, 당신이나 이 집주인은 어떤가? 성질이 똥색이야. 자기들이 저지른 짓을 하지 않았다고 시치미 떼고 사람을 미친놈 취급하고, 이야기를 듣는 척하면서 뒤로 야쿠자나 부르지. 그래서 내가 너희 가게에 어울리는 술맛이 나도록 소똥을 넣어드렸어. 고맙게 여겨."

"으악."

지배인이 외마디 비명을 질렀다. 중요한 술 양조용 통에 소똥이 들어갔다는 사실에 정신적인 충격을 받아 견디지 못하고 착란을 일으킨 듯했다.

"으히히. 으아아. 러시아 소고기 스키야키. 금 솥에 먹고 싶구나"라는 무슨 소리인지 알아들을 수 없는 악을 쓰며 뒹굴다 오줌을 쌌다. 급히 달려온 가게 점원과 후시 씨 일행을 돌아보며 구마타로와 야고로는 "이만 실례. 다시 오겠소"라며 다스기야를 떠났다.

"으하하, 후련하다."

"정말, 그래."

다스기야에 쳐들어가 잔뜩 겁을 준다고 하는 소기의 목적을 달성한 구마타로와 야고로는 신이 나서 길을 걸었다. 야고로가 말했다.

"그런데 형님아, 아주 잘하던데."

"뭘?"

"뭘이라니, 모르는 척하면 안 되지. 미치광이 흉내. 놈들 완전히 겁을 집어먹던걸."

야고로의 말을 듣고 구마타로는 착잡한 마음이 들었다.

분명히 처음에는 미친놈 흉내를 내자는 마음이 좀 있었지만 마구 지껄이다보니 흥분해서 나중에는 솔직한 자기 마음을 내뱉고 행동했다. 그때부터는 전혀 연기가 아니었다.

　그러면 난 미친놈인가? 구마타로는 생각에 잠겼다.

　아니, 그럴 리 없다. 그럼 왜 내가 솔직한 내 마음을 그대로 표현하는 행동을 하면 다들 나를 미치광이로 여기는 거지? 그렇다면 역시 난 미친 건가? 아니, 아니다. 그 술을 저장하는 광에 갈 무렵에는 마음이 평정을 되찾은 상태였는데.

　그런 생각을 하면서 구마타로는 야고로를 다그치듯 물었다.

　"그런데 놈들이 경찰에 신고하러 가지 않을까?"

　구마타로는 아주 불길한 예감이 들었다.

　경찰이라는 말을 들을 때마다 구마타로는 1872년에 일어났던 그 일이 들통나는 게 아닐까 걱정되었다. 구마타로는 스스로에게 타이르듯 말했다.

　"그럴 리야 없겠지. 놈들이 만약 경찰에 신고한다면 우리는 신문사에 다 털어놓을 텐데. 그게 두려워서 경찰에 가지 못할 거야."

　"맞아, 그래."

　그런 이야기를 하면서 스이분으로 돌아와 마쓰나가 구마지로에게 여차저차 잔뜩 행패를 부리고 왔다고 이야기하자 구마지로는 구마타로의 손을 잡고 기뻐하며 "너희는 남을 위해 몸을 던져 정의를 이루는 의로운 사람들이야"라고 칭찬하며 고마워했다. 그가 "일단 이걸로 맛있는 거라도 사먹어라"며 일 엔 이십 센을 내밀자 구마타로는 사양하는 척하다가 받아 넣었다. 그리고 경찰에 신고할까봐 기분이 어두웠던 것도 잊고 야고로와 함께 모리야에 있는 아는 가게로 가서는 술을 마시고 요리도 먹고 샤미센을 켜기도 하며 엉터리 노동요를 부른 뒤 기생에게 "난 이런 노래를 만들 생각이야. 들어봐. 멍청이들, 난 오늘 소똥으로 술을 빚었다네. 여기까지 오는 데 십 년이나 걸렸다니까"라는 말도 안 되는 소리를 하며 기분을 냈다.

구마타로와 야고로가 그렇게 기분을 내는 사이, 다스기야에서는 난리가 났다. 구마타로가 떠나자마자 높으신 분들과 모이는 자리에서 얼큰하게 취한 다스기 시게요시가 돌아왔는데, 그는 문을 들어서자마자 오줌 냄새가 코를 찌르는 것에 화가 머리끝까지 치밀어 버럭 호통을 쳤다.

"이게 대체 무슨 꼴이냐. 가게 안에 이렇게 지린내가 요동을 치니 어찌 된 일이야."

하지만 가게 점원들은 우물거리고 여자들은 울기만 할 뿐

말이 없었다. 다스기는 지배인에게 물었다.

"자, 사헤에. 이게 대체 어찌 된 일인가. 자네가 설명해주겠나?"

"아, 예. 그게 저도 잘 모르겠습니다. 기도라는 녀석과 다니라는 젊은 녀석, 둘이 느닷없이 안으로 들어왔는데, 딸이 죽어서 사과가 어쩌니 조의금이 어쩌니 술집이니 차보다 술이라느니 하다가, 그래서 화악 던져 넣고……"

"뭔가. 무슨 소린지 알아들을 수가 없잖아."

"예, 저도 전혀 모르겠습니다."

"네가 모르면 난 더 모르지. 그럼 그들이 공갈, 협박을 한 거나 마찬가지라는 건가?"

"예, 저도 바로 그런 생각이 들었습니다. 그런데 아무래도 눈빛이 이상한 걸로 보아 이쪽이 살짝 간 게 아닌가 생각했어요. 이야기를 듣는 척하면서 바로 협객 우두머리를 부르러 사람을 보냈죠. 그래서 우두머리가 바로 달려왔는데요. 그놈이 품에서 권총을 써내 제 관자놀이에 들이대서, 전 너무 무, 무서워서……"

"그래서 오줌을 지렸나?"

"정말 죄송합니다."

"칠칠맞지 못하게. 그래, 후시 씨와 부하들이 내쫓은 건가?"

"아뇨, 그게, 그렇지 못했습니다. 어쨌든 권총을 들고 있는
데다가 무슨 짓을 저지를지 모를 미친놈이라서, 다들 죽나보
다 싶어서……"

"그래서 또 오줌을?"

"그렇습니다."

"그래서 돌아간 건가?"

"아뇨, 그게……"

"아직 뭐가 더 있다는 건가? 어떻게 된 거야?"

"아뇨, 그게……" 그 소중한 양조용 술통에 구마타로가 소
똥을 넣었다는 이야기를 하자 주인은 지배인을 무섭게 꾸짖
었다.

"아니, 절 쏴죽이겠다고 겁을 주어서……"

변명하는 지배인에게 다스기가 호통을 쳤다.

"왜 그때 총에 맞아 죽지 않은 게냐!"

그러나 한편으로는 왜 그런 놈이 쳐들어와 행패를 부렸는
지 도무지 짐작이 가지 않았다.

구마타로의 주장에 대해 다스기야 쪽은 짐작이 가는 바가
정말 없었던 것이다.

"그런데 왜 그런 미친놈이 내가 집을 비웠을 때 쳐들어온 거지?"

다스기가 몇 번이나 물어도 다들 고개만 갸웃거릴 뿐 제대로 대답하는 사람이 없었는데 지배인이 불쑥 앗 하고 소리를 질렀다.

"왜 그러나. 뭐 짚이는 구석이라도 있나?"

"어쩌면 다스기야(田椙屋)*를 잘못 찾아온 게 아닐까요?"

"앗."

주인도 소리를 질렀다.

그즈음 지나이 초에는 다스기야(田椙屋)라는 양조장이 있었다.

다스기야(田杉屋)보다 규모는 작지만 그래도 제법 이름이 난 곳이다. 너무도 놀란 나머지 그걸 머릿속에 떠올리지 못했지만, 평소 찾아와서 영문을 알 수 없는 소리를 하는 사람에게는 늘 먼저 '다스기야(田椙屋)로 잘못 알고 찾아오신 게 아닙니까?'라고 묻곤 했다. 게다가 주인과 지배인은 몰랐지만 가게에서 일하는 다른 사람들은 다스기야(田椙屋)의 젊은 도련님이 심부름하는 아가씨와 눈이 맞았다는 사실을 그 집

---

* 한자 표기는 다르지만 발음이 같다.

53

에서 일하는 사람으로부터 들어 알고 있었다. 그런 사실을 주인과 지배인에게 알리자 구마타로가 했던 말이 차츰 이해가 갔다.

그렇지만 '뭐야, 그런 거였어? 다행이군, 다행이야. 아하하하하' 하고 웃을 수는 없었다.

왜냐하면 응접실에 싼 오줌은 치우면 어떻게든 냄새를 뺄 수 있지만 그 소중한 양조용 술통에 던져 넣은 소똥은 어떻게 할 방법이 없었기 때문이다. 만병통치약 소똥술이라 선전하며 내다 팔자는 의견도 있었지만 당연히 그런 소리가 받아들여질 리 없었다.

하여간 다스기야(田椙屋)에 알리기로 하여 사혜에가 찾아갔다.

이야기를 들은 다스기야는 새파랗게 질렸다.

당연한 노릇 아닌가. 기껏해야 농사꾼 딸이라고 깔보고, 항의하러 왔던 다케다 산사부로도 업신여겼다. 그 뒤로 아무 소리 없으니 끝난 일이라고 잊고 지냈는데 느닷없이 미치광이 두 명이 집을 잘못 찾아 다른 집으로 쳐들어가서는 한껏 행패를 부리고 갔다니 두렵지 않을 리 없다.

게다가 사혜에는 정말 무섭다는 듯 이렇게 이야기했다.

그 악귀 같은 미치광이는 권총과 곤봉으로 무장하고 복수를 벼르고 있기 때문에 타협은 불가능하다. 깨진 종처럼 무서운 소리로 고함을 지르고 달려온 협객을 두들겨 패 반죽음으로 만들었다. 또 가게 안에서 권총을 마구 쏘아댔고 가게 기물을 파괴했을 뿐만 아니라 양조용 술통 안에 소똥을 처넣는 등 난폭하기 짝이 없었다. 게다가 교활하게도 미치광이는 이 일을 절대 경찰에 알리지 말라, 알리면 오사카에 있는 신문사에 이 집이 얼마나 부끄러운 짓을 저질렀는지 다 불겠다고 협박하고, 교섭이 제대로 안 될 경우에도 신문에 떠벌리겠다고 했다. 실로 극악무도한 미치광이 아닌가.

세상만사를 나쁘게만 생각하는 버릇이 있는 다스기 요시네는 이야기만 듣고도 오줌을 지릴 뻔했다.

정체 모를 미치광이가 아무런 예고도 없이 가게에 쳐들어와 히죽히죽 웃으면서 그야말로 끔찍한 폭력을 행사하며 가게 사람을 한 명씩 끔찍하게 죽인다. 가게 사람들은 공포에 떨면서 봉당에 웅크리고 앉아 있을 수밖에 없다. 미치광이는 뭐라고 말을 하지만 그 내용은 '주사위가 발광해서 고기를 실은 큰 짐수레가 바뀌고 말았어'라는 둥 뜻을 알 수 없는 소리다. 괜히 잘못 고개를 끄덕이거나 대꾸를 하면 '네가 뭘 안다고'라고 호통을 치며 제일 먼저 죽인다. 그동안 미치광이는 가게를 때려 부순다. 가구는 물론이고 장사 도구까지 깡그리

때려 부수고 나중에는 가게에 폭발물을 설치해 굉음과 함께 가게가 박살이 나 불길에 휩싸인다. 가게는 잿더미로 변해 남는 것 없고 모두 죽는다. 멸망이다.

사혜에가 하는 이야기를 들은 다스기 요시네는 그런 상상을 하며 공포에 휩싸였다.

요시네는 이게 다 자식을 도쿄에 있는 학교에 보냈기 때문이라고 생각했다.

도쿄에 있는 학교에 간 뒤로 아들은 문학이 어쩌고저쩌고 하는 영문 모를 소리를 했다. 뭐가 문학이란 말인가. 그냥 발정 난 짐승일 뿐이지 않은가. 대체 장사꾼 큰아들이 학교는 다녀서 어디에 쓰나. 나도 젊었을 때는 교카(狂歌)*에 빠진 적도 있고 배우와 사귀기도 했다. 하지만 그건 어디까지나 장사에 깊은 맛을 더하기 위한 취미였고 교제였지 교카를 짓는 사람이 되겠다는 생각은 한 번도 해본 적 없다. 음, 그렇지도 않은가? 다스기는 잠깐 생각했다. 하지만 아버지에게 야단맞고 그런 건 포기했다. 그런데 아들은 굳이 어미가 나서서 함께 간다느니 가게 해달라느니 졸라대서 할 수 없이 도쿄로 보냈다. 그랬더니 이런 사달이 나고 말았다. 이게 무슨 일이란 말

---

* 사회 풍자와 해학이 담긴 일본 고유의 짧은 시.

인가. 그저 색골일 뿐이다. 여자하고 놀고 싶다면 마쓰시마*
나 신바시** 같은 데 나가 어울리면 그만 아닌가. 그런데 굳이
그런 농사꾼 딸을 건드리다니. 뭐가 문학이란 말인가. 난 문
학을 이해할 수 없다.

요시네는 그런 생각을 하며 끙끙 후회했지만 계속 후회만
하고 있을 수는 없었다. 다스기야에는 훗날 정식으로 사죄하
기로 하고 어쨌든 이백 엔 때문에 가게 평판을 엉망으로 만
들 수야 없다는 생각에 이튿날 날이 밝자마자 현금으로 이백
엔과 사과문에 술과 싱싱한 도미를 더해 지배인에게 시켜 다
케다 산자부로 집으로 보냈다.

하지만 사과문 내용은 엉망이었다. 내용은 이랬다.

내 아들과 그쪽 딸은 부부가 되기로 언약하였으나 아들이
학업을 마친 뒤에 아내로 맞이하겠다고 하고 도쿄로 돌아갔
다. 그런데 그쪽 딸은 (오로지 무학인 관계로) 아들이 혼약을
취소하고 도쿄로 갔다고 곡해하여 비관 자살했다. 그 일에
대한 책임의 일단은 내 아들, 그리고 아비인 나에게도 있으
며 (원래 사과할 필요까지는 없지만 그쪽 사정이 딱해서) 이
에 사과의 뜻을 적고 함께 조의금 이백 엔을 보낸다.

---

* 오사카에서 유곽이 많았던 지역.
** 도쿄 긴자에서 고급 요정이 많기로 유명했던 지역.

완전히 거짓말이다.

아들은 딸에게 개학을 하여 돌아가지만 학업을 마치고 돌아오면 아내로 맞이하겠다는 소리는 한마디도 하지 않았고, 딸이 아들의 행동을 곡해한 바도 없으며, 아들은 '네 얼굴을 보면 답답해서 도쿄로 돌아갈 거야. 찾아오지 마'라고 했으니 딸은 아들의 뜻을 정확하게 이해했다.

그런데 사과문에는 자기 아들은 그런 말을 하지 않았는데 무지한 당신 딸이 멋대로 곡해하여 자살하고 말았다고 적은 것이나 다름없다. '그 일에 대한 책임의 일단은 아들, 그리고 아비인 나에게도 있으며'라는 말은 마치 자기들 책임을 인정하는 것처럼 보이지만, 따져보면 일부 책임은 있지만 기본적으로 그쪽이 무지해서 곡해한 것이 원인이라는 소리다.

또 조의금 이백 엔을 보낸다고 명시한 까닭은 조의금으로는 상식을 벗어난 이백 엔이라는 큰돈을 지불했음을 훗날의 증거로 삼기 위해서다.

원래 사과문이라는 것은 허심탄회하게 잘못을 인정하고 진심으로 상대에게 사죄하는 마음으로 써야 하는데 이 사과문은 '솔직히 말하면 네 딸이 멍청해서 이렇게 되었지만 딱해서 조의금만은 보내주마'라고 쓴 것이다. 이런 글은 사과문이 아니라 결투를 신청하는 글이다.

다케다 산자부로는 사과문과 조의금을 받아들지도 못하고 멍하니 바라만 보았다.

산자부로는 글을 거의 읽지 못했기 때문에 이 엉망인 사과문이 뜻하는 바를 이해할 수 없었다. 하지만 심한 위화감은 느꼈다.

분명히 이 사람은 사과 편지와 이백 엔이라는 거금을 들고 왔고, 또 말로도 '이번 일은 참으로 면목 없게 되었다'고 하며 다다미에 머리를 조아리며 사죄했다.

하지만 산자부로는 사과를 받는다는 느낌이 전혀 들지 않았다. 뭐랄까, 마음이 담기지 않은 사과문을 읽으며 돈과 편지를 내놓자마자 궁둥이를 꿈실거리며 돌아갈 틈만 노리는 성의 없는 태도에 외려 무시당한 기분이 들었다.

그러나 상대방은 사과문과 조의금을 들고 와서 어쨌든 사과했고, 일단 불단에 향을 피워 올린 다음 뉘우치는 듯한 말도 했다. 그렇기에 산자부로는 '뭐야, 그 태도가'라고 나무랄 수도 없어 위화감을 느꼈다.

어색한 침묵이 흐른 뒤, 지배인이 어서 빨리 돌아가고 싶다는 태도를 숨길 수 없어 "그럼 저는 이만 실례하겠습니다"라고 말했을 때 산자부로가 말했다.

"당신은 지배인이라고 했죠?"

"그렇습니다."

"왜 주인이 오지 않은 겁니까?"

지배인은 "엥?" 하고 이상한 소리를 냈다. 산자부로의 질문이 너무 뜻밖이었기 때문이다.

다스기야(田楫屋)의 주인은 지나이 초에서도 손꼽히는 양조장 주인이자 금융가이며 지주다. 즉 눈이 부실 만큼 많은 재산을 지닌 귀한 분이다. 그렇게 귀한 분인 다스기 요시네가 이런 한촌의 지저분한 농사꾼 집을 찾아올 리 없지 않은가. '무슨 소리를 하는 거요, 이 양반아.' 지배인은 마음속으로 생각했다.

"예에. 주인 나리는 바쁘셔서 지배인인 제가 대신 찾아뵙기로 하고……"

그러면서 머리를 조아리는 지배인에게 산자부로가 말했다.

"그렇소? 주인은 바쁘시다? 바쁘면 좋지. 그렇지만 이쪽은 딸을 잃었소. 아무리 바쁘다고 해도 자기 자식이 그런 잘못을 저질렀으면 부모로서 사과하러 오는 게 도리 아니오? 난 가난한 농사꾼이고 댁의 주인은 아주 귀한 분이지. 하늘과 땅만큼 차이가 날 거요. 그렇지만 말이오, 딸을 아끼고 아들을 사랑하는 마음은 서로 다를 바 없소. 그야 내가 사과문을 써 와라, 조의금을 내놓아라, 그런 소리를 했지. 그렇지만 그건 이런 종이쪼가리가 필요했던 게 아니오. 돈이 탐이 난 게 아니란 말이오. 당신 주인한테서 '정말 죄송하다'는, 마음에서 우러난 사과를 듣고 싶었소. 그래서 사과문을 써 와라, 조의금을 내놓아라 한 거요. 이게 대체 뭐요? 난 이런 거 필요하다고 한 적 없소. 이런 거 아무리 받아봐야 내 딸, 우리 구미는 다시 돌아오지 못한단 말이오. 그런데 이게 대체 뭐요?"

둑이 무너진 듯 단숨에 내뱉은 산자부로는 고개를 푹 숙인 지배인에게 돈 꾸러미를 던졌다. 돈이 소리를 내며 다다미 위에 흩어졌다.

산자부로는 그만 울음을 터뜨렸다. 방 안에 산자부로의 울음소리만 가득했다.

지배인은 잠시 조용히 앉아 있었지만 흩어진 돈을 주워 모아 산자부로 앞에 내려놓고 말없이 고개를 숙인 뒤 돌아갔다.

지배인이 나간 뒤에도 산자부로는 몸을 떨며 흐느꼈다. 그리고 이윽고 일어나 뭔가에 홀린 사람처럼 안쪽 방문으로 걸어갔다. 잠깐 산자부로는 상인방 쪽을 쳐다보더니 부엌으로 가서 받침대를 가지고 돌아왔다.

산자부로는 허리띠를 풀고 받침대 위에 서서 허리띠를 상인방에 걸었다.

"나무아미타불."

산자부로는 받침대를 걷어찼다.

쉰네 살이었다.

아내와 딸을 앞세운 홀아비의 애처로운 마지막 순간이었다.

산자부로가 스스로 목을 맨 바로 그 순간, 다스기야의 아들은 무대에서 노래하고 있는 무스메기다유*에게 "어쩜 좋아, 어쩜 좋아" 하며 불효막심한 소리를 지르고 있었다.

산자부로가 스스로 목숨을 끊자 그의 얼마 안 되는 재산은 동생인 고키치가 물려받았다.

달리 피붙이가 없었다.

오사카에서 직공으로 지내며 스이분에 돌아올 생각이 없는 고키치는 집, 논밭을 바로 팔아치웠다. 이렇게 해서 구마지로는 애초 계산대로 한 평에 사 엔씩 쳐서 논밭을 사들여 빚을 메울 수 있었다.

구마지로는 그걸로 되었고, 또 다스기야(田椙屋)도 겨우 이백 엔을 주고 찜찜한 뒷맛을 없앴으니 다행이라고 생각했다. 하지만 사태가 수습되지 않는 곳은 착각 때문에 엉망이 된 다스기야(田杉屋)였다. 누명을 쓰고 지독한 협박을 당했을 뿐

---

* 조루리 공연을 하는 여성 공연자.

아니라 술에 소똥까지 처넣었으니 무리도 아니다.

물론 다스기야(田椙屋)에서 피해 보상으로 돈을 받았다.

소심한 다스기 요시네는 이대로 다스기야(田杉屋)가 망하기라도 한다면 자포자기 상태에 빠진 다스기 시게요시가 어떤 보복을 할지 모른다는 생각에 겁을 먹었다.

악귀로 변한 다스기 시게요시가 백발을 휘날리며 가게에 쳐들어온다. 이미 그는 거지가 되었기 때문에 온몸에서 고약한 냄새가 나고 몸에서는 이를 비롯해 정체를 알 수 없는 가루 같은 것이 후드득 떨어진다. 또 온몸에 종기가 나서 피고름이 질질 흐른다. 그 모습에 겁을 먹고 누구도 가까이 가지 못하자 그는 아내와 딸을 부둥켜안고 뺨을 날름날름 핥는다. 아내는 무서워서 발광한다. 실컷 행패를 부린 시게요시는 '내가 더러우니까 다들 싫어하는군. 그렇다면 목욕을 해야겠어'라며 창고로 가서 양조용 술통에 다이빙해 이윽고 몸이 떠오르자 개헤엄을 치면서 '으하핫, 술로 목욕을 하는구나'라고 소리를 지른다. 술을 출하할 수 없게 되어 모든 게 엉망이 되어 모두 죽는다. 멸망이다.

그런 생각을 한 다스기 요시네는 다스기야에 할 수 있는 만큼 보상해주었다.

그러나 다스기 시게요시는 그것만으로 납득하고 넘어갈

수 없었다.

물론 다스기 요시네에게 책임을 더 추궁할 생각은 없었다. 다만 그 두 녀석을 용서할 수가 없다. 마구 공갈치고 술을 엉 망으로 만든 그 두 명이 매일 하나마키 우동을 맛나게 먹고 신나게 춤을 추며 즐겁게 산다는 것을 용서할 수 없다. 어떻 게든 처벌하지 않고 넘어갈 수 없다.

특히 지배인 사혜에는 끔찍한 협박을 당한 당사자인 만큼 용서할 수 없다는 마음이 남보다 컸다. 그렇지만 이 일이 널 리 알려질까봐 두려운 다스기 요시네가 경찰에 신고는 하지 말아달라고 간절히 부탁했기 때문에 할 수 있는 일이라고는 두들겨 패거나 돈을 받아내는 정도다.

그 두 놈에게 가장 힘든 게 무엇일까 의논한 끝에 그건 돈 일 거라는 결론이 났다. 하지만 너무 큰돈을 내놓으라고 하 면 없는 돈을 어떻게 내놓느냐며 배 째라고 나올 게 틀림없 다. 그렇다고 너무 싸게 불러도 아무 의미가 없다. 결국 백 엔 을 청구하기로 했다.

스이분에 그 말을 전하러 갈 사람으로 지배인이 나섰다. 후 시 씨와 비옷 입은 기요 씨가 호위하느라 동행했다.

구마지로, 지배인인 사혜에, 후시 씨, 기요 씨가 구마타로 의 집 앞에 도착한 바로 그때 혼자 집에 있던 구마타로는 방에서 뒹굴며 고민하고 있었다.

야고로와 자기가 행패를 부린 집이 다른 집이었다는 소식을 들은 뒤로 구마타로는 창피해 견딜 수 없었다. 참으로 얼간이 같은 짓을 저질렀다고 생각했다.

아무 관계도 없는 집에 가서 그 집과 관계없는 소리를 떠벌리고 상대가 모르겠다고 하자 화가 나 행패를 부리며 나중에는 흥분한 나머지 엉엉 울다가 관계없는 사람을 장작으로 두들겨 팼다. 바보도 이런 바보가 있나. 자기가 얼마나 무식한지도 모르고, 상대방이 얼마나 대단한 사람인지도 모르고 당대의 석학에게 네까짓 게 뭘 아느냐며 퍼부은 것이나 마찬가지다.

구마타로는 그런 생각을 하며 안절부절못했다. "아, 으음" 하며 뜻도 없는 소리를 내며 다다미 위를 뒹굴다가 멈추고 새우처럼 몸을 웅크렸다. 그래봤자 해결될 리 없다는 걸 알지만 이런 짓이라도 하지 않고서는 너무 창피해 견딜 수 없었다.

요 며칠 구마타로는 그런 짓만 하며 지냈다.

길을 걷다가도 불쑥 행패 부릴 때 자기가 한 말이 떠올라 "아, 으음" 하고 신음하며 두 손으로 얼굴을 가리고 논두렁에 웅크리고 앉기도 했다. 또는 큰 소리로 "에헤라붐벤"이라고 뜻을 알 수 없는 말을 내뱉기도 했다.

그렇게 하면 잠깐이라도 부끄러움과 창피함을 달랠 수 있었다.

하지만 그런 구마타로의 속마음을 모르는 마을 사람들은 구마타로가 그러는 모습을 보고 "역시나……"라고 중얼거렸다.

그렇게 구마타로가 자기도 뭐라는지 모를 소리를 중얼거리고 있을 때 봉당에서 "구마 있나?" 하고 부르는 소리가 났다.

자의식의 고민이 거의 정점에 이르렀을 때 찾아온 손님이라 구마타로는 심장이 터질 듯 놀라 허둥댔다. 얼른 일어나 "예예" 하고 이상한 목소리로 대꾸하며 방을 나섰다.

그렇지만 사혜에 일행도 긴장한 상태였다. 구마타로와 야고로가 집을 착각해 쳐들어왔다는 사실을 알았을 때는 화가 난 나머지 가게 점원들과 함께 기필코 보복하겠다고 씩씩대던 사혜에지만 막상 구마타로 앞에 서려고 하니 그날 구마타로의 무시무시한 얼굴이 되살아나 무서워 견딜 수 없었다.

그렇지만 이제 와서 돌아설 수는 없었다. 오는 길에 사혜에와 후시 씨는 조금이라도 이상하다 싶으면 무리하지 말고 안전을 가장 먼저 생각하자고 했다. 그래서 처음부터 엉거주춤 꽁무니를 뺀 상태였다.

사혜에 일행은 겁을 먹었고 구마타로는 영문을 몰라 당황해 어쩔 줄 몰랐다.

양쪽 다 한심한 모습이었다.

하지만 겁을 먹었다고는 해도 이 대면은 따지자면 사헤에
일행에게 유리했다. 왜냐하면 사헤에 일행은 처음부터 구마
타로를 만날 거라는 걸 알고 있어 마음의 준비가 되어 있었
지만 그에 비해 구마타로는 전혀 마음의 준비가 되어 있지
않았기 때문이다.

봉당에서 "구마 있나?" 하는 소리가 났을 때 구마타로는
당황했지만 그 말투로 미루어 손님은 낯익은 마을 사람일 거
라고 생각했다. 그런데 방을 나가보니 봉당에는 마을 사람
인 구마지로 말고도 마을 사람이 아닌 이들이 서 있었다. 게
다가 그 사람들은 요 며칠 생각할 때마다 구마지로를 괴롭게
만든, 자신이 실수를 저지른 그 당사자였다.

구마타로는 속으로 으악 하고 소리를 질렀다. 그리고 결국
올게 왔구나 하는 생각을 했다. 그런 짓을 저지르고 저쪽이
잠자코 있을 거라고는 생각하지 않았기 때문이다.

그렇게 생각한 순간 구마타로는 이미 패배한 셈이었다.

얼핏 보기에도 충격을 받아 풀이 죽은 구마타로에게 구마
지로가 말했다.

"구마. 왜 넌 지난번에 다스기야에 가서 난동을 부린 거야?

이 사람들 얼굴 본 적 있지? 오늘은 그 이야기를 하러 오셨대. 들어가도 되겠나?"

그리고 뒤를 돌아보더니 "자, 들어갑시다"라고 사혜에에게 말했다.

뭐라고 해야 좋을까. 어떤 표정을 지어야 할까. 판단이 서지 않아 멍하니 서 있는 구마타로의 얼굴을 보고 후시 씨는 역시 노름판 승부사의 감으로 '이 녀석 겁을 먹었구나'라고 눈치를 챘다. 그러자 갑자기 태도가 변했다.

"그럼 올라갑시다."

후시 씨가 옷자락을 일부러 흐트러트리며 성큼성큼 들어서자 기요 씨도 들어오고 사혜에도 들어왔다. 뒤를 이어 구마지로도 들어왔다.

남자 네 명이 우르르 들어와 말없이 노려보고 있으니 거북하기 짝이 없었다.

어색한 분위기를 견디지 못한 구마타로가 애원하듯 구마지로 쪽을 보았지만 구마지로는 태연한 표정으로 담배만 피웠다.

결국 구마타로가 먼저 입을 열었다.

"저어, 오늘은 어쩐 일로……"

그 말을 들은 지배인은 후시 씨가 세게 나가는 걸 간파하고, 또 구마타로가 울상이 되는 걸 보고 '이제 됐다' 싶어 갑자기 거드름을 피우는 큰 가게 지배인의 태도를 취했다.

"어쩐 일? 어쩐 일이냐고 물었나, 당신?"

어처구니없다는 투로 말했다.

상대에게 되묻는 말투는 주인이 자기를 꾸짖을 때 쓰는 말투를 흉내 낸 것이었다.

그걸 아는 후시 씨는 속으로 이 녀석이 주인 흉내를 내고 있구나, 생각했지만 겉으로는 심각한 표정을 지으며 구마타로를 노려보았다.

기요 씨도 갓과 같은 얼굴로 구마타로를 노려보았다.

"당신이 저지른 행패를 다시 한 번 읊어드릴까?"

공짜라도 떠올리고 싶지 않은 창피한 일을 그 당사자로부터 듣다니 이런 한심한 노릇이 어디 있을까. 구마타로는 고개를 숙인 채 기어들어가는 목소리로 말했다.

"아뇨. 그건 잘 압니다."

"아, 그래? 난 당신이 싹 까먹은 줄 알았네. 왜 그런 짓을 저지르고 먼저 사과하러 오지 않지? 어째서 우리가 올 때까지 가만히 있었나. 아니면 뭔가. 우리가 찾아오지 않으면 이대로 입 싹 닦으려고 한 건가? 우리가 오지 않을 줄 알았나? 뭐라고 말 좀 해봐."

"아니, 결코 그런 건 아니고……"

구마타로는 반사적으로 대꾸했지만 말을 잇지 못했다.

왜냐하면 지배인이 말한 대로, 잠자코 있다가 그냥 넘어갈 눈치라면 이대로 가만히 있으려고 생각했기 때문이다.

"무슨 소리야? 그럼 내가 묻지. 당신 대체 우리한테 한 짓을 어떻게 책임질 작정이지?"

"그건 그……"

말문이 막힌 구마타로는 구마지로에게 "구마지, 어떡하지?"라며 도움을 청하듯 물었다.

이런 교섭을 잘하고 다스기야(田楫屋)와도 관계가 깊은 구마지로가 잘 중재해주지 않을까 싶었기 때문이다. 구마지로가 말했다.

"아니, 구마. 애초에 왜 그런 터무니없는 짓을 했어?"

구마타로는 바로 '그거야 네가 부탁했기 때문 아니야?'라고 하려다가 그만두었다. 구마지로가 습격에 관계했다는 사실이 다스기야(田杉屋)를 거쳐 다스기야(田楫屋)에 알려지면 구마지로의 처지가 어려워질 거라고 생각했기 때문이다. 구마타로가 말했다.

"그야 뭐, 다케다가 딱해서 그랬지."

"아무리 딱해도 그렇지. 느닷없이 쳐들어갈 건 없잖아. 그것도 엉뚱한 집에 쳐들어가다니. 그러면 누구라도 화가 나지. 안 그래?"

"아, 뭐 그렇기는 하지만."

대꾸는 하면서도 구마타로는 석연치 않았다.

사정을 모르는 척하는 거라면 몰라도 자기가 부탁한 일인데 '그러면 못쓰지'라는 투로 이야기하는 것은 너무 뜻밖이었다.

구마타로는 아예 '네가 그렇게 해달라고 부탁해서 간 거잖아'라고 까발릴까도 생각했지만 구마지로의 처지를 생각해 꾹 참았다.

"어쨌든."

지배인이 큰 소리로 말했다.

"우리는 엄청 손해를 보았어. 그렇지만 뭐, 보아하니 당신이 그걸 모두 변제할 수 있을 것 같지는 않고……"

그러면서 지배인은 방 안을 둘러보았다.

"그렇지만 그냥 넘어갈 수도 없으니 위자료로 삼백 엔은 받아야겠소."

그 말을 들은 구마타로는 어처구니없었다. 삼백 엔이라는 돈은 아무리 생각해도 마련할 길이 없다. 구마타로가 말했다.

"사, 삼백 엔? 그렇게 많은 돈은 내가 마련할 수 없어."

"그렇다면 왜 그런 난동을 부렸지? 당신이 그런 것 아니야? 삼백 엔 내놔."

"아, 그래도, 도저히 낼 수 없다면 어떻게 되나?"

"도저히 줄 수 없다고? 그렇다면 어쩔 수 없네. 경찰을 찾아가 이야기해서 당신을 감옥에 넣어야지."

"겨, 경찰이라고? 그건 안 되지."

"그러면 삼백 엔 내. 집도 팔고 논도 팔고 산도 팔아치우면 삼백 엔쯤은 마련할 수 있을 테지. 당장 내놓으라는 건 아니야. 석 달 기다리지. 그동안에 삼백 엔을 마련해. 알겠나?"

"아, 예."

"그럼 기다리겠어. 마련하지 못하면 경찰에 신고하러 갈 테야."

그렇게 말한 뒤 지배인은 물러가려고 했다. 구마타로가 소리쳤다.

"자, 잠깐."

"뭐야? 무슨 불만이라도 있나?"

"불만이 아니야. 불만은 아닌데 이야기하지 않은 게 하나 있어."

"뭐지?"

구마지로가 물었다.

"분명히 집을 잘못 찾아가 난동을 피운 일은 내가 잘못했어. 그렇지만 그건 나 혼자 한 게 아니야. 난 부탁을 받았지. 누가 부탁한 건지 말할까? 다름 아닌 여기 있는 마쓰나가 구마지로야."

구마타로가 뜻밖의 고백을 하자 지배인은 순간 동작을 멈추었지만 바로 '바보 아니야?'라고 말하고 싶은 듯한 표정을 지었다.

"이분은 다스기야(田楫屋) 주인님과 교유가 있는 분인데? 그런 분이 왜 다스기야와 척질 일을 하겠어. 한심한 거짓말 하지 마."

"거짓말 아니야."

구마타로는 구마지로의 얼굴을 보며 말했다.

"다스기야에 출입하니까 내게 부탁한 거지. 자기는 갈 수 없다면서. 난 일단 거절했어. 그렇지만 이 녀석이 다케다가 너무 딱하다면서 제발 가달라고 부탁한 거야. 그래서 어쩔 수 없이 갔다니까."

삼백 엔을 내라는 소리를 듣기 전까지는 구마지로의 처지를 생각했지만 금액을 듣고 얼른 생각을 바꾸었다. 내가 여유 있을 때는 남 생각도 할 수 있지만 위태로워지면 남을 희생시켜서라도 살고 싶다고 생각하기 때문이다.

지배인은 구마지로에게 "지금 이야기 정말인가?"라고 물었다.

구마타로는 사실대로 말하고도 켕겨서 구마지로를 제대로 보지 못했는데, 구마지로가 하는 말을 듣고 자기 귀를 의심했다.

당치 않게도 구마지로가 "무슨 소리요? 당연히 거짓말이지"라고 실실 웃으며 대답한 것이다.

지배인은 "하긴, 그렇겠지"라고 하더니 후시 씨에게 "그럼 이만 갑시다"라며 자리에서 일어섰다. 구마타로는 화가 머리 끝까지 치밀어 소리쳤다.

"야, 너 정신 나갔어? 네가 우리 집까지 찾아와 여기 이 자리에서 제발 부탁한다고 고개를 숙였잖아. 그런데 거짓말이라고? 야, 구마지로."

하지만 구마지로는 "에구, 무서워라" 하며 놀리듯 말했다.

지배인과 후시 씨, 기요 씨는 그때까지 풀이 죽어 있던 구마타로가 갑자기 소리를 버럭 지르는 걸 보고 '드디어 발작이 시작되는구나'라고 생각했지만 말은 못하고 눈짓을 주고받으며 얼른 신발을 신고 나가려고 했다.

구마타로가 '다들 나를 미친놈으로 보고 있다'는 사실을 즉시 깨달은 것은 다스기야에 쳐들어가 난동을 부리고 후시 씨

패거리 앞에서 미친 척했을 때 상대방을 두렵게 만들었다는 자각이 있기 때문이었다. 가만히 보니 지배인이나 후시 씨는 그때와 마찬가지로 잔뜩 겁먹은 눈빛이었다.

자기 말을 미친놈 헛소리로 여겨 상대해주지 않는다는 걸 깨달은 구마타로는 버럭 소리치고 싶은 걸 참고 "지배인, 잠깐만"이라고 최대한 부드럽게 말했다. 하지만 지배인 일행은 그게 더 무서웠는지 그냥 가겠다면서 나가버렸다.

구마지로도 뒤따라 나갔다. 구마타로는 "야, 인마. 기다려"라며 구마지로를 불러 세웠다.

문 앞에 서 있던 구마지로는 "그럼 살펴들 가시오"라고 인사하고 돌아서더니 문을 닫고 구마타로를 바라보았다. 지배인 일행을 대하는 친절한 말투는 싹 사라지고 낮은 어조로 "뭐야, 인마"라고 대꾸했다. 그동안 뻔뻔하긴 했어도 이렇게 난폭한 말투로 나온 적은 여태껏 한 번도 없었다.

구마타로도 화가 난 상태라 버럭 소리를 질렀다.

"너 날 우습게 보는 거냐?"

"우습게 보느냐고? 흥, 정신 나갔군. 멍청한 자식."

"누가 멍청해, 이 자식아. 너 사람 놀리면 못써. 이 자식, 너 우리 집에 찾아와 제발 부탁한다고 사정했잖아. 그런데 뭐야, 실실 웃으면서 당연히 거짓말이라고? 자꾸 사람 놀리면 박살을 내버릴 거야, 이 자식아."

그렇게 퍼부으며 구마타로가 멱살을 잡았지만 구마지로는 거칠게 뿌리치며 말했다.

"누가 놀린다는 거야? 잘 들어. 누구한테도 부탁하지 않았어. 네가 협객으로서 평판을 높이려고 멋대로 잘난 척한 거잖아. 집도 제대로 찾지 못하고 다스기야에 가서 난동을 부린 얼간이면서. 내가 너한테 부탁했다고? 그런 잠꼬대 같은 소리를 누가 믿어? 멍청하긴."

구마타로는 할 말을 잃었다.

그렇다고 해서 할 말이 없었던 건 아니다.

오히려 구마타로의 가슴속에는 백만 마디 말이 부글부글 끓고 있었다. 그래서 어디부터 이야기를 해야 좋을지 몰랐다. 상대방의 주장이 너무 말도 안 되어 반박해야 할 게 너무 많아 어느 논점부터 손을 대야 좋을지 얼른 판단이 서지 않았다.

구마타로는 간신히 "너 말이야" 하며 입을 열었다. 하지만 그다음 말이 제대로 나오지 않았다. "작작 좀 해"라고만 했을 뿐 더는 잇지 못했다.

한편 구마지로는 여유작작했다.

"뭘 작작 하라는 거야?"

차분한 말투로 대꾸했다.

구마지로는 그제야 반론의 돌파구를 찾아내 입을 열었다.

"거짓말 좀 작작 하라고."

"뭐가 거짓말이야?"

"너 창피하지도 않냐?"

"허, 말 한번 잘하네. 너야말로 창피하지 않아? 잠자코 있다가 삼백 엔 내놓으라는 소리를 듣더니 바로 낯빛을 바꾸면서 구마지로가 부탁했다고 내뱉다니. 야, 네가 그러고도 사내냐?"

그 말을 듣고 구마타로는 창피하다는 생각이 들었다. 하지만 자기 말은 사실이고 구마지로가 하는 말은 순 거짓말 아닌가.

"그랬지. 그렇지만 내가 거짓말한 거 아니잖아. 내 말이 다 맞잖아. 자꾸 발뺌하면 네가 내게 돈다바야시에 가서 행패를 부려달라고 부탁했다고 온 마을에 떠들고 다닐 거야, 인마. 그러면 괴로운 건 너야."

구마타로가 이렇게 말하자 구마지로는 히죽히죽 웃으며 말했다.

"어어, 그러셔? 좋을 대로 하시면 되지."

구마타로가 하는 이야기를 들은 야고로는 마구 화를 냈다.

"그런 말도 안 되는 소리가 어디 있어."

화가 난 야고로는 당장 구마지로를 두들겨 패러 가자고 말했다. 그렇지만 구마타로는 반대했다.

"그건 안 돼."

"왜 안 돼. 그런 거짓말을 하는데 어떻게 잠자코 있어? 그 자식 한번 혼을 내줘야 한다니까."

"아니야, 아니라니까. 잘 들어봐. 지금 사람들이 우릴 어떻게 생각하느냐, 부탁도 하지 않았는데 잘못도 없는 가게에 쳐들어가서 마구 행패를 부린 놈으로 본다고. 그런데 우리가 이번엔 또 구마지로를 두들겨 팬다고 해봐. 사람들이 뭐라고 하겠어? 아아, 역시 저것들은 형편없는 놈이다, 할 게 뻔하잖아."

"그럼 어떻게 하지? 그냥 내버려둘 거야?"

"내버려두긴. 이럴 때는 주먹이 아니라 입으로 해야 하는 거야, 입."

"깨물어?"

"왜 자꾸 그런 소리만 하냐? 아니라니까. 우리가 다스기야에 쳐들어간 건 구마지로가 부탁해서 갔다는 사실을 온 마을에 퍼뜨리고 다니는 거지."

"그러면 어떻게 되는데?"

"그러면 아, 그렇구나, 이번 일은 구마지로가 뒤에서 조종한 거로구나, 구마타로와 야고로는 부탁받고 그랬을 뿐이잖아, 아하. 이렇게 되겠지. 그러다보면 이야기가 다스기야에도 들어갈 거야. 그러면 그놈들도 그냥 넘어가지는 않겠지. 삼백 엔이란 돈도 우리가 아니라 마쓰나가가 내야 하는 거 아니냐. 이렇게 되겠지."

"뭐 그렇게 번거로워. 팍 패버리는 게 빠르잖아?"

"안 돼, 그건 안 돼. 어쨌든 지금은 사람들이 우릴 형편없는 놈으로 여기게 만들면 안 돼."

야고로는 구마지로를 두들겨 패고 싶어 했지만, 구마타로는 이렇게 진실을 폭로하는 것이 구마지로에게 더 큰 타격을 줄 거다, 왜냐하면 우리가 진실을 이야기하는데 놈은 거짓말을 하니까, 라고 설득했다. 그래서 어서 누군가를 만나 진실을 이야기하자며 주변을 어슬렁거리고 있는데 고마타로가 소를 끌고 걸어왔다.

구마타로가 얼른 말을 걸었다.

"고마야."

"왜?"

"잠깐 내 말 좀 들어봐."

"미안, 나 바빠. 다음에 해."

그렇게 말하고 가던 길을 가는 고마타로를 따라가며 구마타로가 말했다.

"걸으면서 해도 괜찮으니까 들어줘."

"할 수 없군."

고마타로는 귀찮다는 표정을 지으며 멈춰 섰다.

"너도 이야기 들었을 거야. 그 다스기야 문제 말이야. 그거 나하고 야고로가 멋대로 간 거 아니거든. 그건 사실 마쓰나가 구마지로가 부탁해서 간 거야. 아냐, 나 거짓말하는 거 아니야. 구마지로가 우리 집에 찾아와서 다케다 산자부로가 딱하게 되었으니 다스기야에 가서 한껏 행패를 부려 겁을 주라고 부탁했어. 난 한 차례 거절했지. 그렇게 딱하다면 네가 직접 가라고. 그런데 구마지로는 자기가 다스기야와 잘 알고 지내는 처지라 난처하니 내가 가서 행패를 부려 겁을 주면 나중에 자기가 가서 사과문과 위로금을 받아내겠다는 거야. 다케다가 딱하기는 해서 그러면 내가 가보기로 하고 야고로와 함께 간 거지. 그런데 하필 발음이 똑같은 두 집이 있었어. 난 다른 다스기야로 찾아간 거야. 내가 그걸 알았나? 아무튼 거기서 행패를 부렸어. 아니, 두 집이 있다면 그렇다고 이야기를 해줘야지. 안 해주니 잘못 찾아간 거잖아. 그래도 우리가 행패를 부린 덕에 다른 다스기야가 겁을 먹고 사과문과 돈 이백 엔을 들고 찾아왔지. 그건 그렇고, 나한테 피해 보상 삼백 엔을 내놓으라고 하더라고. 삼백 엔이라니. 깜짝 놀랐지. 더 놀라운 건 말이야. 그때 지배인과 협객을 우리 집으로 데리고 온 게 누군 줄 알아? 구마지로라니까. 그래, 구마지로야. 녀석이 시치미를 떼더라고. 난 화가 났지. 네가 가달라고 부탁해서 간 거 아니냐고 했더니 이 자식이 실실 웃으면서 그런 부탁한 적 없다, 우리가 멋대로 간 거라고 우기는 거야. 자기가 가라고 해놓고 말이야. 구마지로 정말 비겁하다고 생각하지 않아? 진짜 비겁해."

구마타로는 죽을힘을 다해 설명했다.

툭하면 말투가 과격해지는 걸 참으며 애써 부드럽게 이야기했다. 상대방에게 히스테릭하다는 인상을 주지 않기 위해서였다.

주관적인 의견이 아니라 객관적 사실만 이야기하려고 마음을 썼다.

마을 아가씨들에게 말을 걸려고 해도 뜻대로 이야기가 나오지 않아 머릿속에서 뱀이 우글거리고, 그 뱀이 뉴멘을 후루룩후루룩 먹으며 하늘로 오른다느니 어쩌니 하는 소리를 해서 아가씨들을 공포에 몰아넣던 무렵에 비하면 엄청나게 나아졌다고 할 수 있으리라.

하지만 그렇게까지 마음을 쓰고 또 마음을 다해 이야기했는데도 불구하고 듣는 고마타로의 반응은 도무지 만족스럽지 않았다.

처음에는 무슨 이야기일까 관심을 가지고 구마타로의 말을 듣는 것 같던 고마타로는 다스기야 문제라는 사실을 안 순간 바로 흥미를 잃었다. 고개를 숙인 채 어울리지도 않는 타이밍에 "음음, 음음" 하며 고개를 바삐 끄덕이거나 머리를 긁고 소의 코를 쓰다듬기도 하며 누가 보더라도 이야기가 빨리 끝나기를 바라는 마음을 숨기지 않았다. 구마타로가 이야기를 마치자마자 고마타로는 "허어, 세상살이 여러모로 힘들군"이라는 하나 마나 한 소리만 남기고 가버렸다.

구마타로는 기운이 쭉 빠져 잠시 말없이 고개를 숙인 채 멍한 눈으로 야고로의 잠지 언저리를 바라보다가 이윽고 얼굴을 들더니 야고로에게 물었다.

"지금 무슨 문제가 있었나?"

"글쎄, 잘 모르겠네."

"왠지 하나도 전달되지 않은 느낌이 드네."

"말이 너무 빨랐는지도 몰라."

"그런가? 말이 빨랐나?"

구마타로는 이렇게 중얼거렸지만 이렇게 우회적인 방법이

무슨 의미가 있나 하는 생각도 들었다. 구마타로가 야고로에
게 말했다.

"이케다야에 가서 좀 쉴까?"

이케다야에는 낯익은 얼굴 몇이 이미 밥을 먹고 있었다.

들어온 구마타로와 야고로를 보고 놀란 표정을 짓거나 얼
른 외면하기도 하는 걸 보면 아마 다스기야에서 있었던 일을
전해 들었기 때문일 것이다. 구마타로는 이케다에게 술을 주
문하고는 혼자 덮밥 같은 걸 먹고 있던 하라다라는 주걱턱
남자에게 말이 빨라지지 않도록 조심하면서 이야기를 시작
했다.

구마타로는 하라다에게 설명하면서도 이따금 시선을 돌려
다른 손님들 눈치를 살폈다. 하지만 하라다나 다른 손님들이
나 고마타로와 마찬가지로 구마타로가 하는 말을 제대로 듣
지 않았다.

하라다는 어쩔 수 없이 가끔 마음에도 없는 맞장구를 치기
도 했다만 다른 손님들은 들리지 않을 리 없는데 못 들은 척
하며 멍하니 밖을 내다보거나 손바닥을 들여다보고, 귀를 파
거나 코를 후비기도 했다. 그러면서도 아무도 입을 열지 않
았고 가게를 나가지도 않았다. 겁먹은 눈빛인 사람도 있었다.

사람들이 자기 이야기에 귀 기울이지 않는다는 사실을 눈

치채고 나니 초조했다. 초조해지자 말이 차츰 빨라졌다. 이렇게 표현하면 뜻이 제대로 전달되지 않는 게 아닐까 하는 쓸데없는 걱정까지 하다보니 구마타로의 말은 논지가 흐트러져 그렇지 않아도 들을 마음이 없는 상대방은 물론 경위를 다 아는 야고로마저도 이해하기 힘든 이야기가 되어갔다.

"어쨌든 구마지로는 거짓말을 한 거야."

지치기도 했고 헛일을 했다는 기분에 풀이 죽어 구마타로는 이야기를 끝냈다.

입을 여는 사람이 없었다.

어색한 침묵이 이어졌다. 잠시 후 구마타로가 앉은 곳에서 제일 멀리 떨어진 자리에 있던 남자가 일어섰다. 그걸 계기로 다른 사람들도 자리에서 일어났다. 마침내 하라다도 일어나 나가자 가게 안에는 구마타로와 야고로만 남았다.

구마타로는 작은 목소리로 "왜 이러지?"라고 말했다.

"왜 이놈이고 저놈이고 내 이야기를 듣지 않으려는 거야. 사람이 터놓고 이야기하는데 뭐야, 아무 관심도 없는 표정을 짓다니. 뭐야, 이게 어떻게 된 거지?"

구마타로는 흥분했지만 야고로는 아무 말도 없었다.

그때 말을 거는 사람이 있었다.

"그거 무리도 아니야."

"어, 도라잖아. 너 듣고 있었냐?"

마쓰나가 구마지로의 동생 도라키치였다.

"그래. 아까부터 밖에서 듣고 있었지. 구마 형, 마을 사람들한테 우리 형 이야기를 하고 다녀봤자 소용없어."

"소용없어? 어째서 소용없지?"

"형이 어제 마을 모임에서 먼저 이야기했어."

"뭐라고 했는데?"

"듣고 화내지 마."

미리 그렇게 말한 다음 도라키치가 이야기한 바에 따르면 어젯밤 마을 모임에 출석한 구마지로는 "다들 알고 계실 테지만"이라며 돈다바야시에서 일어났던 일에 대해 이야기했다고 한다.

구마지로는 이렇게 말했다. 다케다 산자부로의 딸 구미와 돈다바야시에서 크게 사업을 하는 다스기야의 아들 이야기를 전해들은 구마타로는 자칭 협객 행세를 하기 위해, 그리고 큰돈을 뜯어내기 위해 누가 부탁하지도 않았는데 스스로 판단해서 아우라는 다니 야고로를 데리고 다스기야로 갔다. 그렇지만 딱하게도 제대로 알아보지 않았기 때문에 착각해서 발음이 같은 다른 다스기야로 쳐들어갔다. 당연히 먹혀들지 않는 대화를 나눈 뒤 오사카 신문에 폭로하겠다고 협박하고 권총을 마구 쏴 여러 명에게 부상을 입히는 등 행패를 부리고, 술 양조용 통에 소똥을 던져 넣는 못된 짓까지 저질렀다. 그걸 알게 된 다스기야는 겁에 질려 사과문과 조의금을 다케다 산자부로에게 보냈지만 산자부로는 이 일로 외려 앞날을 비관해 목을 매고 말았다. 또 까닭 없이 손해를 입은 다스기야는 구마타로에게 사람을 보내 손해를 배상하라고 요구했지만 그 돈을 주고 싶지 않은 구마타로는 사실 그 문제는 마쓰나가 구마지로가 부탁해서 한 일이니 진짜 책임은 마쓰나가 구마지로에게 있다는 그야말로 말도 안 되는 소리를 했다. 그렇지만 역시 그런 빤한 거짓말을 믿는 사람은 없어 그 자리에 있던 사람들은 다들 헛웃음을 참지 못했다.

이야기를 들은 구마타로는 "제정신이 아니로군" 하고 소리를 지르더니 도라키치의 목을 콱 조였다.

"윽, 아파. 놔줘."

"안 그래? 뭐가 말도 안 되는 소리야. 거짓말을 하는 건 너희잖아."

"내가 한 게 아니라니까. 형이 그랬다고 하잖아."

차츰 화를 가라앉힌 구마타로가 말했다.

"그렇지만 이상하잖아? 내가 하는 말이 진짜고 구마지로는 거짓말이야. 그런데 왜 거짓말을 믿는 거지?"

"그야 저쪽이 먼저 이야기했기 때문 아니겠어?"

"아무리 먼저 이야기했어도 거짓말은 거짓말이지."

구마타로가 불만스러운 말투로 도라키치에게 말했다.

"구마 형, 난 구마 형 이야기가 정말이라고 생각해. 그렇지만 마을 사람들은 우리 형 거짓말에 꼴딱 속아 넘어갔어. 왜냐하면 구마 형이 저쪽에 가서 부린 행패를 아주 부풀려서 이야기했거든."

"부풀리다니, 뭘?"

"형이 이야기한 그대로 전할게. 진짜 화가 나. 우리 형이 말이야, '그 녀석은 여기가 좀 이상하다'라고 했어."

도라키치는 검지로 관자놀이를 쿡쿡 찌르며 말했다.

구마타로는 큰일이라는 생각이 들었다.

다스기야에 쳐들어갔을 때 여러 명에게 둘러싸였던 구마타로는 후시 씨가 벌인 노름판에서 머리가 이상한 놈 흉내를 내어 위기를 모면했던 걸 떠올리고 스스로 미친 사람 흉내를 내며 행패를 부렸기 때문이다.

그게 이제 와서 족쇄가 되었다. 미친 척 행패 부리던 모습을 후시 씨나 지배인으로부터 전해들은 구마지로는 그 이야기를 잔뜩 각색해 마을 사람들에게 퍼뜨렸다. 나는 이상한 놈이니 모두 거짓말이고 자기 말이 진실이라고 믿게 만드는

데 성공했다. 으음, 더러운 놈. 비겁한 녀석. 하지만 자업자
득이기도 하다. 나는 틀림없이 거친 녀석으로 여겨지지 않도
록 조심해서 말했다. 그렇지만 사람들이 나를 미치광이로 여
길 줄은 몰랐다. 생각해보면 진땀을 흘리며 필사적으로 사람
들이 마음 편치 않을 말투로 떠드는 그 모습이야말로 이상한
모습으로 보였으리라. 나는 떠들면서 구마지로가 한 말이 옳
다는 걸 증명한 꼴이다. 하지 말아야 할 짓을 하고 말았다.

구마타로는 한숨을 푹 내쉬고 말했다.

"정말 더러운 놈이로군."

"미안해. 내 형이지만 정말 싫어."

그렇게 말하더니 도라키치는 구마타로가 시킨 술을 잔에
따라 벌컥 들이켜고 말했다.

"아, 이케다 아저씨, 이 술 받는 집 바꿨나? 꽤 맛있네."

구마타로는 또 한숨을 내쉬었다.

"그럼 어떻게 해야 좋을까."

절망적으로 중얼거리는 구마타로에게 야고로가 말했다.

"이렇게 되었으니 이제 정면 돌파밖에 없겠지."

"정면 돌파라니, 어떻게 하려고?"

"구마지로가 부탁한 일이니 보상금은 구마지로한테 받아
내면 그만이지. 우리한테 자꾸 달라고 해봤자 돈이 없는 건

없는 거니까."

"안 돼. 그러면 그놈은 경찰에 알릴 거야."

"그럼 그때는……"

"어쩔 거야?"

"걱정할 것 없어. 형님은 어디로든 도망가. 내가 혼자 감옥에 갈 테니까."

구마타로는 고개를 숙이고 미간을 엄지로 문질렀다.

별일 아니라는 듯이 자기가 감옥에 가겠다는 야고로의 희생정신에 감동해 눈물이 날 뻔했기 때문이다.

미간을 문지른 까닭은 그 눈물을 숨기기 위해서였다. 잠시 후 구마타로는 고개를 들었다.

구마타로는 지금까지 여러 차례 생각한 적은 있지만 실행하지는 않았던 어떤 일을 마침내 실행에 옮기기로 마음을 다졌다.

"야고로, 고마워. 그렇지만 감옥에 가지 않아도 돼. 내가 삼백 엔 마련할 테니까."

도라키치가 깜짝 놀라며 물었다.

"마련하다니 어떻게? 구마 형네 집 논밭, 산을 팔아도 모자랄 거 아니야?"

"그게 아니고. 아무한테도 이야기하지 마."

그렇게 미리 입단속을 하고 구마타로는 1872년에 겪었던 일을 이야기하기 시작했다.

숲속의 작은 도깨비라고 하던 이상한 소년 이야기, 숲속의 작은 도깨비를 찾아 고세 쪽으로 갔던 일, 거기서 본 기괴한 뱀 구덩이와 가쓰라기 도루라는 괴인 이야기, 그리고 그 고분 안에서 일어난 끔찍한 사건 이야기.

도라키치와 야고로는 한마디도 끼어들지 않고 구마타로의 이야기를 들었다.

구마타로는 처음에는 머뭇거리며 시작했지만 누구에게도 털어놓지 않았던 비밀을 털어놓자 마음이 홀가분해지는 기분이 들어 나중에는 툭 터놓고 정신없이 이야기했다. 땀이 났다.

구마타로는 이야기를 이렇게 마무리했다.

"그 고세에서 있었던 일 때문에 이십 년 동안 줄곧 괴로워했어. 이제 다시는 그런 곳에 가지 않겠다고 생각했는데 상황이 이렇게 되었으니 할 수 없지. 마음 다잡고 한 번 더 갈까 해."

야고로가 물었다.

"다시 가서 어쩌려고?"

"빤하잖아? 가쓰라기 시체 아래에 아직 엄청난 보물이 있을 거야. 그걸 몽땅 쓸어와 골동품 가게에 파는 거지. 전에는 나도 어렸으니까 싸게 넘겼지만 아마 값어치가 만만치 않은 보물일 거야. 얼마나 될지 모르지만 삼백 엔쯤은 너끈히 되겠지."

이튿날. 구마타로와 야고로, 도라키치까지 세 사람은 고세를 향해 출발했다. 더운 날씨였다.

미즈코시 고개에서 잠깐 쉬었다.

왼쪽 가쓰라기산으로 가는 길은 나무가 적고 오른쪽 곤고산으로 가는 길은 숲이 울창했다. 하지만 나무가 적은 길이나 숲이 울창한 길이나 모두 땅에서 아지랑이가 피어올라 출렁출렁 흔들리는 듯했다.

구마타로의 발아래 납작해진 풀이 한 포기 있었다.

길쭉한 줄기 끝에 핀 연보라색 작은 꽃이 발에 밟혀 거무죽죽해졌다.

고개를 숙이고 그걸 보던 구마타로는 지니고 있던 죽통의 물을 납작해진 풀에 부었다.

하지만 아무 소용 없었다. 물이 묻은 풀은 더 더러워져 진흙 속 지푸라기처럼 되었을 뿐이다.

앞쪽으로 땅이 불쑥 솟아오른 듯한 작은 산이 보였다.

구마타로가 말했다.

"저기야. 저기가 내가 말했던 그 고분이지."

"뭐야, 그냥 별 볼 일 없는 산 같은데."

"뭐야, 평범한 간장가게 수레 끄는 말 같네."

"그게 뭐 어때서."

그런 소리를 하면서도 세 사람의 대화가 여느 때와 비교해 어색한 까닭은 어두컴컴한 석실로 들어가 끔찍한 시체를 만져야만 한다는 두려움 때문이었다. 그 공포를 잊기 위해 애써 바보 같은 소리로 웃으려고 했던 것이다.

산허리쯤까지 오르자 키 큰 감나무가 한 그루 보였다.

구마타로는 여기서 숲의 작은 도깨비가 고통스럽게 고개를 꺾고 서 있던 모습을 떠올렸다.

여기서 숲속의 작은 도깨비를 다시 만나지 않았다면 가쓰라기 도루를 죽일 일도 없었다.

운명이 살짝 어긋났다.

히토코토누시 신사에 들렀던 우리가 거기 십 분 더 머물렀다면 작은 도깨비를 만나지 않았을 것이다. 그리고 나는 지금 즐겁게 농사를 지으며 살고 있을지도 모른다.

구마타로는 잠시 그런 생각에 잠겼다.

세 사람은 석실 입구에 이르렀다. 커다란 뚜껑을 덮은 듯한 돌이 반쯤 잡초에 묻혀 있었다. 구마타로는 몸을 굽히고 잡초를 헤치며 흙을 파 눈에 익은 돌을 치웠다.

뚜껑 같은 돌 아래 검은 구멍이 나타났다. 허무(虛無)로 들어가는 입구처럼 시커먼 구멍이었다.

구마타로는 자기가 허무에 바치는 공물(供物)이 된 느낌이었다.

반쯤 구멍 안으로 들어간 구마타로는 야고로와 도라키치에게 말했다.

"나하고 야고로가 들어갈 테니까 도라는 여기서 망을 보고 있어. 윽, 냄새. 손톱 밑에 풀물이 스며들어 냄새가 고약하네."

그러더니 구마타로는 손가락 끝을 긁고 쓴웃음을 지으며 구멍 안으로 사라졌다.

밖에는 도라키치 혼자 남았다.

혼자 남은 도라키치는 뻥 뚫린 구멍을 바라보면서 만약 내가 지금 저 구멍을 바위로 막고 시치미 뚝 떼고 스이분으로 돌아가면 어떻게 될까, 하는 생각을 했다.

그것도 재미있지 않을까? 그런 생각을 한 도라키치는 실제로 구멍을 돌로 막아보았다.

으흐흐. 이제 놈들은 석실 안에서 백골이 될 거다. 그 또한 인생 아닌가?

도라키치가 그런 생각을 하는데 갑자기 날씨가 이상해졌다. 서쪽에서 갑자기 먹구름이 피어오르더니 눈 깜박할 사이에 주위가 어두컴컴해졌다.

날씨 한번 괴상하네. 도라키치가 그런 생각을 하는데 등 뒤에서 불쑥 말을 거는 사람이 있었다.

코가 말처럼 위로 들려 있는 젊은 농사꾼이었다. 지저분한 수건을 머리에 얹어 뺨을 가리고 있었다. 얼굴이 길고 왠지 멍청해 보이는 남자였다. 그 남자가 말했다.

"형씨, 어디서 왔소?"

얼빠진 사람처럼 흐리멍덩한 목소리였다.

하늘이 더 어두워지나 싶더니 때아닌 우박이 쏟아졌다.

말대가리처럼 생긴 농사꾼을 바라보며 도라키치는 얼른 둘러댔다.

"센슈에 있는 다키하타에서 왔소."

거짓말을 하면서 도라키치는 돌로 구멍을 막아두기를 잘했다고 생각했다. 그러지 않았다면 석실을 들킬 뻔했다.

"데이라라는 사람이 하는 가게를 찾아가는 길이오. 그 데이라에서 일하는 아가씨의 오빠가 우리 집 부근에서 일하는데 어젯밤 풍을 맞아 죽어서 소식을 알리려고. 그런데 이쪽 지리를 잘 몰라 길을 헤맸소. 이 부근에 데이라라는 사람 집 없소?"

도라키치는 혹시 진짜 그런 집이 있다면 어쩌지, 하고 걱정 하는 한편 '데이라'라는 이상한 성씨는 절대 없을 거라고 생 각하며 그렇게 말했다. 남자는 아니나 다를까 그런 집은 없 다고 답했다. 도라키치가 "그런가, 고맙소"라며 얼른 그 자리 를 떠나려고 하는데 남자가 불러 세웠다.

"그런데 형씨, 어디서 왔소?"

"센슈에 있는 다키하타에서 왔다고 했는데."

"흐음, 다키하타?"

"그렇소."

"그런데 어딜 가지?"

"방금 말했잖아. 데이라라는 사람 집을 찾아간다고."

"아아, 데이라."

"그래."

"뭘 하러 가는데?"

"방금 말했잖아. 그 집에서 일하는 아가씨의 오빠가 죽어 서 알려주러 간다고."

"아하, 그런데 어디로 알려주러 가는 거지?"

"데이라라는 사람 집이라고 했잖아."

"아아, 데이라. 형씨, 데이라네 집에 가나?"

"몇 번이나 말했잖아."

"그런데 형씨는 어디서 왔소?"

같은 말을 몇 번이나 묻자 도라키치는 '나를 골리는 건가?' 하는 생각을 했다.

하지만 남자의 눈빛은 맑아 골리는 눈치는 전혀 보이지 않았다.

그제야 도라키치는 앞에 있는 남자가 방금 있었던 일도 기억하지 못하는 바보라는 사실을 깨달았다. 그렇다면 말을 꾸며내 이야기하는 것도 어리석은 짓이다. 도라키치는 남자의 질문을 무시했다.

이 녀석이라면 석실 존재를 알게 되더라도 상관없을 것 같았다.

도라키치가 상대하지 않자 남자는 가만히 서서 꼼짝도 하지 않았다.

우박이 남자의 길쭉한 머리에 툭툭 떨어졌다. 그래도 남자는 움직이지 않았다.

그 모습을 보고 도라키치는 오싹했다.

구마타로가 이야기하던 숲속의 작은 도깨비도 이상한 녀

석이었다. 가쓰라기 도루도 기괴한 인물이었다. 그리고 이 남자의 말과 행동 또한 야릇하다. 그렇다면 이 고을은 원래 이렇게 이상한 곳이란 말인가? 이놈은 대체 무엇을 하려는 걸까. 무슨 생각인지 도무지 짐작할 수 없었다. 불쑥 의미를 알 수 없는 소리를 지르며 달려들지도 모르고 히죽히죽 웃으며 부둥켜안고 엉덩이를 앞뒤로 흔들어댈지도 모를 일이다. 너무 무서웠다.

도라키치가 겁을 내고 있자니 남자는 느릿한 말투로 "우박이네. 또 냉해가 걱정이로군" 하고는 머리를 흔들면서 비탈을 내려갔다.

도라키치는 남자의 뒷모습이 보이지 않게 되자 웅크리고 앉아 돌을 치웠다.

한편 그 무렵 석실 안에서는 구마타로가 당황하고 있었다.

현실(玄室)로 가는 좁은 비탈을 내려가던 중에 어찌 된 영문인지 캄캄해져 미리 준비했던 촛불을 켰다. 이윽고 도착한 현실. 촛불 불빛에 비친 내부 모습은 구마타로가 기억하는 이십 년 전과 똑같았다.

눈에 익은 옥, 금팔찌, 항아리, 잔, 쟁반 같은 것들. 거울, 관옥, 향목, 공 같은 물건들이 흩어져 있었다. 석관 너머로는 부서진 칼자루도 보였다.

하지만 구마타로에게 얻어맞고 걷어차여 얼굴이 찢어지고 벌렁 나자빠져 꼼짝도 않던 가쓰라기 도루의 시체는 보이지 않았다.

구마타로는 소름이 끼쳤다. 누군가가 여기 들어와 도루의 시체를 꺼내 갔다는 건가? 도대체 누가? 숲속의 작은 도깨비?

넋을 잃고 서 있는 구마타로에게 야고로가 말했다.

"형님아, 뭘 그리 멍하니 서 있어? 얼른 훔쳐서 나가자."

야고로는 구마타로의 손에서 촛불을 빼앗아들고 석관 너머에 있는 굵은 촛대에 불을 밝혔다. 그리고 보자기를 펼치더니 "이런, 더 큰 걸 가지고 왔어야 하는 건데"라며 석관 안에서 칼과 옥 따위를 꺼냈다. 다른 것들도 하나하나 살피며 될 수 있으면 값이 나갈 만한 거울과 금 장식품을 골라 보자기에 쌌다.

"더는 무리야. 다음에 다시 오자."

야고로는 보따리를 짊어졌다.

구마타로는 아직 멍하니 서서 "이게 어떻게 된 거지? 어떻게 된 일이지?"라고 중얼거리고 있었다.

야고로가 말했다.

"형님아, 오래 머물면 안 돼. 얼른 나가자."

구마타로는 "이해가 안 되는군. 도무지 이해가 안 돼"라면서 야고로의 뒤를 따랐다.

　이튿날 오전. 구마타로와 야고로는 오사카 우나기타니라는 곳에 있었다.

　가쓰라기 도루의 시체가 없어 의아해하면서도 도굴에 성공한 뒤 "그럼 이걸 팔자, 어디에 팔까?" 의논했다. 구마타로는 전에 돈다바야시 고물상에서 관옥을 일 엔 오십 센에 팔았다는 이야기를 했다. 그러자 야고로는 눈이 휘둥그레졌다.

　"일 엔 오십 센이라고?"

　"비싸냐?"

　"너무 싸게 팔았지. 나 같으면 아무리 적게 받아도 칠 엔은 받았을 텐데."

　야고로가 잘라 말했다.

　"어떻게 칠 엔이라고 딱 잘라 말하는 거지?"

　구마타로가 따지듯 물었다.

　"사실 지금이니까 하는 이야기지만……"

　야고로는 전에 능묘 도굴 전문가인 고바야시라는 사람의 심부름을 한 적이 있다고 고백했다.

　"돈다바야시에 있는 고물상 같은 데 가면 안 돼. 오사카에 있는 내가 가는 가게로 가는 게 낫겠어."

너 별일을 다 했구나. 구마타로와 도라키치는 감탄했다. 구마타로와 야고로는 집에 돌아가지 않으면 아버지에게 혼날 거라는 도라키치와 헤어져 그대로 구라가리 고개와 이코마를 지나 오사카로 향했다.

"형님아, 이런 일은 혼자 가는 게 나으니까 여기서 기다려."

야고로의 말을 듣고 구마타로는 얼핏 보면 무슨 가게인지 모를, 보기에 따라 여염집처럼 보이기도 하는 가게에 들어가는 야고로를 지켜본 뒤 큰길 모퉁이에서 서성거렸다.

커다란 버드나무 옆에 강으로 내려가는 돌계단이 있었다.

하오리를 걸친 상인으로 보이는 남자가 구마타로를 흘끔흘끔 살피며 지나갔다. 오른쪽에 대중목욕탕이 있어 구마타로는 야고로가 오래 나오지 않으면 목욕탕에라도 들어가 기다릴까 하는 생각을 했다.

그러려면 목욕탕에 가 있겠다고 야고로에게 알려야만 한다. 그렇지만 야고로는 가게 안으로 들어오지 말라고 했으니 들어갈 수는 없다.

땅바닥에 글자를 써둘까? 구마타로는 손가락으로 '목욕탕에 있다'라고 적었지만 글자가 잔뜩 일그러지고 부분적으로 희미해 알아볼 수 없었다.

구마타로는 버드나무 아래로 걸어가 나무에 등을 기댄 채 웅크리고 앉았다.

강가에 작은 배가 묶여 있었다.

배는 하염없이 위아래로, 좌우로 흔들리고 있었다.

구마타로는 혹시 야고로가 얼마 받았는지 속이려고 내게 들어오지 말라고 한 게 아닐까, 하고 잠깐 생각했다. 그리고 아아, 목욕탕에 들어가고 싶구나, 하는 생각도 했다. 그런데 가쓰라기 도루의 시체는 왜 사라진 걸까, 하는 생각을 하자 마음이 점점 어두워졌다.

잠시 후 야고로가 가게에서 나왔다.

"여전히 쩨쩨한 영감이네."

야고로는 구마타로를 보자마자 말했다. 구마타로가 야고로에게 물었다.

"그래서 얼마나 받았냐?"

"형님아, 미안해. 이것밖에 못 주겠대."

야고로는 오른손 검지를 세우고 왼손을 펼쳤다.

"십오 엔?"

"아니. 더."

"뭐? 일부러 오사카까지 왔는데 일 엔 오십 센밖에 못 받았어?"

"장난쳐? 백오십 엔이야."

우와. 구마타로는 까무러치는 시늉을 했다.

백오십 엔. 엄청나게 큰돈이다. 구마타로는 야고로가 겉으로는 숨기고 있지만 실은 놀라운 지혜를 지닌 위인이 아닐까 생각했다.

위인이 말했다.

"일단 배가 고프니 뭘 좀 먹자."

도톤보리에서 센니치마에까지는 사람이 어마어마하게 많아 시골뜨기 구마타로는 넋이 쏙 빠졌다. 다들 아름다운 기모노를 입고 어슬렁어슬렁 걷고 있었다. 스쳐 지나는 여자들이 모두 미인이라 구마타로는 깜짝 놀랐다. 극장 앞을 지날 때는 엄청나게 크고 알록달록한 배우 그림이 걸려 있어 깜짝 놀랐다.

구마타로는 이 지방 사람들은 아무도 일을 하지 않는 것 같은데 대체 무엇을 해서 밥을 먹고 사는지 의아했다. 그러다 이렇게 계속 놀라기만 하다가 또 얕보이면 안 되겠다고 생각해 한껏 어깨에 힘을 주었다.

떠돌아다니던 시절에 오사카에 와본 적이 있는 야고로는 여유만만하게 성큼성큼 걸었다. 그리고 센니치마에 모퉁이까지 가서 '교요'라는 생선전골 요릿집 앞에 멈추더니 "형님아, 여기 들어갈까?"라며 안으로 들어갔다.

위풍당당한 삼 층짜리 가게라 구마타로는 기가 죽었지만 야고로는 그런 기색은 전혀 없이 맛있게 보이는 요리를 능숙하게 주문하면서 농담까지 건네 여종업원을 웃겼다. 그야말로 세련된 형님처럼 행동했다.

이래서는 나이 많은 내가 아우로군. 구마타로는 형님 아우 사이를 다시 일깨워야겠다는 생각에 이렇게 말했다.

"아, 아우야."

"왜, 형님아."

"오늘은 네 덕분에 백오십 엔이나 되는 돈이 들어왔어. 고맙구나."

"무슨 소리야, 새삼스럽게. 징그러워."

구마타로는 말했다.

"그런데 그 돈 말이야. 너 그걸 밑천으로 노름해서 곱절로 만들자는 생각은 하면 안 돼. 곱절은커녕 무일푼이 될지도 몰라."

"형님아, 걱정하지 마. 그런데 저쪽에서는 삼백 엔을 내놓으라잖아. 백오십 엔밖에 없는데 어떡할 거야?"

"글쎄, 그게 걱정이긴 한데. 그 녀석들이 삼백 엔 내놓으라고 했지만 원래 정해진 값이 있는 건 아니니 삼백 엔 부르면 삼백 엔이고 이백 엔 부르면 이백 엔이잖아. 내 생각에는 사과하면서 지닌 돈이 부족하다고 해도 괜찮을 것 같아."

그건 사실 구마타로의 말이 맞았다.

주인과 지배인이 의논할 때는 백 엔쯤 받아내기로 했다. 그런데 구마타로를 직접 만나 이야기를 나누다보니 지배인은 부아가 치밀어 순간적으로 이백 엔을 보탠 금액을 부르고 말았다.

야고로가 물었다.

"그러면 백 엔만 있어도 된다는 거야?"

"그렇지 않을까?"

"잠깐, 지금 여종업원이 음식 가지고 왔어. 호오, 맛있겠다."

"말 돌리지 마. 그런데 이거 정말 맛있겠다. 우와, 우와."

"와아, 맛있다. 정말이야. 진짜 맛있어. 아무튼 여기 음식값도 치러야 하고 오늘은 어차피 어디서 묵어야 할 테니 돈이 백오십 엔에서 좀 빠지겠지. 그러니 노름은 하지 말고 오십 엔은 우리가 쓰고 백 엔을 사과하러 가지고 가면 안 될까 하는 게 내 생각이야."

"하긴 백오십 엔이라면 어중간한 느낌이 들지. 게다가 우리가 오사카에서 좀 썼기 때문에 백삼십삼 엔 오십 센이 되

었습니다, 라고 하기도 역시 우습잖아? 역시 마음에 걸려. 백
엔이라고 딱 부러지는 금액이 저쪽도 깔끔할 거야."

"그래. 그럼 오십 엔은 우리가 쓸까?"

"할 수 없지. 쓰자."

"어디에 쓸까?"

"맛있는 것도 사 먹고, 연극도 보고, 여자도 사면 돼."

"그럼 그렇게 할까?"

오십 엔을 쓰기로 한 두 사람은 밥을 실컷 먹고 축 늘어졌
다. 몹쓸 녀석들이다.

구마타로와 야고로는 오사카에서 신나게 놀았다.

어떤 식으로 놀았는지 말하지 않아도 빤하다. 그 가운데는
재미있는 가게도 있었는데, 밖은 격자문 앞에 가게 초롱불을
걸어놓은 평범한 모습인데 호객꾼에게 이끌려 들어가니 어
두컴컴한 방을 나막신을 신은 채로 들어가는 서양식이었다.
안에서는 가게가 흔들릴 정도로 음악소리가 크게 울리고 있
었다. 그 음악에 맞추어 키가 엄청 큰 여자가 젖가슴을 드러
내고 춤을 추고 있었고, 손님들은 여기저기 놓인 의자에 대
충 걸터앉아 술을 마시거나 아가씨와 함께 춤을 추면서 젖가
슴을 주무르기도 했다.

시골뜨기인 구마타로와 야고로는 그런 가게에서 어떻게

행동해야 좋을지 몰라 실수를 저질러 여자들에게 비웃음을 샀다.

그런 짓을 하며 실컷 즐긴 구마타로와 야고로는 스이분으로 돌아갔다가 다시 돈다바야시로 가기는 귀찮다며 내친걸음에 돈을 건네주고 깔끔하게 처리한 다음 스이분으로 돌아가기로 정했다. 그렇게 지나이 초에 도착한 것이 나흘 뒤 점심때가 지나서였다. 놀다 지친 상태였다.

커다란 건물들이 늘어선 조노몬스지를 걸으며 야고로가 말했다.

"형님아, 그런데 말이야. 지금 백 엔 있잖아?"

"그래."

"이 백 엔을 다 주면 한 푼도 남지 않아."

"그런데."

"그러면 이십 엔 빼고 팔십 엔만 주면 어떨까?"

"너 남의 말을 듣지 않는 거냐? 백삼십삼 엔 오십 센이라거나 하는 어중간한 액수는 실례라고 해서 오사카에서 돈을 헐어 놓았잖아. 팔십 엔은 어중간한 금액이라 안 돼."

"어중간하긴 하지만 팔십(八十)은 팔이라는 한자 끝이 넓게 퍼져나가는 숫자라서 재수가 좋은 숫자잖아."

"정신이 나갔구나."

그런 멍청한 이야기를 하면서 구마타로와 야고로는 다스기야로 갔다. 그리고 못마땅한 표정으로 이상한 물건을 보듯두 사람을 보며 아무 말도 하지 않는 다스기 시게요시에게 "지난번 일은 참으로 죄송하게 되었습니다. 이건 힘껏 마련한 사죄의 뜻을 담은 돈입니다. 부디 받아주십시오"라며 사과하고, 돈을 건넨 다음 다스기야를 나왔다.

구마타로는 '처음이로구나'라고 생각했다.

지금까지 돈 문제로 궁지에 빠질 때마다 아버지인 헤이지에게 신세를 졌다. 그렇지만 이번에는 스스로 백 엔이라는 큰돈을 마련해 혼자 힘으로 해결했다.

구마타로는 '이제 나도 늦었지만 어엿한 사나이가 되었다'고 생각했다.

그 능에는 아직도 보물이 남아 있고, 또 가져다가 오사카에 팔면 다시 큰돈을 마련할 수 있다. 즉 나는 앞으로 돈 때문에 고생할 일은 전혀 없으리라. 으헤헤. 으하하하.

기분이 좋아진 구마타로였지만 바로 우울해졌다.

가쓰라기 도루의 시체가 사라졌다는 사실이 떠올랐기 때문이다.

시체가 없다는 것은, 시체가 스스로 걸어 나갈 리는 없으니 누가 옮겼다는 이야기다. 그렇다면 가쓰라기 도루가 누군가에게 살해되었다는 사실을 적어도 그 사람은 알 테고, 제일 먼저 의심받을 사람은 나다. 왜냐하면 숲속의 작은 도깨비는 도루와 내가 석실에 들어갔다고 증언할 테니까. 혹시 숲속의 작은 도깨비가 시체를 옮긴 게 아닐까? 그렇다면 내 이름을 알고, 내가 스이분에 산다는 것도 아는데 작은 도깨비는 왜 경찰에 알리지 않았을까? 이유는 하나다. 경찰의 힘을 빌리지 않고 자기 손으로 더 잔인하게 복수하기 위해서다. 그러면 왜 복수하러 오지 않는 걸까? 아닌가? 이미 복수가 시작된 걸까? 어쩌면 마쓰나가 구마지로가 사실은 숲속의 작은 도깨비일지도 모른다. 이번 다스기야 문제도 실은 나를 파멸시키기 위해 마련한 교묘한 함정이고, 그 점에 대해서는 마을 유지인 마쓰나가 덴지로도 알면서 입을 다물고 있는지도 모른다. 진짜 아들인 마쓰나가 구마지로는 아직도 우지에서 지내고 있는 것이다. 즉 숲속의 작은 도깨비가 그의 아들로 위장하고 있다. 그런데 이상한 점은 구마지로한테서는 그 지독한 냄새가 나지 않는다. 그걸 생각하면 구마지로와 숲속의 작은 도깨비가 동일인물이라고 할 수는 없다. 아, 그런가? 그 냄새는 소년 시절에 잠깐 나고 마는 것이라 어른이 되면 사라지는 냄새였을까?

이런 생각을 하며 구마타로는 우울해졌다.

야고로는 구마타로가 갑자기 말이 없어지자 뭔가 생각하는 모양이라고 생각했다. 그렇다면 자기도 생각이란 걸 해보자 싶어 남의 집에서 일하느라 고생하는 여동생을 생각하려고 했지만 여동생 생각을 조금 했나 싶자 그만 오사카에서 함께 지낸 여자 생각, 센니치마에서 본 영감의 등에 난 뜸 자국, 두부 표면의 매끄러운 촉감 같은 것들이 자꾸 떠올라 여동생 생각을 할 수 없게 되었다.

두 사람이 이케다야 앞에 이르렀을 때는 벌써 해 질 녘이었다.

야고로가 말했다.

"오사카에서 그렇게 잘 놀았는데 허름한 집으로 돌아가려니 내키지 않네. 한잔하고 가지 않을래?"

잔뜩 우울해하던 구마타로가 냉큼 대답했다.

"그거 좋지."

이케다야에는 모임을 마치고 돌아가는 것으로 보이는 마을 젊은이들 여럿이 밥을 먹거나 술을 마시고 있었는데, 그 젊은이들 모습이 이상했다.

원래는 깊은 산골 농촌에 사는 젊은이들이라 말이나 태도가 거칠다. 술을 마시건 마시지 않건 큰 소리로 거침없이 이야기하며 재미있으면 요란하게 웃고 화가 나면 소리를 지른다. 무슨 일에나 직선적이라 이해하기 쉬운 소박한 녀석들이다. 그런데 그 마을 젊은이들이 지금은 다들 촉촉한 눈빛을 하고 왠지 힘없는 모습이었다.

밥 같은 것도 늘 그릇에 담은 밥을 입에 쏠어 넣듯 먹는데 오늘은 젓가락으로 밥알을 세듯 깨지락거렸다. 술도 사발에 따라 벌컥벌컥 마시는데 오늘은 작은 잔에 따라 여자가 마실 때처럼 잔을 손바닥에 얹어 홀짝 마시고는 눈을 게슴츠레 뜨고 "아, 맛있어라" 하고 있다.

나누는 이야기도 원래는 늘 '산에서 곰을 만나 싸워 이겼다'거나 '많이 먹기 대회에 나가 만두 백 개를 먹고 죽는 줄 알았다'거나 '요즘 메추라기가 알을 낳지 않는다'는 식인데 오늘은 달랐다.

"산속에 들어가 아무도 없는 호숫가에서 잠들고 싶다."

"난 백조가 되어 날아가고 싶어."

"꽃으로 고리를 만들어 목에 걸면 예쁘지."

뭐 이런 동화 같은 이야기만 해댔다.

구마타로가 말했다.

"아우야, 이 녀석들 대체 어떻게 된 거냐?"

"정말 기분 나쁘네. 아니, 뭐야, 이 자식들. 무슨 춤 선생처럼 간들거리는 거지? 눈까지 촉촉해져서. 무슨 일이 있었던 모양이로군."

"글쎄, 내 생각엔, 이 녀석들 그거 아니야? 어떤 놈이 마을에 독을 뿌렸다거나."

"아, 그렇지. 독을 마시고 다들 머리가 이상해진 건가? 그렇지만 이상하네. 아까 이케다 아저씨는 술 가지고 올 때 멀쩡해 보이던데."

"그건 말이야, 그 독이 젊은 남자에게만 듣는 독이어서 그런 거겠지. 난 서른이 넘었으니 괜찮겠지만 너는 이제 스물넷이잖아. 조심해. 어째, 너도 눈가가 촉촉해지지 않냐? 왠지 걸음걸이가 여자애들처럼 안짱걸음이 되지 않아?"

"징그러운 소리 하지 마."

야고로는 진짜 기분 나쁘다는 듯이 고개를 돌리며 술을 들이켰다.

"뭐 그게 아니라고 해도 정말 이상하네. 아우야, 미안하지만 잠깐 마쓰나가 집에 가서 도라키치 녀석 좀 불러올래?"

"그야 상관없지만 불러서 어쩌려고?"

"그 녀석은 마을에 있었으니 왜 이런 건지 상황을 알겠지."

"그럼 얼른 다녀올게. 그 녀석도 젊어서 이상해졌을지 모르겠네. 아이고, 징그러워."

그런 소리를 하면서 야고로는 도라키치를 부르러 갔다.

"아버지하고 형이 어디 가느냐고 묻기에 잠깐 나갔다 온다고 하고 왔어."

도라키치가 오더니 이렇게 말을 이었다.

"야고로한테 들었어. 일이 잘 풀렸다면서."

그 말투는 여느 때와 다름없었다.

"그건 그렇고, 이 녀석들 왜 이렇게 된 거냐?"

구마타로가 묻자 도라키치가 대답했다.

"아, 이거? 그게 말이야……"

도라키치는 마을 젊은이들이 한꺼번에 동화 속 인물처럼 변한 까닭은 사랑 때문이라면서 다음과 같은 이야기를 들려주었다.

마을 젊은이들이 이렇게 된 까닭은 사랑 때문이다. 녀석들이 마음에 품은 여자는 모리모토 누이(森本縫)라는 올해 열일곱 살 난 소녀. 누이의 등장은 그야말로 센세이션이었다. 등장이라는 표현을 썼지만 누이가 갑자기 나타난 것은 아니다. 미나미하타에서 이 일 저 일 하며 지내는 모리모토 도라의 딸인 누이는 꽤 오래전부터 이 마을에 살았다. 그런데 누이가 느닷없이 주목받게 된 까닭은 얼마 전까지만 해도 어린

소녀였던 누이가 요즘 부쩍 여성스러워졌기 때문이다. 게다가 그냥 여자가 아니다. 숨기려고 해도 숨길 수 없는 범상치 않은 매력이 넘치는 여성이 된 것이다.

누이라는 존재는 그야말로 수수께끼였으며 모순으로 가득 차 있었다. 팔다리가 늘씬하게 뻗었고, 살결에서는 빛이 나는 듯했다. 다들 그 머리카락에 입술을 맞추고 싶었지만 누이의 표정은 더할 나위 없이 싸늘했고 두 눈에는 신비로운 빛이 감돌아 이 세상의 끝을 응시하는 듯했다.

누이는 그 매력 때문에 남자들의 관심을 끌었고 동시에 그 매력으로 남자들을 매몰차게 뿌리쳤다. 누이는 부드러운 다이아몬드라는 모순된 표현이 어울리는 그런 미녀였다.

그래서 젊은 남자들도 어떻게 말을 걸어야 좋을지 알지 못했다. 다른 마을 아가씨에게는 "뭐 하니?", "어디 가?" 하고 말을 걸 수 있었지만 누이가 지닌 아름다움에 기가 죽어 그녀에게는 도무지 말을 걸지 못했다.

그렇지만 개중에는 어떻게든 자기 마음을 전하겠다고 용기를 낸 이도 있기는 했다. 그런 놈들이 어떻게 했느냐 하면 '요바이*'를 결행했다.

---

* 남자가 밤중에 성관계를 목적으로 다른 여성의 집에 몰래 들어가던 일본의 옛 풍습.

그러나 모리모토 도라는 그런 일이 있다는 것을 알고 더욱
더 문단속을 철저히 하고 만반의 준비를 했다. 마음이 달뜬
사내들은 깊은 밤에 찾아 왔지만 문이 열리지 않는 걸 알고
깜짝 놀랐다. 그러나 그쯤에서 포기하면 정사를 나눌 수 없
다. 문 밑으로 기어들어가려고 문턱 앞 흙을 파기 시작했다.
문턱 밑을 파내 손을 그리 쑤셔 넣고 안쪽에 있는 빗장, 걸쇠
를 풀려는 속셈이었다. 이쯤 되면 그야말로 색에 굶주린 아
귀들이다.

손톱이 갈라져도 아랑곳하지 않고 흙을 파 문턱 아래로 손
을 넣은 다음 빗장을 벗기니 다행히 덜컹 문이 열렸다. 이제
뜻을 이룰 수 있겠다는 생각에 몸이 달아오른 사내는 기뻐하
며 어두운 집 안으로 들어가 문을 살며시 닫고 잠방이 끈을
풀기 시작했다.

여기까지는 좋았지만 일은 그리 쉽게 풀리지 않았다. 애초
에 모리모토 도라가 문을 걸어 잠갔다는 것은 이미 침입자가
있으리라 예상하고 있었다는 이야기다. 몸이 잔뜩 달아오른
사내가 잠방이를 벗고 우왕좌왕하고 있을 때 모리모토 도라
는 이미 쇠 대야와 나무공이를 거머쥐고 봉당에 내려선 상태
였다.

그러나 어둠에 눈이 익지 않은 사내는 그걸 눈치채지 못하

고 미소를 지으며 모리모토 누이가 자는 방으로 올라가려고 했다. 그 순간 모리모토 도라는 "도둑이야!"라고 소리치며 쇠 대야를 쾅쾅 두드렸다.

화들짝 놀란 사내는 "아닙니다, 아니에요"라는지 뭐라는지 알 수 없는 소리를 하며 냅다 밖으로 달아났지만 잠방이가 흘러내려 발목에 걸린 채라 뒤뚱뒤뚱 달렸다. 그래도 어떻게든 문밖으로 나가 길까지 도망쳤지만 나무둥치에 잠방이가 걸려 넘어져 얼굴이 땅바닥에 세게 부딪혀 실신하는 바람에 이튿날 아침 궁둥이를 고스란히 드러낸 채 발견되어 마을 사람들에게 웃음거리가 되었다.

그렇게 요바이도 할 수 없게 되자 사랑에 빠진 마을 젊은 이들은 이런 상태라면 자기가 할 수 있는 일은 아무것도 없으니 상대가 자기 마음을 받아들이도록, 누이가 먼저 말을 걸어오도록 만들기로 했다.

능동적인 태도로는 안 되니 수동적인 태도를 취하게 된 것이다.

그게 무슨 말인가 하면 흔히 십대 소녀들이 좋아할 만한 사람으로 자신을 바꾸었다는 이야기다. 그러면 마을 젊은이들은 일반적인 십대 소녀가 무엇을 좋아한다고 생각했을까? 바로 감상적이고 동화적인 분위기였다.

이런 판단은 틀리지 않았다. 예를 들면 요즘도 십대 소녀를 대상으로 하는 록밴드는 감상적이고 동화적인 분위기를 주제로 삼는 일이 많고, 외모는 서양의 왕자님 같거나 그 변형인 경우가 대부분이다.

노래하는 내용도 그런 내용이라 사악한 세력에 의해 다친 왕자가 순수한 소녀의 사랑으로 되살아난다. 또는 그와 반대로 사악한 세력에 의해 다친 순수한 소녀가 왕자의 사랑으로 되살아난다는 패턴이 많다.

록밴드가 그런 내용을 노래하거나 그런 모습을 하는 까닭은 왕자 차림을 좋아하기 때문이 아니라 그렇게 해야 여자들에게 인기를 얻기 때문이다.

그렇게 남자가 여자에 대해 수동적이 되면 여자가 남자를 대할 때 그러는 것보다 더 심하게 수동적이 된다. 이는 남성 스트리퍼나 예전 남자 아이돌의 촉촉한 눈동자와 태도만 봐도 알 수 있다.

기술이 아무리 발전해도 사람들의 생각이나 속마음이란 그리 쉽게 바뀌지 않는다. 메이지 24년인 1891년에 가와치노쿠니 아카사카 촌에서 농사를 짓던 형님들도 이처럼 자신들이 소녀가 좋아할 만한 감상적이고 동화적인 인물인 척하려고 했다.

도라키치가 설명을 마치자 구마타로와 야고로는 동시에 "아, 그렇게 된 거로군"하며 탄성을 질렀다. 도라키치가 하는 이야기를 들었는지 어쨌는지 여전히 꾸물꾸물 밥을 먹고 있는 젊은이들을 빤히 바라보니 그들은 여전히 촉촉한 눈빛으로 말하고 있었다.

"호수에 입맞춤하고 하늘을 날고 싶구나."

이런 멍청한 소리를 늘어놓고 탁자에 놓인 작은 화병의 꽃을 보며 눈물을 글썽이기도 했다.

구마타로는 다시 "아, 그렇게 된 거로구나"라고 중얼거리며 술을 들이켜더니 훈도시 안에 손을 쑥 찔러 넣고 불알을 주물럭거렸다.

이튿날 점심때가 지난 시각. 구마타로와 야고로, 도라키치는 셋이서 미나미하타에 있는 모리모토 누이의 집 주위를 어슬렁거리고 있었다. 그런 미인이 있다면 한번 얼굴이라도 보고 싶다고 하자 도라키치가 안내해주었던 것이다.

가을이었다.

하늘은 높고 마을 여기저기는 황금빛으로 물들어 있었다.

여기저기서 뭔가 폭발하는 듯한 소리가 울려 퍼졌다. 무서우리만치 빠른 속도로 새들이 날아갔다. 용수로를 거세게 흐르는 물소리가 여기까지 들려왔다. 야고로가 말했다.

"뭐야, 아까부터 젊은 놈들이 여자처럼 안짱걸음으로 걸어. 어라, 저기 또 오네. 심하게 뒤뚱거리는군. 거름통 짊어지고 저게 뭐 하는 짓이야?"

"우리 걸음도 마찬가지지. 누이 짱이 나가는 게 아닌가 생각했어."

도라키치가 웃으며 말하자 그 말을 들은 구마타로가 입을 열었다.

"누이 짱이라니. 너 아주 마음 편하게 부른다. 넌 괜찮으냐?"

"괜찮은데 왜?"

"넌 누이라는 여자에게 반하지 않았느냐고 묻는 거야."

"나 말이야? 난 원래 이런 사람이니까. 심각하게 상사병 같은 건 앓지 않아. 어떻게 해서든 매사 늘 재미있게 생각하고 마니까. 저 녀석들처럼 되지는 않지. 저런 걸 보면 먼저 멍청하다는 생각이 들어 웃음이 나니까."

이런 도라키치의 대답을 들고 구마타로는 직관적인 행동에 혐오감을 느낀다는 점에서 그가 자기와 비슷한 면이 있다는 생각을 했지만 이내 고개를 저었다.

자기는 그런 문제 때문에 갖가지 부자유를 느끼는데 도라키치는 외려 즐긴다는 생각이 들었기 때문이다. 그 차이가 뭘까.

그런 생각을 하는 구마타로에게 도라키치가 말했다.

"그렇지만 구마 형도 괜찮잖아?"

"괜찮다니 뭐가?"

"누이에게 반할 일은 없을 거 아니야?"

구마타로는 바로 대꾸했다.

"멍청이냐?"

구마타로는 자기가 열일곱 어린 여자애에게 반할 일은 절대로 없을 거라고 생각했다.

메이지 21년인 1888년에 도미라는 아가씨에게 실연당한 뒤 다키다니후도에서 '난 평생 아무렇게나 살겠다'고 맹세했기 때문에 구마타로는 많은 여성들, 그래봤자 대부분 창기였지만, 그런 여성들과 장난을 치기는 했어도 여성에게 반하거나 사랑에 빠진 일은 단 한 번도 없었다.

드물게 창기의 신세 한탄을 듣고 동정심이 들어 측은하게 여기며 살갑게 대해준 일은 있었지만 그런 신세 한탄이 대개 거짓말이라는 사실을 알고 난 뒤로는 그런 일도 없어졌다. 여자는 그저 정욕을 채우기 위한 존재로만 여겼고 툭하면 이러니저러니 죽네 사네 떠들며 요란을 떠는 여염집 딸에게 반한 적은 도미에게 실연당한 뒤로 전혀 없었다. 구마타로가 도라키치에게 말했다.

"너도 엔간히 멍청하구나. 좀 사람을 보고 말을 해, 사람을 보고. 내가 누구냐? 스이분에 사는 기도 구마타로야. 까불고 있어. 내가 기쓰지, 후루이치, 신마치, 마쓰시마*에서도 이름난 단골이잖아. 얼마나 예쁜지 몰라도 기껏해야 이런 촌구석 농사꾼의 열일곱 난 계집애에게 반할 것 같으냐, 멍청아?"

"에이, 구마 형님, 미안해."

구마타로는 도라키치가 자기를 형님이라고 부른 건 처음이라고 생각했다. 그때 야고로가 말했다.

"어, 뭐야. 나온다. 저 아가씨 아니냐?"

"어디?"

구마타로가 앞으로 나섰다.

두레박을 든 아가씨가 문을 나서는 중이었다. 문 왼쪽에 대나무 숲이 있고 그 바로 앞에 우물이 있었다. 아가씨는 우물로 가더니 두레박에 물을 받아 두 손으로 들고 집 안으로 들어갔다.

아가씨가 문을 나와 물을 긷고 집으로 들어갈 때까지 구마타로는 한마디도 않고 멍하니 그 모습을 지켜보았다.

---

*네 곳 모두 유곽으로 유명한 지역.

뭔가 넋이 나가게 만드는 정체불명의 존재가 갑자기 농가와 대나무 숲 앞에 나타났다가 홀연히 풍경을 찢고 모습을 감춘 듯했다.

귀엽고 한들거리는 그 모습을 다시 보고 싶다는 생각에 구마타로는 가슴이 뜨거워졌다. 그 정체를 확인하고 싶어서가 아니라 잠깐이라도 좋으니 그 모습에 다시 도취하고 싶었다.

구마타로는 넋이 나가게 만드는 저 존재가 대나무 숲 앞에 있었다는 사실 그 자체만으로도 행복하다는 생각이 들었다.

멍하니 아무 말도 없는 구마타로의 태도를 이상하게 여긴 도라키치가 물었다.

"구마 형, 왜 그래?"

구마타로는 작은 목소리로 대답했다.

"반하고 말았어."

"뭐?"

"반하고 말았다고."

"야고로, 어떻게 하냐? 반했대."

"엥? 그럼 뭐야? 형님아, 너도 호수의 백조가 되어 꽃잎에 입맞춤하고 드넓은 하늘로 날아갈까, 어쩌고 하는 거야?"

조금 전까지 그렇게 잘난 척하던 구마타로가 변한 모습에 야고로나 도라키치나 어처구니가 없었지만 '다름 아닌 형님

일인데, 만약 진짜 반했다면 일이 잘 풀리도록 보탬이 될지
는 몰라도 우리 두 사람이 거들자'고 이야기가 되었다.

자, 그 일이 있은 뒤로 구마타로는 누이의 모습이 머릿속에
서 떠나지 않았다. 흔히 이야기하는 상사병이었다.

다른 일을 할 때도 누이의 얼굴과 몸매, 몸짓, 표정이 머릿
속에 어른거렸다. 그러다가 틈이 나면 '우연히 누이와 이야기
를 나누게 된다면 어떤 말을 할까?' 하는 공상에 빠졌다.

하지만 공상 속에서 나누는 대화는 금방 끊기고 말았다.
왜냐하면 구마타로는 누이에 대해 아는 게 거의 없었기 때문
이다.

구마타로는 속이 바짝바짝 타들어가 베개를 부둥켜안고
끙끙 소리를 내며 방바닥을 굴러다녔다.

그러나 구마타로는 곧 이래서는 안 된다고 생각했다. 이미
나이 서른넷. 이십대 어린애가 아니다. 이런 식으로 사랑 때
문에 마음 졸이거나 상대의 관심을 끌기 위해 흐느적거리고,
동화적이며 감상적인 정신 상태에 빠져 꽃이며 달을 보고 눈
물이나 짓고 있어서는 안 된다. 역시 어른 남자로서 구체적
으로 무엇을 하고 싶은 건가, 그리고 그것을 위해 구체적으
로 어떻게 해야 좋을까를 궁리해야 한다고 생각했다.

구마타로는 베개를 팽개치고 다다미 위에 자세를 가다듬

고 앉았다. 그리고 우선 자기가 무엇을 하고 싶은가에 대해 생각했다. 처음 누이를 보았을 때 자신은 저 존재, 저 경탄할 만한 사람의 존재를 그저 바라보기만 해도 행복하다고 생각 했지만 그건 착각이라는 생각이 들었다.

틀림없이 처음 보았을 때는 그 모습을 보는 것만으로도 행 복하다고 생각했다. 그렇지만 그 존재가 곁에 없다는 사실 이 뼈저리게 느껴지는 지금 그는 생각했다. 풍경을 찢고 나 온 듯 선명하고 강렬하면서도 불가사의한 매력을 지녀 보는 이로 하여금 꿈꾸듯 도취에 빠지게 만드는 그 놀라운 기적을 나는 어떻게든 내 것으로 만들어 내 품에 안지 않으면 견딜 수 없다. 그러니까 나는 누이와 부부가 되어 함께 살고 싶은 것이다.

누이와 부부가 되고 싶다. 대체 어떻게 하고 싶은지 스스 로에게 묻고 대답한 이 결과에 구마타로는 살짝 당혹스러워 졌다.

내가 누구하고 부부가 된다고? 대체 어떻게 된 거지? 난 여 태 그런 생각을 한 번도 한 적이 없다. 예를 들면 도미. 아아, 도미. 그 이름을 떠올리기만 해도 가슴이 아프다. 도미. 나는 도미와 부부가 되고 싶다고 생각한 적은 없다. 그런데 누이 하고는 부부가 되고 싶다고 생각한다. 부부가 된다. 부부가 되어 함께한다는 건 어떤 것일까? 그건 누이와 매일 함께 산다는 이야기다. 아침이건 저녁이건, 덥건 춥건 누이가 늘 곁에 존재한다는 이야기다. 으아앗. 으아앗.

폭발적인 환희가 구마타로를 덮쳤다.

으아앗. 함께 산다. 으아앗. 함께 산다.

그런 소리를 중얼거리며 구마타로는 기뻐서 발버둥을 쳤다. 두 손을 빙빙 돌리며 눈을 감고 입을 벌린 채 우는 것 같기도 하고 웃는 것 같기도 한 표정을 지으며 머리를 이리저리 흔들고 마구 발을 구르며 방 안을 돌아다녔다. 잠시 그러다가 아아아악 하고 악을 쓰며 구석 쪽에 쓰러져 가까이 있던 베개에 얼굴을 처박고 머리를 좌우로 흔들며 부들부들 떨었다. 그러더니 이윽고 움직임을 멈췄다.

구마타로는 그대로 한동안 움직이지 않다가 잠시 뒤 아무 일도 없었다는 듯이 몸을 일으켰다. 그러고는 자세를 바로하고 앉아 그렇다면, 하고 생각했다.

그렇다면 나는 이제 구체적으로 무얼 해야 하는가. 부부가 되어 함께 산다는 것은 아내로 삼는다는 이야기인데 내 평판이 이 마을에서 어떤지를 생각하면 남들처럼 중매쟁이를 세워 혼담을 진행하기보다 역시 당사자끼리 아랫도리를 맞추는 게 낫다.

그렇게 하려면 우선 누이를 몰래 만나야 한다. 그런데 머릿속에 도미를 만났을 때가 떠오른다. 돌이켜보면 나도 그때는 젊었다고나 할까? 어렸다. 도미의 그 뭐랄까 일종의 성스러운 느낌이 드는 아름다움에 기가 죽어 말도 걸지 못했다. 내친 김에 이야기하면 본오도리 때 춤추던 평범한 마을 아가씨에게도 제대로 말을 걸지 못했다. 하지만 나는 이제 성장했다. 지금까지는 멍청해서 말을 걸지 못했다. 하지만 도미의 아름다움과 누이의 아름다움은 뭔가 근본적으로 질이 다르게 느껴진다. 분명히 나는 도미에게 푹 빠졌었지만 도미를 내 것으로 만들고 싶다는 생각은 전혀 하지 않았다. 말하자면 도미의 아름다움은 실재감이 결여된, 왠지 가공의 것 같았다. 그러나 누이는 다르다. 누이는 기적 같은 아름다움이다. 이렇게 방 안에 있어도 그 머리카락과 입술이 바로 여기 있는 것처럼 머릿속에 떠오른다. 그렇다. 나는 누이에게 완전히 마음이 기울었다. 그러니 나는 구체적인 수단을 궁리해야 한다. 어쩌지?

구마타로는 생각에 잠겼다. 멀리서 큰북 두드리는 소리가 들렸다.

메이지 24년인 1891년 10월 17일 저녁. 우시타키도 앞에서 구마타로는 어쩔 줄 몰라 하고 있었다.

구마타로는 안절부절못하고 일어섰다 앉았다 했다.

누이를 내 사람으로 만들고 싶다. 누이와 함께 살고 싶다. 구마타로는 그렇게 간절히 바라며 머리를 쥐어짜 방법을 궁리하다가 마침내 한 가지 결론을 얻었다. 야고로에게 누이를 불러내라고 해 인적 드문 곳으로 데려가 고백하자는 생각이었다.

머리를 짜내 궁리한 수단치고는 단순한 아이디어지만 이 결론에 이르기까지 구마타로는 갖가지 기발한 계략을 머릿속에서 굴려보았다.

예를 들면 구마타로는 누이가 난폭한 괴한을 만나 위험에 처한 순간에 구해주면 누이가 자신에게 반하지 않을까 생각했다. 하지만 거기에는 두 가지 문제가 있었다. 하나는 괴한이 누이를 덮치는 순간에 그 자리에 있어야 하는데 그러려면 하루 종일 누이를 따라다녀야만 한다. 그건 불가능한 일이고 설사 그렇게 뒤를 따라다닌다고 해도 가까운 시일 안에 괴한이 습격할 거라는 보장은 어디에도 없다. 게다가 그 괴한이 힘이 세다면 오히려 구마타로가 얻어터져 누이에게 비웃음을 살 가능성도 있다.

이런 문제를 해결하려고 구마타로는 야고로나 도라키치,

아니면 두 사람 모두에게 괴한 역할을 맡겨 누이를 덮치게 하면 어떨까 하는 생각도 했다.

두 녀석이 으아 하는 얼빠진 소리를 내며 누이에게 접근해 치근덕거린다. 누이가 당황해 어쩔 줄 몰라 하는 순간 '이놈들, 너희들 무슨 짓이냐'라며 가로막고 나선다. 두 녀석은 '정말 죄송합니다'라며 꽁무니를 빼고 누이는 '어머머, 용감한 사람이네. 맘에 들어'라고 하게 된다.

그렇지만 야고로와 자신이 어떤 관계인지 누이가 알고 있다면 그 속임수는 들통날 가능성이 높다. 그렇게 되면 비열한 짓을 저지르는 놈으로 여기고 싫어할 게 틀림없다. 생각 끝에 구마타로는 이 계략을 쓰지 않기로 했다.

마찬가지로 곤경에 빠진 누이를 구한다는 의미에서, 짐을 잔뜩 든 누이를 돕는 플랜도 있었다.

누이가 큰 짐을 들고 길을 간다. 불쑥 균형을 잃은 누이는 짐을 길바닥에 떨어뜨리고 어쩔 줄 몰라 한다. 이때 우연히 지나가던 구마타로가 짐을 집어 든다. '친절한 사람이구나. 마음에 들어'라고 생각하게 될 이 플랜도 앞에 이야기한 계획과 마찬가지였다. 누이가 무거운 짐을 들고 지나가다가 마주치게 될 가능성을 따져보면 현실적이지 못했다. 야고로가 어디 숨어서 낚싯바늘로 짐을 낚아채 억지로 떨어뜨리게 하려던 계략도 위와 같은 이유로 포기했다.

구마타로는 이런 생각도 했다. 소 마흔 마리가 느닷없이 몰려와 주변을 엉망진창으로 만들어버린다. 그리고 느닷없이 폭탄이 떨어져 그 부근이 다 터지고 불타오른다. 강물이 거꾸로 흐르고 그 물결 위에서 오색 원숭이가 노래를 부르며 춤을 춘다. 하늘에서는 나막신과 샤미센이 빗발치듯 쏟아져 땅바닥에 부딪힌 뒤 그 파편이 모두 정어리로 변해 펄떡펄떡 뛰어오른다. 그리고 그런 상황에서 자기가 누이를 구해낸다. 하지만 구마타로는 이야기가 복잡해질수록 빈틈도 많아질 거라는 생각에 이르렀다.

이런 생각까지 한 뒤에야 깨닫는 건 왜일까.

여기까지 생각한 구마타로는 '곤경에 처한 누이'라는 전제를 포기하기로 했다.

좋아하는 사람을 곤경에 처하게 만들어 뭘 어쩌자는 것이냐, 라는 생각이 들었기 때문이다.

이런 생각들로 이야기가 복잡해져 외려 힘들어지는 사람은 다름 아닌 자기 자신이었다.

결국 구마타로는 아주 단순하게, 야고로를 시켜 누이를 불러내 고백하기로 마음먹었지만 그다음에는 어떻게 해야 좋을지 몰라 곤혹스러웠다.

왜 곤혹스러운가 하면, 그렇게 결단을 내리고 나서 계속 궁리했지만 불려나온 누이에게 어떤 말로 자기 마음을 전해야 좋을지 도무지 알 수가 없었기 때문이다. 또 누이 앞에서 어떤 태도를 취하고 어떻게 행동해야 할지도 정하지 못했다.

나이가 훨씬 많은 어른답게 행동하면 누이가 듬직하다고 여겨줄까. 아니면 역시 거북하게 여길 테니 마음 편하게 또래 같은 느낌으로 이야기를 건네는 게 좋을까. 협객처럼 약간 거칠게 행동하는 편이 나을까. 마을 젊은이들처럼 호수의 백조가 어떠니 하며 안짱걸음으로 걸으며 눈물을 글썽이는 편이 나을까.

구마타로가 어떤 태도를 취해야 좋을지 몰라 고민하는데 그런 심정은 상관 없다는 듯 조금 전부터 주위에서 '영차, 영차' 하는 남자들의 낮은 신음 소리와 '으악' 하는 절규가 울려 퍼지고 있었다. 공기가 뒤흔들리는 듯한 기운이 구마타로가 있는 우시타키도까지 전해왔다. 이날이 다케미쿠마리 신사의 가을 마쓰리, 결실의 계절 가을을 맞아 올해도 수확을 할 수 있었음을 다케미쿠마리 대신께 감사드리는 마쓰리가 열리는 날이었기 때문이다.

위대한 신에게 감사드리기 위해 인근 열여덟 개 마을에서 젊은이들이 '단지리'라고 불리는 바퀴 달린 화려한 가마를 짊어지고 우르르 모여든다. 다니 야고로가 자기도 메게 해달라고 으름장을 놓던 그 가마다.

　사람들로부터 감사를 받게 될 신은 궁에서 기다리지 않고 아담한 가마를 타고 오타비쇼*가 있는 히에노마에까지 나와 열여덟 마을의 가마가 모여들기를 기다린다.

　모여든 가마꾼들은 화려하게 장식한 가마를 일부러 상하좌우로 흔들며 끄덕끄덕 움직인다.

　그것이 에너지를 발산해야 '제가 축복을 올리고 있습니다, 제가 감사드리고 있습니다' 하는 표현이 되기 때문이다.

　엄청나게 크고 화려한 가마가 열여덟 개 마을에서 열여덟 채나 모여들어 신을 모신 작은 가마를 둘러싸고 끄덕끄덕 움직이는 모습은 웅장하기 이를 데 없다. 해가 지고 제등에 불을 밝히면 웅장할 뿐 아니라 정감을 자극할 정도로 아름답다. 또 신 앞에서 니와카쿄겐** 공연도 벌어진다. 이렇게 흥에 겨운 가을 마쓰리는 전국에서도 찾아보기 힘들다. 그래서 인근에 사는 사람들도 다들 마음이 들떠 구경하러 몰려온다. 그런 사람들이 왁자지껄 떠드는 소리가 사방에 메아리치고

---

* 신사에서 제례를 지낼 때 신을 모신 가마가 잠시 휴식을 취하거나 머무르는 곳.
** 아마추어가 잔치나 거리에서 즉흥적으로 연기하는 우스꽝스러운 촌극. 오사카 지역이 특히 유명했다.

있는 것이었다.

구마타로는 '뭐야, 시끄럽게'라고 생각하다가 오늘이 스이분 신사 마쓰리 날이라는 데 생각이 미쳤다. 그리고 실수했다고 생각했다.

마쓰리가 열리는 날 불러내다니. 무슨 짓을 한 건가. 나는 늘 마쓰리 같은 것은 무시하는 듯한 태도를 취해왔지만 마을 사람들은 다들 마쓰리나 본오도리를 좋아한다. 누이도 틀림없이 마쓰리를 구경하고 싶을 것이다. 그렇다면 이 자리에 나오지 않는 게 아닐까? 설사 야고로가 억지를 써서 데리고 나온다 해도 마지못해 따라 나왔을 터인데 그런 사람에게 아무리 좋아한다고 고백해봐야 스칸타코*로나 여길 게 빤하다. 나야 문어를 좋아하는 편이지만…… 내가 아무리 문어를 좋아한다고 해도 그건 상대방과 아무 관계 없다. 그보다 기분이 상했을 누이를 대체 어떻게 대해야 하나? 아니, 그보다 야고로는 누이를 불러내 데리고 오기나 할까? 아아, 이젠 무엇을 어떻게 해야 할지 모르겠네, 모르겠어.

구마타로가 그런 고민을 하며 머리를 감싸 쥐고 있을 때였다.

---

* '스칸'은 마음에 들지 않는 상태, '타코'는 문어를 뜻한다. 두 단어가 합쳐져 오사카 사투리로 '싫은 사람'이란 뜻.

"형님아, 너무 늦어서 미안해."

야고로의 촐랑거리는 목소리가 들려왔다. 얼른 그쪽을 보니 야고로가 서 있고, 그 옆에 진짜로 누이가 서 있었다.

그 모습이 너무도 아름다워 옆에 있는 야고로가 희한하리만치 못생긴 생물로 보였다. 그리고 사실은 자기도 그쪽 생물이라는 생각이 바로 들어 구마타로는 누이를 제대로 바라보지 못하고 야고로 쪽으로 시선을 옮겼다. 그러자 야고로는 그걸 '어서 꺼져'라는 뜻으로 받아들였는지 노래라도 흥얼거리듯 "그럼 난 이만" 하더니 두 사람만 남기고 떠나갔다.

구마타로는 당황해서 어쩔 줄 몰라 아무 말도 못했지만 누이는 태연하게 구마타로를 똑바로 보며 "안녕하세요?"라고 인사했다. 구마타로도 얼른 "안녕?"이라고 대꾸했다.

누이의 검은 눈동자는 촉촉하게 빛나고 있었다. 구마타로는 그 눈을 가만히 들여다보았다.

구마타로는 누이의 시선을 견디기 힘들었다.

동시에 그 눈동자에 빨려 들어가는 듯했다.

훨씬 어린 누이 앞에서 자신이 한심하기 짝이 없는 작은 존재로 여겨졌다.

구마타로는 무슨 말을 해야 할지 몰랐지만 어쨌든 무슨 이야기든 해야만 한다는 생각에 입을 열었다.

"갑자기 불러내서 미안해요. 마쓰리 보러 가고 싶었을 텐데."

속이 바짝바짝 타고 당황했는데도 일단 평범한 표현을 해 냈다. 구마타로에게는 대단한 일이었다.

전에는 똑같은 상황에서 무슨 말을 해야 할지 몰라 애를 태우다가, 땅에서 뱀이 솟아올라 하늘로 오르고 그 뱀이 뉴 멘을 먹는다는 이야기를 해서 아가씨들로부터 미친놈으로 오해받았다. 그런 구마타로도 십 년이란 세월이 흘러 일단은 평범한 말을 할 수 있게 되었다. 대단한 일이다.

그렇게 평범한 말을 하는 구마타로에게 누이가 말했다.

"미안할 거 전혀 없어요."

구마타로는 기분이 날아갈 것만 같았다. 누이가 불러낸 걸 수상하게 여기지도 않을 뿐더러 화도 나지 않았다는 사실을 말투로 알 수 있었기 때문이다. 게다가 여성치고는 약간 낮은 목소리, 약간 무뚝뚝한 말투가 구마타로를 더욱 매료시켰다. 구마타로는 그 목소리를 영원히 듣고 싶다고 생각하면서 누이에게 물었다.

"왜? 가마 행렬 보러 가지 않을 거예요?"

구마타로는 이 물음에 대한 누이의 대답을 듣고 기뻐 몸을 떨었다.

누이가 "그런 건 바보나 보는 거죠"라고 했기 때문이다.

구마타로는 '이런 만남이 있다니, 이게 무슨 기적인가' 하는 생각이 들었다.

어렸을 때부터 구마타로는 마을 사람들이 당연하게 여기는 걸 제대로 하지 못했다. 또 마을 사람들이 열광하는 일에 대해서도 전혀 재미를 느끼지 못했다. 그렇지만 그런 사람은 구마타로 뿐이었다. 그래서 구마타로는 온갖 고생을 했다. 하지만 자기와 같은 생각을 지닌 아름다운 여자가 눈앞에 나타났다. 이건 믿기 힘든 뜻밖의 행운이라고 생각했다.

그러고 보니 십 년 전, 구마타로를 보기만 하면 몸을 잔뜩 움츠리던 마을 또래 아가씨들은 늘 세 명이나 다섯 명씩 뭉쳐 다녔다. 그렇지만 누이가 마을에 사는 자기 또래 아가씨들과 함께 다니는 모습은 본 적이 없다. 역시 누이도 그런 식으로 어울리는 건 어리석다고 여겼기 때문이리라.

그렇게 생각한 구마타로는 여느 때 같으면 머릿속으로 생각하는 것이 말로 제대로 나오지 않아 아무 말도 하지 못하고 영문 모를 소리나 마음에도 없는 소리를 주절주절 늘어놓고 말 텐데 지금은 머릿속 생각이 입으로 술술 나왔다. 왜냐하면 누이가 자기와 같은 부류의 인간이라는 사실을 바로 알아차렸기 때문이다. 구마타로는 누이에게 물었다.

"그럼 요새 마을 젊은이들이 이상해졌다는 건 알아요?"

"알죠. 날 좋아해서 내 마음에 들려고 그러는 거잖아요?"

누이는 잠깐 뜸을 들였다가 이렇게 말을 이었다.

"바보들이죠."

"나도 바보들이라고 생각해. 그렇지만 남자가 여자 마음을 얻고 싶을 때는 대개 그렇게 돼요."

"흐음, 그런가요?"

"그럼요. 어떤 사람은 훈도시 하나만 걸치고 투실투실한 엉덩이를 드러낸 채 가마를 메고 함성을 지르고, 어떤 사람은 반대로 달님, 별님 하면서 꽃을 들여다보고 눈물짓기도 하죠. 그렇지만 여자 쪽에서는 그런 건 바보 같은 짓이라고 생각하겠죠. 그러면서도 여자는 다른 속셈이 있어서 그 바보 같은 짓에 어울리는 척하며 좋다고 하는 건가요? 그래서 계라도 들듯 늘 세 명이나 다섯 명이 함께 몰려다니는 건가요?"

"흐음, 그런가요?"

"그렇다고 생각해요. 뭐랄까, 어쩌면 머리로 생각하는 것과 달리 마음은 제멋대로 다른 생각을 하는 건지도 모르지만."

여기까지 말한 구마타로는 문득 입을 다물었다.

혼자 말을 너무 많이 했다는 생각이 들었기 때문이다. 애당초 구마타로는 누이의 목소리를 듣고 싶었다. 이야기를 끝어내려고 말을 하다보니 그만 엉겹결에 자기 생각을 길게 늘어놓고 말았다.

그렇지만 하고 싶은 말이 넘쳤다. 어쩜 이렇게 말이 자연스럽게 나오는 걸까. 궁금해하면서 누이를 바라보다 '바로 저 눈 때문이다'라고 생각했다.

지금까지 어울렸던 창기들 가운데도 예쁜 여자는 제법 있었다. 그러나 그런 여자 앞에서 이렇게 할 말이 넘쳤던 적은 없다. 외려 그 여자들이 구마타로에게 신세타령을 늘어놓았고 구마타로는 그 이야기를 '흐음, 그렇구나'라며 들었다.

그런데 누이 앞에서 얼결에 자기 생각을 털어놓고 만 까닭은 빨아들이는 듯하면서도 쏘는 듯한 그 눈빛 때문이었다.

구마타로는 누이라는 존재 자체가 수수께끼라고 생각했다. 그러나 그 수수께끼는 아름다우면서도 엄청난 자력을 지니고 있다. 그 수수께끼에 빠져버리면 사람들은 미쳐버리거나 파괴될 수밖에 없다. 구마타로는 사실 자기가 지금 미친 건지도 모르겠다고 생각했다. 또 그 안짱걸음을 걷는 백조들이라면 틀림없이 즉사할 거라는 생각도 했다.

그런 생각을 하면서도 구마타로는 행복했다. 왜냐하면 지금 누이와 함께 있고 그 모습, 목소리, 향기를 가까이서 느낄 수 있었기 때문이다. 또 그 누이 앞에서 자기 사상과 말이 하나가 되어 지금까지 떨쳐내지 못했던, 말이 뜻대로 나오지 않는 느낌으로부터 해방되었다고 느꼈기 때문이다.

크흐흐. 지금 내 사상과 말이 하나가 되었다. 이렇게 생각한 순간 구마타로는 전율했다.

언제 어떤 상황이었는지는 잊었지만 자기 사상과 말이 하나가 될 때 자기는 멸망할 거라고 굳게 믿었던 일이 떠올랐기 때문이다.

왜 그런 생각을 했었지? 구마타로는 곰곰 기억을 떠올리려 했지만 생각이 나지 않았다.

누이가 말했다.

"그런데 말이죠."

"네."

"무슨 일 때문에 날 불러낸 거예요?"

그러면서 누이는 구마타로의 눈을 봤다. 구마타로는 어질어질 현기증이 나면서, 이제 죽어도 좋다는 생각이 들었다. 구마타로가 말했다.

"누이 씨를 좋아하니까요. 가까이에 두고 살며 목소리를 듣고 그 머리카락을 쓰다듬고 입술을 만지고 싶어서 불러냈죠."

말을 마친 순간 구마타로는 철컥 하고 멸망의 스위치가 켜지는 소리를 들은 듯했다. 하지만 주위 풍경은 바뀌지 않았고, 저녁놀 물든 하늘에는 군중의 함성이 울려 퍼지고 있었다.

그리고 구마타로의 고백을 들은 누이도 표정이 바뀌지 않았다.

누이는 변함없는 목소리로 말했다.

"나를 만지고 싶다고요?"

구마타로가 말했다.

"미쳐버릴 것 같아요."

누이가 살짝 웃으며 "그렇다면"이라고 하더니 불쑥 구마타로에게 다가섰다. 그러고는 몸을 빙글 돌려 구마타로에게 등을 내주며 "뜻대로 하세요"라고 했다.

누이 몸의 감촉을 느낀 순간 구마타로는 너무도 행복해 정말 미칠 것만 같았다. 누이의 어깨를 감싸 안으면서도 온몸이 뻣뻣한 구마타로가 외려 누이보다 더 여자 같았다. 누이는 그런 구마타로를 보려고 고개를 돌리며 말했다.

"저는 당신 얼굴이 맘에 들어요."

구마타로의 감정에 불이 붙었다. 구마타로는 누이를 힘껏 껴안고 누이의 입술에 자기 입술을 포갰다. 누이가 킥킥 웃었다.

구마타로는 그 뒤로도 계속 누이와 몰래 만났다.

누이는 모리모토 도라가 일을 하러 가면 집 앞 담장에 나막신을 세워두었다. 즉 도라가 집에 없다는 표시였다. 그걸 보고 구마타로는 누이 혼자 있는 집으로 들어갔다.

누이는 구마타로와 만났다가 헤어질 때면 언제나 "이 일은 아무에게도 이야기하지 말아요"라고 말했다. 구마타로는 그 말에 따랐다.

그렇지만 아무리 조심해도 워낙 좁은 마을이다. 누이와 구마타로가 그렇고 그런 사이라는 소문은 금방 퍼졌다. 사람들은 "왜 그런 미인이 구마타로 같은 놈과 사귀는 거지? 그만한 미모라면 얼마든 좋은 집안에 시집갈 수 있을 텐데", "진짜 구마타로 녀석이 감쪽같이 해냈어"라고 수군거렸다. 하지만 가장 아쉬워한 사람들은 바로 그 숲속의 왕자 행세를 하던 녀석들이었다. 그들은 "그런 놈보다 우리가 더 멋진데"라고 투덜거렸다.

누이가 구마타로의 여자가 되었다는 사실이 알려지자 왕자님인 척했던 젊은이들 대부분이 그 짓을 그만두고 원래대로 농사꾼 오빠로 돌아갔다. 하지만 개중에는 실연당한 충격 때문인지 아니면 원래 그런 취향이었는지 왕자병이 낫기는커녕 오히려 더 심해져 아예 여자처럼 되고 만 사람들도 있었다. 온종일 사타구니에 뭔가 끼인 듯한 걸음걸이로 걸으며 동료가 야한 농담을 하면 얼굴이 새빨개져서 꺄악꺄악 소리를 지르고 "징그러운 소리 하지 말아요"라며 상대방 어깨에 안기듯 기대어 기분 나쁘게 만드는 녀석도 나타났다.

누이도 못할 짓을 한 셈이다.

그런 소동을 보거나 들을 때마다 구마타로는 어깨가 으쓱했다. 신바람이 났다.

누이의 그 목소리, 눈, 머리카락, 팔, 손, 그리고 그 향기. 나는 언제든 그것들을 만질 수 있다. 이런 생각만 해도 구마타로는 기뻐서 견딜 수 없었다. 발을 파닥파닥하고 두 팔꿈치를 양 옆구리에 댄 채 팔꿈치 아래쪽만 꼼지락꼼지락 움직이며 뱀 같은 눈으로 좌우를 곁눈질하면서 샤아, 샤아, 샤라라라 노래하며 방 안을 빙빙 돌았다. 대체 무엇을 하는 것인가 하면 이것은 구마타로가 개발한 춤으로, 얼핏 보기에는 전혀 기뻐 보이지 않지만 사실은 폭발하는 듯한 환희의 소용돌이 속에서 본인은 그 기쁨을 굳이 표현하지 않는 인내심을 지니고 있음을 표현한 것이었다. 즉 자기가 지독하게 행복하며 그것은 정신적으로 여유가 있기 때문에, 그럴 수 있다는 사실을 느낀다는 것 자체가 또 행복해 언제까지나 행복에 휩싸여 있다는, 복잡하고 정교한 마음의 움직임을 표현한 춤이었다.

그러나 그 춤은 구마타로 자신을 위한 것이라 남에게 보여줄 생각은 없었다. 만약 이런 창피한 모습을 누이가 본다면 스스로 목숨을 끊어버리겠다고까지 생각했다.

구마타로는 그토록 행복했지만 인간이란 원래 불행한 존재라서 너무 행복하면 문득 '보통 이런 행복은 있을 수 없다. 이거 뭔가 잘못된 게 아닐까' 하고 의심을 품는다. 의심을 품으면 존재하지도 않는 무시무시한 괴물을 보기도 하는 법이라 '그러고 보니 그때 그런 일이 있었는데, 실은 거기에는 숨은 뜻이 있었던 게 아닐까' 하고 의심하게 되어 모처럼 얻은 행복을 엉망으로 만들고 만다.

그건 힘겹게 얻은 뜻지 못한 행복을 결코 놓치고 싶지 않다는 강한 의지의 표현이며 우연히 큰 재산을 손에 넣은 가난뱅이가 주변 사람을 모두 도둑으로 보는 것과 마찬가지 심정이다.

구마타로 역시 그런 불안을 느꼈다. 여러 차례 밀회를 거듭하다보니 누이에 대한 어렴풋한 불신이 싹트게 된 것이다.

우선 구마타로가 불만스럽게 생각한 점은 누이의 비밀주의였다. 누이는 두 사람의 관계가 널리 알려지게 된 뒤에도 계속 "이 일은 누구에게도 이야기하지 마세요"라며 사람 눈이 있는 곳에서 만나기를 꺼렸다.

구마타로는 남이 뭐라고 하건 별로 상관없지 않은가 생각했다.

누이와 자기는 둘 다 아웃사이더다. 마을 녀석들이 뭐라고 하건 둘이 서로 좋아하는 사이라면 그걸로 그만 아닌가. 나쁜 짓을 하는 것도 아닌데 남의 이목을 꺼릴 일이 있겠는가. 게다가 언제까지 이렇게 나막신을 내놓는 식의 어설픈 짓을 해야 하는가. 구마타로는 생각했다.

나는 그러지 않고 당당하게 누이의 집을 드나들고 싶다.

그렇게 생각한 구마타로는 마침내 어느 날, 누이에게 "나의 아내가 되어다오"라고 했다. 정식으로 청혼한 것이다. 구마타로는 서로 좋아하니 당연히 군소리 없을 거라고 생각했다.

하지만 그렇게 말한 순간 누이는 시선을 피하며 제대로 대답하려고 하지 않았다.

속이 탄 구마타로는 결국 "왜 그래? 내가 마음에 들지 않아?"라고 거칠게 소리쳤다.

누이는 그 빨아들이면서도 밀쳐내는 듯한 눈빛으로 구마타로의 눈을 빤히 보더니 표정 하나 바꾸지 않고 "엄마가 그걸 허락하지 않잖아요"라고 말하고는 일어서서 그대로 나갔다. 구마타로는 얼른 누이의 뒤를 따라갔다. "왜 그러는데? 왜?"라며 뒤에서 누이의 어깨를 껴안았지만 누이는 몸을 웅크리며 "글쎄"라고만 할 뿐 제대로 대답하지 않았다.

구마타로는 이때 비로소 누이와 자신의 장래에 대해 진짜 불안감을 품게 되었다.

구마타로의 사랑은 초기의 그저 행복하기만 한 시기를 끝내고 혼란스러운 고민의 시기를 맞이하고 있었던 것이다. 구마타로는 빙글빙글 회전하면서 시커먼 구름 속으로 떨어져 내려가는 기분이었다.

그 뒤로 구마타로의 두려움과 불안은 점점 커져만 갔다.

그건 어찌 된 영문인지 누이를 쉽게 만날 수 없어졌기 때문이다.

전에는 세 번 가면 한 번은 나막신이 나와 있었는데 그 횟수가 차츰 드물어지더니 요즘은 스무 번을 찾아가도 나막신을 보지 못하는 일이 드물지 않았다.

하기야 구마타로가 하루 스무 번은 누이의 집 앞을 찾아갔으니 당연한 노릇일지도 모르지만.

게다가 벌써 12월이었다. 곤고산 기슭에 자리 잡은 마을인 스이분의 곳곳에 눈이 쌓여 이제 밖에서 몰래 만나기는 힘들어졌다.

그런 나날이 이어지자 구마타로는 혹시 누이가 마음이 변해 자기를 피하는 게 아닌가 싶어 불안해 미칠 지경이었다.

그러던 12월 어느 날, 구마타로는 방 안에 얌전히 무릎 꿇고 앉아 칼처럼 길쭉한 대나무 주걱을 배에 대고 고민스러운 표정을 짓고 있었다. 조금 전부터 그 모습을 보고 있던 아버지 헤이지가 결국 참지 못하고 "너 아까부터 뭐 하는 거냐?"라고 물었다.

"할복 연습이지."

나이 서른다섯에 무슨 멍청한 짓인가. 자식이 너무 바보 같아 슬퍼진 헤이지는 할 말을 잃었다. 다시 대나무 주걱을 배에 대고 기묘한 표정을 짓던 구마타로가 벌떡 일어서더니 "잠깐 나갔다 올게"라며 집을 나섰다.

절망한 헤이지는 도요에게 "속이 좀 좋지 않아. 눈 좀 붙일게"라고 하고는 이불을 뒤집어쓰고 누웠다.

대나무 주걱을 든 채 집을 나선 구마타로는 누이의 집 앞으로 가서 나막신이 없는 걸 확인한 뒤 야고로가 사는 집으로 갔다.

봉당까지 다 합쳐도 네 평이 안 되는 오두막이었다. "안에 있는가?"라고 말하며 문을 여니 바로 야고로가 보였다. 바닥에 누워《쇼지키신스케》라는 속기본*을 읽고 있었다.

---

* 라쿠고나 고단(講談) 등 공연의 대사를 글로 옮긴 간행물.

"아, 형님아. 어쩐 일이야? 이상한 표정을 하고."

"내 표정 이상하냐?"

"이상하지. 표정이 굳었어. 안색도 좋지 않고."

"그래?"

"그렇다니까. 괜찮아? 아 참, 올라와. 금방 차 끓일 테니까 조금만 기다려. 아니면 술이 나으려나?"

"아, 신경 쓰지 마. 잠깐 들렀을 뿐이야. 네게 이걸 주려고 가지고 왔다."

그러면서 구마타로는 야고로에게 다가가 손에 들고 있던 칼처럼 생긴 대나무 주걱을 보여주었다. 야고로가 말했다.

"이게 뭐야?"

"대나무로 만든 주걱이지. 잘 만들었지? 할복 연습에 아주 좋아."

"형님아, 괜찮은 거야?"

"놀라울 정도로 괜찮아. 그러니 이 대나무 주걱 신세를 질 일은 없을 테지. 그런데 내 부탁 좀 들어줄래?"

"무슨 부탁인데?"

야고로가 웃었다. 대나무 주걱 이야기는 농담으로 여기고 마음을 놓았기 때문이다. 야고로는 대나무 주걱을 받아들었다.

"뭐든 말씀만 하셔."

"잠깐 누이네 집에 가서 이리 좀 불러와줄래?"

"뭐야, 겨우 그런 부탁이야? 알았어. 이리 불러오면 되지? 좋아, 다녀올게. 잠깐 기다려."

구마타로는 주인이 나간 방 안을 둘러보았다. 냄비와 주전자가 봉당에 아무렇게나 놓여 있고 다다미 위에는 잡지와 남자 속옷이 어지럽게 흩어져 있었다. 봉당까지 합쳐도 네 평이 안 되는 초라한 집이었다. 내 부탁을 저렇게 싫은 표정 하나 짓지 않고 들어주지만 자기는 이렇게 초라하게 살고 있다. 여동생은 닛타라는 사람 집에서 남의집살이를 하고 있다니 그 여동생도 고생이 이만저만 아닐 텐데. 참 측은한 남매로구나.

그런 생각을 하면서 일어선 구마타로는 어질러져 있던 옷가지를 개서 벽장 안에 넣고 책들도 모아 구석 쪽에 쌓아두었다.

그러고는 봉당으로 내려서서 냄비와 주전자를 치우고 물을 받았다. 숯이 얼마 남지 않아 혀를 끌끌 차면서 불을 붙여 물을 끓였다.

구마타로는 야고로를 생각해 그렇게 한 걸까?

그렇지 않았다.

야고로 남매를 측은하게 여긴 직후 이런 지저분한 방으로 불러내면 누이가 싫어할지도 모른다는 생각이 들었기 때문이다.

마침 물이 끓을 무렵 야고로가 누이를 데리고 돌아왔다.

야고로는 오자마자 "난 볼일이 있어서 어디 좀 다녀올게. 어쩌면 오늘 돌아오지 못할지도 몰라. 그러니 집 좀 잘 부탁해"라며 다시 밖으로 나갔다.

방에는 누이와 구마타로만 남았다.

구마타로는 누이에게 변심한 게 아니냐고 물으려고 했지만 그러지 못했다. 오래간만에 만난 누이는 똑바로 바라볼 수 없을 만큼 아름다웠고 눈동자는 더 신비롭게 빛났다. 누이는 그 눈으로 구마타로를 빤히 바라보았다.

구마타로는 간신히 "오, 오래간만이네"라고 말했다. 누이는 "예"라고 대답하고 구마타로가 차를 우리려는 모습을 보더니 "제가 할게요"라며 봉당으로 내려섰다.

구마타로는 이렇게 어색해하는데 누이는 예전과 전혀 다를 바 없었다.

그런 누이를 보면서 구마타로는 혼자 원망만 하고 있을 수도 없어 애써 아무 일 없었던 척했지만 오랫동안 만나려고 하지 않았다는 사실은 아무래도 부자연스러워 결국 참지 못하고 "그런데 말이야, 너 이제 나하고 이렇게 만나기 싫은 거지?"라고 물었다.

그러나 누이는 진심으로 이해가 안 된다는 눈빛으로 태연히 되물었다.

"왜 그런 생각을 해요?"

"그렇다는 거야, 그렇지 않다는 거야? 요즘 나막신을 한 번도 내놓지 않았잖아. 내가 너희 집까지 가도 얼굴도 볼 수 없고. 그러니 아무리 생각해도 날 피하는 거라고밖에 생각할 수 없지."

"그건 오해예요. 나는 당신이 아주 가까이에 있다는 걸 알고, 당신이 살아 있다는 것도 알고 있었으니까. 만나나 만나지 않으나 내겐 다를 게 없어요."

누이가 신비스러운 눈동자로 이해할 수 없는 소리를 하자 구마타로는 견디지 못하고 "정말 뭐라는 거야?"라고 소리를 치고는 누이를 덥석 껴안았다.

누이는 킥킥 웃더니 구마타로의 얼굴을 쳐다보며 말했다.

"저는 변함없이 당신을 좋아해요."

구마타로는 왠지 몸이 살짝 떨렸다.

밤이 깊어갔다. 밖에는 눈이 내렸다. 안에서는.

그런 일이 있었던 것이 메이지 24년, 1891년 12월이었다. 구마타로는 이해가 저물 때까지는 행복했다. 하지만 해가 바뀐 메이지 25년, 1892년 1월에는 누이를 한 번도 보지 못했다. 야고로를 시켜 불러내려고 해도 요즘은 일이 없는지 모리모토 도라가 나와 "누이는 집에 없다. 노름이나 하는 망할 놈 주제에 내 딸에게 집적거리지 마, 이 멍청아"라고 폭언을 퍼부었다.

그렇다면 우연히 나왔을 때 붙잡겠다는 속셈으로 누이의 집 주위를 어슬렁거렸다. 나중에는 도시락까지 싸서 누이가 나오지 않나 지켜보았지만 어디 다른 곳으로 가버렸는지 누이는 전혀 나오지 않았고 집은 쥐 죽은 듯 조용했다.

그러는 사이에 2월이 지나고 3월이 되었다. 그런데도 누이를 만나지 못한 구마타로는 풀이 죽어 노름이나 매춘을 할 기운도 없었다. 매일 이케다야에 틀어박혀 술을 푸며 술 힘으로 어떻게든 우울한 심사를 달래려고 했다.

이미 4월에 접어든 때였다.

마을 안을 모세혈관처럼 지나는 수로에 눈 녹은 차가운 물이 콸콸 흘렀지만 공기에는 살아 있는 것들이 싹을 틔우게 만드는 따스한 기운이 있어 왠지 편안하고 들뜬 기분이 들었다. 하지만 구마타로의 마음은 어두웠다.

그날도 구마타로는 이케다야에서 말없이 술을 퍼마시고 있었다. 도라키치는 요즘 보이지 않았다. 야고로는 산일을 하러 가 이삼일 집을 비웠기 때문에 구마타로는 혼자였다.

혼자라는 건 이야기 상대가 없다는 뜻이다. 구마타로는 말없이 술을 마셨지만 머릿속에서는 온갖 생각이 들끓고 있었다. 처음에는 오로지 누이가 변심했다는 생각과 관계된 것들만 떠올라 매우 우울했다. 그런데 술 덕분일까, 취기가 돌자 사고는 연속성을 잃었다. 구마타로는 의미 없는 조각난 생각들을 떠올렸다가는 뭉개버렸다.

구마타로는 가게 구석에 쌓여 있는 새끼줄을 보며 생각했다.

이런 곳에 진흙 묻은 새끼줄이 있다는 사실이 유쾌하지 않다. 새끼줄에 흙이 묻을 만한 작업이라도 했던 걸까. 우물 청소라도 했나? 그렇지만 여기는 술집이고 나는 술 마실 때 주위에 저런 진흙 잔뜩 묻은 새끼줄이 있는 게 싫다. 장식으로 놔둔 건가? 대나무 주걱 같은 것은 그래도 마음에 든다. 그건 좋은 대나무 주걱이었다. 그렇지만 야고로는 별로 기뻐하지 않았다. 이건 규슈 말투 아닌가? 그러고 보니 전에 규슈에서 왔다는 아저씨와 어느 도박장에서 우연히 만났는데 그 아저씨도 아마 이미 죽었겠지. 그런데 옛날이라고 하면 내가 주운 막대기에 시카조가 집착하는 바람에 다툼이 났던 적이 있는데 내가 대나무 주걱을 좋아하는 건 그때 시카조가 막대기에 집착한 것과 마찬가지인가? 그렇다면 난 얼간이네. 그때 시카조 같은 녀석들과 어울리다가 그렇게 되었지. 그런데 가쓰라기 도루의 시체는 어디로 사라진 걸까? 누가 어디로 옮겼나? 그렇다면 내가 위태로워지잖아, 멍청아.

생각이 가쓰라기 도루에 이르자 구마타로는 얼른 다른 생각을 하려고 했다. 모처럼 술의 힘을 빌려 우울한 심사를 달래려는데 그 생각을 하면 너무 우울해지기 때문이다. 구마타로는 술을 벌컥 들이켜고 생각했다.

이제 그 생각은 하지 말자. 생각하지 않겠다. 나는 저기 새끼줄이 쌓여 있는 게 짜증난다고 생각하고 있었다. 그랬다. 정말 짜증난다. 짜증난다고 생각하면 내가 반성하지 않아도 된다. 이 세상이 잘못이라고 생각하면 그만이다. 짜증난다고 생각하니 마쓰나가 구마지로가 떠올라 짜증난다. 뭐야, 그놈은. 자기가 부탁해놓고 부탁하지 않은 척 시치미 뚝 떼고 나중에는 마을 사람들에게 구마타로가 미쳤으니 상대하지 말라는 소리나 지껄이고. 네가 부탁했잖아, 네가. 정말 치사한 놈이다. 원숭이 같은 놈. 그런데 그 말을 믿는 마을 놈들도 한심하지. 내가 진실을 이야기하는데 왜 못 알아먹는 거야? 다

들 눈뜬장님뿐이라니까. 멍청한 것들. 자꾸 그따위로 나오면
바람 불 때를 틈타 불을 싸질러 마을을 깡그리 태워버리고
말 테다. 돼지만도 못한 놈들. 정말 짜증나. 마쓰나가는 그 일
이 있은 뒤로도 내 험담을 하고 돌아다니는 게 틀림없어. 앗,
결국 그건가? 그러니까 누이가 나를 피하게 된 게 마쓰나가
가 나를 미친놈이라거나 무슨 짓을 저지를지 모를 난폭한 놈
이라거나 어쩌면 살인자라거나, 그런 소리를 누이에게 해서
나를 피하게 된 건가? 아아, 이럴 수가. 아니야, 아니라고. 그
런 말 믿지 마. 아아, 누이라는 그 이름을 떠올리기만 해도 가
슴이 찢어질 듯 아파.

　구마타로는 그런 생각을 하며 결국 머리를 감싸 쥐고 탁자
에 엎어졌다. 엎어져서 '안 돼. 어두운 생각은. 밝은 생각을
해야 해'라며 애써 '그러고 보니 저 구석에 진흙이 잔뜩 묻은
새끼줄이 있어서'라고 생각했지만 곧 구마지로가 누이에게
'구마타로는 포승줄을 받을 거야'라며 히죽히죽 웃는 모습이
떠올랐다. 구마지로가 누이에게 자기 험담을 하는 모습을 도
저히 떨칠 수 없었다. 한동안 그렇게 엎드려 있던 구마타로
는 결국 참지 못하고 머리를 들고는 두 손으로 탁자를 치며
"마쓰나가, 이노옴!" 하고 부르짖었다.

　"마쓰나가, 이노옴!"

구마타로가 이렇게 절규한 순간 바로 앞에서 깜짝 놀라는 사람이 있었다.

"으악, 깜짝 놀랐네."

구마타로가 탁자에 엎드려 있을 때 마침 이케다야에 들렀던 도라키치가 구마타로의 모습이 이상해서 말을 걸지 못하고 있었는데 느닷없이 "마쓰나가, 이노옴!" 하고 소리치는 바람에 화들짝 놀랐던 것이다. 놀라서 우두커니 서 있는 도라키치를 본 구마타로가 말했다.

"도라야, 미안. 미안해. 네가 거기 있는 줄 몰랐다. 자, 한잔하자."

"한잔하자가 아니고. 갑자기 이노옴, 하고 소리치면 누구나 깜짝 놀라지."

도라키치는 투덜거리면서 구마타로 앞자리에 걸터앉았다.

"정말 미안해. 그렇지만 네게 소리 지른 게 아니야."

"알아. 우리 형이겠지. 다케다 씨 문제로 고생했으니까. 정말 내 형이지만 싫어. 정말 미안해, 구마 형."

"아니야. 네가 그렇게 말하면 괴롭지."

"그런데 말이야. 우리 형 이야기인데, 구마 형이 알아줘야 할 것 같은 이야기가 있어서 왔어."

"뭔데?"

"그게 말하기가 참 힘든데."

도라키치는 그렇게 말하더니 콧등을 문질렀다.

"실은 말이야. 우리 형에게 혼담이 들어왔어."

"그게 뭐 어때서?"

"응, 뭐 그렇기는 하지만 결혼 상대가 문제야."

"왜? 못생기고 가난뱅이에 성격도 나쁜데 밤중에 목을 쭉 빼고 기름을 핥는 아가씨라도 되는 거야?"

"아니, 그렇지 않아. 미인에다가 얌전한 아가씨야."

"그래? 그럼 됐잖아?"

"응, 우린 괜찮지만 구마 형이……"

"어째서? 난 관계없잖아."

"그게 아니라니까. 에이, 그냥 말해야겠네. 우리 형 신부는 구마 형도 잘 아는 아가씨야."

"그러니까 그게 누군데?"

"그러니까 그게, 누이라니까."

세계에 어둠이 드리우기 시작했다. 이케다야의 지저분한 벽에도, 도라키치에게도, 하늘에도, 곤고산에도 옅은 어둠이 드리웠다. 아, 세상이 묽은 먹빛으로 물들고 있구나. 하지만 뭐 언젠가 멈추겠지. 그렇게 대수롭지 않게 여겨 가만히 있다보니 어디서 내려오는지 모를 어둠은 전혀 멈추지 않고 마침내 온 세상을 열은 어둠으로 물들이고 말았다. 이 어둠이 싫다. 멍하니 그런 생각을 하다보니 슬퍼지지만 이 슬픔은 이 어둑어둑한 세계가 존재한다는 것 자체와 관계있는 슬픔, 즉 슬픔을 실감한다고도 할 수 없는 지속적이고 항구적인 슬픔이다. 그런 세계에 홀로 서 있다. 주위가 모두 어두컴컴해 하늘도 땅도 없고, 서 있는지 누워 있는지 허공에 떠 있는지도 알 수 없는 불안한 상태다. 하늘도 땅도 없고, 멀고 가깝고도 없다. 나 말고는 사람이 있는지 없는지도 전혀 알 수 없다. 누가 있다고 해도 이미 열은 어둠의 슬픔 그 자체가 되어버려 목소리를 낼 수도 없다. 그리고 그것은 나도 마찬가지다. 이게 죽음이라는 걸까?

묽은 먹빛 슬픔의 세계에 저승에서 들려오는 라디오 소리 같은 도라키치의 목소리만 울려 퍼졌다.

"그러니까 난 이게 누이 씨 생각하고는 다른 것 같아. 이게 모두 그쪽 어머니가 억지로 밀어붙여 시작된 거야. 이런 말까지 하기는 미안하지만 마을 안에서는 행세깨나 하니까. 아버지도 지역의회 의원이고. 예물 말고도 다달이 생활비를 보내준대. 누이 씨 어머니 입장에서야 이렇게 수지맞는 이야기가 어디 있겠어. 딸에게 물어보고 우리 집으로 시집보내겠다는 거야. 정말이지 지독한 여편네야. 누이 씨가 가엾어. 그런 못생긴 땅딸보의 아내가 되다니."

"할 말이 뭔가? 난 바빠. 할 이야기 있으면 얼른 해."

유들유들한 태도로 말하는 구마지로를 보며 야고로는 화가 치밀어 구마타로에게 귓속말로 속삭였다.

"형님아, 긴 소리 하지 말고 그냥 두들겨 패버리면 안 될까?"

"좀 기다려."

구마타로는 벌떡 일어선 야고로를 이렇게 달랬다.

마쓰나가 구마지로와 누이 사이에 혼담이 오가고 있다. 그 이야기를 들은 구마타로는 한동안 묽은 먹빛 슬픔의 세계 속 주민이 되어 완전히 폐인처럼 지냈다. 하지만 외려 그때가 좋았던 건지도 모른다. 차츰 눈앞이 보이게 되어 원래의 세계로 돌아오고 나니 슬픔은 현실감을 동반하게 되었고 묽은 먹빛 슬픔보다 훨씬 심한 슬픔을 느꼈기 때문이다.

구마타로는 이 슬픔을 견디지 못했다. 하지만 죽지 않고 살아 있기에 구마타로는 절망의 끝에 찾아온 체념 속에서 누이와의 일은 없었던 걸로 하자, 만나지 않았던 걸로 하자, 잊기로 하자고 생각했다.

살기 위해서였다. 이런 슬픔과 절망 속에서 살아가기는 곤란하니 어떻게든 살아가기 위해 잊으려고 했던 것이다.

구마타로는 방바닥에 엎드려 한참을 움직이지 않았다.

한 시간쯤 엎드려 있던 구마타로는 갑자기 벌떡 일어서더니 "무리야!"라고 외쳤다.

어떻게 누이를 잊을 수 있다는 말인가.

그토록 아름다운 누이가 그토록 못생기고 땅딸막한, 숲속의 작은 도깨비와 꼭 닮은 마음씨 삐뚤어진 구마지로에게 밤마다 안긴다. 생각만 해도 곤고산 수목을 몽땅 베어내 어깨에 짊어지고 온 나라를 행진하고 싶어질 정도로 괴로운 일이다. 나는 절대로 누이를 포기할 수 없다.

그렇게 생각한 구마타로는 상황을 타개하기 위해 어떻게 해야 할지 궁리한 끝에 한 가지 결심을 했다. 마쓰나가 구마지로를 직접 만나 누이와의 혼담을 중단하도록 담판을 짓기로 한 것이다.

구마타로는 바로 행동에 옮겼다. 야고로를 시켜 구마지로를 스이분 신사 회마당 뒤로 불러냈다.

구마타로가 야고로에게 말했다.

"오늘은 내가 이 녀석과 하고 싶은 이야기가 있어. 나중에 들를 테니까 너 먼저 돌아가라."

"아, 그래? 그럼 난 갈게. 그런데 형님아, 혼자 괜찮겠어?"

"괜찮아, 괜찮아."

"그래? 그럼 먼저 갈게."

야고로는 구마지로를 무섭게 노려본 뒤 참배로 쪽으로 걸어갔다. 구마지로는 그런 야고로는 신경도 쓰지 않고 히죽히죽 웃으며 말했다.

"나 정말 바빠. 할 이야기라는 게 뭐야?"

그렇게 묻는 구마지로에게 구마타로는 아무런 대답도 하지 않고 불쑥 무릎을 꿇었다. 그리고 두 손으로 땅바닥을 짚더니 이마를 땅바닥에 댔다. 어지간해서는 끄떡도 안 하는 구마지로도 그 모습을 보고 깜짝 놀랐다.

"뭐야? 왜 이래?"

"구마지로, 이렇게 부탁한다."

"그러니까 무슨 이야기냐니까?"

구마타로는 얼굴을 들고 구마지로를 올려다보며 말했다.

"누이와 오가는 혼담은 없었던 일로 해줘."

그리고 다시 머리를 조아렸다.

구마타로의 뜻을 알아차린 구마지로는 차가운 웃음을 지었다.

구마타로를 완전히 무시했다.

구마지로가 보기에 교섭 상대를 직접 찾아가 불쑥 자기가 원하는 내용을 설명하고 무릎을 꿇는 행동은 어리석기 짝이 없는 일이었다. 그렇게 하면 상대방이 자기 손 안에 있는 패를 모두 읽어 절대로 일이 원하는 대로 풀리지 않는다.

구마지로는 이런 식으로 행동하는 구마타로가 과연 노름꾼인지 의아했다.

실제로 구마타로는 이때 큰 실수를 저지른 셈이다. 왜냐하면 그때까지 구마지로는 누이를 신부로 맞이할 생각이 전혀 없었기 때문이다. 구마지로는 누이처럼 누가 보아도 아름답다고 하는 여자에게는 통 마음이 동하지 않았다. 그는 누구나 못생겼다고 하는 여자를 '어, 괜찮네' 하고 생각하는 색다른 심미안을 지니고 있었다.

눈이 삐뚤어진 걸까?

하기야 구마지로는 눈초리가 지독하리만치 치켜 올라갔다.

즉 이 혼담은 도라키치가 말해준 대로 마을 유지이자 재력도 있는 마쓰나가 집안에 딸을 며느리로 들이고 싶어 모리모토 도라가 사람을 써서 의향을 떠본 것이지 구마지로 본인은 전혀 관심도 없는 이야기였다.

그러니 구마타로는 불쑥 구마지로를 회마당 뒤로 불러내 무릎을 꿇는 졸렬한 짓을 할 게 아니라 오다가다 길에서 마주쳤을 때 태연하게 '너 모리모토 누이를 아내로 맞이한다면서? 좋겠다. 축하해'라고 말한다거나 도라키치가 혼담이 어떻게 되어가는지 더 자세하게 알려줄 때까지 기다렸어야 했다. 그랬다면 구마지로가 혼담에 응할 마음이 없다는 사실을 쉽게 알았으리라.

그런데 구마타로는 갑자기 구마지로를 불러내 무릎을 꿇었다. 마음이 맑은 상대였으면 '구마야, 그러지 마. 그러지 말라고. 성급하게 지레짐작하면 안 돼. 그런 이야기는 저쪽에서 해온 거야. 나는 그럴 마음 없다니까'라고 했으리라. 그렇지만 구마지로는 그런 인간이 아니었다.

간절한 마음으로 무릎을 꿇은 구마타로를 내려다본 구마지로는 입을 씰룩거리며 웃고 이렇게 말했다.

"그건 안 돼. 난 누이에게 반했거든."

"그러니까 부탁하잖아. 이렇게, 제발. 시키는 대로 할게. 뭐든 하겠다고."

구마타로는 마침내 두 손을 모으고 구마지로에게 절하기 시작했다.

뭐든 하겠다. 구마타로의 말을 들은 구마지로가 말했다.

"오호, 뭐든 하겠다고?"

"그래, 뭐든 할게. 그러니 누이를 포기해줘."

"그렇다면 내가 이렇게 해도 넌 화내지 않겠다는 거지?"

말을 마치자마자 구마지로는 구마타로의 뒤통수를 발로 짓이겼다.

머리가 꾹꾹 눌리자 입으로 흙이 들어가 숨을 쉴 수 없었다. 구마타로는 괴로워하면서도 이걸 견뎌내면 그 뒤에는 영광이 기다리고 있을 거라고 믿으며 필사적으로 참았다.

그러나 그 뒤에 기다리고 있던 것은 더 큰 굴욕이었다.

머리를 짓누르던 힘이 불쑥 사라져 얼굴을 드니 "그렇다면 이렇게 해도 화내지 않겠군" 하는 구마지로의 목소리가 들렸다. 그리고 얼굴에 갑자기 미지근한 물이 쏟아졌다.

구마지로가 재빨리 음경을 꺼내 구마타로의 얼굴에 오줌을 누는 중이었다.

그걸 안 순간 구마타로는 사나이 얼굴에 무슨 짓인가, 하고 격분해 지금 당장 구마지로를 목 졸라 죽이고 자기도 죽어버릴까 하는 생각을 했다.

그러면 누이는 어떻게 하나. 누이도 죽여야 할까. 그건 너무 불쌍하다. 누이는 누이대로 행복하게 살면 된다. 하지만 그렇게 살면 너무 쓸쓸할 것이다. 그리고 어차피 죽을 거라면 죽기 전에 한 번이라도 누이를 만나고 싶다.

그런 생각을 하며 머뭇거리는 중에 구마지로의 오줌발이

끊어졌다. 끝났다면 어쩔 수 없다. 그렇게 생각하고 있는데 구마지로가 말했다.

"구마. 잘 들어. 발로 짓이기고 얼굴에 오줌을 싸도 화가 안 나?"

그 도발에 반응하면 지금까지 참은 의미가 없다고 생각한 구마타로는 흠뻑 젖은 얼굴로 대답했다.

"그래, 화나지 않아. 화 안 나. 구마지로, 이제 됐지? 부탁한다. 혼담은 없었던 걸로 해줘."

"멍청이냐? 난 말이야, 누이에게 진짜 반했다고. 이런 정도로 끝날 리가 없잖아."

"그럼, 그럼 내가 어떻게 하면……?"

"으음, 글쎄. 너도 노름하는 사람이고 나도 노름하는 사람이지. 같은 노름꾼끼리니까 그렇게까지 나온다면 나도 남자야. 이야기가 잘되면 완전히 포기할 수도 있지."

그러더니 구마지로는 옷매무새를 가다듬고 구마타로 앞에 앉았다.

"어떻게 하면 포기해줄 거야?"

"정 그렇다면, 역시 이 세상은 뭐니 뭐니 해도 돈이지."

"돈이라고?"

"그래, 돈이야."

"어, 얼마나 주면 포기할 건데?"

"그야 그만한 여자이니 포기하기 힘들어. 싸지 않지. 뭐 대략 천 엔은 받아야겠지만 다른 사람도 아니고 너니까 반 뚝 깎아서 오백 엔이면 어때?"

"오, 오백 엔이라고?"

"너무 놀라지 마. 뭐, 나도 억지로 달라는 건 아니야. 네가 오백 엔을 주지 않아도 난 별 상관없어. 누이와 혼례를 올리면 그만이니까."

"줄게, 주겠어. 그, 그 대신 오백 엔을 주면 누이와 오간 혼담은 없었던 걸로 해주는 거다."

"두말하면 잔소리지."

"고마워, 정말 고마워. 그럼 오백 엔 마련할게. 준비되면 너희 집으로 갈 테니까 그때까지 기다려. 그럼 이만."

그렇게 말하며 구마타로는 일어나서 자리를 떠났다. 그 뒷모습을 지켜보며 구마지로도 이런 혼잣말을 남기고 자리를 떴다.

"갔네. 흥, 멍청이. 너 같은 놈이 오백 엔이나 되는 큰돈을 마련할 수 있겠냐? 뭐 일단 기다려보지. 아니지, 저 녀석 다스기야에 백 엔이나 되는 위자료를 물었잖아. 그 돈을 어떻게 마련했을까? 나중에 도라키치에게 물어봐야겠군. 그렇지만 녀석이 오백 엔을 들고 오면 그보다 더 기쁜 일은 없지. 으하하, 역시 저 녀석은 멍청이야. 우동이나 먹으러 가자."

구마지로가 떠나자 회마당 뒤에서 한 남자가 나타났다.

다니 야고로였다. 야고로는 먼저 집에 돌아가 기다리겠다고 했지만 두 사람이 싸우게 되면 뛰어나와 도우려고 회마당 뒤에 숨어 지켜보고 있었다.

"잘 들리지는 않았지만 저게 뭔 꼴이야. 무슨 사정이 있건 저런 비참한 꼴을 당하고 게다가 오줌까지 뒤집어썼는데도 아무 말도 못하다니. 저게 사나이인가? 내가 저런 사람을 형님으로 모시며 심부름을 했다니 한심하군. 그렇지만 지금 나까지 형님을 버리면 어쩌나? 완전히 무너질 텐데. 어쩔 수 없지. 이제 돌이킬 수 없으니까. 하물며 따로 태어났어도 죽을 때는 함께하자고 맹세한 형제 사이인데. 난 뭐라고 해도 저 사람이 좋아. 아 참, 집에 들른다고 했었지. 얼른 가야겠군."

야고로는 그렇게 중얼거리고는 뒤편 참배로를 달려 내려갔다.

야고로가 자기 집에 도착하니 아니나 다를까 구마타로가 먼저 와서 기다리고 있었다. 구마타로가 야고로에게 말했다.

"사실은 급히 오백 엔을 마련해야 해. 네가 도와주지 않을래?"

오백 엔이라는 소리를 듣고 야고로는 눈이 휘둥그레져 말했다.

"뭐야? 갑자기 오백 엔이라니 무슨 소린지 모르겠네. 알아들을 수 있게 이야기 좀 해봐."

평소 같으면 무슨 부탁을 하건 '그래, 알았어' 하고 받아들이던 야고로가 여느 때와 달리 이유를 대라고 한다. 게다가 그 말투에는 가시가 돋쳤다. 구마타로는 그걸 눈치채고 당황했다.

구마지로가 누이와 오가는 혼담을 포기하길 원하면 오백 엔을 내라고 했다고 말하면 야고로에게 '시키는 대로 고분고분 오백 엔을 내놓겠다니'라며 경멸당할 것 같아 도저히 털어놓기 힘들었기 때문이다.

그렇지만 구마타로는 야고로에게 모든 경위를 이야기했다. 왜냐하면 이 사태는 연정이라는 일종의 광기에서 시작된 일이고, 그 광기가 구마타로가 평소 지니고 있던 미의식이나 자의식의 틀을 무너뜨리고 폭주했기 때문이다.

"뭐, 대략 그럴 거라고 짐작은 했어."

한숨을 내쉰 야고로는 "형님아, 그럼 가자"라며 일어섰다.

야고로는 모든 경위를 이야기하는 구마타로의 얼굴을 보

면서 '나는 이 사람의 이런 면을 좋아하는 거야'라고 생각했던 것이다.

어려서부터 남의 손에서 자란 야고로는 사람이란 자신의 보잘것없는 욕망을 충족시키기 위해 온갖 거짓말을 한다는 사실을 잘 알고 있었다.

그런데 구마타로는 거짓말을 전혀 하지 않고 고통스러운 표정으로 솔직하게 털어놓는다.

약한 사람은 돕고 강한 사람은 꺾어야 한다지만 이 사람은 자기 자신을 꺾는다. 게다가 스스로는 약하지만 자신을 꺾을 때면 엄청나게 강해진다. 그러면 이게 약한 건가, 강한 건가? 대체 어떤 것일까? 도무지 알 수가 없다.

야고로가 그런 생각을 하고 있는데 구마타로가 야고로를 쳐다보며 물었다.

"가자니, 어디를 가?"

"뻔하잖아. 고세에 가야지. 그 능에 있는 보물을 몽땅 긁어 오사카에 가서 팔아야지. 그럴 생각 아니야?"

야고로의 말투가 조금 전과 달리 밝았다.

구마타로는 일어서며 "아, 그래야지"라고 대답했다. 그리고 조금 전 야고로의 말투에 가시가 돋쳤던 건 잠깐 기분이 좋지 않아서였던가보다, 기분이 금방 바뀌는 녀석이로구나

하고 생각했다.

　나흘 뒤 구마타로와 야고로는 "일본이 아무리 넓다고 해도 우리만큼 돈 많은 놈은 없을 거다"라고 말하며 스이분으로 돌아왔다.

　두 사람의 품 안에는 칠백삼십오 엔 이십팔 센 삼 린 오 모*나 되는 큰돈이 있었다.

　모두 야고로가 노력한 결과였다.

　고세에 있는 석실에서 보물을 몽땅 도굴한 구마타로와 야고로는 그걸 팔러 바로 오사카로 갔다. 하지만 구마타로는 여관에서 그저 짐이나 지키고 있었을 뿐이다. 야고로가 이리저리 돌아다니며 장물이라고 값을 후려치는 곳에서는 잘 이야기해 비싸게 팔기도 하고 어떤 곳에서는 이 엔밖에 줄 수 없다는 관(冠)을 다른 데 가지고 가서 삼백 엔에 팔기도 하고 거기서는 십 엔밖에 쳐주지 않는 거울을 다른 곳에 가서 백오십 엔에 팔기도 했다.

　혼자 돌아다니는 야고로에게 미안했던 구마타로는 몇 번이나 "나도 함께 갈까?"라고 했지만 야고로는 "형님이 가서

---

* 일 모는 일 린의 십분의 일이다.

옆에서 괜히 이런저런 소리 하면 돈을 제대로 받지 못하니까 됐어"라고 했다. 그리고 "미안해"라고 사과하는 구마타로에 게 "미안할 게 뭐 있어? 우린 따로 태어났지만 죽을 때는 함께할 형제잖아"라며 웃었다.

일단 야고로의 집으로 돌아온 구마타로는 그렇게 마련한 돈 가운데 이백삼십오 엔 이십팔 센 삼 린 오 모를 떼어내고 오백 엔을 흰 종이에 쌌다. 야고로가 말했다.

"그런데 이 오백 엔을 고스란히 구마지로에게 빼앗긴다고 생각하니 한심하군."

"그런 소리 하지 마. 그래도 아직 이백 삼십 넘게 남았잖아. 사람은 말이야. 만족할 줄 알아야 해. 욕심 부리면 안 돼."

그런 소리를 하는 구마타로를 보며 야고로는 속으로 '무슨 소리야? 자기가 번 돈도 아니면서'라고 생각하며 쓴웃음을 지었다.

"그럼 잠깐 다녀올게."

구마타로는 그렇게 말하고 야고로의 집을 나섰다. 혼자 남은 야고로는 오사카에서 맛있는 음식을 실컷 먹은 뒤라 '집에서 먹는 초라한 음식을 꾸역꾸역 입에 넣기는 괴롭다. 어차피 괴로울 거라면 아예 맛없는 건더기가 없는 맨 우동이나 해 먹자'고 생각했다.

야고로의 집을 나선 구마타로는 마쓰나가 구마지로의 집을 찾아가 오백 엔을 내놓고 "자, 이제 군소리하지 않기다"라며 가슴을 쭉 펴고 코 평수를 넓혔다.

구마지로는 돈을 보고 깜짝 놀랐다. 아무리 그래도 이렇게 빨리, 그것도 오백 엔을 정확하게 마련해 가지고 올 줄은 상상도 못했기 때문이다.

"와아, 깜짝 놀랐네. 그렇지만 이거 확인해봐야겠네."

구마지로는 그렇게 말하더니 지폐를 들고 세어 오백 엔을 확인했다.

"대단하군. 정확하게 오백 엔이네."

"그럼 이제 누이와 혼담은 없었던 걸로 하는 거야. 됐지?"

"뭐, 할 수 없지. 포기할게. 그런데 말이야……"

"뭐야, 할 말이 있나?"

"아니, 할 말은 없지만, 너 이렇게 큰돈을 어떻게 마련한 거야? 설마 강도질이라도 한 건 아닐 테지?"

"멍청한 소리. 그런 짓을 왜 해?"

"아니라면 됐고. 이렇게 큰돈은 강도나 도굴을 하지 않으면 마련할 수 없을 것 같아서."

구마타로는 구마지로가 숲속의 작은 도깨비를 꼭 닮은 얼굴로 이렇게 말하자 온몸에 전율이 일었다. 이 녀석은 정말 모든 걸 알고 있는 게 아닐까? 이런 생각을 하니 손이 떨려 멈추지 않았다. 구마지로가 말했다.

"왜 그래? 안색이 아주 좋지 않네."

"아, 아무것도 아니야. 그럼 나 이만 갈게."

그렇게 말하며 일어선 구마타로에게 구마지로가 말했다.

"아니, 정말 괜찮은가? 다리가 부들부들 떨리는데."

"별일 아니야. 별일 아니라니까."

"잠깐만 기다려."

"뭐야? 아직 할 말이 있나?"

"딱히 할 말이 있는 건 아니고, 나한테 각서를 받지 않아도 괜찮겠어?"

"각서?"

"그래. 훗날을 위한 증거지. 나는 누이와 혼인을 하지 않는 다고 한 줄 쓰는 게 낫지 않겠어?"

"아아, 그거라면 받아두지."

구마타로는 구마지로가 자진해서 그런 소리를 하는 게 이상하다고 생각하면서도 받아두어 손해날 일은 없다고 생각해 다시 자리에 앉았다.

"나 마쓰나가 구마지로는 어떠한 일이 있더라도 아카사카 촌 아자 미나미하타에 거주하는 모리모토 도라의 딸 모리모

170

토 누이와 혼인하지 않겠다. 메이지 25년 4월 28일 아카사카 촌에 사는 평민 농부 마쓰나가 구마지로. 자, 그리고 여기 손 도장 찍고. 이제 됐지?"

"그래, 좋아. 어떠한 일이 있더라도, 라는 부분이 좋군. 그럼 나 이만 갈게."

구마타로가 돌아간 뒤 구마지로는 혼자 웃었다.

"하하하하. 멍청한 녀석. 정말로 오백 엔을 들고 오다니. 게다가 내가 도굴하지 않았느냐고 했을 때 그 녀석, 표정이 가관이었어. 새파랗게 질려서 손을 부들부들 떨고 나중에는 다리까지 후들후들하다니. 정말 얼간이야."

구마지로는 혼잣말을 하더니 오백 엔 지폐 묶음을 봉투에 넣고 하품을 했다. 눈꼬리에 눈물이 찔끔 흘렀다.

구마지로는 불쑥 동박새를 기르고 싶어졌다.

자신이 그런 웃기는 짓을 했다는 사실을 전혀 모르는 구마타로는 모리모토 누이의 집을 향해 걷고 있었다.

구마타로는 이제 걱정할 일 없다고 생각했다.

물론 누이가 둘이 만나는 걸 입 밖에 내지 말라고도 했지만, 자기가 백수건달이라는 약점 때문에 만날 때도 남몰래 신호를 정하거나 야고로를 시켜 불러오도록 했다. 그렇지만 이렇게 떳떳하게 구마지로와 마무리를 지은 이상 이제는 꺼릴 필요가 없다. 품 안에는 각서까지 들어 있다. 모리모토 도라가 나와서 누이는 혼담이 오가는 중이라 만날 수 없다고 말하면 각서를 들이밀고 구마지로와 다 이야기가 되었다고 하면 그만이다. 그리고 이 각서가 내 재력을 증명해주기도 할 터이다.

그런 생각을 하면서 구마타로는 신바람이 나 누이의 집으로 갔지만 역시 막상 문 앞에 서니 몸이 움츠러들었다.

누이의 어머니는 마을 유지이자 부자에게 자기 딸을 주겠다며 돈을 받으려고 한 지독한 여자다. 그런 여자이니 나 같은 것이 가서 무슨 말을 해도 우습게 여기거나 마구 소리를 지를지도 모른다. 내 정신은 그런 일을 감당하지 못한다. 얼굴이 후끈 달아오르고 손이 덜덜 떨리며 목소리가 갈라지고 다리까지 후들거릴 것이다. 정말 싫다.

그렇게 생각한 구마타로는 머뭇거렸지만 여기까지 와서 그냥 가기도 섭섭해 어쩔까 망설이다가 '에잇, 모르겠다' 하며 노름판에서 큰 승부를 거는 기분으로 문을 드르륵 열었다. 그러고는 안으로 들어가 안쪽을 향해 "계세요?"라고 말했다.

그 직후 구마타로는 넋이 나갈 뻔했다. 바로 앞에 보이는 모습이 현실이 아닌 것 같았다. 모리모토 도라가 아니라 다름 아닌 누이가 나왔기 때문이다.

해가 바뀌고 나서 지금까지 구마타로는 누이 생각만 했기 때문에 누이는 즐거움과 고통을 동시에 가져다주는 불분명한 관념으로 바뀌어 있었다. 그런 누이가 실제 인간의 모습을 하고 바로 앞에 서 있다. 이 상황은, 그게 본래의 모습인데도 누이를 사랑하고 그리워하며 누이만 생각해온 구마타로에게는 기적과도 같은 것이었다.

기적은 고통과 쾌락으로 가득 차 있었다.

구마타로는 온몸이 마비되는 것 같았다.

"오래간만이네."

구마타로는 천천히 말하고 깜짝 놀랐다.

정신은 심하게 흔들리는데도 평소 말투로 이야기할 수 있었기 때문이다.

당황해 목소리가 이상하게 나오거나 버벅거리며 아무 말도 못하는 것보다는 물론 훨씬 나았다. 앞으로도 그렇게 되지 않도록 조심하자. 꼴사나우니까.

그런 생각을 하고 있는데 누이가 "아, 어서 오세요"라고 말하는 바람에 구마타로는 다시 놀랐다. 어색한 구석이 없이 어제 헤어진 사람을 다시 만난 듯한 말투였기 때문이다.

너무도 뜻밖이었다. 그야 당연하지 않은가. 자기가 먼저 연락을 끊었고, 그사이에 다른 남자와 혼담을 진행했다. 틀림없이 어색하고 미안한 마음도 있어 무척 불편할 것이다. 그러니 구마타로를 보면 밝은 표정을 짓지 못하고 말도 얼버무리며 무뚝뚝한 태도로 쫓아내려고 하는 게 보통 아닌가.

그런데 누이는 그런 모습을 전혀 보이지 않았을 뿐 아니라 구마타로의 얼굴을 보고 반가운 표정마저 지었다. 구마타로는 어쩌면 마쓰나가 구마지로와 혼담이 오갔다는 게 사실이 아닐지도 모른다는 생각까지 했다.

그렇게 생각하니 원래는 누이를 데리고 다른 곳으로 가서 이야기를 나누려고 했었지만 그럴 필요 없이 그냥 이 집에서 이야기하면 되겠다는 마음이 들었다.

"할 이야기가 좀 있는데 들어가도 될까?"

"그럼요. 괜찮아요."

구마타로는 신발을 벗으며 농담하듯 말했다.

"내가 들어가면 곤란하지 않겠어?"

"왜 곤란하죠?"

"화낼 사람이 있을 텐데."

"누구?"

"마쓰나가 구마지로."

구마타로가 애써 히죽히죽 웃으며 말하자 누이는 갑자기

표정을 지우더니 봉당으로 내려섰다.

구마타로를 위해 차를 끓이려는 것이었다.

누이의 모습을 지켜보며 구마타로는 역시 혼담이 오갔던 건 사실이었으리라고 생각했다. 그러자 누이가 부지런히 움직이며 일하는 모습을 바라보면서도 메슥거리는 불쾌감을 억누를 수 없었다. 저렇게 분주하게 일하면서, 저렇게 내 얼굴을 보고 반가워하면서 뒤로는 마쓰나가 구마지로와 혼담을 착착 진행하고 있었다. 어쩌면 벌써 구마타로와 정을 통한 것 아닐까? 으아, 윽! 참을 수가 없어, 참을 수가. 만약 그렇다면 난 어쩜 좋지? 닭 같은 모습을 하고 온 나라를 청소하며 돌아다니면 될까? 그렇게 해도 이 불쾌감과 고통은 씻기지 않으리라.

그렇지만 네 달 만에 만나 그런 불쾌감을 털어놓으면 싫어할 테니, 누이가 태연하게 행동하는 이상 나도 불편한 마음을 일단 덮어두고 이야기하자. 구마타로는 이렇게 마음먹고 차를 가지고 온 누이에게 될 수 있으면 밝게 들리도록 애쓰면서 "아, 고마워"라고 말했다.

구마타로는 밝고 구김살 없는 말투로 "네 달 만이네"라고 말하고 "어머니는 잘 지내시고?"라며 안부를 물었다.

하지만 자꾸 마음속에서 꿈틀거리는 불쾌감, 석연치 않은 마음이 겉으로 드러나 빈정거리며 웃기도 하고 "아, 정말?" 하며 밉살맞게 대꾸하기도 했다. 그러는 중에 결국 구마타로는 히죽히죽 웃으며 이렇게 말하고 말았다.

"그런데 말이야. 너 사실 마쓰나가 구마지로네 가기 때문에 날 피한 거지?"

그렇게 말하고 나서 바로 실수했다는 생각이 들었다. 자기가 내뱉은 말이 너무도 밉살맞게 들렸기 때문이다. 하지만 누이는 신경 쓰지 않는 듯 태연하게 대꾸했다.

"그렇지 않아요."

"그래? 그럼 왜 나를 만나지 않았지? 올해 들어 한 번도 만나주지 않았잖아."

"지금 만나고 있잖아요."

"그야 그렇지만. 네가 구마지로에게 시집갈지도 모른다는 이야기는 사실이잖아?"

"예."

누이는 전혀 머뭇거리지 않고 변함없는 말투로 대답했다. 구마타로의 마음속에서 투둑, 또는 팟 하는 소리가 났다. 구마타로의 의식이 물이라면 그때까지 그의 의식은 대나무를 짜서 만든 통이나 대야 같은 데 담겨 있었다. 투둑, 또는 팟 하는 소리는 그 통이나 대야를 단단하게 여민 테가 벗겨지는 소리였다.

사실은 조금 전부터 그 테는 살짝 느슨해져 틈새로 물이 새고 있었다. 그런데 결국 수압을 이기지 못하고 그만 테가 끊어져버린 것이다. 이어서 퍽 하는 소리가 났다. 테가 끊어지면서 통 혹은 대야가 부서지는 바람에 물, 즉 구마타로의 의식이 주위로 쏟아져 나오는 소리였다.

의식은 말이 되어 쏟아져 내렸다.

그때까지만 해도 구마타로는 누이에게 좋지 않은 인상을 주고 싶지 않았다. 또 상황을 복잡하게 만들거나 헤어날 수 없는 늪처럼 만들고 싶지 않아 표현에 여러모로 신경을 썼다. 하지만 틀이 벗겨져버리자 구마타로는 그런 배려 없이 쏟아져 나오는 대로 누이에게 퍼부었다.

구마타로가 말했다.

"그럼 구마타로에게 시집갈 거야? 역시 구마타로에게 갈 거라서 나하고 만나지 않았던 거네? 그렇지? 그렇군. 난 네게 속았어. 그렇게 늘 변함없는 척하더니. 작년에 만났을 때도 그랬잖아. 도무지 만날 수가 없어서 야고로를 시켜 불렀더니 여느 때와 다름이 없었지. 그래서 난 여태까지 네가 마음이 변하지 않았을 거라고 생각했어. 그런데 역시 그랬군. 그래, 그거지? 남들 눈이 있는 데서는 나와 만나지 않거나 우리 사

177

이를 남들에게는 이야기하지 말라고 한 것도 다 나하고 결혼할 마음이 없었기 때문이야. 안 그래?"

구마타로의 의식이 쏟아져 나왔다. 주위는 이미 흥건히 젖어 있었다. 하지만 누이는 싫은 표정 하나 짓지 않았다. 외려 누이는 하하하 하고 쾌활하게 웃었다. 구마타로의 의식이 또 쏟아져 나왔다.

"하하하? 하하하? 너 웃었어? 역시 넌 처음부터 나를 무시한 거로구나? 나는 아무렇게나 대해도 상관없고, 네가 진짜 좋아하는 건 구마지로라는 소리야?"

그렇게 다그치자 누이는 조금 진지한 말투로 이렇게 말했다.

"그건 아니에요."

"그럼 뭐야?"

"저는 당신을 좋아해요."

"거짓말 마. 그러면 왜 구마지로에게 시집을 간다는 거야?"

"그건 엄마가 결정한 일이라서."

"그 이야기는 들었어. 그럼 네 생각은 어때? 가고 싶은 거야, 가고 싶지 않은 거야?"

누이는 말없이 고개를 숙였다. 구마타로는 거부당하고 있다고 느꼈다.

왜 자기 마음을 솔직하게 털어놓지 않는 걸까? 그토록 보고 싶었던 누이가 지금 손을 뻗기만 하면 닿을 거리에 있다. 하지만 구마타로는 누이를 만나지 못하던 때가 외려 더 가까웠던 것처럼 느껴졌다. 지금은 자기 손이 닿지 않는 아득히 먼 곳에 있다는 느낌이 들었다.

그러면 어쩌나? 이대로 물러설까? 아니, 그럴 수는 없다. 나는 절대로 누이를 포기할 수 없다. 혹시 누이가 나보다 구마지로를 더 좋아한다면 어쩔 수 없을지도 모른다. 하지만 누이는 실제로 나를 좋아한다고 했다. 그런데 왜 포기한다는 말인가. 결국 누이 어머니가 돈에 욕심을 내고 있을 뿐이다. 그렇다면 무슨 짓을 해서라도 누이 어머니를 설득하자. 하지만 그 전에 누이가 나하고 결혼하겠다고 승낙해야만 한다.

그렇게 생각한 구마타로는 품 안에서 각서를 꺼냈다.

"누이야, 너하고 구마지로 사이에 오간 혼담은 이제 끝이야. 내가 이미 결판을 짓고 왔어. 이걸 읽어봐."

구마타로는 누이에게 각서를 건넸다.

누이는 소리 없이 각서를 읽더니 이윽고 고개를 들고 구마타로에게 돌려주며 말했다.

"읽었어요."

"어때?"

"어쩌냐고요?"

"거기 적힌 걸 읽고 어떤 생각이 들었느냐는 거지."

"별로 드는 생각 없는데요."

"드는 생각이 없다니, 너 정말 읽은 거야? 구마지로는 너를 신부로 맞이하지 않겠다고 썼잖아. 그걸 읽고도 기쁘지 않아? 아무 생각도 안 들어?"

"예."

"아니, 너 좀 이상한 거 아니야? 방금 넌 날 좋아한다고 했잖아. 그렇다면 내게 시집오고 싶을 거야. 그렇지만 너희 어머니가 시켜서 어쩔 수 없이 마쓰나가 구마지로에게 시집가려고 했어. 그런데 저쪽에서 그러지 않겠다고 해. 그건 나하고 함께 살 수 있다는 이야기지. 기쁘다는 생각이 드는 게 당연한 거 아닌가? 아니면 뭐야? 날 좋아한다는 소리는 거짓말이고 나하고는 살지 않겠다는 건가?"

"그거하고 이거하곤 다른 문제죠."

"뭐가 달라? 마찬가지잖아. 이상하지 않아?"

"그렇다면 이야기할게요. 어머니는 돈이 필요해요. 내가 마쓰나가 집안으로 시집가면 그쪽에서 돈을 준다고 했어요. 그래서 그 집안으로 시집가게 된 거죠. 난 당신을 좋아해요. 하지만 그건 어머니가 돈이 필요하다는 것과는 다른 문제죠."

180

"아니. 내가 물은 건 네 마음이 어떠냐는 거야."

"내 마음은 문제가 아니죠. 왜냐하면 내 마음과는 관계없이 엄마는 돈이 필요하니까요. 내 마음과는 아무 관계없이 해는 뜨고 해는 지죠. 사람이 태어나고 죽어가요. 이런 일들은 내 마음과 아무런 관계도 없어요."

"무슨 소리야? 내 말은 그게 아니고……"

바로 그때 바깥문이 열렸다.

모리모토 도라가 돌아온 것이다.

구마타로는 자세를 바르게 하고 옷매무새를 가다듬은 다음 살짝 고개를 숙였다.

누이는 아무 말도 없었다.

도라는 인사도 받지 않고 의심이 가득 찬 눈빛으로 구마타로의 얼굴을 똑바로 노려보았다.

상냥함이라고는 찾아볼 수 없는 여자였다.

아직 쉰 살 이쪽저쪽일 텐데 나이보다 더 늙어 보였다.

하지만 사람을 의심하듯 빤히 바라보며 바삐 움직이는 동그란 눈은 누이와 많이 닮아 있었다. 가만히 보면 젊은 시절에는 누이 정도는 아니었어도 꽤 미인이었을 것이다.

그렇다면 아직 오십 전후이니 나름대로 잘 꾸미면 어디 후처 자리가 날지도 모른다. 하지만 지금 도라의 차림을 보면 그런 제안이 들어올 리 만무하다.

도라를 본 사람들은 못 볼 것을 본, 아주 끔찍한 것을 본 기분이 들기 때문이다. 예전에는 아름다웠을지도 모를 도라가 왜 이렇게 되었는가 하면, 성질이 워낙 못됐기 때문이다. 나쁜 성격이 나이를 먹어가며 안에서 밖으로 새어 나와 생김새까지 못되어지고 만 것이다.

그러면 도라의 성격이 어떻게 나빴는가.

한마디로 돈에 환장한 인간이었다.

돈에 미쳤다고 해도 괜찮으리라.

도라는 무서우리만치 돈에 집착했고 돈을 좋아했다.

돈만 있으면 뭐든 할 수 있다. 돈을 위해서라면 목숨도 건다. 그렇지만 도라는 흔히 이야기하는 수전노는 아니었다. 도라는 의외로 하찮은 데 돈을 썼다. 아니, 쓸데없는 데만 돈을 썼다. 도라에게 돈은 힘이었다. 돈의 힘을 얻고 돈의 힘을 행사하는 게 좋았던 것이다.

그렇다면 돈에 살고 돈에 죽는 장사꾼이 되었으면 좋았을 테지만 여자인 도라는 장사꾼으로서 받아야 할 수업인 도제 고용살이를 할 수 없었다. 그리고 설사 고용살이를 하게 되었다고 해도 꾸준히 이어가지는 못했으리라. 왜냐하면 도라에게 돈이란 어디까지나 환상이었기 때문이다. 이룰 수 없는 꿈, 결코 손에 넣을 수 없지만 영원히 동경하는 무언가였기 때문이다.

사실 도라는 그토록 돈 욕심을 내면서도 돈을 많이 만져본 적은 한 번도 없었다. 그건 도라가 돈을 벌 만한 현실적인 방책을 전혀 세우지 못했기 때문이고 또한 지나치게 돈, 돈 하다보니 돈이 싫어서 도망쳤기 때문이기도 하다.

잡일에 불려 다니며 저쪽에서 도랑을 치우고 이쪽에서 빈집 보기를 한다. 그때마다 고용주에게 "얼마나 받을 수 있는 거요?", "돈이 너무 적잖아" 등등 돈 이야기로 너무 시끄럽게 굴기 때문에 상대방도 내키지 않아 부르지 않게 된다. 이따금 일을 하러 가도 대개 몇 푼 안 되는 일이었다.

그렇기 때문에 도라는 더욱 돈이 탐났고 돈에 집착했다.

도라가 너무 돈, 돈 하고 시끄럽게 구는 것에 짜증이 난 어떤 사람이 도라에게 거짓말을 했다.

그 사람은 도라에게 "소원이란 항상 입에 달고 다니면 언젠가는 이루어진다"고 알려주었다. 도라는 그 말을 곧이곧대로 받아들여 툭하면 "제발 돈이 벌리기를"이란 말을 입에 달고 살았다. 그러나 하루에 여러 차례 하다보니 말이 점차 짧아져 도라는 그냥 "돈"이라고만 하게 되었다.

아침에 일어나면 "안녕, 돈", 추운 날이면 "오늘은 춥구나,

돈", "아, 이런 곳에 말똥이 떨어져 있다니, 돈" 하는 식이었다.

그렇지만 그토록 돈, 돈 하는데도 돈은 제대로 벌리지 않았다. 그러니 그 돈, 돈 하는 소리를 어지간히 하면 좋을 텐데 도라는 그치지 않았다. 이제 완전히 입버릇이 되어 별로 의식하지 않아도 돈, 돈 하는 소리가 입에서 절로 나왔다. 게다가 연애하는 이들이 애인의 이름을 부르기만 해도 왠지 기분이 좋아지는 것과 마찬가지로 도라는 "돈"이라고 말하기만 해도 괜히 즐겁고 마음이 들떴다.

남들이 보면 얼굴을 잔뜩 찌푸리고 잠꼬대라도 하듯 "돈, 돈" 하는 수전노로밖에 보이지 않을 테지만.

그런 도라가 구마타로에게 말했다.

"이 사람이, 남의 집에 멋대로 들어와서 뭘 하는 거야? 우리 돈을 훔치러 왔나?"

"아뇨, 아니에요. 그리고 멋대로 들어온 게 아니라 여기 있는 누이에게 말하고 들어왔는데."

"뭘 하는 거야, 돈도 없는 주제에. 게다가 내 딸 이름을 막 부르다니, 너 기도 구마타로지? 잘 들어. 얘는 말이야, 마쓰나가 구마지로에게 시집가기로 되어 있어. 말하자면 혼사를 앞둔 귀한 몸이란 이야기지. 돈도 많이 들었어. 그런데 너처럼 돈도 없는 백수건달이 집에 드나드는 걸 남들이 보면 뭐라고 하겠나? 좋지 않은 소문이 나면 혼담에 지장이 있어. 그러면 예물이고 뭐고 전혀 받을 수 없게 된다고. 돈을. 그렇게 되면 큰일이야. 얼른 꺼져."

"바로 그 혼담 때문에 할 이야기가 있어서 왔어요. 드, 드, 들어보세요. 제가 그 마쓰나가한테 갔다가 바로 이리 찾아온 건데요. 잘 들으세요. 마쓰나가는 누이를 아내로 맞이하지 않을 겁니다."

"호호호호. 이 못난이가 머리가 어떻게 된 모양일세. 그럴 리가 있나."

도라는 여유롭게 웃었지만 "아뇨, 그게 그렇지 않아요"라며 구마타로가 건넨 각서를 보자 안색이 바뀌었다.

"이게 무슨 소리야?"

"거기 적힌 그대로지. 마쓰나가 구마지로는 모리모토 누이를 아내로 맞이하지 않겠다고."

"그렇다면 내가 마쓰나가 집안에서 받을 돈은 어떻게 되는 거지? 받지 못하는 건가? 그건 이상하잖아? 돈을 주겠다고 했는데. 그 돈을 받을 수가 없는 거야? 정말로? 정말이야? 그렇다면 내 돈은 전혀 불어나지 않는 건가? 돈은 어떻게 되는 거야? 돈, 내놔, 돈돈돈돈돈돈돈돈돈돈."

도라는 각서를 구마타로에게 내던지더니 구마타로의 목을

졸랐다. 구마타로가 그 손길을 뿌리치며 말했다.

"자, 잠깐 좀 기다려요. 잠깐만. 계속 '돈, 돈, 돈'거리지만 말고."

목을 문지르면서 구마타로는 말했다.

"힘이 엄청 세네, 정말. 그러니까 뭐, 이렇게 되었으니 저쪽에서 주기로 했던 돈을 굳이 내놓을 리야 없겠지. 그러니 누이 어머니, 협상하자는 건 아니지만 사실은……"

말을 잠깐 끊고 구마타로는 누이의 얼굴을 보았다.

눈이 휘둥그레진 누이는 흥미진진하다는 듯이 구마타로의 얼굴을 보고 있었다. 부정적인 감정을 품은 기색은 없다. 그 모습에 힘을 얻은 구마타로는 말을 이었다.

"누이와 나는 서로 좋아하는 사이요. 마쓰나가가 아내로 맞이하지 않겠다고 하니 우리 두 사람이 살게 해줄 수 없겠소?"

그러면서 구마타로는 다시 누이를 보았다. 눈길이 마주치자 누이는 눈을 감고 고개를 두 차례 살짝 끄덕이더니 다시 눈을 뜨고 웃었다. 구마타로는 답답했던 마음이 풀어졌다.

마음이 풀어져 헤벌쭉하고 있던 구마타로에게 도라가 호통을 쳤다.

"뭐라고? 이놈이. 같이 살게 해달라고? 아하, 그러고 보니 마쓰나가가 혼담을 거절한 게 네놈이 가서 윽박질렀기 때문이구나. 멍청한 놈. 돈은 어떻게 할 거야? 돈은. 먼저 그 이야기를 해야지. 돈 어떻게 할 거야, 돈. 돈 이야기도 하지 않고 무슨 딸을 달라는 거야, 이 멍청아? 돈도 없는 녀석에게 딸을 주겠어? 어리석긴."

말을 마친 도라가 일어섰다.

도라의 호통에 정신을 차린 구마타로가 물었다.

"어디 가세요?"

"빤하잖아. 마쓰나가 씨 집에 이제 와서 이게 무슨 짓이냐고 호통을 치러 가는 거지. 몇 푼이건 돈을 받아내야지. 난 바빠. 어서 꺼져. 위자료는 나중에 받으러 갈 테니까."

"어, 잠깐만요. 잠깐 앉으세요."

"왜 붙들어? 멍청아. 여긴 내 집이야. 네가 날보고 기다려라 마라 할 곳이 아니라고. 아니면 네가 돈을 줄 거야? 줄 수 없을 거 아니야, 이 가난뱅이야. 돈도 없는 주제에 잘난 척하긴. 아니면 뭐야? 돈이 있기라도 하다는 건가?"

"돈? 돈이라면 내가 있지. 아, 각서, 각서 보셨잖아? 마쓰나가가 이 각서를 썼다는 게 증거요. 물론 마쓰나가와 담판을 지으러 간 건 나야. 하지만 내가 그 녀석에게 험악한 소리를 하며 포기하게 만든 게 아니라고. 솔직하게 내 진심을 이야기했지. 그랬더니 마쓰나가가 혼인을 포기하는 대신 오백 엔을 내라고 하더군. 남의 약점을 이용하는 비겁한 놈이지. 그렇지만 난 그 오백 엔, 한 푼도 깎지 않고 줬어. 그래서 마쓰나가가 이 각서를 쓴 거고. 우리 집은 마쓰나가 집안과 달리 논밭이나 산이 많지 않아 내가 가끔 오키나와에 나가 장사를 하지. 그래서 오백 엔쯤은 가지고 있었다고."

구마타로가 의기양양하게 말하는 소리를 듣고 도라는 할 말을 잊었다.

도라는 왜 그 오백 엔을 자기에게 가지고 오지 않았는지 아까워 견딜 수 없었다.

이 녀석은 누이를 아내로 맞이하고 싶어 한다. 그렇다면 누이를 어디로 시집보낼지 결정권을 지닌 내게 오백 엔을 들고 오는 게 당연하지 않은가. 그런데 이 녀석은 어슬렁어슬렁 자기 경쟁 상대를 찾아가 오백 엔을 건넸다. 오백 엔이나. 아깝지 않은가? 그런데 왜 내게는 오백 엔을 주지 않지? 이 녀석 바보 아닌가?

도라는 구마타로가 오백 엔이나 되는 큰돈을 척하니 내놓을 정도로 돈이 많다면 자기도 오백 엔을 받아낼 수 있을지 모른다고 생각했다.

그런 욕심을 품은 도라가 직접적으로 물었다.

"그럼 그 오백 엔, 내게도 줄 건가?"

"그야 줘도 괜찮지. 그래도 괜찮은데, 한 가지 묻고 싶어. 아까부터 마쓰나가 집안에서 돈을 받는다, 돈을 받는다 하는 데 대체 얼마나 받기로 약속하신 건가?"

질문을 받은 도라는 '일시금 백 엔, 그리고 별도로 다달이 이십오 엔'이라고 터무니없는 액수를 말하려 했지만 간발의 차이로 누이가 끼어들어 사실대로 말했다.

"처음에 이십 엔, 그리고 따로 다달이 생활비 이 엔씩."

도라가 매일 밤 '네가 시집가면 마쓰나가 집안에서 처음에 는 이십엔을 받고, 그다음에도 매달 이 엔씩 생활비를 받을 수 있어'라며 싱글벙글했던 걸 들었기 때문에 금액을 알고 있었다.

누이가 사실대로 말해버리자 돈을 부풀릴 수 없게 된 도라 는 "왜 곧이곧대로 이야기하니, 얘는"이라고 나무라다가 얼 른 입을 가리더니 고개를 숙이고 구마타로의 눈치를 살폈다. 구마타로가 태연한 표정으로 말했다.

"그렇다면 처음에 삼십 엔, 다달이 생활비로 이 엔 오십 센 이면 어떠실까? 마쓰나가보다 많이 드리는 건데. 한 달에 오 십 센씩 많으니 일 년이면 육 엔이나 되네. 장수하면 하실수 록 벌이가 늘어나고. 게다가 그 돈 말고도 다달이 이 엔씩이면 일 년에 이십사 엔. 십 년이면 이백사십 엔이네. 그걸 더하면 십 년이면 삼백 엔이 넘어. 그렇지만 마쓰나가 집안에서 준다면 이백사십 엔밖에 안 되지. 육십 엔 손해 보시는 거라니까."

그러면서 구마타로는 나도 인간으로서 제법 성장했구나 생각했다.

예전 같으면 고약한 늙은 여편네와 담판을 지을 때 이런 식으로 말하지 못했을 것이다. 좋아하는 여자가 옆에 있다는 사실만으로도 흥분하고 초조해 말하는 내용이 엉망이 되어버렸을 것이다. 그런데 지금은 이렇게 논리정연하게 말을 할 수 있다. 누이는 이런 내 모습을 보고 더 반하지 않을까? 예전에 나는 농사일에 적응하지 못해 좌절하며 성장하지 못하는 자신을 한껏 비하했는데 이제 보니 성장하지 않았던 것은 아니었다.

구마타로가 그런 생각을 하는 사이에 도라는 삼백 엔 벌이, 육십 엔 손해라는 생각으로 머리가 복잡했다. 도라는 침을 삼키며 생각했다. 그렇다면 이 녀석 말대로 하는 게 낫지 않은가? 삼백 엔이라는 돈은 탐난다. 정말 탐난다. 그리고 육십 엔이나 손해보고 싶지 않다, 절대로. 그런데 속고 있다는 기분도 든다.

그런 도라의 모습을 보며 구마타로가 말했다.

"그 대신 다른 소리 하면 안 돼. 나도 남자야. 그냥 다 포기할 수도 있다고. 마쓰나가 구마지로는 아내로 맞이하지 않기로 했어. 내가 아니면 누가 돈을 드리겠어? 아무도 주지 않는다고. 자칫하면 육십 엔이 문제가 아니야. 삼백 엔 모두 잃게 되실 거야. 괜찮겠나? 삼백 엔이라면 꽤 큰돈인데. 돈돈돈돈돈돈돈돈돈돈."

그 말을 들은 도라는 생각에 잠겼다.

다음 달, 구마타로는 아우 미쓰조에게 집안을 물려받을 호주 지위를 양보하고 대신 재산 일부를 나누어받아 따로 집한 채를 마련했다. 누이는 도라와 함께 살던 미나미하타의 집에서 나와 구마타로가 마련한 집으로 옮겼다.

두 사람이 살림을 차린 것이다.

메이지 25년, 1892년 5월의 일이었다.

누이와 함께 살게 된 구마타로는 처음에는 날아갈 것만 같은 기분이었다.

그전까지는 제대로 만나지도 못하고, 이따금 만나도 신사 경내의 묘지나 숲속, 야고로의 집 같은 곳에서 몰래 만나느라 불편한 점이 많았다. 그러다가 하루 종일 누이와 함께 지

내게 되었으니 이보다 더 기쁜 일은 있을 수 없었다.

그렇다고 구마타로가 내내 집에서만 지냈는가 하면 그렇지는 않았다. 예전만큼은 아니지만 이리저리 돌아다니느라 집에 들어가지 않는 일이 종종 있었다.

왜 그랬나. 함께 살게 된 게 기쁘면 집에서 누이와 알콩달콩 지내면 되지 않나? 그런데도 구마타로가 그렇게 하지 않았던 까닭은 탐내던 것을 손에 넣어 기쁨에 가득 차 어쩔 줄 몰라 하며 눈을 가늘게 뜨고 그것을 어루만지며 맛보는 것은 창피하고 모양이 좋지 않다고 여겼기 때문이다.

구마타로는 그걸 남자의 체면 문제라고 생각했다.

집에만 틀어박혀 있으면 남들이 '하하, 저 녀석 누이를 손에 넣었다고 얼마나 좋으면 저러고 자빠졌을까, 하하, 바보 아니야?'라고 여기리라 생각했다.

사람들이 '만족감에 빠진 돼지새끼 같다'며 흉볼 거라고 생각했다.

그렇지만 누가 그렇게까지 생각하겠는가. 다른 사람의 내면을 그렇게까지 자세히 관찰할 만큼 세상은 한가하지 않다. 슬픔에 잠긴 사람이 있다면 '딱하구나'라고 하거나 '하하, 고소하다'라고 생각할 뿐이다. 소망을 이루어 기뻐하는 사람을 보더라도 '다행이네'라거나 '부럽다'고 생각할 뿐이다.

그러니까 그렇게 삐뚤어진 생각을 하는 것은 구마타로 자신이다. 결국 구마타로는 자기 스스로 '하하, 바보 아니야?'라고 생각할까봐 두려워한다는 이야기다. 그렇다면 굳이 그렇게 싸돌아다니지 않아도 될 텐데 자승자박인 상태라는 사실을 깨닫지 못하고 있다. 그래서 누이와 함께 있고 싶은데 애써 참고 야고로와 어울리며 노름을 하거나 사람들 사이에서 신발 던지기 장난이나 하고 절에서 기도를 하는 것이다.

불쌍한 것은 누이였다.

모처럼 새살림을 꾸렸는데 구마타로는 저렇게 야고로와 싸돌아다닐 뿐이고 좁은 집에 홀로 남겨졌다. 구마타로는 처음에는 노름에서 돈을 따거나 이따금 그렇지 않을 때도 얼마간의 돈을 누이에게 건넸지만 밤낮없이 놀러 돌아다니다보니 이내 돈을 주는 일도 없어졌다.

그러다보니 그날 먹을 밥을 지을 쌀도 떨어졌다. 그럴 때마다 누이는 해가 저물도록 참고 지내다 기도 구마타로의 본가에 가서 시어머니인 도요가 하는 일을 거든 다음 저녁을 얻어먹고 밤늦도록 일을 하다가 집에 돌아왔다.

누이는 바삐 일하면서도 아주 요령 있게 구석구석 마음을 썼다. 시아버지인 헤이지는 이렇게 총명하고 요령 있는 아가씨가 용케 구마타로에게 시집을 왔다며 고맙게 여겼다. 장가를 들면 좀 나아질까 했는데 구마타로는 기대와 달리 예전과 전혀 변함이 없었다. 이리저리 싸돌아다니며 집에도 제대로 들어오지 않았다.

누이와 구마타로가 함께 살기 시작한 지 한 달이 지나고 반년이 지나서도 구마타로는 야고로와 함께 집을 나가면 이삼일씩 들어오지 않았다. 보리 베기를 도우러 시댁에 갔다가 돌아온 누이가 해가 저물 무렵 이제 친정 일을 도우러 가려고 준비하고 있을 때 밖에서 "구마 형, 집에 있어?"라며 찾아온 이가 있었다. 돌아보니 목이 긴 술병과 무슨 꾸러미를 두 손에 든 마쓰나가 도라키치였다.

구마타로와 살림을 차리고 난 뒤 누이와 도라키치는 자주 보았다. 도라키치와 야고로는 툭하면 구마타로의 집으로 찾아와 농담하며 낄낄거리다가 함께 어디론가 나가곤 했다. 때로는 여기에 이노우에 데이지로, 사카우에 분조라는 마을의 젊은 게으름뱅이가 어울리는 일도 있었지만 가장 실없는 소리를 하는 이는 도라키치였다. 누이는 도라키치가 제대로 된 소리를 하는 걸 들은 적이 없었다.

누이가 봉당으로 내려서며 도라키치에게 말했다.

"집에 없는데."

"아, 그래? 아쉽군. 언제 올까?"

"글쎄."

"아, 참. 왜 왔는지 설명하지 않으면 영문을 모를 텐데, 이유를 이야기해도 될까?"

"하고 싶으면 해."

"그럼 설명할게. 우지에 사는 우리 형 지인이 지금 오사카에서 일하고 있는데 무슨 볼일이 있어서 우리 동네에 왔다가 형에게 들렀어. 빈손으로 올 수는 없으니 술을 한 되 들고 왔지. '와, 오래간만이네' 하며 서로 부둥켜안고 서로 고추를 주무르기도 하고 꼴사납더군. 그런데 그 녀석이, 이름이 아마 사루타 기쿠라는 것 같던데, '그만 돌아갈게' 하니까 우리 형이 '아직 괜찮잖아' 하면서 둘이 모리야라는 요릿집에 가버렸지. 나는 어떻게 하느냐고 물었더니 둘이 있고 싶다더군. 그래서 내가 화가 나 그 녀석이 가지고 온 술을 훔친 거야. 혼자 마시면 재미없잖아? 아, 구마 형과 함께 마시면 좋겠다고 생각했지. 오는 길에 어물전에 들러서 생선도 사 가지고 왔어. 이렇게 된 건데, 구마 형이 없다고?"

"그래. 야고로와 함께 나가서 아직 돌아오지 않았어."

"그래? 아쉽네. 사루타가 가져온 술이야 놔둬도 괜찮지만 생선은 상하는데. 아, 그럼 어때? 이렇게 하는 건? 언제 올

지 모른다는 건 알지만 금방 올지도 모르잖아? 잠시 들어가
서 좀 기다리는 건 어떨까? 뭐 잠시만 기다려보지. 좀 기다
렸다가 안 오면 술과 안주를 두고 갈 테니까. 술은 구마 형이
오면 마시라고 하고, 안주는 오늘 밤에 혼자 먹어도 되잖아.
응? 그러니 잠깐 들어가서 기다리면 안 될까?"

　이렇게 묻는 도라키치에게 누이는 "들어와 기다리고 싶으
면 들어오면 되지"라고 내뱉듯 말했고, 도라키치는 "아, 그
래? 그럼 잠깐 실례"라며 들어갔다. 하지만 도라키치가 지껄
인 소리는 모두 거짓말이었다.

　사루타 기쿠라는 인물은 찾아오지 않았다. 아니, 그런 사람
은 이 세상에 존재하지도 않고 술은 도라키치가 사 온 것이
었다. 도대체 왜 이런 거짓말을 했나. 도라키치는 구마타로가
집을 비운 틈을 타 어떻게든 구마타로의 집에 들어가 술을
마시고 싶었다.

　그렇지만 주인 없는 집에 불쑥 들어가 술을 마시게 해달라
고 할 수는 없어 이런 이야기를 꾸며 실행에 옮겼다. 도라키
치는 이런 거짓말을 즉석에서 만들어낼 줄 알았다. 어떤 의
미에서는 불행한 놈이라고 할 수 있다.

　도라키치는 자기와 엇갈려 봉당으로 내려서 차를 끓이려
는 누이에게 말했다.

"아, 차는 필요 없어. 차는 필요 없고 술 따를 잔만 좀 빌릴 수 있으려나? 이렇게만 이야기하면 영문을 모를 텐데, 이유를 이야기해도 될까?"

"하고 싶으면 해."

"그럼 이야기할게. 그 우지에 사는 우리 형 아는 사람 말이야. 그 녀석은 내가 보기에 아주 수상해. 왠지 나쁜 놈 같은 느낌이 들어. 대개 그렇잖아. 얼굴을 보면 알지. 이 집 구마 형과 야고로 그리고 내 입으로 이야기하긴 쑥스럽지만 나, 이런 얼굴들은 말이야, 뭐 말하자면 착한 사람이지. 나쁜 짓은 할 생각도 않아. 그렇지만 뭐 내가 피붙이 이야기를 이렇게 하긴 미안하지만 내 형 말이야, 그런 얼굴은 나쁜 놈이라고 생각해도 틀림없을 거야. 그래서 구마 형이 있을 때는 이런 이야기 할 수 없지만 우리 형에게 시집오지 않아서 다행이야. 물론 돈이야 받았을지도 모르지. 하지만 그런 뱃속 시커먼 사람과 살림을 꾸려봐야 무슨 고생을 할지 모르지. 그렇지만 구마 형은 좋은 사람이잖아? 뭐, 나도 좋은 사람이긴 하지만. 아, 무슨 이야기를 하던 중이었지? 아, 맞아, 그래. 그 사루타 기쿠 말이야, 그 녀석은 얼굴을 보면 형보다 훨씬 나쁜 놈인 것 같아. 진짜야. 얼굴에 나쁜 놈이라고 적혀 있는 것 같다니까. 그래서 말이야, 어쩌면, 어쩌면 이 술에 독이 들었올지도 모르겠어. 우리 형이라면 그야 뭐, 독 마시고 죽어도 상관없지만, 그렇지만 구마 형이나 야고로가 내가 가지고 온 술 마시고 죽으면 꿈자리가 뒤숭숭할 거야. 그러니 지금 내가 먼저 맛을 보는 게 어떨까 생각해. 그래서 잔만 빌리자고 한 거지."

"독을 탔는지 확인해보려면 다른 그릇으로 하면 되잖아?"

"아, 그렇군. 아, 이런 참. 너무 미안. 좋은 찻잔이네. 손에 착 감기는 느낌이야. 술 마시면서 이런 기쁨도 맛볼 수 있다니. 으아, 으. 술병 마개를 너무 꼭 닫았나? 잘 열리지 않겠어. 어. 어라, 의외로 쉽게 벗겨지네……"

겸연쩍은 듯 그런 소리를 늘어놓으며 술을 마시기 시작한 도라키치는 독이 들었는지 확인하기 위해서라면 한 잔만 마셔도 알 수 있을 텐데 "기슈 지방 전설에 한 잔 마시면 전혀 효과가 없지만 몇 잔 마시면 꼴까닥 가는 독이 있다는 소리를 들은 적이 있지"라며 두 잔, 세 잔 계속 마셨다. 한 홉쯤은 충분히 들어갈 찻잔에 네 잔을 따를 무렵에는 완전히 취해 이런 소리를 늘어놓았다.

"으하하하. 누이 씨, 왠지 자꾸 노래하고 싶네. 자, 잠깐 샤미센 이렇게 땅까딩딩, 하고…… 어? 샤미센이 없네. 흐음, 없으면 할 수 없지. 응? 독 있는지 마셔보는데 왜 노래를 하고

싶으냐고? 그거 이상하네. 으음, 왜일까? 아, 알겠다. 이 술에
마시면 노래하고 싶어지는 독이 들었나? 푸하하핫. 누이 씨,
그런 멍청한 독은 없겠지? 으하하하하하하하하."

그리고 바보처럼 웃었다.

그렇게 도라키치가 술을 마시기 시작했을 무렵, 구마타로
와 야고로는 며칠 만에 집에 돌아오느라 스이분 가까이에 이
르러 있었다.

구마타로는 마음이 편치 않았다. 어린애들이나 마찬가지라
고 얕보고 들어갔던 고조의 노름판에서 십오 엔이나 잃었기
때문이다. '내가 왜 그런 애들한테 잃었지'라는 패배감과 굴
욕감 때문에 잔뜩 풀이 죽어 있었다.

구마타로가 그렇게 마음이 편치 않아 말이 없으니 야고로
도 할 수 없이 묵묵히 길을 걸었다.

남자 둘이 아무런 말도 없이 걸으면 우울하다. 그렇게 우
울해하다보면 자기들이 지금 우울한 기분이구나, 하는 생각
에 우리는 일이 안 풀리는 우울한 놈들이다 싶어 더욱 우울
해진다.

이렇게 되면 우울의 어둠 속을 나선형으로 빙빙 돌며 떨어
져 내리는 듯한 기분이 든다. 구마타로나 야고로나 이따금
애써 밝은 목소리로 "도미는 정말 맛있는 생선이야"라거나

"초두머리 아래 ㅒ이라고 쓰면 뭐라고 읽지?"라고 해보기는
했지만 애당초 억지로 하는 소리이기 때문에 "그렇지"라거
나 "모르겠네"라고 할 뿐 대화가 이어지지 않았다. 그러고 나
면 아무 말도 하지 않을 때보다 더 우울해져 말한 사람은 속
으로 '말하지 말걸 그랬네'라며 후회했다.

구마타로는 누이를 생각하며 우울하고 답답한 기분을 떨
치려 했다. 구마타로의 품 안에는 맑은 날 신는 굽 낮은 나막
신이 한 켤레 들어 있었다. 고조에서 발견하고 누이에게 주
려고 산 것이었다.

구마타로는 누이가 기뻐할 거라고 생각하다가 불쑥 다시
우울해졌다.

누이는 물건 때문에 기뻐하는 일이 거의 없었기 때문이다.

구마타로는 함께 살게 된 뒤 비로소 그걸 알게 되었다.

남자건 여자건 다른 사람이 뭔가를 주거나 친절하게 대해
주면 기뻐한다. 기쁘면 '크하하'라거나 '오호호' 하며 웃는다.
그렇지만 누이는 그렇게 웃는 얼굴을 구마타로에게 보여준
적이 한 번도 없었다.

구마타로는 생각했다.

뭐랄까, 누이는 희망이나 소망이라는 게 없는 것 아닐까?
인간에게는 여러 가지 희망이나 바라는 바가 있다. 예를 들

어 도라는 전국의 돈을 몽땅 긁어모으고 싶다는 희망을 가지고 있다. 고마타로는 농작물을 엄청 많이 수확하고 싶다는 희망이 있다. 관리라면 승진해 더 높은 자리로 올라가고 싶다는 희망이 있을 테고, 여자들에게 인기를 얻고 싶다고 생각하는 놈이 있는가 하면 맛있는 음식을 잔뜩 먹고 싶다는 녀석도 있다. 나도 희망이 있다. 나는 노름을 하고 싶고, 여자와 놀고 싶고, 술도 마시고 싶다. 그리고 사람들로부터 의리 있는 협객이라는 이야기도 듣고 싶다. 그렇지만 누이에게는 어찌 된 영문인지 그런 희망이나 소원 같은 것이 전혀 없는 것 같다. 얼마 전에 있었던 일이다. 저녁 반찬으로 무엇을 준비할까 묻기에 나는 별로 먹고 싶은 것이 없어서 '너 먹고 싶은 걸 하면 돼'라며 돈도 듬뿍 주었다. 그런데 누이는 '먹고 싶은 것 없어'라고 했다. 그래서 '그런 게 어디 있어? 고구마나 문어, 호박 같은 게 있을 거 아니야? 난 호박이건 고구마건 뭐든 먹을 테니까 신경 쓰지 말고 너 먹고 싶은 걸 사 오면 된다니까'라고 했더니 또다시 '난 그런 거 없어'라고 했다. 그때는 왜 저렇게 허무한 소리를 하는 걸까 생각했지만 돌이켜보면 반찬 수준의 문제가 아니다. 누이는 자기 희망을 입 밖에 낸 적이 없다. 그건 어째서일까. 나는 누이가 내 아내가 되기를 바랐고 결국 그렇게 되었다. 즉 소원이 이루어진 것이다. 기쁜 일이다. 크하하. 그렇지만 누이는 어떨까. 누이는 내게 시집오기를 희망했던가? 누이는 확실히 구마지로에게 시집가기를 바라지는 않는다고 했다. 그때 나는 누이가 내 아내가 되기를 바란다고 생각했다. 그렇지만 누이가 '네게 시집가고 싶어'라고 분명하게 이야기한 적은 한 번도 없다. 누이는 자기가 어디로 시집가면 좋겠는가에 대한 희망이 전혀 없었다. 그녀에게는 구마지로가 호박이고 내가 문어나 마찬가지인데 그냥 문어를 사는 게 이득이라 문어로 정했을 뿐이라는 말인가? 그건 싫다. 남자와 여자가 서로 반한다는 게 그런 것은 아닐 것이다. '왜 저 사람과 결혼한 겁니까?', '청혼해서'라는 식은 아니리라. 하지만 나는 일방적으로 누이를 원하고 누이는 내게 아무것도 희망하지 않는다. 이걸 다른 말로 표현하면 나는 누이를 사랑하지만 누이는 나를 전혀 사랑하지 않는다는 이야기가 된다. 그런 건 싫다.

우울하게 그런 생각을 하면서 걷다보니 어느새 구마타로의 집이었다. 구마타로가 야고로에게 "아내에게 바로 술 사오라고 할 테니 한잔 걸치고 가"라며 침울하게 말한 순간 집 안에서 푸하하하하하하 하는 밝은 웃음소리가 들렸다. 두 사람은 얼굴을 마주보았다.

"어? 집을 잘못 찾았나?"

"그럴 리가 있나."

구마타로가 문에 손을 대고 드르륵 열자 이쪽으로 등을 지고 앉은 옷차림이 낯익은 남자가 보였다. 도라키치였다. 이미 꽤 취했는지 상반신이 흔들흔들해 이따금 맞은편에 앉은 누이에게 얼굴을 들이대는 자세가 되었다. 두 사람은 꽤 친근한 분위기를 풍겼다. 구마타로는 순간 설마 그럴 리 없겠지, 하면서도 어쩌면 두 사람이 이미 눈이 맞아 저런 짓을 하며 술을 마시는지도 모른다 하는 생각을 했다.

구마타로는 '남편이 집을 비운 사이에 남자를 집에 들여 술을 마시다니' 하고 속으로 크게 화가 났다. 그래서 '이 멍청이들아, 너희들 뭐 하고 있는 거냐!'며 버럭 소리를 지를까 했지만 그게 과연 누이에게 호통을 치는 것인지 아니면 도라키치에게 치는 것인지, 어느 쪽일까 헷갈려서 머뭇거렸다.

남편이 집을 비운 사이에 남자를 집에 들였다는 점에서는 누이가 잘못했다. 그렇다고 해서 누이를 꾸짖으면 남편이 집을 비운 사이에 들어와 술을 마신 도라키치에 대해서는 별로 잘못하지 않다고 이쪽이 생각하고 있는 것처럼 비칠 우려가 있으니 곤란하다. 그렇다고 도라키치에게 불평을 퍼부으면 누이가 한 짓에 대해서는 모호하게 넘어가게 될 가능성이 있다. 그렇다면 나는 어떤 태도를 취해야 할까.

그런 생각을 하며 머뭇거리던 구마타로는 불쑥 힉 하고 소리를 지르며 궁둥이를 뒤로 빼고 몸부림쳤다.

구마타로가 돌아온 걸 눈치챈 도라키치가 "어, 구마 형. 왔네. 기다렸어"라며 비틀비틀 일어서더니 구마타로에게 안겨 뺨을 핥으며 음경을 주물럭거렸기 때문이다.

도라키치가 그렇게 스스럼없는 태도를 보이는데 자기만 꿍하니 속으로 질투하면 너무 꼴사나워 보일 거라고 생각한 구마타로는 가슴속에서 끈적거리는 불쾌감을 애써 누르며 으히히힝 하는 괴상한 소리를 지르고 자기도 도라키치의 음경을 움켜쥐고 "좋아, 마시자, 마셔"라며 안으로 들어갔다.

도라키치가 가지고 온 술은 세 명이 마시다보니 금세 떨어졌다. 누이가 술을 사 와 술자리는 밤이 깊도록 이어졌다. 처음에 구마타로는 누이가 집을 비운 사이에 도라키치를 안에 들인 일이 불만스러웠지만 그걸 떨쳐내려고 애써 바보 같은 소리를 하며 떠들다보니 어느새 취해 머리가 마비되어 진짜로 신바람이 났다. 나중에는 노래하고 춤추며 집이 떠나가라 소란을 떨고 말았다.

하지만 그렇게 취하도록 마셨으면서도 머릿속 어딘가에는 집을 비운 사이에 도라키치가 멋대로 들어와 있었다는 생각이 남아 있었다.

술자리를 즐기면서도 구마타로는 도라키치에게 '앞으로 내가 집을 비웠을 때는 집에 오지 말아달라, 오해가 생길 수도 있으니 조심해야 한다'고 말해야 한다고 생각했다. 그렇지만 이렇게 즐겁게 어울리고 있을 때 그런 불편한 이야기를 하는 건 싫다고 생각했다.

그러나 그 이야기를 하지 않아 자기가 집을 비웠을 때 또 누이와 도라키치가 마주앉아 술을 마시는 것은 더 싫었다.

구마타로는 야고로와 어깨동무를 하고 "아버지가 아침부터 파를 살피네. 창고 근처에서 술이 보글보글 익어가고"라며 뜻 모를 자작 노래를 부르며 춤추다가 키들키들 웃으며 자리에 앉았다. 아랫입술을 쑥 내밀고 술을 마시던 도라키치에게 구마타로가 말했다.

"야, 도라."

"왜, 구마 형?"

"오늘 재미있었다. 별 볼 일 없는 노름판에서 잃고 왔는데 너랑 한잔하니 기분이 풀렸어."

"그거 다행이네."

"그렇지만 한 가지 말해두고 싶은 게 있다."

"뭐야? 형과 나 사이에, 무슨 이야기든 해. 뭐든 다 들을게. 뭐지? 날 사랑한다고?"

"그건 아니고. 너 앞으로 내가 없더라도 어려워하지 말고 우리 집에 와서 술 마셔."

말을 해버린 구마타로는 '이런' 하는 생각이 들었다.

하고 싶었던 말과 정반대의 말을 하고 말았다.

구마타로는 왜 자기가 그런 소리를 했는지 알 수 없었다. 구마타로가 그걸 이해하지 못하는 것은 당연한 노릇이었다. 왜냐하면 구마타로의 마음 깊은 곳에 있는 감정의 감정, 마음의 마음 같은 것이 구마타로로 하여금 그렇게 말하도록 시켰기 때문이다.

그러면 그 마음의 마음은 무얼 생각하고 있었던가.

하나는 남들에게 멋진 모습으로 비치고 싶다는 생각을 하고 있었다.

그런데 멋진 모습에도 두 가지가 있다. 공격적인 멋진 모습과 수비적인 멋진 모습이다.

공격적인 멋진 모습이란 결국 자기는 성격이나 기질이 좋은 사람이며 친구가 술을 마시고 싶다면 자기가 없을 때라도 아내에게 술상을 보게 하는 남자를 연기하는 모습이다.

수비적인 멋진 모습이란 분명히 화가 난 상태지만 화가 났다는 사실을 상대방이 눈치 채면 '뭐야, 이런 사소한 문제 가지고 일일이 화를 내다니. 속 좁은 사내로군, 하하' 하는 비웃음을 사지 않기 위해 성격 좋은 남자를 연기하는 멋진 모습이다.

마음의 마음은 그 두 가지 멋진 모습을 동시에 지니고 싶었다.

그런데 그 마음의 마음은 다른 작용도 했다.

마음의 마음은 원래부터 다른 사람에게 불편한 소리를 하는 것을 싫어했다.

그러나 마음속 이성이라는 부서의 담당자는 '지금 이 말을 하지 않으면 나중에 큰일 날 거야'라고 했다. 그랬기 때문에 구마타로는 마지못해 결재 도장을 찍었다.

그러나 마음의 마음은 듣기 불편한 말을 하는 게 너무 싫었기 때문에 막상 실행에 옮기는 단계가 되자 직접 담당자에게 휴대전화로 연락해 갑자기 상황이 바뀌었다. 상대방이 앞으로 본인이 없을 때 마음대로 찾아와 술을 마셔도 지장 없을 거라고 전해라, 하고 지시했다. 이 지시를 받아 담당자, 즉 구마타로는 "앞으로 내가 없더라도 어려워하지 말고 우리 집에 와서 술 마셔"라고 하고 말았다.

그렇지만 구마타로는 자기가 왜 불쑥 그런 말을 내뱉었는지 이해할 수 없었다. 왜냐하면 마음의 마음이 하는 생각은 어지간히 깊이 파고들지 않으면 결코 알 수 없기 때문이다.

구마타로는 그런 말을 한 뒤 바로 후회했지만 이내 '괜찮을
지도 몰라' 하고 생각했다.

　분명히 나는 내가 집을 비웠을 때라도 와서 술을 마시라고
했다. 하지만 사람이 남의 말을 그렇게 곧이곧대로 받아들일
까? 세상에는 빈말이라는 게 있다. 이죽거리는 말도 있고 빈
정거리는 말도 있다. 발언에는 겉으로 드러나는 의미와 안에
숨은 의미가 있다. '너 오래 살 거야'라는 말을 칭찬으로 받아
들이는 놈은 없다. 도라키치도 내 말을 듣고 안에 숨은 의미
를 눈치채지 않았을까? 그러니까 내가 굳이 나 없을 때 집에
들어와도 된다는 말을 한 건 바로 내가 집에 없을 때 도라키
치가 멋대로 들어와 술을 마셨다는 사실이 내키지 않고 불편
하다는 것을 뒤집어서 '아, 와도 괜찮아, 뭐'라고 했다는 말이
다. 그리고 그 이면에는 '아, 괜찮아. 다만 언젠가 화가 치밀
면 내게 두들겨 맞을 각오는 해야지'라는 뜻이 숨어 있다. 이
런 의미를 도라키치도 알아차리지 않았을까? 그렇다면 도라
키치는 '구마 형, 오늘은 멋대로 들어와서 미안해. 다음부터
는 형이 있을 때만 오도록 할게. 미안해'라고 할 게 틀림없을
텐데, 과연 뭐라고 할까?

　그렇게 생각하며 얼굴을 뚫어지게 바라보는 구마타로에게
도라키치가 말했다.

"고마워. 그럼 편하게 들를게."

"아, 그렇게 해."

구마타로는 시무룩해져 술을 벌컥벌컥 마셨다.

이튿날 아침, 구마타로는 비틀거리며 이부자리에서 기어 나왔다.

누이는 잠을 자고 있었고 도라키치도 도테라*를 뒤집어쓴 채 자고 있었다.

밤이 깊어지자 야고로는 자기 집으로 돌아갔지만 도라키치 는 이렇게 늦은 시간에 취해서 돌아가면 아버지 덴지로에게 혼난다면서 구마타로의 집에서 잤다.

구마타로는 어두컴컴한 집을 나와 우물로 가서 물을 마셨다.

골이 울리는 숙취였다.

까마귀가 시끄러울 정도로 울어댔다.

까마귀가 왜 저리 많이 몰려들었지? 구마타로는 의아하다 는 듯 하늘을 올려다보았다.

하늘은 잔뜩 흐린 납빛이었다. 잡목 숲의 음울한 나뭇가지 들이 자기를 덮칠 것만 같았다. 영문을 알 수 없는, 기분 나쁜

---

* 기모노보다 더 크게 만든 방한용 솜옷. 침구로도 사용한다.

응어리에 짓눌리는 느낌이 들었다. 구마타로는 이 기분 나쁜 응어리의 정체는 대체 무엇일까 생각했다.

머릿속에 바로 떠오른 것은 자기가 없는 동안 도라키치와 누이가 단둘이 있었다는 사실이었다. 그리고 자기 딴에는 노름이라면 경륜이 있어 본업인 셈인데 하찮은 초보로 보았던 녀석들에게 크게 잃었다는 사실도 머릿속에 떠올랐다. 그러나 구마타로는 그런 것들이야 어디까지나 기분 나쁜 응어리의 표층을 이루는 일부분이고 그 핵심에는 더 결정적인 문제가 있다는 데 마침내 생각이 미쳤다.

누이와 살림을 차리고 나서도 내내 마음에 걸리던 문제였다.

마쓰나가 구마지로가 부탁해 쳐들어간 다스기야가 그 다스기야가 아니라서 위자료를 백 엔이나 물어야 했기에 어쩔 수 없이 보물을 훔치러 이십 년 만에 들어간 능에서 당연히 있어야 할 가쓰라기 도루의 시체가 보이지 않았다는 사실이었다. 구마타로는 생각에 잠겼다.

있어야 할 시체가 없다니, 대체 어떻게 된 일일까? 시체가 혼자 돌아다닐 리는 없다. 그렇다면 누가 시체를 치웠다는 이야기다. 그렇다면 가쓰라기 도루가 거기서 살해당했다는 사실을 아는 놈이 있다는 이야기가 된다. 그렇다면 내가 도루를 죽였다는 사실이 들통날지도 모른다는 이야기다. 그건 곤란하다. 그게 기분 나쁜 응어리의 중심에 내내 자리 잡고 있어 신경 쓰인다. 또 신경 쓰이는 것이 지난번에 구마지로가 별 생각 없이 내뱉은 '이렇게 큰돈은 강도나 도굴 아니면 마련할 수 없을 것 같아서'라는 말이다. 구마지로는 그렇게 말하기 직전에 '설마 강도질이라도 한 건 아닐 테지?'라고 물었다. 내가 부정하자 히죽히죽 웃으며 도굴이라는 단어를 의미심장하게 덧붙였다. 틀림없이 내가 도굴했다는 사실을 알고 있는 말투였다. 그렇지만 내가 도굴했다는 사실을 아는 사람은 야고로와 도라키치뿐 아닌가. 두 사람이 구마지로에게 이야기했을 리는 없다. 그렇다면 도굴 사실을 아는 제삼자가 내 주변에 있고, 그놈이 구마지로에게 도굴 사실을 폭로한 것 아닐까? 그리고 그놈은 가쓰라기 도루가 살해되었다는 사실도 알고 있을 가능성이 높다. 당연히 가쓰라기 도루가 살해되었다는 이야기도 구마지로에게 했으리라. 친동생마저 그토록 싫어할 만큼 뱃속이 시커먼 구마지로가 그런 중대한 비밀을 알면 어떻게 할까? 협박을 하거나 재미있어하면서 입에 올릴 게 빤하다. 그런 생각을 하면 나는 너무 우울해진다. 그렇다면 대체 누가 구마타로에게 폭로했을까? 그 석실을 우연히 발견한 낯선 사람이 가쓰라기 도루의 시체를 애써 다른 곳으로 옮긴 다음에 스이분까지 와서 마쓰나가 구마지로에게 그 사실을 알려줬을까? 그럴 리는 없다. 그렇다면 범위가 자연히 좁혀진다. 그럴 수 있는 사람은 숲속의 작은 도깨비거나 그때 거기 있던 시카조, 반타, 고마타로, 산노스케 가운데 누군가이다. 그들은 모두 착실한 아저씨가 되어 있다. 나만 아직 그 일에 얽매여 있다. 숲속의 작은 도깨비는 구마지로를 모른다. 어쩌면 숲속의 작은 도깨비가 바로 구마지로일지 모른다고 생각한 적도 있지만 그건 너무도 엉뚱한 비약이다. 게다가 요즘 구마지로는 나이를 먹어 얼굴이 변해 별로 숲속의 작은 도깨비를 닮지 않은 느낌도 든다. 하기야 숲속의 작은 도깨비의 얼굴이 지금 어떻게 변했는지도 모르지만. 그렇다면 시카조, 반타, 고마타로, 산노스케 가운데 누군가가 그 장소에 가서 가쓰라기 도루의 시체를 어디론가 옮겼고 동시에 보물이 있다는 사실도 확인했을 것이다. 그리고 내가 몇 백 엔이나 되는 큰돈을 마련했다는 소문을 듣고 도굴한 게 틀림없다고 구마지로에게 일러바쳤을 것이다. 그런데 왜 놈들은 보물을 훔치지 않았을까? 아마 배짱이 없었기 때문이리라. 노름 한 판 제대로 못하고 손바닥만 한 땅뙈기에 매달려 살아가는 그 녀석들에게 당연히 그럴 만한 배짱은 없다. 하지만 묘하게 교활하다고 할까, 욕심 사나운 면이 있기 때문에 관옥 하나 정도는 훔쳐 돈다바야시에 팔고 이 엔 오십 센쯤 받았을지도 모른다. 그 녀석들이라면 그 정도가 고작이다. 하기야 나도 처음에는 마찬가지였지만. 그런 배짱도 없는 녀석들이 과연 도루의 시체를 다른 곳으로 옮길 수 있었을까? 지금 생각하면 숲속의 작은 도깨비가 그랬던 게 아닐까 하는 생각도 든다. 시체 운반과는 별도로 그 녀석은 석실에 보물이 있다는 사실을 알았고 '우리 형은 스이분에 사는 기도라는 놈이 죽였다'라는 이야기를 퍼뜨리고 있는지도 모른다.

우물가에 서 있는 구마타로는 더욱 우울해졌다. 생각을 거듭한 결과 자신이 지닌 어둠의 정체를 밝혀냈고 대략적인 이유도 추측할 수 있었다. 하지만 그렇다고 해서 어두운 기분이 나아질 리 없다. 오히려 막연히 어두운 기분이었을 때보다 더 우울해졌다.

그러나 이러고 있을 수는 없다.

어쨌든 어서 고마타로를 만나 구마지로에게 일러바쳤는지 아닌지 확인해야 한다. 이렇게 손 놓고 있을 수는 없다. 암, 그렇고말고.

걸음을 서두르다 구마타로는 "이런" 하고 멈춰 섰다.

우물가에서 생각할 때는 괜찮았는데 걷기 시작하니 생각보다 숙취가 너무 심했다. 다리도 후들거리고 머릿속도 흔들렸다.

구마타로는 그 자리에 무릎을 꿇고 앉아 중얼거렸다. "안 되겠다. 한숨 자야지." 하지만 일어설 수도 없을 지경이라 간신히 기어가 집 안으로 들어갔다.

그리고 방 안으로 기어들어간 구마타로는 불쾌한 광경을 목격했다.

원래 누이와 떨어진 위치에서 자고 있던 도라키치가 지금은 바로 옆에 달라붙어 자고 있었다. 게다가 한쪽 발을 누이의 허리께에 얹기까지 했다.

남의 아내에게 무슨 짓이냐. 안 그래도 불만스러운데 이런 불쾌한 짓까지 해서 나를 몰아붙일 셈인가.

화가 치민 구마타로는 방으로 올라가 도라키치의 발을 잡아 내팽개쳤다. 그리고 온 힘을 다해 도라키치를 삼나무 널빤지로 만든 문 쪽으로 밀쳤다. 젊은 나이라 잠이 깊게 들었는지 도라키치는 그렇게 해도 일어나지 않고 음냐음냐 소리를 내며 데굴데굴 굴러갔다.

그러나 숙취가 심한 구마타로에게 도라키치를 미는 동작은 과격했다. 속에서 구역질이 올라오는 걸 느낀 구마타로는 손으로 입을 막고 맨발로 봉당으로 내려가 그대로 밖으로 달려 나가 토했다.

발이 진흙으로 지저분해졌다.

구마타로는 예전에 술취 상태에서 다키다니후도에 웅크리고 앉아 미꾸라지를 도우려다가 뜻을 이루지 못했던 일이 떠올랐다.

그렇지만 똑같이 실망한 상태라고 해도 그때는 앞으로 더기운을 내자고 하는 적극적인 자세였다. 하지만 지금은 방어에만 신경 쓸 뿐이다.

참담한 기분으로 구마타로는 흙투성이 발로 방에 들어섰다가 깜짝 놀랐다.

도라키치가 또 몸을 뒤척여 누이에게 접근했는지 허리께에 발을 걸쳐놓고 있었다.

구마타로는 이제는 도저히 안 되겠다고 생각했다. 다시 저녀석을 문 쪽으로 밀쳐내는 건 무리다.

그렇게 생각한 구마타로는 이번에는 누이와 도라키치 사이에 몸을 끼워 넣고 꿈틀거렸다. 그 동작마저 힘들었다.

몸을 움직일 때마다 머릿속에서 놋쇠로 만든 대야를 쾅쾅두드리는 듯했다.

그러나 그게 효과를 보아 도라키치는 음냐음냐 하면서 자기 다리를 움츠리며 문 쪽으로 돌아누웠다.

구마타로는 그대로 잠을 청했지만 불길한 생각이 먹구름

처럼 머릿속을 가득 채웠다. 동시에 처음에는 한 개였던 놋쇠 대야가 차츰 늘어나더니 나중에는 큰북까지 나타나 투실투실한 궁둥이를 드러낸 장난스러운 형님이 북을 난타하기 시작했다. 구마타로는 아무리 애를 써도 잠을 이룰 수 없었다. 도라키치와 누이의 관계에 대한 의심이 다시 가슴속에서 솟아났다. 불쾌한 응어리, 불안의 응어리가 짓누르는 바람에 구마타로는 괴로워 견딜 수 없었다.

그날 오후, 구마타로는 스이분 신사 경내에 혼자 서서 생각에 잠겨 있었다.

아직 술기운이 남아 있어 머리가 울렸는데 생각을 하니 더욱 지끈거렸다.

무슨 생각을 하느라 그렇게 지끈거렸는가 하면 아까 만난 고마타로가 한 말 때문이었다.

"으악, 술 냄새."

고마타로는 구마타로와 동갑인 서른다섯이었지만 벌써 청년 모습은 찾아볼 수 없는 완전한 아저씨였다. 그의 태도는 대대로 물려받은 농사일을 하며 처자를 부양한다는 자신감으로 넘쳐 낮부터 술 냄새를 풍기는 구마타로를 경멸하는 눈빛이 그대로 드러났다.

고마타로는 구마타로의 방문을 노골적으로 꺼렸다.

구마타로가 "잠깐 할 이야기가 있는데"라고 말을 걸자 농기구를 보관하는 농막에서 큰 식칼 같은 것을 손에 들고 있던 고마타로는 "지금 바빠"라며 틈을 주지 않았다.

구마타로는 그런 태도에 화가 치밀었다.

그렇지만 화가 날수록 비굴하게 상대의 비위를 맞추는 버릇이 있는 구마타로는 히죽히죽 웃으며 말했다.

"그렇게 쌀쌀맞게 굴지 말고. 정말 잠깐, 아주 잠깐이면 돼."

"아니야, 안 돼. 올해는 5월부터 비가 한 방울도 오지 않았어. 이 근방 농사꾼들은 다들 죽을 맛이야. 물 좀 구걸해서 쓸까 했더니 아래쪽에서는 죽창 들고 물을 둘러싸고 싸우고 있어. 나도 지금부터 소 여물을 먹인 뒤에는 논이 마르지 않도록 물통을 지고 물 길어 날라야 해. 너하고 놀 틈 없어, 미안하지만."

고마타로의 말은 거짓말이 아니었다.

주색잡기에 정신이 팔린 구마타로와는 별 관계가 없었지만 메이지 25년, 1892년 5월에는 가와치 일대에 오십 년 만에 큰 가뭄이 왔다. 농사짓는 사람들의 고통은 이만저만이 아니었다. 구마타로가 말했다.

"나도 그쯤은 알아. 그러니까 내가 물통으로 물을 길어 나르는 걸 거든다잖아. 그러니 내 이야기 좀 들어주지그래."

"집어치워. 네 도움은 예전에 요조코 한 번으로도 지긋지긋하니까."

"그 오래전 일을 여태 기억하고 있어? 그렇게 오래된 일을 기억하니까 좀 묻고 싶은 게 있다는 거야. 응? 응? 제발. 너 지금부터 소 먹일 꼴을 썰 거잖아. 그렇지 않아? 좀 줘봐."

구마타로는 고마타로의 손에서 억지로 칼을 빼앗아들고 농막 앞에 늘어놓은 짚을 썰기 시작했다. 고마타로는 어처구니가 없어 다른 데로 가버렸다.

구마타로는 고마타로를 쫓아다니며 고마타로가 끓이던 보리에 썬 짚을 섞는 걸 거들고, 물을 잔뜩 담은 물지게를 지는 것을 거들었다. 그러면서 걸어가는 중에 두 사람은 고세에 갔을 때의 이야기를 했는데, 고마타로가 한 말은 구마타로로서는 도무지 이해할 수 없는 소리였다.

고마타로는 일단 자기와 반타, 시카조, 산노스케에 구마타로까지 다섯 명이 고세에 갔던 일은 기억한다고 했다.

히토코토누시 신사에 들렀고 뱀 구덩이를 보았고 언덕 중턱에서 숲속의 작은 도깨비를 만났다. 그 작은 도깨비의 형이라는 남자가 나타나 구마타로만 데리고 갔다. 여기까지는 구마타로의 기억과 고마타로의 기억이 일치했다. 그런데 그 다음 기억이 조금씩 달랐다.

구마타로의 기억으로는 석실에 끌려가 마지못해 본오도리 노래를 부르고 작은 도깨비가 망을 보러 밖으로 나간 뒤 도루를 때려죽이고 석실을 나온 구마타로는 뱀 구덩이에서 고마타로 일행과 다시 만나게 된다. 그런데 고마타로는 그렇지 않다고 했다. 고마타로는 말했다.

작은 도깨비의 형이 으름장을 놓는 바람에 일단 고마타로 일행은 그 자리를 떠났지만 역시 구마타로가 걱정되어 몰래 나무 뒤에 몸을 숨기고 세 사람이 석실 안으로 들어가는 모습을 지켜보았다. 그러고 있자니 먼저 작은 도깨비가 나오더니 석실 앞에 멍하니 서 있었다. 그리고 얼마 후 작은 도깨비의 형이 나왔다. 두 사람은 석실 앞에 서서 잠시 뭔가를 의논하더니 이윽고 왔던 방향과 다른 길로 언덕을 내려갔다. 안에 아직 구마타로가 있을 테니 구하러 가야 했지만 아이들은 무서워서 갈 수 없었다.

어떻게 되었을까. 어른을 부르러 가는 게 낫지 않을까. 그런 궁리를 하는 중에 새파랗게 질린 구마타로가 굴에서 얼굴을 내밀었다. 우르르 몰려가 괜찮으냐고 물었지만 어찌 된 영문인지 구마타로는 넋이 나가 이야기를 나눌 수 없었다.

어쨌든 집으로 돌아가기로 하고 걷는데 뱀 구덩이까지 오자 구마타로가 갑자기 멈춰 섰다. 구마타로는 이상한 표정으로 뱀 구덩이를 들여다보더니 그만 뱀 구덩이 안으로 굴러 떨어졌다.

익숙하지 않은 물통을 짊어지고 숨을 헐떡이던 구마타로는 그 말을 듣고 당황해 되물었다.

"뭐? 잠깐만. 헉헉, 그러니까, 헉헉, 그때 시카조가, 헉헉, 시카조가 헉헉, 에구, 힘들다. 시카조가 뱀 구덩이에 빠졌던 거 아니냐?"

"무슨 소리야? 구덩이에 빠진 건 너고 시카조와 내가 구해 주었지. 너를 구하려다 시카조도 구덩이에 빠졌잖아. 그래서 시카조는 몸져누웠고 넌 넋이 나간 사람 같았지."

그 말을 들은 구마타로는 간신히 "그랬어?"라고 물을 뿐이었다. 물통이 너무 무거워 숨이 차서 말을 제대로 할 수 없었다.

드디어 논에 도착해 한동안 철퍼덕 주저앉아 있던 구마타로는 고마타로에게 "아무래도 뱀 구덩이에 빠진 건 시카조였던 것 같은데"라고 다시 말했다. 고마타로가 논에 물을 뿌리면서 대꾸했다.

"야, 작작 좀 해라. 보면 몰라? 나 바쁘잖아. 이거 뿌리면 바로 다시 물 뜨러 가야 해."

"뭐? 물을 더 뿌려야 해?"

"당연하잖아. 이 정도 물로 되겠냐? 어때, 계속 거들 거야?"

"아니, 이제 그만할게."

"그럼 얼른 꺼져줘."

"그래, 갈게. 그런데 하나만 더 물어봐도 되겠어?"

"뭐야?"

"그때 숲속의 작은 도깨비 말이야. 그 녀석 마쓰나가 구마지로하고 닮지 않았냐?"

고마타로가 바로 대답했다.

"무슨 소리야? 전혀 닮지 않았는데."

고마타로는 또 뜻밖의 대답을 하며 물통 두 개를 짊어지더니 "자, 이제 됐지? 난 갈게"라며 언덕을 내려갔다. 구마타로는 그 뒷모습을 바라보다가 머릿속에 떠오른 생각이 있어 소리쳐 물었다.

"고마야, 방금 우리가 나눈 이야기 누구한테 한 적 있냐?"

"멍청하긴. 오늘 네가 물어보기 전까지 잊고 살았다."

고마타로는 뒤도 돌아보지 않고 대꾸하더니 그대로 가버렸다.

구마타로는 고마이누*의 얼굴을 물끄러미 바라보면서 고마타로의 표정과 말투를 떠올렸다.

거짓말하는 것처럼 보이지는 않았다.

고마타로는 계속 바쁘다고 말하며 일에 신경이 쏠려 있었다. 그렇게 다른 일에 신경을 집중하면서 복잡한 거짓말을 할 수는 없으리라.

그렇다면 어떻게 된 걸까. 구마타로는 경내를 거닐며 생각했다.

고마타로는 석실에서 먼저 작은 도깨비가 나왔고 그다음에 도루가 나왔으며 내가 마지막에 나왔다고 했다. 그 말은 결코 사실이 아니다. 그렇지만 고마타로가 거짓말을 하는 것으로 보이지는 않았다. 그렇다면 우선 생각할 수 있는 것은 고마타로의 기억 착오인데, 석실에 가쓰라기 도루의 시체가 없는 걸 생각하면 착오라고만 할 수는 없다. 고마타로의 말대로 도루가 석실에서 나가고 작은 도깨비와 둘이서 언덕을 내려갔다면 당연히 석실에는 시체가 없기 때문이다. 그럼에도 내가 확실하게 '그건 착각이다'라고 말할 수 있는 것은 내가 틀림없이 이 손으로 도루를 때려죽였기 때문이다. 그때의

---

* 신사 문 앞에 사자처럼 생긴 짐승을 돌로 조각해 한 쌍을 세워놓은 석상.

감촉이 아직도 이 손에 생생하게 남아 있다. 그래도 그건 따지자면 내 기억일 뿐이고 사람의 기억이란 모호하기 마련이다. 그 증거로 고마타로는 뱀 구덩이에 빠진 게 나라고 했고, 그 앞뒤에 일어났던 일들도 내 기억과는 큰 차이가 있다. 그래도 그 부분은 내 생각이 맞을 것이다. 나는 틀림없이 도루를 때려죽였고 뱀 구덩이에 빠진 시카조를 다른 놈들이 멀거니 내려다보던 그 옆얼굴의 피부 상태까지도 기억한다. 이런 기억도 사람의 기억이기 때문에 믿을 수 없는 건가? 그런데 고마타로는 다른 이상한 말도 했다. 마을에 돌아와 시카조는 몸져누웠고 나는 넋이 나간 사람 같아졌다고 한다. 내 기억은 그렇지 않다. 정신이 이상해진 건 시카조이고 나는 그냥 정신적인 피로가 겹쳐 미열이 나서 자리에 누워 있었을 뿐이다. 그런데 이것도 애당초 착각이었다는 이야기인가?

결국 나는 일시적으로 착란 상태에 빠져 앞뒤 기억을 잃었다는 건가? 그러니까 고마타로가 하는 말이 전적으로 옳고, 나는 가쓰라기 도루를 때려죽이지 않고 석실에서 나왔는데 석실 안에서 가쓰라기 도루 때문에 말로 표현하기 힘든 공포를 겪고 정신이 흐릿해졌다는 건가? 그런 상태에서 뱀 구덩이에 빠져 정신이 더 흐릿해져 착란 상태에 빠졌다? 그동안 나는 착각, 망상 속에서 살면서 자지를 꺼내놓고 마을을 돌아다니거나 사내끼를 허공에 저어 내 관념 속에만 있는 작은 물고기를 잡으려고 한 것인가? 그런 환각과 망상 속에서 본 오도리 노래를 부르기도 하고 가쓰라기 도루를 때려죽였다고 믿고 그게 진짜 현실 세계에서 일어난 일인 것처럼 내 기억에 남았다? 매력적인 생각이다. 그게 사실이라면 나는 아무런 죄가 없는 셈이기 때문이다. 그렇지만 한편으로는 절망적인 생각이기도 하다. 왜냐하면 내가 지금 이런 꼴이 된 까닭은 '나는 어차피 사람을 죽인 인간이다. 인생의 첫 번째 걸음부터 꼬여버린 인간이다'라며 자포자기에 빠져 무엇 하나제대로 하지 못했기 때문이다. 내가 살인을 저지르지 않았다면 나는 꿈이라고나 해야 할까, 있지도 않았던 일을 사실로 믿고 겁먹어 인생을 망친 것이다. 그렇다면 지금까지의 내 인생은 도대체 뭐란 말인가? 완전히 실패 아닌가. 어찌 이럴수가 있는가.

그런 일을 생각하는 중에 어느새 뒤편에 있는 말사(末社)인 나기 신사 앞에 도착했다. 구마타로는 정면에 있는 도리이를 보고 아무 생각 없이 "흥, 신을 모신다니. 어리석긴"이라고 중얼거렸다.

바로 그때 하늘에 이상한 것이 나타났다.

한 변이 삼십 센티미터가 넘는 희게 빛나는 정삼각형이 도리이 앞 허공을 번쩍거리며 날아다녔다. 삼각형은 스무 개, 아니 서른 개는 되었다. 제각각 한곳에서 빛을 내면서 흔들리는가 싶더니 허공을 미끄러지듯 비스듬히 움직였다.

이동 속도가 아주 빠르고 움직임이 거칠어 방향을 전혀 예측할 수 없었다.

고마타로는 그 삼각형이 신이라는 사실을 바로 깨달았다.

자기가 신을 모독하는 소리를 했기 때문에 신이 형체를 띠고 나타난 것이다.

나는 지금 신을 보고 있다. 구마타로는 그렇게 생각했지만 전혀 엄숙한 기분이 들지 않았다.

아무런 감흥도 없었지만 난생처음 보는 진귀한 것이라 빤히 쳐다보았다.

구마타로는 어쩌면 이것 또한 자기만 보는 환각, 환상일지 모른다는 생각도 했다.

사실 나는 뱀 구덩이 사건 이후 내내 머리가 이상했고, 그래서 이런 삼각형 부유물체 같은 걸 보게 되는 건가. 결국 이건 다른 사람에게는 보이지 않고 내게만 보이는 건가? 하지만 신이란 원래 그런 존재 아닌가?

구마타로는 도리이 앞에서 그 삼각형이 사라질 때까지 그대로 서서 기다리려고 했다.

빛나는 정삼각형은 쉽게 사라지지 않았다.

그렇게 한 시간쯤 도리이 앞에 서 있었지만, 술을 너무 마시고 싶어진 구마타로는 결국 포기하고 그 자리를 떠났다.

잠시 걷던 구마타로가 도리이를 돌아보았다.

정삼각형은 여전히 거기서 빛을 내며 흔들리고 있었다.

모내기가 끝나고 7월이 되었다. 하지가 지난 지 열하루째인 이즈음 변두리 농가에서는 보리를 빻아 쩐 '아카네코'라는 떡 비슷한 것을 콩가루에 찍어 먹었다.

어렸을 때는 구마타로도 이 무렵이면 도요가 마련한 아카네코를 먹었지만 노름이나 하며 백수건달로 지내게 된 뒤로는 철마다 먹는 음식을 챙겨먹을 일이 없어졌다. 노름이나 하며 다니는 놈이 무슨 그런 음식까지 필요하겠어, 라며 허세를 부렸기 때문이다.

그런 구마타로가 아까부터 방 한복판에 가부좌를 틀고 팔짱을 낀 채 뭔가를 생각하고 있었다. 그 앞에 누이가 아카네코가 든 사발을 내려놓았다. 구마타로가 물었다.

"이게 뭐지?"

"뭐긴, 아카네코지."

"네가 만든 거야?"

"아니, 친정에서 얻어왔어."

"그렇군."

구마타로는 고개를 끄덕이며 젓가락으로 집어 먹고 생각보다 맛있다고 생각했다.

그렇구나. 이런 맛이었나? 구마타로는 생각했다. 그러고는 다시 생각했다. 아까까지 내가 무슨 고민을 했는데 뭐였더라. 아카네코 때문에 사고가 중단되어 까먹고 말았다. 뭐였지? 뭔가 우울한 일이었을 텐데…… 아, 참. 돈 문제였지.

그때 누이가 말했다.

"뭐야?"

"뭐야라니? 뭐가 뭐야?"

"방금 큰 소리로 돈 문제라고 했잖아."

"아, 아무것도 아니야, 아무것도. 혼잣말이야."

자기도 모르게 소리 내어 중얼거린 모양이다. 조심해야 한다. 생각을 입 밖으로 흘려보내다니. 누이라서 다행이지 노름하다가 '그래, 다음은 홀짝 중에 홀에 돈을 걸까?'라는 식으로 생각을 흘리면 딸 돈도 잃고 만다. 그래서일까? 나는 돈을 잃을 때가 많은데 사실은 지금까지 노름판에서 생각을 입 밖으로 흘렸기 때문인가? 그래서 내 생각이 간파되어 계속 잃었나? 그랬다면 그런 멍청한 짓이 따로 없다. 전에는 모르던

227

결정적인 사실을 나중에 깨닫게 되는 일이 많은데 이것도 그런 걸까? 신까지 보고. 다음에 야고로를 만나면 물어보자. 그건 그렇고, 문제는 돈이다, 돈. 이제 슬슬 돈을 벌지 않으면 안 된다.

구마타로는 생각에 잠겼다.

도굴로 마련한 돈에서 누이를 포기하는 대가로 오백 엔을 구마타로에게 주고 이백삼십오 엔 이십팔 센 삼 린 오 모가 남았다. 구마타로는 처음에는 이만한 돈이면 한 해쯤은 편하게 놀며 지낼 수 있을 거라고 생각했지만 삼 개월 만에 기껏해야 삼십육 엔 남짓한 돈만 남았을 뿐이다.

살림 도구를 산 것도 아니라 집 안은 여전히 허전했다. 그렇다고 논밭이나 산을 구입하지도 않았다. 그럼 돈은 어디로 다 사라졌는가. 그냥 멍하니 하루하루를 지내다보니 사라졌다.

그렇지만 당연히 다른 집은 세 달에 이백 엔이나 되는 돈을 쓰지는 않는다. 술을 마시고 여자와 놀고 무엇보다 노름을 하는 게 구마타로의 큰 문제였다. 그런 짓을 하다보면 이백 엔쯤 되는 돈이야 바로 사라진다.

구마타로는 아카네코를 집어 먹으며 생각했다. 아무리 궁리해도 돈이 절로 늘어날 리 없다. 그렇다면 열심히 농사를 짓거나 삼십오 엔을 밑천 삼아 작은 장사라도 하거나 어디든 고용되어 일을 하거나 하는 수밖에 없다.

그런데도 구마타로가 계속 콩가루에 떡을 찍어 먹으며 머리를 굴리는 까닭은 될 수 있으면 그런 힘들고 괴롭고 슬픈 일들은 하지 않고 다른 방법으로 돈을 벌 수는 없을까 생각하기 때문이다. 구마타로는 그런 지름길만 궁리하다보면 앞으로 더 슬퍼질 거라는 사실을 깨닫지 못했다.

그래서 처음에는 그 석실에 한 번 더 갈까도 생각했다.

분명히 지난번에 눈에 띄는 보물은 몽땅 긁어모았다. 하지만 하나도 남김없이 가지고 나오지는 않았다. 자잘한 것들은 아직 남았을 테고 놓친 보물도 있으리라. 그런 것들 가운데 뜻밖에 값비싼 물건이 있을지도 모른다.

구마타로는 그런 생각을 했지만 이제 될 수 있으면 석실에는 들어가고 싶지 않은 심정이기도 했다. 가쓰라기 도루의 죽음이 환각이거나 환상이었다고 해도 그곳은 원래 무덤이다. 안에 들어가 있는 동안은 내내 물속에 있는 것처럼 답답한 압박감이 느껴져 한시바삐 밖으로 나가고 싶었다. 그리고 밖에 나와서도 한동안 머릿속이 출렁거렸다.

그렇다면 역시 노름인가?

노름으로 잃은 돈을 노름으로 되찾는다. 이런 생각이 파탄을 가져올 거라는 사실은 구마타로도 잘 알고 있었다. 하지만 승산은 충분히 있다고 생각했다.

승산이 있다. 이 생각은, 한계까지 다다를 정도로 온 힘을 다해 승부를 겨루고도 잃었다면 별 도리 없지만 자신은 모르는 사이에 생각을 무심코 흘렸을지도 모른다, 그러니 능력을 최대한 발휘했다고도 할 수 없다, 라는 마음에서 비롯된 것이었다.

그럼 그 문제만 고치면 노름에서 크게 딸 수도 있다. 그런 생각을 하자 구마타로는 얼른 노름판으로 달려가고 싶었다. 하지만 하필이면 요즘은 노름도 여름 가뭄이라 그럴듯한 노름판이 벌어지지 않았다. 난감하다.

구마타로가 저 혼자 난감해하고 있는데 먼지떨이를 손에 들고 봉당에서 올라온 누이가 말했다.

"뭐가 난감하다는 거야?"

"이런. 또 들었네. 아무것도 아니야. 혼잣말이야."

"흐음, 그건 그렇고 아카네코를 몇 개나 먹은 거야?"

"몇 개라니, 너……"

사발을 들여다본 구마타로는 말을 잇지 못했다. 사발에 가득하던 아카네코를 반 이상 먹어치웠기 때문이다.

"으아, 생각하면서 먹었더니 엄청 많이 먹었네."

그렇게 말한 순간 구마타로는 배가 너무 불러 숨쉬기도 힘들다는 걸 깨달았다.

"이런, 배가 더부룩하네."

"거봐, 그렇게 많이 먹으니 배가 아프지."

"끄응, 안 되겠네. 목구멍까지 떡이 찼어. 좀 누워야겠다. 끄으응, 끄응."

구마타로는 신음하면서 모로 누웠다.

바로 그때였다.

밖에서 "형님아, 집에 있나?" 하고 부르는 소리가 났다. 야고로였다.

"그래, 있다."

구마타로는 누운 채 대답했다.

아카네코를 너무 많이 먹어 움직이기 힘들어 누워 있다는 구마타로를 보고 야고로는 어쩜 이리 한심한 형이 있나 생각했다.

그렇지만 왠지 밉지 않은 사람이다. 한심하다고 쌀쌀맞게 대해야겠다는 생각은 전혀 들지 않는다.

야고로가 내심 그런 생각을 하는 줄도 모르고 구마타로는 형님 행세하듯 허풍을 떨며 말했다.

"그런데 오늘은 무슨 일이냐? 어디서 괜찮은 노름판이라도 벌어졌냐?"

"아니, 그게 아니야. 아까 길에서 마쓰나가 구마지로를 마주쳤어. 기분 나쁜 놈을 만났다 싶었는데 상냥하게 인사를 하더라고. 이 녀석이 어쩐 일인가 생각했더니 '야고로, 마침 잘 만났다. 안 그래도 기도 씨와 한잔하면서 이야기하고 싶은 게 있어. 다카다야 이 층에서 기다릴 테니까 잠깐 불러와 주지 않겠어?'라고 하더라고."

"흐음, 이상하군. 뭘까? 무슨 이야기라고 하지는 않고?"

"아무 말 없었어. 그냥 다카다야에서 기다리겠다고만 하고 가버렸지."

"다카다야라고?"

구마타로는 몸을 일으켰다.

모리야에서 제일 고급스러운 요릿집이다. 구마타로가 말했다.

"계산은 누가 하는 걸까?"

"그야 저쪽에서 불렀으니까 저쪽에서 하겠지."

"가보자."

구마타로는 그렇게 말하고 일어났다. 누이에게 하오리를 가져오라고 해 걸친 다음 셋타*를 신고 집을 나섰다.

큰길로 가는 논두렁길을 걸으면서 구마타로가 야고로에게

말했다.

"아, 하나 물어보고 싶은 게 있는데."

"뭔데?"

"나 노름할 때 뭔가 말을 해?"

"그래, 자주 하지."

"역시 그런가? 그것 때문이었구나. 내가 다음에는 홀에 돈을 걸겠다거나 다음에는 짝에 걸겠다거나 하는 소리를 하지?"

"아니, 그런 소리는 하지 않아."

"그럼 뭐라는데?"

구마타로가 묻자 야고로는 심각한 표정으로 대답했다.

"호궁(胡弓) 소리가 아름답네라거나 우와, 오이를 가늘게 썰었구나, 원숭이 골이 폭발하고 있어, 미칠 것 같네 등등. 그런 영문을 알 수 없는 소리를 하지."

구마타로와 야고로가 다카다야 안으로 들어섰다. 먼저 와서 프렌치불도그가 조루리 가락을 떠올리려고 애쓰는 듯한 얼굴로 허공을 노려보고 있던 구마지로는 구마타로와 야고

---

* 대나무 껍질로 엮은 신발의 바닥에 가죽을 덧댄 신발.

로를 보더니 활짝 웃으며 가느다란 눈을 더 가늘게 뜨고 "아, 잘 왔어, 잘 왔어. 자, 우선 이리 앉지, 이리"라며 구마타로에게 기둥을 등지는 자리를 권했다.

고조에서 벌어진 노름판에서는 얼굴을 보고도 인사하지 않고 나중에는 사나이 얼굴을 흙발로 짓이기고 오줌까지 뿌려댄 놈이 왜 이제 와서 아양을 떠는 걸까. 빤하지, 멍청한 놈. 구마타로는 너무나도 뻔뻔한 구마지로의 태도를 보니 말이 나오지 않아 쓴 약을 삼킨 표정으로 자리에 앉았다.

탁자 위에 술병이 대여섯 개 놓여 있었다.

구마타로는 "자자자자자자자자, 일단, 우선 한 잔 하고"라며 구마타로에게 잔을 건네더니 술을 따르고 "자, 야고로도" 하며 야고로에게도 따랐다.

융숭한 환대를 받으며 구마타로는 이건 무슨 속셈이 있어서라고 생각하면서도 기분만은 자기가 우두머리가 된 듯했다. 구마타로는 생각했다.

방심해서는 안 된다. 구마지로의 속셈을 확실하게 간파해야 한다. 녀석에게 말려들어서는 안 된다. 얕보여서도 안 된다. 그러기 위해서는 여유, 관록 있는 모습을 보여야만 한다.

그렇게 생각한 구마타로는 술을 마시면서도 급히 마시지 않고, 자못 관록 있는 남자처럼 느린 동작으로 잔을 입으로 가져가 툭 털어 넣은 다음 다시 천천히 잔을 내려놓았다. 그러면 구마지로가 얼른 잔을 새로 채웠다. 구마타로는 다시 여유로운 태도로 잔을 받으며 낮은 목소리로 "고맙네, 구마지로"라고 했다.

그렇지만 그것은 진짜 관록이 몸에 밴 행동이 아니라 겉으로 보이는 부분만 흉내 냈을 뿐이다. 상대의 마음을 간파할 수 있는 진짜 여유나 관찰력이 생기는 게 아니라 그냥 거드름을 피우는 것이기에 오히려 자기 마음에 틈새나 방심이 생긴다. 결국 구마타로는 기분이 들떠서, 방심하지 않으려고 한 일이 원인이 되어 결과적으로 방심하고 말았다.

그래서 우두머리 같은 태도를 취하면서도 구마타로는 내심 '이 정도면 다카다야에서도 좋은 술인데 아키네코를 너무 먹어 배가 불러서 술맛을 제대로 볼 수 없어 아쉽다'는 하찮은 생각을 하고 있었다.

그런 구마타로가 우두머리 같은 말투로 이야기했다.

"그런데 구마지로, 내게 할 말이 있다면서?"

일부러 먼저 용건을 꺼내지 않던 구마지로가 기다렸다는 듯이 이야기하기 시작했다.

"구마 형, 사실은 설명이 좀 필요해. 어제 말이야, 야오에 있는 에비코마라는 노름판에 갔는데 거기 가지 말았어야 했

어. 한 푼도 못 땄거든. 눈 깜빡할 사이에 오십 엔 넘게 잃었
지. 그래서 에비코마에서 삼십 엔을 꿨어. 그래서 말인데, 내
게 삼십 엔만 좀 꿔주지 않겠어? 도라키치에게 들었는데 꽤
부자라면서. 삼십 엔 정도는 푼돈이겠지. 내게 그 정도 꿔준
다고 해서 표시도 나지 않을 거잖아. 응, 구마 형. 이렇게 부
탁할게."

구마지로는 그렇게 말하더니 방석에서 내려앉아 다다미에
이마를 조아렸다.

구마타로는 그 모습을 바라보면서 스이분 신사 경내에서
땅바닥에 두 손을 짚고 무릎을 꿇었던 일을 떠올렸다. 그때
이 녀석은 내 머리를 흙발로 짓이기고 오줌을 갈겼다. 그랬
던 상대에게 무릎을 꿇는 게 이놈은 아무렇지도 않다는 말인
가? 아, 그런가? 놈은 내가 자기가 한 것처럼 머리를 짓이기
고 오줌을 갈길 거라고 생각해 이런 실내에서 보자고 한 건
가? 여기라면 신발도 신지 않기 때문에 짓밟더라도 별일 아
니고 또 이런 실내에서 오줌을 갈길 수는 없을 테니까. 이 녀
석은 거기까지 계산하고서 이 방에서 이야기하기로 했나? 아
니다. 사람이 과연 거기까지 생각할까? 아니, 생각할 거다. 이
녀석이라면. 이 녀석은 충분히 그러고도 남을 놈이다. 방심해
서는 안 된다.

그런 생각을 하면서도 구마지로가 자기 앞에 무릎을 꿇고 있다는 사실이 기분 좋아 견딜 수 없었던 구마타로는 잔뜩 힘을 주어 말했다.

"구마지, 그만 고개를 들지."

"아니, 꿔줄 때까지 그럴 수 없어."

"연극도 아니고 뭐 하는 거야."

구마타로가 말하자 옆에 있던 야고로가 끼어들었다.

"형님아, 그렇지만 이상하지 않나? 이 녀석에게 얼마 전 오백 엔이라는 큰돈을 주었잖아. 아무리 그래도 그 돈이 벌써 떨어졌을 리는 없을 텐데."

"그건 그렇군. 야, 구마지. 너 내가 준 오백 엔 어떻게 했어? 설마 그것도 노름으로 다 잃은 거냐?"

구마타로가 묻자 구마지로는 고개를 들고 말했다.

"아니야, 그렇지 않아. 그야 노름에도 좀 쓰기는 했지만 그 돈은 아버지에게 들켰지. 어떻게 된 거냐고 묻더군. 그래서 거래소에서 번 돈이라고 거짓말하며 얼버무리기는 했는데, 젊은 놈이 그렇게 큰돈을 가지고 있으면 제대로 간수하지 못한다면서 맡아두겠다고 가지고 갔어."

"그래? 너도 그 무서운 아버지에겐 대들지 못하는 모양이구나. 그렇지만 아버지가 돈을 맡아두었다면 삼십 엔이 필요하다고 아버지에게 달라면 되잖아."

"그건 안 돼. 무리야. 우리 아버지가 고분고분 삼십 엔을 내
주겠어? 어디 쓸 거냐고 꼬치꼬치 캐물을 거야. 뭐, 빌린 돈
이 있다고 대충 얼버무릴 수는 있겠지만 '그 사람을 집으로
데려오면 내가 직접 삼십 엔을 내줄 테다' 이렇게 말할 게 뻔
하지. 그렇게 돼서 에비코마에서 일하는 젊은이들이 와봐. 노
름빚이라는 게 들통날 거 아니야? 그러면 어떻게 되겠어?"

"글쎄, 어떻게 되지?"

"쫓아내고 인연을 끊겠지."

인연을 끊기면 큰일이라도 나는 것처럼 이야기하는 구마
지로를 보니 역시 마을 유지의 자식이고 부잣집 도련님이라
는 생각이 들었다. 상속받을 재산도 없고 부모의 비호도 없
이 살아가는 가난뱅이의 아들은 인연을 끊는다고 해봤자 상
황은 아무런 변화도 없다. 예를 들어 지금 당장 야고로 앞에
부모가 나타나 '너는 노름만 하고 행실이 좋지 않으니 절연
하겠다'라고 한들 야고로는 웃음이나 터뜨리리라. 하지만 구
마지로는 그것이 세상에서 가장 중대한 일이기라도 한 듯 겁
을 집어먹고, 노름꾼 패거리에게 빚을 진 사실이 아버지에
게 알려질까 두려워한다. 하하하. 가소롭기 짝이 없구나. 하
지만 그 가소롭기 짝이 없는 녀석이 달콤한 말로 내게 위험

한 일을 시키고 그 책임을 떠넘겼다. 나한테서 오백 엔을 뜯어가기도 했고 내 얼굴에 오줌까지 갈겼다. 노름판이나 마을을 요령 있게 기웃거리며 제법 쉽게 돈을 벌고 돈을 따서 빠져나가며 집안 살림도 어려움이 없다. 화가 난다.

구마타로는 화가 났지만 겉으로 드러내지는 않고 차분한 말투로 말했다.

"인연을 끊어? 좋잖아? 구마지, 너도 사나이인데 계속 어린애처럼 굴지 말고 이번 기회에 그냥 인연을 끊어. 그리고 방랑자가 되어 전국을 떠돌아다니며 사나이답게 사는 건 어때? 너라면 아주 멋진 사나이가 될 텐데."

"싫어. 그런 소리만은 하지 말아줘."

울상을 지으며 말한 구마지로는 다시 다다미에 머리를 조아리고 머리 위로 두 손을 모았다.

"제발 삼십 엔, 내 일생일대의 부탁이야. 삼십 엔, 부탁드립니다, 구마타로 님."

뾰족한 견갑골이 옷 아래서 드러났다.

구마타로가 말했다.

"야고로, 이렇게 비는데 어떡하지?"

"그만둬, 안 돼."

"그래?"

"당연하지. 형님아, 우리가 이 녀석에게 어떤 꼴을 당했는지 잊었어? 뭐, 노름판에서 무시하는 정도는 문제가 아니지. 그렇지만 다케다 씨 딸 문제 때는 무슨 일을 당했어? 이 녀석이 찾아와 부탁하는 바람에 쳐들어갔는데 잘못 찾아갔다는 사실이 밝혀지자 자기는 모른다고, 우리가 멋대로 한 거라며 빠져나갔잖아. 그리고 누이 씨를 아내로 맞이하고 싶다는 이야기를 하러 갔을 때 이 자식이 어떻게 했어……"

야고로는 말끝을 흐렸다.

구마타로가 걷어차이고 머리에 오줌을 맞는 모습을 자기가 지켜보았다는 이야기는 도저히 할 수 없었기 때문이다. 그 일은 앞으로도 모르는 일로 해두어야 한다고 생각했다.

"……오백 엔이나 되는 큰돈을 형한테 뜯어갔잖아. 오십 엔만 줘도 충분할 일이었어. 지켜보면서 얼마나 억울했는지. 그런데 이 녀석이 부모와 인연이 끊어진다고 해서 돈을 더 빌려줘야 해? 설사 삼십 엔이 아니라 삼십 센이라도 이런 놈에겐 꿔줄 일 없어. 무슨 낯짝으로 형님에게 돈을 빌려달라는 거야? 정말 말도 안 돼. 자, 그만 가자, 가."

방바닥에 머리를 조아리고 구마타로에게 절을 하며 "삼십 엔, 부탁해"라고 울먹이고 움찔움찔 경련을 일으키는 구마지로를 싸늘하게 내려다보며 야고로가 말했다.

구마타로는 자리에서 일어서려고 하지 않았다.

구마타로는 야고로가 하는 말은 모두 옳은 소리라고 생각했다.

그런데도 구마타로는 바로 그런 이유 때문에 구마지로에게 돈을 빌려줄까 생각하기 시작했다.

틀림없이 구마지로 때문에 심한 곤욕을 치렀다. 그렇다고 지금 돈을 빌려주지 않으면 어떻게 될까. 구마지로는 자기 아버지에게 절연당하리라. 그건 고소하다. 쌤통이다, 이 멍청아, 하는 생각이 든다. 하지만 내 마음에는 구마지로가 준 수치와 공포가 새겨져 있다. 그것은 구마지로가 어르고 속이는 바람에 시키는 대로 하다가 결국은 흙 묻은 발로 머리가 짓이겨지고 오줌까지 맞은 뒤에 오백 엔이나 갖다 바쳤다는 수치와 이 녀석의 얼굴이 왠지 숲속의 작은 도깨비와 흡사해서 느끼는 막연한 공포다. 그래서 나는 나이가 한참 아래인 이 녀석 앞에서 왠지 기를 펴지 못한다. '어이, 구마' 하고 함부로 불러대도 '누굴 부르는 거야, 이 멍청한 새끼가' 하며 세게 나가지 못한다. 수치라는 것도 간단하게 말하자면 이런 공포가 바탕을 이루는 건지도 모른다. 그렇지만 석실에서 일어났던 일이 환각이나 환상이었을지도 모르게 된 지금, 나는 계속 그 문제에 얽매여 살고 싶지는 않다. 그렇게 하려면 이번에 구마지로에게 삼십 엔을 빌려주어 관계에서 우위를 확보하는 편이 앞날을 위해 좋지 않을까.

구마타로는 속으로 그런 궁리를 하면서 구마지로에게 돈을 빌려주는 쪽으로 거의 마음이 기울었지만 야고로에게는 자기 생각을 이야기하지 않았다. 왜냐하면 첫째는 은혜를 베풀, 빚을 지게 만들 상대인 구마지로가 바로 앞에서 듣고 있기 때문이었고, 둘째는 아까부터 우두머리라도 되는 듯 행세한 체면에 그런 세부적인 내용까지 입에 올리고 싶지 않았기 때문이다.

구마타로가 말했다.

"야고로, 사람이란 말이야. 그렇게 자기가 당한 일을 언제까지나 원망하며 지내서는 안 돼. 물론 구마지로가 그런 짓을 저질렀을지도 모르지. 그렇지만 생각해봐. 저렇게 머리를 조아리고 부탁하는데 별수 없잖아. 야고로, 너 궁지에 몰린 새가 자기 품으로 날아들면 사냥꾼도 그 새를 죽이지 않는다는 말 알아? 도움을 청하는 녀석이 있으면 어떤 사정이 있어도 그 녀석을 도와주어야만 한다는 이야기지. 온정을 베푸는 게 꼭 상대방만을 위한 일은 아니라는 이야기도 있고. 그래, 야고로. 사람을 언제까지고 미워만 할 수는 없어. 남을 저주하면 무덤을 두 개 파야 한다고도 하잖아."

구마타로는 내키지 않은 표정을 짓는 야고로에게 그렇게 말하더니 지갑을 꺼내 지폐를 세 삼십 엔을 꺼냈다. 야고로가 말했다.

"아, 형님아. 그 돈 줘도 괜찮겠어? 저번에도 돈을 잃었잖아."

그 말을 듣고 구마타로는 <u>으스스</u>한 기분이 들면서, 역시 괜찮지는 않다고 생각했지만 그런 마음을 떨쳐내듯 "자, 그럼 이거 받아"라며 무뚝뚝하게 말하면서 돈을 내밀었다.

"감사합니다. 이 은혜 평생 잊지 않겠습니다!"

쥐어짜는 듯한 목소리로 말하며 구마지로는 돈을 받아 들었다.

"그럼 이만. 돈 받을 사람들이 기다리니 난 에비코마에 가서 갚고 올게. 정말 미안해. 내려가면서 아래층에다 술과 요리를 올려 보내라고 할 테니까 형님들은 여기서 느긋하게 드셔."

"그래, 그럼 다녀와."

구마타로가 의젓하게 대꾸하자 구마지로는 "그럼 다녀오겠습니다"라며 아랫사람처럼 공손하게 말하고 일어서서 나가려 했다. 그런 구마지로를 야고로가 막았다.

"잠깐."

"뭐, 뭔데? 왜 그러셔?"

"너 돈 꿨잖아. 돈을 꿨으면 꿨다고 차용증을 써야지."

"아, 정말 미안."

구마지로는 도로 자리에 앉아 종이와 붓을 빌려 차용증을 쓰고 빚 독촉이 어지간히 심했는지 허둥지둥 방을 나갔다.

잠시 뒤 술과 두부가 나왔다.

구마타로와 야고로는 술을 마시기 시작했다. 야고로가 투덜거렸다.

"형님아, 왜 저런 놈에게 돈을 빌려줘? 저놈은 안 갚을지도 몰라."

"그럴 리가 있겠냐? 차용증이 있는데."

"그것도 내가 다그쳐서 쓰게 한 거지."

"뭐, 그렇기는 하지만. 그래도 저렇게 돈까지 꾸었으니 우리를 만나면 모른 척하지는 못하겠지. 이제 그만하자. 오늘은 술이나 마시자. 마셔."

"마시자, 마시자 하는데 이렇게 비싼 집에서 계산은 어떻게 하려고?"

"누가 하다니. 구마지로가 내겠지."

"그렇지만 그놈은 돈이 없어서 꾸러 온 거잖아."

"여기 계산 정도야 하겠지. 아까 그 녀석이 마시고 가라고 했잖아. 우리가 계산해야 할 자리면 그렇게 말하지 않지."

"그런가? 뭐, 좋아. 그럼 기분도 꿀꿀하니 이 집 술 있는 거 몽땅 마셔버릴까?"

야고로는 그렇게 말하고 벌컥벌컥 마시기 시작했다. 구마타로도 조금 전까지 아카네코 때문에 속이 더부룩했지만 신경을 많이 써서 그런가, 긴장한 상태에서 구마지로와 이야기하는 사이에 배가 나아서 술이 맛있어졌기에 함께 벌컥벌컥 마시기 시작했다. 둘이서 그렇게 마시다보니 대여섯 병이던 술병이 모두 비워졌다.

야고로가 손뼉을 치자 여자가 쪼르르 계단을 올라왔다.

"예, 더 시키실 일이라도 있습니까?"

"데운 술 대여섯 병 더 가져와. 그리고 요리도 좀. 이미 이야기가 다 되어 있으니까 시켜도 되겠지?"

야고로가 말하자 여자는 의아한 표정을 지었다.

"요리라고 말씀하시면?"

"요리가 요리지 뭐. 밥이니 뭐니 그런 것들. 너 요리가 뭔지 몰라?"

"아뇨, 그거야 알지만."

"알면 가져오라니까."

"그렇지만 아까 먼저 나가신 나리께서……"

"어쨌다는 거야?"

"술과 두부 말고는 내지 말라고 하시고 가셨기 때문에."

"으악, 당했다."

야고로는 방바닥에 쓰러졌다.

구마지로가 코스트를 낮추기 위해 그런 소리를 했다는 사실을 바로 깨달았기 때문이다. 야고로는 벌떡 일어서며 말했다.

"정말 화나게 만드네. 형님아, 그렇다면 둘이서 두부 팔백 모 먹고 술 팔백 병 마셔버릴까?"

"그걸 어떻게 다 마셔, 멍청아."

"그러면 당장 쫓아가서 돈 내놓으라고 할까?"

"남자가 한번 꺼낸 말인데 어떻게 돌려달라고 하나? 그러지 말고 우리가 주문하자. 아, 누님, 우리가 따로 계산할 테니까 안주가 될 만한 걸 만들어와."

"예, 알겠습니다. 그럼 언두부라도 데쳐 내올까요?"

"이 누님 우스갯소리를 제법 하시네. 두부를 실컷 먹었는데 또 언두부를 내오겠다고? 그거 말고 맛있는 것 가져와, 좀. 뭘 웃어? 잽싸게 가져와."

구마타로는 요리를 주문하면서 구마지로란 놈은 역시 근본적으로 방심할 수 없는 녀석이라고 생각했다. 그리고 조금 전 자기 태도에 뭔가 빈틈이 될 만한 점이나 후회스러운 짓은 없었는지 꼼꼼하게 돌이켜보았다. 특별히 마음에 걸리는 부분은 없다고 판단한 구마타로는 마음 놓고 술을 마셨다.

그 무렵 삼십 엔을 품에 넣고 자기 집에 돌아온 구마지로는 혼잣말을 했다.

"하하, 구마 녀석. 역시 도라키치 말대로 돈을 가지고 있었어. 이제 노름판에서 빚을 졌다는 걸 아버지에게 들키지 않고 넘어갈 수 있겠군. 하하하. 후련해. 그런데 구마타로는 진짜 얼간이야. 조금 굽히고 들어가니 자기가 진짜 우두머리인 줄 알고 하오리 끈을 만지작거리면서 옷매무새를 가다듬고. 핫, 웃겨서. 그런 녀석이니 평생 남에게 이용만 당하는 거지, 얼간이처럼. 그 주제에 잘난 척 거드름을 피웠어. 나를 '구마지'라고 부르다니, 멍청한 놈. 그렇지만 뭐, 어때. 나중에 기회 봐서 또 대가리에 오줌을 갈겨주면 되지. 다음번에는 아예 똥을 싸줄까, 하하하."

구마지로는 어두컴컴한 방에서 삼십 엔을 움켜쥐고 혼자 웃었다.

매미가 요란하게 울어대는 여름도 저물고 쓰르라미 우는 소리가 슬프다 했더니 밤이면 치르르치르르 우는 벌레 소리가 더 구슬픈 가을이 왔다. 중추절 보름달을 구경하려고 싸리와 억새를 준비하고 경단과 토란도 마련해 달구경. 10월에는 가을 마쓰리. 예의 그 단지리 소동이 있었고 그렇게 지내는 중에 가을이 깊어 11월, 슬슬 겨울로 접어드는 시기가 되었다. 그사이에 구마타로에게는 화나는 일이 있었다. 구마지로가 장가간다는 이야기를 들은 것이다. 그 녀석이 장가가는 거야 별 상관 없는 일이다. 하지만 구마지로는 내연의 처인 리에와의 사이에 다섯 살, 세 살 난 자식을 두었다고 한다.

그게 왜 문제인가 하면, 누이와 혼담이 오가던 때 구마지로에겐 이미 자식까지 낳은 여자가 있었다는 것이기 때문이다. 결국 누이와 혼인할 가능성은 거의 없었다는 이야기다. 그렇다면 구마타로가 부탁하러 갔을 때 '아니야. 사실 내겐 장래를 약속한 여자가 있어'라고 하면 간단하게 끝날 일이었다. 하지만 구마지로는 그걸 일부러 숨기고 누이와 혼인할 것 같기도 하고 하지 않을 것 같기도 한 모호한 느낌을 풍기며 구마타로한테서 오백 엔이라는 큰돈을 우려냈다.

그래 놓고 뻔뻔하게 그 여자와 가정을 꾸리다니, 참으로 하는 짓이 더러운 녀석이라고 구마타로와 야고로는 화를 냈다. 그렇다면 삼십 엔도 빌려주지 않는 게 나았다고 생각했다. 하지만 누이와 살림을 차릴 수 있어 기뻤던 구마타로는 화는

났지만 분노가 폭발할 정도는 아니었다. 분노가 기쁨으로 중화된 셈이다.

그런 구마타로도 요즘 들어 누이에게 어떤 두려움을 느끼고 있었다.

함께 살기 시작한 초기에는 자기는 원해서 누이를 아내로 맞이했지만 누이는 과연 자기에게 시집오고 싶었던 걸까, 따로 좋아한 남자가 있지는 않을까, 하는 생각이 들어 고민했는데, 요즘은 그마저도 아닌 게 아닐까 생각하게 되었다.

누이는 구마타로가 노름을 하건 여자를 사건 외박하며 툭하면 집에 들어오지 않건 불평 한 번 하지 않았다. 요즘은 생활비도 제대로 주지 못했는데 그래도 아무런 불평을 하지 않았다. 자기 어머니가 좋아하지도 않는 구마지로에게 시집가라는 말을 했을 때도 그냥 갈 작정이었고, 막판에 구마타로와 혼인하기로 결정되었을 때도 태연했다.

처음에는 누이가 그저 고분고분한 성격이라고 생각했지만 함께 살아보니 아무래도 성격 때문은 아니라는 것을 깨닫게 되었다.

고분고분하다는 것은 달리 표현하자면 자기 생각이나 의견이 없다는 소리다. 하지만 구마타로는 누이의 말과 행동을 요모조모 살펴보고, 사실은 그녀가 깊이 생각하며 자기 의견을 가지고 있는 게 아닐까 추측했다. 다만 무슨 이유에서인지 자기 생각과 의견을 절대 입 밖에 내지 않겠다고 마음먹은 듯했다.

말하자면, 구마타로가 툭하면 집에 들어오지 않는 문제에 대해서도 깊은 생각이나 의견이 있지만, 그 생각과 의견을 어떤 의지 아래 절대 입 밖에 내지 않기로 한 게 아닌가 하는 생각이 드는 것이다.

구마타로는 누이가 자기에게 말해주기를 바랐다. 그러지 않는 누이가 쌀쌀맞다고 생각했다.

그런 생각을 하면서 구마타로는 이런 몽상을 했다.

너무도 아름다운 누이는 이 세상이라는 틀 밖에 있는 존재로, 신의 화신이거나 신이 보낸 존재다. 그래서 깊은 통찰로 가득하지만 누이는 스스로 자기 생각과 의견을 주위에 이야기하는 일이 없다. 왜냐하면 누이는 이 세상에 사는 사람의 의지를 시험하기 위해 신이 보낸 존재이기 때문이다. 누이는 오로지 자기 이익을 위해 누이를 이용하려고 한 모리모토 도라를 시험했고, 누이와 살림을 차렸으면서도 집에 돈도 가지고 오지 않고 놀기만 하는 나 또한 시험하는 중이다.

구마타로는 어렸을 때 자신을 다시 태어난 다이난 공으로 믿었던 일을 떠올렸다.

다이난 공은 고다이고 천황을 모신 충신으로, 신에게 부끄럽지 않게 죽어 그 뒤 신이 되었다. 그런데 나는 지금 무슨 짓을 하고 있나. 노름이나 하고. 이래서는 안 된다. 이제부터라도 성실한 농부가 될까? 안 된다. 이미 11월이고 쌀은 벌써 거둬들였다. 지금이 6월이라면 나도 모내기라거나 농사일을 거들었을 텐데. 지금 이 상태로는 누이가 시험하다가 어느 날엔가 '안 돼'라는 결론을 낼 게 틀림없다. 그러면 어떻게 될까? 누이가 집을 나갈까? 그렇지만 나가서 어디로 가지? 친정으로 돌아가려나? 그렇지만 모리모토 도라도 누이에게 시험당하는 처지이니 그런 돈만 아는 인간을 신이 받아들일 리 없다. 그렇다면 구마지로의 첩으로 들어가기라도 하는 걸까? 그건 안 된다. 왜냐하면 내가 각서를 가지고 있으니까. 사람과 사람의 관계를 그런 각서로 구속하는 너그럽지 못한 태도야말로 몹쓸 짓인가?

구마타로는 그런 생각을 하면서 기분이 우울해졌다. 그건 누이에 대한 집착이 깊기 때문이었다. 결국 누이가 다른 남자에게 가고 마는 게 아닌가를 걱정하는 것만 봐도 알 수 있다.

그렇다면 누이가 행복해질 만큼 정성껏 일하고 돈도 더 건네주면 좋을 텐데 구마타로는 그러지 않았다. 신이 보낸 존재인지 어떤지는 별도로 하더라도, 누이가 세상의 사소한 일에 무관심하면서도 초월적인 태도를 보이는 까닭은 자기를 시험하고 있기 때문이 아닐까 하는 생각만이 머릿속에서 쉽게 떠나지 않았다. 구마타로는 누이가 진짜로 시험하고 있는지 어떤지 알아보고 싶어졌다.

구마타로는 전에는 집을 비워도 기껏해야 이틀이나 사흘이었는데 이제 일주일, 열흘씩 돌아오지 않았다. 그러면서도 집을 떠나 있는 동안은 늘 누이 걱정만 하느라 전혀 즐겁지 않았다.

오래간만에 집에 돌아오면 누이가 태연한 모습을 보이는 것에 실망하면서도 안도하는 복잡한 기분이 들었다. 불안한 심정으로 누이를 품에 안으면 이 세상을 살고 있는 몸인 누이는 구마타로의 애무에 자주 반응하여 희열에 찬 소리를 냈다. 구마타로는 몰아의 경지에 여러 문제를 묻어버리고 말았다.

그렇게 야고로와 함께 매일 여기저기 놀러 다니다 빈털터리가 된 구마타로가 마을 아래쪽 흙다리 부근에서 야고로와 헤어져 혼자 집으로 돌아오는 길이었다.

11월도 거의 끝나가는 무렵이라 여기저기 벼 말리는 멍석이 펼쳐져 있었다. 그 옆을 지나 집 근처에 이르니 가구라(神樂)*를 하는 사람이 좁은 길 돌담에 등을 기대고 앉아 있었다.

비쩍 마른 젊은 남자인데 사자머리 탈을 옆에 놓고 절망에 빠진 사람처럼 머리를 감싸 쥐고 있었다. 구마타로는 '하하, 돈을 별로 벌지 못해 저렇게 절망하고 있구나, 재미있네' 생각하며 그의 옆을 지나 자기 집 앞에 이르러 문을 열려고 했다.

그런데 이상하게 문이 열리지 않았다. 안에서 빗장을 질러둔 것이었다. 밤이면 몰라도 이런 대낮부터 문에 빗장을 거는 집은 없다. 이상하게 생각한 구마타로가 문을 세게 흔들며 "나야, 나. 지금 돌아왔어. 집에 없나?"라며 소리쳤다.

그렇지만 응답이 없었다.

걱정이 된 구마타로는 다시 "누이, 나야. 어떻게 된 거야? 무슨 일 있어?"라고 크게 외쳤다. 그제야 안에서 "예" 하는 소리가 들리더니 이어서 "문 열게"라는 목소리가 들렸다.

"들어와"라는 누이의 목소리가 쉬어 있었다.

머리카락이 헝클어지고 눈에는 핏발이 서 있었다.

누이는 문을 열더니 바로 집 안으로 들어갔다. 구마타로도 그 뒤를 따랐다.

어두컴컴한 집 안은 탁한 공기로 가득했다.

구마타로는 봉당에 들어선 순간 모든 것을 파악했다.

---

* 신에게 제사를 지낼 때 연주하는 일본 고유의 무악.

방에는 먹다 남은 밥이며 술병, 주전자, 잔 따위가 어지러이 흩어져 있었다. 그리고 벽장 앞에 앉은 도라키치가 보였다. 허리띠 매듭이 옆으로 돌아가 있었다.

도라키치가 실실 웃으며 말했다.

"형님, 어서 와. 내가 있어서 이상하겠지만, 전에 형님이 그랬잖아. 형님이 없을 때라도 집에 들러 술 마시라고. 그래서 들어와 한잔하고 있었어. 마침 잘되었네. 형님도 한잔, 어때? 자, 누이, 뭐 하는 거야? 형님에게 술 따르지 않고."

구마타로는 도라키치의 말을 듣고 더욱 불쾌해졌다.

가장 불쾌한 점은 도라키치의 실실거리는 말투였다. 여태껏 이처럼 도라키치가 나를 형님이라고 부른 적은 거의 없었다. 구마 형이라거나 그냥 구마라고 불렀다. 그런데 오늘은 형님이라고 부르니 아니, 무슨 영문일까. 그건 도라키치에게 켕기는 구석이 있다는 이야기다. 그걸 얼버무리기 위해 마음에도 없는 아첨을 떨며 형님이라고 부르는 것이다. 그렇다면 평소에는 나를 존경하지 않았다는 이야기다. 또 그런 호칭 정도로 나를 구슬릴 수 있을 거라 생각한다는 것이다. 구마타로는 화가 치밀었다. 다음으로 불쾌한 점은 지난번 내가 없을 때 멋대로 들어와 술을 마시고 있었을 때 내가 실수로 내뱉은 말을 핑계로 삼는 듯한 발언이다. 물론 틀림없이 내가 없을 때도 들어와 술을 마셔도 된다고 하기는 했다. 하지만 무슨 짓이든 해도 된다고는 하지 않았다. 그런데 도라키치는 내 말을 의도적으로 확대 해석해 그 말을 핑계 삼아 멋대로 굴었다. 더욱 부아가 치미는 일은 누이에게 '누이, 뭐 하는 거야? 형님에게 술 따르지 않고'라며 버르장머리 없이 남의 부인 이름을 함부로 부르고 멋대로 일을 시켰다는 점이다.

그렇지만 무엇보다 화가 나는 일은 이 '간통', 녀석이 '샛서방'이라는 사실…… 뭐라고 해야 하나. 으아아, 이렇게 명확하게 언어화해서 생각하니 힘들구나. 나는 도대체 어떻게 해야 하나. 일단 '이게 어디서 간통이야, 이놈아!'라고 화를 내면 되나? 아니면 그런 식으로 말로 따지기보다 그냥 바로 두들겨 패야 하는 걸까? 모르겠다. 지금 내 안에서는 무서운 분노와 슬픔이 소용돌이치고 있다. 분노와 슬픔은 출구를 찾아 몸부림치느라 살갗에 쿡쿡 부딪혀 몸 안이 아프다. 그렇지만 출구는 보이지 않는다. 출구는 대체 어디에 있나.

구마타로는 그런 생각을 했지만 봉당에 서서 자기도 의식하지 못한 채 기운 없는 목소리로 누이에게 물을 따름이었다.

"왜 대낮에 빗장을 질렀어?"

그렇게 말하고 구마타로는 절망했다.

자신의 목소리가 지옥 밑바닥에서 울려나오듯 낮고 어두

운데다 원망이 담긴 느낌이었기 때문이다. 게다가 겨우 그 몇 마디를 하는데도 입술이 파르르 경련을 일으키고 목소리가 떨렸다.

구마타로가 묻자 누이가 아니라 도라키치가 냉큼 대답했다.

"형님, 그게 말이야. 가구라가 왔었는데 봉당까지 멋대로 들어와 사자춤을 추고 돈을 달라고 떼를 쓰기에 안에서 잠근 거야."

도라키치의 목소리와 동시에 구마타로는 픽 하는 소리를 들었다. 몸 안에서 소용돌이치던 분노와 슬픔이 그만 살갗을 뚫고 밖으로 튀어나오는 소리였다.

구마타로는 "사자춤에 돈을 주면 그만이지. 이 멍청한 새끼야"라고 외치고는 그대로 밖으로 뛰어나갔다.

돌담 아래 조금 전에 보았던 그 젊은이가 아직도 쭈그리고 있었다. 구마타로가 말했다.

"이봐, 자네."

"뭐요?"

청년이 힘없이 고개를 들었다.

"자넨 왜 그러고 있나?"

"내가 절망하고 있는 이유를 가르쳐줄까? 그러지. 다른 해 같으면 모리야 쪽 요릿집에서 여종업원이나 주인이 꾸러미를 주었을 텐데 올해는 거의 받지 못했기 때문에 여기까지 오게 되었어. 그런데 뭐야, 이곳 농사꾼들. 아무리 춤을 춰도 이 센 주고 그만이네. 어떤 집에서는 한 푼도 주지 않고. 그래서 다 싫어지다보니 걷기도 싫어져 여기 주저앉아 절망에 빠져 있는 거지."

"아, 그래? 사실은 말이야, 사정이 있어서 나도 절망하고 있어. 그래서 특별한 이유는 없지만 네게 오십 센을 줄게."

"그렇게나 많이 주시다니. 그럼 춤을 출까?"

"아니, 춤은 추지 않아도 돼. 그 대신 그 사자머리 탈 좀 내게 빌려줄 수 있겠나?"

"아, 좋아. 필요하면 빌려줄게. 춤추는 법 가르쳐줄까?"

"아니, 됐어. 난 미친 사자가 추는 춤을 출 테니까."

"그래? 그럼 씌워줄 테니까 저쪽 보고 서."

젊은이는 그렇게 말하며 일어서더니 구마타로에게 사자머리 탈을 씌워주었다.

사자머리 탈을 쓴 구마타로는 머리를 끄덕거리고 좌우로 몸을 흔들면서 이빨을 드러내고 화가 난 표정으로 집 안으로 뛰어 들어갔다.

도라키치는 깜짝 놀랐다.

"엇, 형님, 뭐 하는 거야?"

"시끄러워. 어때, 이건 미친 사자의 춤이다. 잘 봐둬, 이 멍청한 놈아."

웅얼거리는 목소리로 호통을 친 사자는 엉덩이를 치켜들면서 턱이 바닥에 닿을 정도로 자세를 낮추고 머리를 계속 끄덕이며 방 쪽으로 조금씩 다가갔다. 그렇게 문틀까지 이른 사자는 얼굴을 조금 들더니 좌우를 살피고 나서 입을 크게 벌리며 포효했다.

사자는 방으로 들어오더니 이 사태에 어떻게 반응해야 좋을지 몰라 멍하니 있는 도라키치를 향해 곧바로 달려갔다. 그리고 고개를 비스듬히 하고 그 주위를 빙빙 돌다가 큰 입을 쫙 벌려 도라키치의 머리를 깨물었다.

"으아아아앗."

도라키치는 어색하게 웃으며 피하려고 했지만 사자는 가차 없이 머리를 깨물고 한동안 물어뜯었다. 그리고 화를 참지 못하는 듯 미친 듯이 돌아다니더니 나중에는 도라키치를 껴안고 머리로 그의 이마를 쿵쿵 들이박기 시작했다. 도라키치는 견디지 못하고 "아, 아파. 그만!"이라고 소리쳤지만 사자는 그만두지 않고 계속 들이박다가 갑자기 머리를 바닥에 대고 고개를 좌우로 까딱거리며 뒷걸음질 치더니 그대로 봉당으로 내려가 엎어졌다.

사자는 한동안 그대로 누워 있다가 이윽고 눈을 뜨고 이번에는 자세를 낮춘 채 누이 쪽으로 슬금슬금 다가갔다.

　사자머리 탈 안에서 구마타로는 기묘한 혼란을 느꼈다.

　사자의 머리를 본뜬 탈 안의 구마타로에게는 세상이 반반씩 보였다.

　탈 안에서 구마타로는 아무에게도 들키지 않고, 어둠 속에 웅크리고 웃거나 두려움에 떠는 세상의 모습을 엿보는 듯한 기분이 들었다. 그러나 그 세상은 사자머리 탈을 쓴 구마타로를 보며 웃고 겁내기도 하는 것이니 구마타로는 결코 방관자가 아니라 당사자 본인이었다.

　그렇지만 사자머리 탈 안과 밖의 세계를 절반씩 보고 있는 구마타로에게는 바깥 모습을 엿보는 안쪽의 자기와 미친 듯이 날뛰며 바깥 세계와 격하게 관계하는 자기 자신, 그리고 그것을 보고 혼란스러워하는 세상이 한 가닥으로 연결되지 않고 따로따로 존재하는 느낌이었다. 사자머리 탈을 쓴 채 머리를 좌우로 갸웃거리며 바닥을 기듯 누이에게 다가가면서 구마타로는 생각했다.

　이것은 사자머리 탈을 쓰고 있기 때문에 느껴지는 감각일까? 틀림없이 사자머리 탈 안쪽은 어둡고 밖은 밝다. 그 어둠에 가로막혀 나 자신과 사자가 하나가 되지 못하는 것일지도 모른다. 그렇지만 나는 늘 이런 어둠을 의식하며 살아왔다. 내 사변은 어둠에 가로막혀 말로 이어지지 않았다. 내 생각은 어둠에 갇힌 채 빛 속으로 나오는 일이 없었다. 결국 나는 늘 사자머리 탈을 쓰고 살면서 안쪽의 어둠, 안쪽의 허무를 보며 살아온 셈이다. 그랬다. 하지만 빛밖에 보지 않는 놈들은 내가 그런 어둠과 허무를 보고 있는 줄 모르기 때문에 내가 미친 듯이 날뛰는 까닭은 미친 듯이 날뛰고 싶어서 미친 듯이 날뛰는 거라고 여기고 나를 무시했다. 아니다! 내가 미친 듯이 날뛰는 까닭은 그런 안쪽의 허무가 끊임없이 시야에 들어와 인간으로서 도저히 견뎌낼 수 없기 때문에 미친 듯이 날뛰는 것이다. 포효한다.

으아아.

사자처럼 포효하면서 구마타로는 마침내 누이의 다리 부근에 이르렀다.

사자머리 탈의 안쪽과 누이의 흰 다리가 눈에 들어왔다.

누이는 구마타로가 사준 굽 낮은 나막신을 신고 있었다.

사자는 고개를 오른쪽으로 갸웃거리고 끄덕거리면서 천천히 머리를 들었다.

다리, 허리, 배, 가슴이 보인다. 그리고 누이의 얼굴이 사자머리 탈 눈구멍 너머로 보인다.

누이의 눈은 사자의 눈구멍 너머로 구마타로의 눈을 똑바로 바라보고 있었다.

그 눈에는 어떤 감정도 드러나 있지 않았다.

구마타로는 바로 저 눈이라고 생각했다.

저 눈이 나를 시험한다. 그런데 대체 나의 무엇을 시험하는 걸까. 간통한 사람은 네가 아니더냐. 아니면 그 간통 자체가 나를 시험하기 위해 저질러진 일인가? 시끄럽다. 나는 너를 물겠다. 나는 사자다.

으아아.

사자가 된 구마타로는 포효하고는 입을 쩌억 벌리고 누이를 물려고 했지만 물지 못했다. 다만 입을 벌린 채 머리를 기울이고 꺼떡거리면서 사자 이빨이 딱딱 소리를 낼 정도로 마구 춤을 추었다.

구마타로는 몇 번이고 누이를 물려고 했지만 깨물지 못했다.

사자는 계속 봉당에서 미친 듯이 춤을 추었다.

좁은 마을이다. 소문은 바로 퍼졌다.

누이가 부정을 저질렀다는 건 특히 젊은이들 사이에서 입에 올리기만 해도 뻐근한 쾌감이 따르는 기분 좋은 화제였다. 마을 젊은이들은 모이기만 하면 그 이야기만 해댔다.

말하자면 마을 젊은이들 모두 누이가 간통했다는 이야기를 하고 있었다는 소리다.

특히 구마타로 같은 백수건달이 누이 같은 미인을 아내로 맞이했다는 사실에 말은 못해도 위화감을 느끼던 사람들은 아주 재미있어하며 있는 소리 없는 소리 다 보댔다. 나중에는 집 안에서 누이가 어떻게 행동했는지에 대해서도 목소리까지 흉내 내며 수군거렸다.

"아 글쎄, 남자 얼굴에 먹칠을 했으니 그 구마타로가 잠자코 있겠나? 마쓰나가 도라키치는 반쯤 죽겠지."

그 말을 듣고 어떤 이가 말했다.

"아니야. 구마타로 그 녀석 그래도 마음이 약한 면이 있거든. 그야 마쓰나가 도라키치 하나만 본다면 반죽음을 당할지 몰라도 그 집주인 영감이 보통 무서운 양반이 아니니 바로 복수하지 않겠어?"

"뭐? 그 집 영감님이 그렇게 무서운가?"

"그럼, 무섭지. 어쨌든 이곳 지역의회 의원이고 돈도 있고 농토도 넉넉하잖아. 이 지역 일은 모두 그 영감이 주무르니까. 게다가 그 영감은 돈다바야시에 있는 대단한 협객 우두머리하고도 친분이 있어. 도라키치를 두들겨 팰 수야 있겠지만 그랬다가는 영감이 돈으로 그 협객을 부를 테지. 그렇게 되면 오히려 구마타로가 반쯤 죽지 않을까? 그런 생각을 하면 구마타로도 쉽게 복수하지 못할 거야."

"그렇지만 구마타로에겐 야고로라는 아우가 있잖아? 그 녀석 여간내기가 아니던데. 둘이서 돈다바야시에 있는 다스기야에 쳐들어가 난장판을 만들었는데 그때도 그 지역 협객 우두머리가 왔지만 겁을 먹고 아무것도 못했다고 하잖아."

"그건 그래. 야고로도 여간내기가 아니지만 구마타로도 여차하면 앞뒤 가리지 않고 무슨 짓을 할지 모르니까."

"그렇지만 그 두 사람이 아무리 대단해도 여럿이 덤벼들면 별 수 없을 텐데……"

이렇게 말하던 사람이 얼른 입을 다물었다. 저쪽에서 다니 야고로가 오는 중이었기 때문이다.

야고로는 말없이 지나쳤지만 화가 치밀어 견딜 수 없었다.

구마타로가 사람들 입방아에 오르내리는 걸 알았기 때문이다. 야고로는 구마타로를 우습게 여기는 이야기를 들을 때마다 이를 갈며 주먹을 불끈 쥐었다. '우린 그런 얼간이가 아니란 말이야, 이 멍청이들아' 하고 소리를 지르고 싶었다. 하지만 그럴 수 없었다. 왜 소리를 지를 수 없는가 하면 누이와 도라키치가 간통하다 들통난 뒤로 구마타로는 정말로 겁쟁이가 되고 말았기 때문이다. 구마타로는 아직도 마쓰나가 도라키치의 집에 쳐들어갈 기미를 보이지 않았다.

실제로 구마타로는 넋을 놓아버렸다.

사자머리 탈 안쪽의 허무는 그걸 벗은 뒤에도 구마타로의 시야에서 사라지지 않았다.

자기 살갗 안에 쪼그라들고 말라비틀어진 자기가 있고, 그 자기 자신이 자신의 살갗 안쪽을 보고 있는 기분이 들었다. 게다가 그 살갗은 너덜너덜해 애당초 사변, 사상과 한 가닥으로 이어져야 할 발성 장치의 위치가 어긋나 생각하는 바를 제대로 말로 표현해내지 못하거나 살갗과 본연의 자기 자신 사이에 묘한 간격이 있어 자기 행동이 자신이 한 행동으로 인식되지 않기도 한다. 한편 여러 군데 터지고 찢어진 틈새가 있어, 인식 위로 올라오지 못하는 마음의 마음이 생각한 바가 그 틈새로 새어나가고 원래 인간 내부에 자리 잡고 있을 의욕과 향상심, 용기 같은 것들 또한 그 틈새로 계속 빠져나갔다.

구마타로는 집 앞에 있는 자연석 위에 걸터앉아 하늘을 쳐다보고 있었다.

감정이 색깔이나 말이 되어 몸의 틈새를 통해 세상에 흘러나가 한동안 주위를 떠돌다 훌쩍 하늘로 솟아올라가는 모습을 바라보고 있었던 것이다.

희다·다리·희다·아름답다·다리·뒤엉킨다·다리·네·개·의·손·엉킨다·희다·다리·뒤엉킨다·벌거숭이·한·숨·흐·느·낌·헝클어진·머리카락·검다·기둥·집·기둥·돈·희다·뒤엉킨다·서로·원하다·몸·누이·의·의·지…누이·의·몸·돼지·염소·희생·양·규슈·경·단·일하다·누이·의·입술·부드럽다.

그런 말들이 겨울 하늘로 솟아올랐다.

중천에 뜬 해가 빛나고 있었다.

눈을 가늘게 뜨고 보니 태양 한가운데 음경이 늘어져 있었다. 도대체 누구 자지인데 저런 데 있을까? 구마타로는 의아했다.

하늘로 솟아오른 단어들은 음경을 향하는 것 같더니 태양보다 훨씬 아래 있는 곤고산 산등성이, 그보다 더 아래 있는 왼편 대나무 숲 위를 지난 부근에서 아지랑이처럼 흔들리다가 공기 속으로 사라지고 말았다.

음경은 그걸 비웃기라도 하듯 점점 커졌다. 하지만 이상하게도 구마타로가 머리를 오른쪽으로 흔들자 음경도 구마타로가 보기에 오른쪽으로 흔들리고 머리를 왼쪽으로 흔들자 음경도 구마타로가 보기에 왼쪽으로 흔들렸다. 마치 구마타로의 머리와 태양의 음경이 실로 연결된 듯했다.

이상하네. 저 자지는 내 단어, 즉 내 본래의 모습을 비웃기라도 하듯 커졌다. 그런데 내 동작에 맞추어 좌우로 흔들린다.

비웃으면서도 내게 동조하다니. 이게 어찌 된 일인가.

구마타로가 그런 생각을 하며 머리를 좌우로 젓고 있는데 누가 말을 걸었다.

"형님아, 왜 그래?"

구마타로는 머리를 흔드는 동작을 멈추고 말했다.

"왜 그러느냐고? 별일 아닌데."

"별일 아닌 게 아니지. 방금 머리를 마구 젓고 있었잖아. 무슨 흉내지?"

"하하하. 이거 말이야? 이건 말이지 저기 해님 보이지? 저 한가운데 잘 보면 고추가 달려 있잖아. 그 고추가 말이야, 히힛, 이상하게 내가 머리를 오른쪽으로 흔들면 오른쪽으로, 왼쪽으로 흔들면 왼쪽으로 덜렁덜렁 흔들리는 거야. 그래서 저게 왜 흔들리나 생각하면서 머리를 젓고 있었지."

"무슨 잠꼬대 같은 소리를 하는 거야? 아, 형님아. 정신 좀 차려라. 마을 사람들이 모두들 형님 이야기를 하며 웃잖아."

"왜 웃는데?"

"왜냐고? 빤하지. 형수하고 도라키치 때문이지."

누이와 도라키치 이야기가 나오자 구마타로는 갑자기 우울해졌다.

"웃고 싶은 녀석은 웃으라지."

"아니, 무슨 소리야. 형님, 체면이 말이 아니잖아. 마을 녀석들이 형을 두고 뭐라고 하는지 알기나 해? 마쓰나가 덴지로가 무서워서 아내가 그 자식과 서방질을 했는데도 아무 말 못하는 겁쟁이라고들 수군거려. 그런데도 가만히 있을 거야? 엉? 형님아, 대체 어쩔 거야?"

야고로가 다그치자 구마타로는 깊은 생각에 잠겼다.

나는 왜 복수하지 않는 걸까.

몸속에서 부글부글 끓어오르는 것이 있었다.

그렇지만 구마타로는 그걸 어찌해야 좋을지 몰랐다.

부글부글 끓는다는 것은 거기서 에너지가 발생하고 있다는 이야기이다. 야고로가 말하듯 그 에너지에 휘둘려 마구 행동하면 한 가지 문제는 결판이 날지도 모른다. 야고로는 사회적인 결판을 내고 싶어 하고 나는 심리적인 결판을 내고 싶어 한다는 차이가 있긴 하지만. 다만 지금 내가 그토록 끓어오르는 에너지에 몸을 맡겨 거칠게 행동할 수 없는 까닭이 있다. 그 이유 가운데 하나는 내 머리가 사자머리 탈이 되어 버렸다는 사실이다. 틀림없이 내 마음속에는 끓어오르는 무엇이 있지만 사자머리 탈과 나 사이에 빈틈이 있어 끓어오르는 그것은 어딘지 모를 구멍으로 새어나가 현실 세계와 곧바로 연결되지 않는다. 그래서 난리를 칠 수 없다. 물론 그 구멍이 생긴 것은 끓어오르는 에너지 때문이지만. 그리고 또 다른 이유도 있다. 그렇게 사자머리 탈 안쪽의 어둠을 보고 있다보면 결국 내가 현실에 대해 방관자가 된 기분이 든다. 그래서 현실 세상에서 일어나는 일이 막(膜) 너머 저편의 일인 양, 남의 일처럼 느껴진다. 어두운 방 안에서 밝은 바깥을 보는 기분으로 몸 안에서 끓어오르는 에너지를 쏟아내봐야 아무 소용 없을 것 같다는 생각이 든다. 게다가 다른 한 가지이유는, 어쩌면 사실 이게 가장 큰 이유일지도 모르지만, 나를 시험하는 듯한 누이의 그 눈이다. 누이는 그 일이 있은 뒤로도 전혀 주눅 들지 않고 변함없이 하루하루를 보냈다. 뭐랄까, 외려 내가 거북하고 뒤가 켕기는 기분이었다. 왜 그렇게 되는가 하면 누이는 이 세상 사람들을 시험하기 위해 신이 보낸 존재이기 때문이다. 도라키치나 나나 모리모토 도라, 그리고 구마지로까지 모두 누이에 의해 시험받고 있다. 누이는 자기 욕망에 휩쓸려 간통한 게 아니라 도라키치를 시험했다. 도라키치를 유혹했는데 그가 뿌리치면 시험을 이겨낸 셈이 된다. 그렇다면. 크윽, 역시 누이가 도라키치를 유혹했다

268

는 소리인가? 어떤 표정으로, 어떤 목소리로 유혹한 걸까. 크윽, 미치겠다. 부글부글 끓는다. 그렇지만 도라키치는 시험에 굴복했다. 그러니 죽으면 지옥에 간다. 그리고 누이는 나까지도 시험하고 있다. 내가 간통한 두 사람을 죽일 거라는 시험에 굴복하면 나는 살인을 저질렀기 때문에 지옥에 간다. 예전 같으면 그런 게 무슨 상관이냐며 화가 치미는 대로 누이와 도라키치를 죽였을지 모른다. 나는 이미 가쓰라기 도루를 죽였기 때문에 어차피 지옥에 갈 테고, 게다가 나에겐 이미 이 세상이 지옥이었기 때문이다. 그렇지만 고마타로는 내가 가쓰라기 도루를 죽이지 않았다고 한다. 그러니 사람을 죽여 다시 지옥으로 돌아갈 까닭은 없다. 아니, 앗, 앗. 앗. 난 방금 엄청난 사실을 깨달았다. 이건 환각이나 망상이 아니고 뭣도 아니다. 나는 실제로 가쓰라기 도루를 죽였다는 사실을 깨달았다. 그러면 어째서 가쓰라기 도루의 시체가 사라진 걸까. 고마타로는 왜 그런 소리를 했는가. 그건 바로, 내가 야고로와 나라에 가서 이월당에서 십일면관세음보살께 이 세상에서 지은 죄업을 씻어달라고 빌었을 때, 관세음님이 내 기도를 들어주신 것이다. 관세음님께서는 석실에 있던 도루의 시체를 없애고 고마타로의 기억을 바꿔치기하셨다. 어떻게 그럴 수 있느냐고? 그야 관세음보살님이시니까 그런 정도는 문

제도 아니리라. 그리고 나는 그 뒤 기쓰지 유곽에서 곤경에
처한 도라키치를 구했다. 그리고 누이를 만나 살림을 차렸
다. 그런데 도라키치는 누이와 간통했다. 이런 일련의 사건들
이 과연 우연이겠는가. 아니다, 그렇지 않다. 이건 모두 관세
음보살님께서 연출하신 운명이며, 나는 그 결과에 따라 올바
른 인간인지 아닌지 시험받고 있는 것이다. 올바른 인간이라
는 판정이 내려지면 좋지만 그렇지 않다고 밝혀지면 어떻게
될까? 뭐 당연히 지옥에 떨어지게 될 터이다. 그렇지만 나는
이월당에서 관세음보살께 앞으로 올바르게 살 테니 내 죄업
을 소멸해달라고 기도한 적이 있다. 관세음보살께서는 그 기
도를 듣고 이 세상에서 지은 내 죄업을 지워주셨다. 그런데
도 내가 복수 때문에 다시 살인을 저지르면 관세음보살께서
베푼 은혜를 저버리는 셈이 되니 현세에서 보통 지옥보다 더
끔찍한 '벌'을 받게 되리라. 그건 싫다. 그렇다면 누이와 도라
키치도 자비로운 마음으로 용서하고 두 사람이 새로 살림을
차릴 수 있도록 도와야 한다는 말인가? 절대로 그렇게 할 수
없다. 지금까지는 머릿속이 흐릿했지만 생각하다보니 또렷
해졌다. 내 마음은 끓어오르고 있다. 펄펄 끓고 있다. 나는 그
두 사람을 절대 용서할 수 없다. 그런데 관세음보살에게 그
런 기도를 드렸었으니.

생각에 잠긴 구마타로를 보다 지친 야고로가 말했다.

"그런데 내가 들은 이야기인데, 뭐냐, 그 간통죄라는 게 있다던데."

"간통죄, 있지."

구마타로는 야고로를 쳐다보면서 대꾸했다.

"뭐야, 일본은 이제 법치국가가 되었기 때문에 자기 부인이 서방질을 했다고 관청에 일러바치면 잡아간대."

구마타로는 야고로가 꺼낸 간통죄 이야기를 듣고 '이거다' 했다.

손수 복수하면 관세음보살님이 벌을 내릴 테지만 법률로 처단하면 그 벌은 국가에게 떨어지고 자신은 면하게 되는 게 아닐까 생각한 것이다. 하지만 구마타로는 이 경우는 간통죄가 성립하지 않는다는 사실을 깨달았다. 구마타로가 말했다.

"안 돼, 그건."

"어째서?"

"누이가 말이야, 아직 내 호적에 오르지 않았어."

"정말이야?"

야고로의 눈이 휘둥그레졌다.

정말이었다.

구마타로는 여러 차례 모리모토 도라에게 누이의 호적을

자기 쪽으로 옮겨달라고 했지만 그때마다 도라는 이런저런 핑계를 대며 옮겨주지 않았다. 그래서 누이는 아직도 모리모토 도라의 호적에 남아 있다. 야고로가 말했다.

"형님아, 그러면 안 돼. 그러니까 이런 일이 일어나지. 어서 호적을 옮기지 않으면 그것들이 제멋대로 굴 거야."

야고로가 하는 말을 듣고 구마타로는 머릿속에 누이와 도라키치가 대담하고 방자하게 성교하는 모습을 떠올렸다. 구마타로가 말했다.

"아우, 나 어디 좀 다녀올게."

"아닌 밤중에 홍두깨라고, 어딜 간다는 거야?"

"빤하잖아, 누이 친정이지. 당장 호적을 옮길 거야."

"나도 함께 갈까?"

"집에 누이 있어. 술 마시면서 기다려."

구마타로는 그렇게 말하고 두세 걸음 걷다가 멈춰 서서 하늘을 쳐다보았다.

이미 음경도 솟아오르는 단어도 보이지 않았다. 구마타로는 돌아보며 말했다.

"아우, 난 마쓰나가 덴지로 따위는 전혀 두렵지 않아. 내가 두려워하는 건 더 대단한 놈이지. 하지만 이제 더는 참을 수 없구나. 지옥이든 뭐든 상관없어. 해치울 테야."

그렇게 말하고 구마타로는 걷기 시작했다.

구마타로는 '결국 말하고 말았구나'라고 생각했다.

구마타로는 모리모토 도라의 집을 향해 무서우리만치 빠른 걸음으로 걸었다.

"머리가 어떻게 된 거야, 멍청이."

"뭐가 멍청이야, 멍청아."

"뭐가 멍청이야, 멍청이야, 멍청아."

"뭐가 멍청이야, 멍청이야, 멍청이야, 멍청아."

"뭐가 멍청이야, 멍청이야, 멍청이야, 멍청이야, 멍청아."

"뭐가 멍청이야, 멍청이야, 멍청이야, 멍청이야, 멍청이야, 멍청아."

"뭐가 멍청이야, 멍청이야, 멍청이야, 멍청이야, 멍청이야, 멍청이야, 멍청아."

모리모토 도라의 집 앞에서는 말다툼이 한없이 이어지고 있었다.

다투는 사람은 모리모토 도라와 아카마쓰 긴조였다. 옛날부터 고집이 셌던 아카마쓰 긴조는 나이를 먹고 고집이 더 세졌다.

모리모토 도라도 원래 고집 센 사람이었다. 고집쟁이와 고집쟁이가 정면으로 충돌하니 서로 한 걸음도 물러서지 않았다.

두 사람은 꽤 오랫동안 언성을 높이며 다투었는지 둘 다 기진맥진한 상태였지만 그런 기색을 드러내면 바로 지게 된다는 걸 피차 알기 때문에 상대를 제압하려고 눈에 핏발을 세운 채 악을 써대느라 쉬어버린 목소리로 자기가 옳다고 우기고 있었다.

구마타로는 그 말다툼이 한창일 때 모리모토 도라의 집 앞에 도착했다. 구마타로는 사나운 표정으로 서로 노려보는 두 사람에게 말을 걸었다.

"뭐야, 왜 그래?"

뒤돌아 구마타로를 본 두 사람의 표정은 대조적이었다.

도라는 구마타로를 반기는 표정이었고 아카마쓰 긴조는 노골적으로 못마땅한 표정이었다. 도라에게 구마타로는 사위이고 한집안이니 당연히 아군일 테고 긴조에게는 새로운 적이었기 때문이다. 구마타로를 보자마자 긴조가 말했다.

"시끄러워. 넌 물러서 있어."

거의 동시에 도라도 말했다.

"어머, 사위. 내 이야기 좀 들어봐, 돈, 돈."

도라가 하는 이야기에 따르면 누이의 친정 집 앞으로 도붓장수가 와서 도라에게 말린 날치를 사라고 권했다. 이제 돌아갈 거라는 도붓장수는 오 센만 내라고 했다.

값이 싼데다 더 깎을 수 있을 것 같았지만 도라는 망설였다. 말린 날치 한 마리면 혼자 먹기에는 너무 많다고 생각했기 때문이다. 바로 그때 아카마쓰 긴조가 지나갔다. 이야기를 들은 아카마쓰는 도라에게 날치 한 마리를 함께 사자고 제안했다.

도라는 그 이야기를 받아들여 아카마쓰와 둘이서 도붓장수를 상대로 값을 깎았다. 긴조와 도라의 에누리는 지독했다. 도붓장수는 인격이 파괴된 뒤에 오 센짜리 날치를 일 센까지 깎아주고 눈물을 흘리며 돌아갔다.

도붓장수가 떠난 자리에는 도라와 긴조, 그리고 날치가 남았다. 도라는 일단 집으로 들어가 부엌칼과 도마를 들고 나왔다.

생선을 반으로 나눌 작정이었다.

"그럼 토막을 내겠소, 돈, 돈."

그렇게 말하며 도라가 날치 한가운데를 치려고 했다. 하지만 도라는 속으로 긴조보다 더 많이 차지하고 싶었다. 그 욕심이 지나친 나머지 손이 저절로 한가운데서 삼 센티미터쯤 머리에 가까운 위치를 자르고 말았다.

게다가 자르는 중간에 더 많이 차지하려는 욕심이 더욱 커져 도라는 똑바로 자르지 않고 칼등을 조금 꼬리 쪽으로 기울여 썰었다. 그러니 자연히 대가리 쪽이 짧아지게 되었다.

날치를 자기 손으로 자른 도라는 그걸 잘 알기 때문에 원숭이처럼 재빠른 손놀림으로 그쪽을 집고는 "그럼 댁은 대가리 쪽 가져. 돈, 돈"이라고 하고 서둘러 집 안으로 들어가려고 했다.

그러나 도라의 동작을 뚫어지게 보고 있던 긴조가 그걸 놓칠 리 없었다.

"잠깐."

긴조가 도라의 오비를 덥석 잡았다.

"뭐요, 이거 놓지 못해?"

"시끄러워. 내가 속임수에 넘어갈 줄 아나?"

"어머, 무슨 소린지 모르겠네, 돈."

"이게 어디서 얼버무려. 네 이년, 제대로 반반씩 나눠야지."

"정신 나간 사람이네. 정확하게 절반으로 나누었잖아, 돈."

"어디서 거짓말을 나불거려. 그럼 여기 대봐."

긴조가 말하자 도라는 도마 위에 자른 날치를 나란히 놓았다.

확실히 꼬리 쪽이 조금 더 길었다. 긴조가 무시무시한 목소리로 말했다.

"이것 봐, 꼬리 쪽이 길잖아. 당신만 이득을 보려고 하면 안되지."

"난 둘 다 똑같은 길이로 잘랐는데."

"정신 나갔군. 이게 어디 같은 길이야?"

"그렇지만 길이는 꼬리 쪽이 길어도 꼬리지느러미는 먹을 수 없잖아. 그러면 꼬리 쪽을 그만큼 길게 잘라야 당연하지."

"무슨 소리야? 야, 이년아, 그쪽에 꼬리지느러미가 있다면 이쪽은 대가리가 있잖아. 대가리는 먹을 수 없어."

"정신 나갔군. 대가리는 파면 살이 나오지만 꼬리지느러미는 아무리 긁어봤자잖아. 게다가 날치 꼬리와 대가리 어느 쪽이 길어? 당연히 꼬리가 훨씬 길지. 그걸 감안하면 이만큼은 더 줘야 당연하지."

그러더니 도라는 재빨리 꼬리 쪽을 움켜쥐었다.

"앗, 무슨 짓이야. 내놔."

"아야야."

도라는 날치를 부둥켜안고 놓지 않으며 "내가 꼬리, 내가 꼬리"라고 우겼다. 도라와 긴조는 그렇게 끝나지 않을 말다툼을 벌이고 있었다.

사정 이야기를 들은 구마타로가 입을 열었다.

"그건 우리 장모 말이 맞네."

"거봐."

"어디가 맞는 말이야?"

"그야 대가리는 먹을 게 있을지 모르지만 꼬리는 길기만 하지. 그만큼 감안한다면 꼬리 쪽이 어느 정도 길어야 당연하지 않아?"

"그런 게 어디 있어?"

긴조는 계속 고집을 부렸다. 끝이 없을 듯한 말다툼 끝에 꼬리 쪽 길이에서 대가리 쪽 길이를 뺀 길이가 꼬리지느러미 길이에서 대가리 길이를 뺀 길이와 같은지 확인해보고 만약 그 이하라면 날치는 공평하게 나눴다고 보기로 했다.

도라가 집에서 자를 들고 나왔다. 구마타로는 다시 도마 위에 나란히 놓은 날치에 자를 대며 말했다.

"그럼 우선 대가리 길이와 꼬리지느러미 길이의 차이를 계산하지."

"아니, 뭐 하는 거야. 더 이쪽으로 당겨야지."

"그렇게 바짝 밀면 이쪽이 짧아지지."

"그렇게 옆에서 왈왈거리면 잴 수 없잖아."

여전히 옥신각신했지만 결국 꼬리지느러미 쪽이 대가리보다 삼 센티미터쯤 더 길었다.

"거봐. 역시 내 말이 맞지? 그럼 내가 꼬리 쪽을 가져갈게."

도라가 의기양양하게 말하며 꼬리 쪽을 집었을 때 긴조가 말했다.

"잠깐."

"뭐야, 아직도 불만 있어?"

"있지. 거기 잘린 단면 봐. 우와, 비스듬하게 썰었네. 여기 더 썰려나간 만큼 내 손해지."

그걸 본 구마타로는 "어라, 정말이네"라고 하더니 옆에 있던 부엌칼을 들고 비스듬히 잘린 부분을 썰어 머리 쪽에 얹었다.

긴조는 그걸 움켜쥐더니 고맙다는 말도 없이 큰길 쪽으로 걸음을 서둘렀다.

구마타로와 도라, 그리고 정확하게 반으로 나눈 날치만 그 자리에 남았다.

"어때. 내가 잘 수습했지?"

의기양양하게 말하는 구마타로를 보며 도라는 분통이 터져 견딜 수 없다는 얼굴로 말했다.

"이 얼간이 녀석이."

다툼을 정리해 고맙다는 말을 들을 줄 알았는데 외려 호통을 치다니. 영문을 알 수 없는 구마타로는 살짝 발끈하며 말했다.

"아니, 장모. 내가 왜 얼간이야? 난 공평하게 해결했는데."

"그러니까 그러잖아. 자, 내가 물어볼게. 누가 공평하게 해결하라고 했지? 해결할 거면 내가 득이 되도록 해결해야 하는 거 아닌가? 네가 오지 않았다면 비스듬하게 썬 부분은 내 몫이 되는 건데 네가 와서 쓸데없는 소리를 하는 바람에 비스듬히 썬 부분을 빼앗겼잖아. 어떻게 할 거야? 내가 손해 본 날치."

"자꾸 손해 보았다고 하는데 그거 손톱만큼이잖아. 너무 심한 소리 하지 마셔."

"시끄러워. 왜 네놈이 이 일에 끼어든 거야? 네가 참견할 일이 아니잖아. 그리고 너 지금 몇 월인지 알아? 그래, 12월이다. 섣달이라고. 이 지방 사람들은 말이야. 아내를 얻은 해 12월에는 처가에 올 때 방어를 들고 오지. 방어. 너 가지고 왔냐? 안 가지고 왔지? 뭐? 곧 가지고 오겠다고? 멍청한 놈. 네가 다음에 가지고 온다는 소리를 어떻게 믿어? 증거를 댈까? 매달 이 엔 오십 센씩 주기로 한 생활비 말이야. 처음 두 달은 제대로 줬지. 그렇지만 그 뒤로 6월, 7, 8, 9, 10, 11월까지 다섯 달 동안 한 푼도 주지 않았잖아. 어떻게 된 거냐고 물으면 늘 곧 주겠다, 곧 주겠다. 그런데 벌써 12월이야. 이달 치까지 합쳐서 여섯 달 치 십오 엔. 자, 한 푼도 빠뜨리지 말고 내놔. 그리고 방어도 내놓고 날치 손해 본 것도 물어내."

　구마타로는 도라가 하는 말을 듣고 있기가 괴로웠다.

　애당초 입 싹 씻을 생각은 아니었다. 제대로 돈을 줄 작정이었고 돈도 있었다. 그런데 그 자금을 모두 구마지로에게 빌려주는 바람에 그 뒤로는 하루하루 생활비도 빠듯했다. 구마타로는 신음 소리를 냈다.

　"으으, 그런 소리를 들으니 괴롭군."

　"괴로운 건 나야, 이 멍텅구리야. 애당초 그렇게 무기력하니 아내에게 샛서방이 생기지. 하하하, 고소해. 재미있어. 하하하, 재미있는 일이야. 어머, 안색이 변했네. 뭐야, 날 두들겨 패기라도 할 건가? 패고 싶으면 패. 하지만 나를 두들겨 패면 다치겠지. 그러면 의사한테 가야 해. 그 의사에게 줘야 할 돈 미리 여기 내놓은 다음에 패. 하하, 못 내놓지, 이 가난뱅이야. 돈도 없는 녀석이 버릇처럼 사람을 두들겨 패고 다녀? 이런 멍청이. 마을 사람들이 다들 널 보고 뭐라고 하는지 알아? 모르면 가르쳐주지. 마누라 바람난 가난뱅이 멍텅구리라고 해. 꼬락서니하고는, 참. 하하하. 아하하하. 돈돈."

　이렇게 말하더니 도라는 멍텅구리를 계속 상대할 수 없다면서 날치 반 토막과 도마, 부엌칼을 들고 집으로 들어가 문을 쾅 닫고 말았다.

멍하니 서 있는 구마타로는 그 하얀 문이 너무 눈부셨다.

"왜 그런 소리까지 들으면서도 잠자코 있는 거야? 난 듣기만 해도 화가 치밀어 견딜 수 없는데."

야고로가 흥분해서 딱딱거렸다.

"뭐, 내가 약속한 돈을 주지 못했으니까."

"그건 그렇기는 하지만."

야고로는 자리에서 일어나 방 안을 의미 없이 서성거리며 구마타로가 왜 이렇게 무기력한지 생각해보았다.

여느 때 같으면 이럴 때 앞뒤 가리지 않고 마쓰나가의 집으로 쳐들어가 도라키치를 반쯤 죽인 다음 누이도 두들겨 패 쫓아내고 끝낼 일인데 왜 이리 꾸물거리고 있는 걸까? 내가 이 남자를 과대평가한 걸까.

예전에 후시가 벌였던 노름판에서 거기 있던 모두를 한 번 노려보기만 해도 움츠러들게 만들고, 착각이기는 했지만 다스기야에 쳐들어가 난장판을 만들던 그 기백은 다 어디로 갔을까.

그러고 보니 아까 구마타로는 모리모토 도라에게 가기 전에 "야고로, 이제 더는 참을 수 없구나. 지옥이든 뭐든 상관없어. 해치울 테야"라고 했다. 도대체 뭘 해치운다고 한 거지? 야고로는 선 채로 구마타로에게 물었다.

"그런데 앞으로 어쩔 작정이야?"

"앞으로? 이제부턴 열심히 살아야지."

"아니, 그런 거 말고. 오늘내일 어떻게 할 거냐고 묻는 거야."

"아, 오늘내일? 그야 일단 장모에게 생활비를 주고 누이 호적을 옮기라고 해야지."

"돈은 마련할 데가 있어?"

"그야 있지. 너도 알걸. 전에 구마지로에게 빌려준 삼십 엔. 따로 이자를 받지도 않는 돈인데 기약 없이 빌려줄 수는 없잖아. 그걸 돌려받으려고."

"그건 그래. 그런 짓을 저지른 놈의 가족에게 계속 돈을 빌려줄 수는 없지."

야고로가 그렇게 말하는 걸 듣고 구마타로는 암담한 기분이 들었다.

도라키치는 야고로나 마찬가지로 구마타로가 위기에서 구해준 녀석이다. 게다가 구마타로는 도라키치에게 특별한 감정을 품고 있었다. 머릿속 생각과 말이 굴절되어 밖으로 제대로 나오지 않는다는 면에서 도라키치와 자기는 같은 부류의 인간이라고 여겨 언제나 직선적으로 사고하고 행동하는 야고로보다 더 친근감을 느꼈던 것이다.

그렇게 여겼던 도라키치가 이리도 호되게 배신하다니. 누이가 배신했다는 충격이 워낙 커서 그때까지 드러나지 않았지만 부정을 저지른 상대가 도라키치라는 사실은 이중의 괴로움과 슬픔을 안겨준다는 사실을 구마타로는 뒤늦게 깨달았다.

구마타로는 생각했다.

그 도라키치가 자기 형인 구마지로를 나쁘게 말하는 걸 듣고 나는 기뻤다. 왜냐하면 가족이니까 감싸야 한다는 자연스러운 감정을 넘어 우리는 서로 이해하고 있다고 생각했기 때문이다. 그런데 이번 일이 터지고 보니 그렇게 말했던 것은 도라키치의 굴절된 감정이었다. 내 굴절된 감정은 이유도 없이 굴절되었을 뿐이지만 놈의 굴곡은 합리적인 목적이 있는 굴절, 즉 의도적인 거짓말이다. 그렇다면 놈은 자기 형을 전혀 나쁘게 여기지 않는다는 말이고 나를 방심하게 만들려고 자기 형을 나쁘게 이야기한 셈이 된다. 그런데 그 형이라는 인간은 나와 적대관계다. 아아, 내가 무슨 짓을 한 거지. 거짓말을 한 도라키치에게 친근감을 느껴 나는 도굴해서 돈을 마련한 일이며 가쓰라기 도루를 죽인 일까지 모두 털어놓았다. 앗, 그렇다면 구마지로에게 오백 엔을 줄 때 '이렇게 큰돈은 강도나 도굴 아니면 마련할 수 없을 것 같아서'라며 히죽히죽 웃었던 것은 도라키치가 도굴 이야기를 구마지로에게 했기 때문이란 말인가. 그렇다면 난 이제 끝장이다. 간신히 관세음보살님의 영력을 입어 죄업을 씻어냈는데 나는 이렇게 스스로 죄업을 짓고 있다. 그런데 이건 누구에게 죄가 되는 일일까. 부처님에게 지은 죄일까. 현세의 법률에 지은 죄일까. 아마 양쪽 다일 것이다. 그나마 양자가 대립한다면 나도 조금은 마음이 편할 수 있을 텐데. 이런 생각을 하니 온몸에서 힘이 빠져나가 무기력해져 아무것도 할 수 없다. 기운이 없다. 이런 상태를 어려운 말로 허탈이라고 하던가. 아아, 요를 깔고 눕고 싶구나.

그런 생각을 하며 허탈해 있는 구마타로를 보며 야고로가 입을 열었다.

"그래, 그렇다면 마쓰나가를 찾아가서 돈을 받아와."

야고로의 말을 들은 구마타로는 허탈하면서도 생각지도 못한 말에 놀라 저도 모르게 되물었다.

"뭐? 함께 가주지 않을 거야?"

"난 좀 볼일이 있어. 게다가 우리 쪽에는 차용증이 있잖아. 내가 함께 가건 가지 않건 저쪽에서는 돈을 내놓을 수밖에 없겠지."

"좋아. 그럼 나 혼자 다녀올게."

구마타로는 내뱉듯이 말했다.

야고로가 말한 대로 차용증도 있으니 흥정이나 협상 따위는 필요 없는 그냥 빌려준 돈을 돌려받는 간단한 일이지만, 구마타로는 어찌 된 영문인지 절대로 자기 생각대로 일이 풀리지는 않을 거라는 느낌이 들었다.

그렇다고 해서 여기서 가만히 있을 수도 없는 노릇이다. 나는 마쓰나가의 집에 쳐들어가 음침한 말투로 돈을 갚으라고 해야 한다.

구마타로는 느릿느릿 일어나 설피를 신고 밖으로 나갔다. 야고로도 뒤를 따라 문을 나왔다. 구마타로는 야고로가 뒤이어 나올 줄 몰랐다는 말투로 말했다.

"그러고 보니 누이가 보이지 않는데 어디 간 거지?"

"내가 오자마자 잠깐 나갔다 온다면서 나막신 신고 나갔는데."

"그래?"

구마타로는 그렇게 말하며 땅바닥을 보았다.

마른 땅 위에 풀이 납작 엎드려 기어가듯 나 있었다.

오만불손하게 떡하니 버티고 앉은 구마지로를 보며 구마타로는 전에 다카다야에서 굽실거리던 태도는 어디로 간 걸까 생각했다.

실제로 구마지로는 잔뜩 거드름을 피운다고나 해야 할까, 구마타로가 찾아온 것 자체가 무례한 짓이라 화가 난다는 듯 팔짱을 끼고 불편한 심기를 노골적으로 드러낸 채 구마타로를 노려보고 있었다.

그런 구마지로를 보니 마치 자기가 빚을 얻으러 온 느낌이라 움츠러들었지만 '아니다. 나는 꿔준 돈을 받으러 온 거다'라며 스스로 용기를 북돋아 애써 구마지로를 노려보았다.

쾅.

구마타로의 시선과 구마지로의 시선이 허공에서 맞부딪쳤다. 하지만 왠지 구마타로의 시선은 내내 열세를 면치 못했다. 자꾸 구마지로의 시선에 밀렸다. '뭐야, 제기랄. 난 빌려준 돈을 받으러 온 사람이잖아. 차용증도 있는데'라며 혼신의 힘을 다해 버티려고 했지만 계속 뒤로 밀려 결국 지고 말았다.

구마타로는 눈을 돌리며 속으로 '내가 시선을 피할 필요까지 있을까, 나는 친절하게 이자도 받지 않고 빌려준 돈을 갚으라고 하러 왔을 뿐인데 거리낄 게 뭐 있단 말인가' 하고 생각했다.

그런데도 시선을 피하고 만 까닭은 늘 곁에 있던 야고로가 없어 마음이 약해졌기 때문이다.

애초에 구마타로는 야고로가 함께 와줄 거라고 믿었다.

하지만 뜻밖에 야고로는 볼일이 있어 갈 수 없다면서 여느 때와는 다르게 쌀쌀맞게 말했다.

그래도 함께 가자고 부탁했으면 틀림없이 같이 왔을 거라고 구마타로는 생각했다.

하지만 고집을 부렸다. 그리고 고집을 부리지 않는 것처럼 보이려고 선뜻 '그럼 혼자 다녀올게'라고 했다. 그게 발단이 되어 지금 이런 꼴이다.

그렇게 생각하는 구마타로에게 구마지로가 굵은 목소리로 물었다.

"그런데 오늘은 무슨 일인가?"

"아, 그게 말이야."

구마타로가 이야기를 시작했다.

"지난번에 너하고 다카다야에서 만났잖아."

"그게 어쨌다고."

구마지로가 싸우는 듯한 목소리로 버럭 소리쳤다.

"아니, 어쨌다는 건 아니고."

구마타로는 변명하듯 말했다.

"전에 네게 꿔준 돈 있잖아. 아, 뭐 언제라도 괜찮아. 그렇지만 내 말 잠깐 들어봐. 구마지, 나도 요즘 좀 어려워. 창피한 이야기지만 돈이 한 푼도 없네. 그래서 의논하는 건데, 저번에 네게 삼십 엔 빌려줬잖아. 그 가운데 이십 엔이라도 좋으니 갚아줄 수 없겠냐, 미안하지만. 이렇게 차용증도 가지고 왔어."

차용증을 꺼내면서 구마타로는 자기가 왜 이토록 어려워하는지 생각했다. 물론 야고로가 없어서 불안한 탓도 있다. 하지만 그뿐만이 아니었다. 구마타로는 툭하면 마음가짐이 무너져 스스로를 완전히 포기하고 천 길 낭떠러지에 몸을 던지듯 온전히 자기만 손해를 보게 될 난폭한 행동을 하는 버릇이 있었다. 그러면서도 어찌 된 영문인지 뭔가 어긋나면 화가 나는데도 비굴하게 상대방 비위를 맞추는 태도를 취하는데, 그러다보면 점점 더 화가 나고, 그래서 더욱 비굴하게 비위를 맞추게 된다. 그런다고 해도 화는 여전하고 그것은 안으로만 향해 계속 응어리로 남는다. 결국은 더 심각한 상황이 된다. 그래서 지금도 어찌 된 일인지 지나치게 건방진 태도를 보이는 구마타로에게 비굴한 모습을 보이고 있는 것이었다.

구마타로의 그런 마음은 아랑곳하지 않고 구마지로가 말했다.

"아아, 그때 그 돈 말인가? 기억나, 기억하지. 분명히 삼십 엔 빌렸어."

"그랬지? 그러니까 미안하지만 돌려줄 수 있겠어?"

구마타로는 그렇게 말하고 구마지로의 대답을 기다렸지만 돌아온 대답은 참으로 구마타로가 상상도 하지 못했던 말이었다. 구마지로가 말했다.

"안 돼. 삼십 엔을 갚을 순 없어."

구마타로는 깜짝 놀랐다.

"왜, 왜 안 돼? 갚아줘."

"내가 왜 너한테 돈을 갚아야 하지?"

"왜라니, 너. 그야 꿔간 돈이니까 그렇지. 갚아줘."

"그래. 빌린 돈이니 갚아야겠지. 맞는 소리야. 그러면 너한테 삼십 엔 갚을게. 그런데 구마, 너 나한테 돈 갚으라는 이야기를 잘도 지껄이네, 뻔뻔스러운 녀석."

"뭐가 뻔뻔하다는 거지? 난 꿔준 돈 돌려달라는 거잖아. 여기 차용증도……"

"차용증, 차용증. 시끄러워, 멍청아."

구마지로가 버럭 소리를 질렀다.

"얌전히 이야기를 들어주었더니 뻔뻔한 소리만 지껄이네. 그럼 나도 이야기하지. 너 나한테 돈 꿔줬다, 꿔줬다 하기 전에 해야 할 일 있지 않아?"

"해야 할 일이라니, 뭐, 뭔데?"

"내가 꼭 말해야 알겠어? 정말 뻔뻔한 녀석이네. 그럼 이야기할 테니 잘 들어. 그러니까 사 년 전인 메이지 21년, 1888년에 8월에 돈다바야시 노름판에서 너 나한테 돈 꿨잖아. 그건 모른 척하면서 내가 꾼 돈만 갚아라, 갚아라 하다니 좀 뻔뻔하지 않아?"

구마지로가 하는 말을 듣고 구마타로는 깜짝 놀랐다.

그런 일이 있었다는 걸 까맣게 잊고 있었기 때문이다.

하지만 그 말을 듣고 구마타로는 그때의 일이 또렷하게 되살아났다.

당시 나이가 어린 구마지로는 노름판에서 거드름을 피우며 대접을 받는데 자기는 하찮은 취급을 당했다. 또 구마지로는 돈을 크게 땄지만 자기는 탈탈 털려 분한 마음에 앙갚음을 하겠다며 돈을 꿔서 노름을 계속했다. 결국은 계속 잃다가 패배의 쾌락에 휩싸여 앞뒤 가리지 못하게 되었다.

그렇다면 구마지로가 하는 말이 옳다. 구마타로가 말했다.

"구마지, 미안하다. 내가 까먹은 건 아니야."

"까먹지 않았으면 뭐야?"

"아니, 잠시 머릿속에서 지워져서."

"그걸 까먹었다고 하는 거야, 멍청아."

"어쨌든 미안해. 그렇지만 이제 생각났어. 분명히 내가 그때 네게 돈을 꿨어. 물론 그건 갚을게. 내가 네게 꿔준 삼십 엔에서 제하면 되지. 나머지만 갚아."

구마타로가 대꾸하자 구마지로는 어처구니없다는 듯이 말했다.

"제하면 된다고? 제정신이냐, 바보야? 기껏해야 삼십 엔으로 제하고 남을 만큼 네 빚이 적은 줄 알아?"

"그야 남겠지. 그때 내가 꾼 돈은 틀림없이 십 엔 정도일 텐데."

"멍청한 소리. 그때 난 네게 육십 엔 꿔줬어."

그 말을 듣고 구마타로는 눈이 휘둥그레졌다. 사실이 아니었기 때문이다. 그제야 구마타로도 말투가 거칠어졌다.

"미쳤어? 십 엔밖에 빌리지 않았어. 쓸데없는 소리 하지 마."

"뭐가 쓸데없는 소리야. 그럼 증거 보여줄 테니까 기다려."

구마지로는 안방으로 가서 문서 같은 것을 손에 들고 돌아오더니 "이걸 읽어봐, 멍청아"라고 소리치며 구마타로에게 내던졌다.

문서가 구마타로의 몸에 맞고 바닥에 떨어졌다. 그걸 집어 들고 읽은 구마타로는 안색이 변했다.

그 문서에는 마쓰나가 구마지로에게 일금 육십 엔을 차용한다는 내용이 적혀 있고 끄트머리에 구마타로의 서명이 있었다. 필적은 틀림없이 구마타로의 것이었고 손도장까지 찍혀 있었다.

구마타로는 그때를 떠올리며 앗 하고 소리 질렀다.

그때 분명히 구마지로에게 돈을 꾸었다. 그리고 돌아가려할 때 구마지로는 아주 자연스럽게 '훗날 증거로 삼기 위해 차용증에 이름을 쓰고 도장을 찍어달라'고 하면서 계산대에서 종이와 붓을 빌려와 자기가 쓱쓱 뭐라고 적어 건넸다. 더할 나위 없는 패배의 즐거움에 빠져 흥분했던 나는 제대로 읽지도 않고 이름을 쓴 다음 손도장을 찍었다. 그렇다면, 앗. 이놈은 처음부터 날 속일 작정으로 돈을 빌려준 건가. 어떻게 이렇게 더러운 놈이 있을 수 있는가. 이토록 치밀하게 더러운 짓을 하는 그 정신 상태를 나는 도무지 이해할 수 없다.

구마타로는 어처구니없었지만 지금 이 상태라면 기억에도 없는 빚을 지게 된다. 아무리 생각해도 받아들일 수 없어 구마타로는 언성을 높이며 반박했다.

"정신 나갔어? 이건 말도 안 돼."

"어디가 말도 안 된다는 거야? 너 여기 이름을 쓰고 도장까지 찍었잖아."

"시끄러워. 난 확실하게 기억해. 그때 내가 네게 꾼 돈은 십엔이야. 육십 엔은 절대 아니라고."

"잠꼬대는 잘 때나 해, 멍청아. 그렇다면 나도 이야기하지. 그때 난 네게 육십 엔 꿔준 걸 또렷하게 기억해."

"무슨 소리를 하는 거야? 그런 증거가 어디 있어!"

"바보냐, 너? 그 차용증이 증거잖아."

구마지로는 그렇게 말하며 차용증을 낚아채더니 곱게 접어 품에 넣었다.

구마타로가 말했다.

"난 그걸 제대로 읽지 않고 서명했어. 읽었다면 거기다 이름을 썼겠냐? 너 내가 멍한 상태였다는 걸 알고 지금이라면 제대로 읽지 않고 도장을 찍을 거라고 생각해 이런 차용증을 쓴 거지? 난 몰랐지만. 야, 이 새끼야, 그렇지? 사실대로 말해, 인마!"

구마타로가 으름장을 놓았다. 하지만 구마지로는 웃었다.

"하하하하. 사실대로 말하라니, 그게 무슨 소리야? 날 협박하는 건가? 어어, 무섭네. 어어, 무서워. 그럼 사실대로 말하지. 그래, 나는 네가 멍한 상태여서 이걸 읽지 않을 거라고 생각하고 십 엔밖에 빌려주지 않았는데 육십 엔이라고 적은 거야. 그랬더니 너는 아니나 다를까 그래그래 하면서 이름을 적고 손도장을 찍었지. 넌 정말 얼간이야."

"그것 봐. 역시 그렇지. 그러면 이 육십 엔은 엉터리고 내가 네게 꾼 돈은 십 엔이다."

"누가 그런 소리를 해?"

"누가 하다니, 너지. 네가 십 엔밖에 꿔주지 않았는데 육십 엔 꿔준 걸로 적었다고 말했잖아."

"아, 그랬지."

"그럼 됐잖아."

"되긴 뭐가 돼. 차용증이 있으니 육십 엔을 받아야지."

"그렇지만 그건 엉터리로……"

"그걸 누가 정해? 내가 정하나? 네가 정해? 아니지, 차용 증이 결정해. 불만 있으면 신고하지? 그래서 이야기하면 되 잖아. 그때 빌린 건 십 엔이지 육십 엔이 아닙니다, 라고 해 봐. 그럼 저쪽에서 증거 있느냐고 묻겠지. 그럼 넌 뭐라고 할 건데? 저기 있는 마쓰나가 구마지로가 스스로 거짓말이라고 했습니다, 라고 할 건가? 그렇게 말할 거야, 이 멍청아? 그러 면 내가 예, 그건 거짓말이고 사실은 십 엔밖에 빌리지 않았 습니다, 라고 대답할 줄 알아? 그럴 것 같아, 이 멍청아? 아니 지, 그런 대답 절대 하지 않지. 분명히 그때 구마타로에게 육 십 엔을 빌려주었습니다. 그 증거로 여기에 차용증이 있고

요. 이렇게 말할 게 빤하잖아, 이 멍청아. 그러면 저쪽에서는 차용증을 보겠지. 그럼 넌 거기 서명하고 도장까지 찍었는데 뭐라고 할 거야? 넌 진짜 내게 육십 엔을 빌린 게 되는 거야. 그런 것도 모르고 떠들며 밥을 먹고 살아, 이 멍청아? 그래도 밤낮 마주치는 같은 마을 사람이라서 여태 육십 엔을 갚으라고 재촉하지 않았는데 네가 그렇게 뻣뻣하게 삼십 엔을 갚으라고 하니 얄밉군. 자, 육십 엔에서 삼십 엔 빼고 남은 삼십 엔. 한 푼도 빠지지 않게 갚아. 언제 갚을 거야? 아니, 입 다물고 있으면 어떻게 알아? 뭐라고 좀 해봐, 인마."

딱딱거리는 구마지로의 얼굴을 멍하니 쳐다보며 구마타로는 속으로 구마지로를 죽여버리고 싶다고 생각했다. 죽인다면 어떤 방법이 있을까.

그냥 죽이고 마는 건 재미없다. 역시 죽음의 공포와 고통을 충분히 맛보게 한 뒤에 죽이고 싶다. '이러지 마세요……', '살려주세요……' 하며 구슬피 울어댈 때 '닥쳐'라고 하며 천천히 가지고 놀다가 죽이고 싶다. 왜냐하면 이놈은 그럴 만한 짓을 했기 때문이다. 이렇게 부끄러운 줄도 모르는 녀석은 그렇게 죽어야 한다. 이놈은 죽어가면서 진심으로 자기가 잘못했다고 생각하며 반성할까? 모르겠다. 그렇지만 이 녀석은 그렇게 죽일 만한 짓을 했으니 그 공포와 고통을 맛보아야 한다. 그렇게 하려면 구체적으로 어떤 방법을 취해야 할까.

구마타로는 머리를 굴렸지만 그저 구마지로를 죽이겠다는 말이 몇 번이나 머릿속에서 메아리칠 뿐 구체적인 방법은 아무것도 떠오르지 않아 곤혹스러웠다.

그뿐만이 아니었다. 사자머리 탈 안에서 바라본, 누이의 사람을 시험하는 듯한 눈이 떠올랐다. 그러자 구마지로보다 차라리 스스로를 소멸시키고 싶은 심정이 되었다.

그렇게 분노하면서도 곤혹스러워하고 혼란스러워하는 구마타로에게 구마지로가 말했다.

"아니, 구마. 왜 아무 말도 없지? 입 다물고 있으면 그냥 넘어갈 것 같아, 이 자식아? 아아, 알겠다. 네가 그렇게 고집을 부리며 입을 다문다면 내게도 다 생각이 있어. 자, 일어나. 이 자식아. 구마, 일어나라니까. 나하고 같이 가. 어딜 가냐고? 빤하잖아, 경찰한테 가는 거지. 경찰에 차용증을 보여주고 네가 돈을 갚지 않고는 배기지 못하도록 만들 거야. 그것 말고도 넌 뒤가 켕기는 문제가 있을 텐데. 그런 문제들을 모두 조사해달라고 할 거야."

구마지로는 그렇게 말하더니 구마타로의 어깨를 잡고 끌어당겼다.

빚진 돈 말고도 도굴이나 다른 문제 이야기가 경찰에서 나오면 큰일이다. 갑자기 현실로 소환된 구마타로는 오른팔을 크게 휘둘러 구마지로의 손을 뿌리쳤다. 그 순간 구마타로는 어떤 돌파구를 발견했다.

그래, 그 방법이 있지.

구마지로의 손을 뿌리친 구마타로는 "일어서지 못해, 이 새끼야"라고 다시 거친 말투로 퍼붓는 구마지로를 보며 천천히 말했다.

"구마지, 경찰에 가려면 너 혼자 가. 난 다른 데 갈 테니까."

구마타로의 여유만만한 말투를 약간 기분 나쁘다고 생각하면서도 자기가 우위에 있다고 굳게 믿는 구마지로는 비웃듯 말했다.

"어딜 가겠다는 거야?"

"너희 아버지한테. 네가 차용증을 위조한 일과 에비코마 노름판에서 삼십 엔 빚을 져서 내게 꾼 일, 시세 차익으로 오백 엔을 번 게 아니라 누이를 신부로 맞이하지 않겠다고 약속하는 대신 나한테 오백 엔을 뜯은 이야기, 다케다 산자부로의 땅과 함께 땅을 팔아 돈을 벌었던 일도 낱낱이 일러바칠 거야."

비로소 구마지로의 낯빛이 바뀌었다.

"너, 너 지금 뭐라고 했어?"

"귓구멍이 없냐? 너희 아버지에게 가서 지금까지 있었던 일을 모두 이야기할 거라고 했어."

"너 정말 그럴 셈이야?"

"응. 그렇다고 했잖아."

"그러면 어떻게 되는지 알고나 그래, 이놈아?"

"몰라. 화가 나니까 말하러 가겠다는 거지."

"정말 일러바치러 갈 거야?"

구마타로의 말을 들은 구마지로는 안색이 창백해졌다. 입술을 부들부들 떨면서 더는 말을 잇지 못했다.

그 모습을 본 구마지로는 '쌤통이다'라고 생각하면서 동시에 몹시 불쾌해졌다.

조금 전까지만 해도 구마타로는 궁지에 몰려 있었다. 구마지로가 어떻게 하느냐에 따라 감옥에 갈지도 모를 일이었다.

그리고 그때 구마지로는 히죽히죽 웃었다.

그런데 지금 구마지로는 구마타로와 마찬가지로 궁지에 몰려 파랗게 질려 떨고 있다. 왜 그렇게 되었는가 하면 구마타로가 어떻게 하느냐에 따라 부모로부터 의절당할 수 있기 때문이다. 이게 무슨 이야기인가 하면, 구마타로가 감옥에 들어가 공민으로서 누리는 권리를 잃고 신체와 정신의 자유를 빼앗기는 것보다 구마지로는 자기가 절연당해 기껏해야 아버지의 경제적 비호를 받을 수 없다는 사실을 훨씬 더 고통스럽고 슬프게 여기고 있다는 이야기다.

이걸 알기 쉽게 이야기하면 다른 사람이 죽거나 크게 다치거나 해도 히죽히죽 웃는 인간이 막상 자기 문제가 되자 손가락에 가시가 찔린 것만 가지고도 죽네 사네 요란을 떨고 있는 것이다.

물론 인간은 원래 그렇게 이기적인 존재라 구마타로도 그런 걸 크게 불쾌하게 여기는 바는 아니었다.

구마타로가 불쾌하게 느낀 것은 자기를 그렇게 몰아세웠던 구마지로의 의식이었다.

구마타로는 다른 사람의 모든 자유를 빼앗을 작정이라면, 자기도 똑같이 괴로운 일을 당할지도 모른다는 각오를 해야 한다고 생각했다. 상대를 죽일 작정이라면 나 또한 죽을 각오로 해야 한다고 믿었다.

구마타로는 어렸을 때 잠자리나 메뚜기를 잡아 노리개처럼 가지고 놀던 일을 떠올렸다.

구마지로도 마찬가지였다. 결국 구마지로는 구마타로를 잠자리나 메뚜기 비슷한 존재로 여긴 것이다. 부모에게 절연당하는 정도로 저렇게 동요하는 모습을 보면 쉽게 알 수 있다.

구마타로는 그게 너무도 부아가 치밀었다.

구마타로는 심하게 흔들리는 구마지로를 보며 다스기야의 아들 일을 떠올렸다.

다스기야의 아들 역시 다케다 산자부로의 딸을 그런 정도로밖에 여기지 않았으리라. 결국 부잣집 도련님이란 인간들은 다들 이렇게 별 각오도 없이 부모의 비호 아래 건방을 떨며 남을 괴롭히면서 자기는 그렇게 할 권리를 하늘로부터, 신으로부터 부여받았다고 생각한다. 하지만 막상 반격을 당하면 자기는 공격만 할 뿐 타인으로부터 공격당할 거라고는 상상도 해본 적이 없어 바로 동요하며 울상을 지으니 한심하기 짝이 없다. 구마타로가 화가 치미는 건 자기가 그런 겁쟁이 부잣집 아들놈에게 내몰렸다는 사실이었다. 자신이 그토록 쉽게 궁지에 몰렸다는 사실이 너무 화났지만 부아가 치미는 것은 잠시 참고 지금은 유리한 위치에 있으니 적을 몰아세우는 일에만 전념하기로 했다.

구마타로가 그런 생각을 하고 있는데 혼자 부들부들 떨던 구마지로가 갑자기 무릎을 꿇더니 두 손을 바닥에 짚고 머리를 조아리며 말했다.

"구마타로 님, 제발."

구마타로가 말했다.

"뭘?"

"부디 아버지를 찾아가겠다는 말씀은 거둬주십시오. 이렇게 부탁드립니다, 부탁드립니다."

그러면서 다다미에 이마빡을 문지르는 구마지로를 보며 구마타로는 '이런 수법이 먹히다니, 멍청한 놈'이라고 속으로 중얼거렸다.

다카다야에서도 구마지로는 지금과 마찬가지로 머리를 조아렸다. 구마타로는 일어서며 말했다.

"뭐가 구마타로 님이냐, 이 멍청한 놈아. 너 조금 전까지 나한테 뭐라고 했어? 멍청이라며 해볼 테면 해보라고 했잖아. 안 그런 척할 거야? 바보 같은 놈."

"잘못했습니닷. 잘못했습니다아. 제발 부탁합니다. 아버지에게 말하지 말아주세요. 제발 부탁합니다. 이렇게 부탁드립니다."

"시끄럽다니까."

나가려는 구마타로의 다리에 매달려 구마타로를 올려다보는 구마지로의 얼굴은 눈물과 침으로 범벅이었다. 구마지로는 울면서 소리쳤다.

"부탁드립니다. 제발 부탁드려요. 말하지 말아주세요. 그러지 마세요. 아버지가 그런 사실을 알면 저는 절연당하잖아요.

아아, 그렇게 되면, 아아, 그렇게 되면…… 아으, 어떻게 해야 할지 모르겠네. 제발, 말하지 말아줘요. 구마타로 님."

뭐라고 하는지 알 수 없을 정도로 울며 소리치는 구마지로를 보고 구마타로는 기분이 좋았다.

남을 속이고 함정에 빠뜨려 히죽히죽 웃어댔으니 이런 꼴을 당하는 거다. 꼴좋다.

구마타로는 다시 매달리는 구마지로의 얼굴을 "엉기지 마, 이 멍청한 놈아"라며 발로 차 넘어뜨리고는 바로 봉당으로 내려섰다.

발에 차인 구마지로는 벌렁 나자빠져 눈물과 침을 질질 흘리며 '히이이익, 히이이익' 하고 이상한 소리를 냈다. 그리고 흰자위를 드러내고 푸들푸들 몸을 떨더니 이윽고 움직이지 않게 되었다.

그런 구마지로를 보고 속이 후련해진 구마타로는 구마지로의 집을 나와 잠깐은 '흥, 쌤통이다. 남을 속여 가짜 차용증 같은 걸 만드니 그런 꼴을 당하지. 너 같은 놈은 절연당하고 망해버려라'라고 생각했다.

그렇지만 길을 걷다보니 차츰 답답하고 불쾌한 기분이 들었다.

구마지로는 다른 사람들에 비해 독한 인간이다. 그렇게 독한 구마지로가 저토록 두려워하는 마쓰나가 덴지로는 훨씬 더 독한 사람일 텐데, 나는 이제부터 그 인간을 상대로 큰아들이 저지른 몹쓸 짓을 차근차근 설명해야만 한다.

그 생각을 하자 가슴이 답답하고 불쾌해졌던 것이다.

이야기를 나눈 적은 없지만 오가며 걸어가는 모습은 자주 보았다. 가슴을 쭉 펴고 주위를 흘겨보며 사뭇 마을 실력자 같은 거드름을 피우는 걸음걸이였다. 그에 비해 우리 아버지는 굽은 등에 허리가 구부정하고 남들과 눈을 마주치지 않으려는 듯 터덜터덜 걸어 아무리 보아도 가난뱅이 농사꾼으로 보인다.

그런 생각을 하다가 구마타로는 화들짝 놀라고 말았다.

정신을 차리니 자기도 아버지 헤이지와 똑같은 모습으로 걷고 있었기 때문이다.

구마타로는 얼른 등을 쭉 폈다. 그리고 야고로에게 함께 가자고 할까 생각하며 일단 야고로네 집 쪽으로 걸음을 옮기다 멈춰 섰다.

야고로가 '좀 볼일이 있어'라고 했을 때, 평소에는 볼 수 없던 거부하는 표정을 짓던 것이 떠올랐기 때문이다.

원래 구마타로는 남들 같으면 화들짝 놀라 공황 상태에 빠져 도저히 냉정해질 수 없을 만한 상황일 때 오히려 묘하게 마음이 차분해지곤 했다. 요즘은 스스로도 그걸 의식했다. 멈춰 선 채로 마음이 가라앉기를 기다렸지만 이번에는 차분해지지 않아 그렇다면 술을 한잔 마셔 배짱을 두둑하게 해야겠다, 생각하고 이케다야로 걸음을 옮겼다.

구마타로는 이케다야에서 청주 두 홉을 마시고 자리에서 일어났다.

현관에는 신발 여러 켤레가 놓여 있었다. 구마타로는 제사라도 지내는 건가 생각했다. 하지만 안에는 덴지로 혼자 앉아 있었다.

구마타로는 팔짱을 낀 채 앉아 있는 덴지로의 모습에 압도되었다.

깔끔하게 정돈되어 먼지 한 톨 없는 방 안 모습에도 압도되었다.

그렇지만 여기까지 와서 그냥 물러날 수는 없다. 구마타로는 자기가 주눅이 들었다는 생각을 하지 않으려고 조심하며 인사를 한 다음 찾아온 용건을 밝혔다.

하지만 조심해봤자 소용없었다. 구마타로의 목소리는 긴장해서 갈라졌고 말꼬리가 떨렸다. 구마타로는 '참 한심한 꼬락서니로구나' 하며 자기혐오에 빠졌다.

그런 구마타로의 마음을 훤히 들여다보듯 웃음을 지으며 덴지로가 물었다.

"그래, 구마타로. 기도 헤이지의 아들이지. 얼마 전까지만 해도 어린애 같더니 벌써 이렇게 컸구나. 허허, 내가 늙은 거지. 그런데 오늘은 무슨 일로 왔지?"

의외였다. 괴팍하고 고집스러우며 신랄할 거라고 생각했던 덴지로가 뜻밖에 부드러운 말투였기 때문이다.

기운이 난 구마타로는 구마지로가 저지른 짓을 모두 이야기했다.

대마를 피웠던 게 틀림없다는 이야기.

다케다 산자부로의 한을 풀어주어야 하니 다스기야에 쳐들어가달라고 구마타로에게 부탁했다가 나중에는 모른 척한 일.

이미 장래를 약속한 여자가 있으면서도 누이와 혼담이 오간다는 소문을 흘려 구마타로한테 오백 엔을 뜯어낸 일.

그 문제로 이야기할 때 구마타로의 머리를 신발 신은 발로 짓이기고 오줌을 갈긴 일.

그 오백 엔을 거래소에서 벌었다고 거짓말한 일.

줄곧 노름판에 드나들었고 어느 노름판에서나 그쪽 사람들과 서로 잘 아는 사이로 보였다는 이야기.

에비코마 노름판에서 진 빚 삼십 엔을 메우기 위해 구마타

로한테 돈을 꿨지만 엉터리 차용증을 내밀며 갚지 않으려고
한 일.

구마타로는 그런 이야기들을 모두 털어놓았다.

구마타로는 또 마쓰나가 덴지로의 차남 도라키치가 자기
아내인 누이와 간통했다는 이야기도 했다. 그 이야기를 할
때 구마타로는 가슴에 못이 박히는 듯한 아픔을 느꼈다.

덴지로는 구마타로가 하는 이야기를 팔짱을 낀 채 듣고
있다가 이야기가 끝나자 팔짱을 풀고 아주 차분한 말투로
말했다.

"그래서?"

구마타로는 당황했다.

덴지로가 모르던 구마지로의 악행들을 일러바치면 덴지로
가 버럭 화를 내며 '무슨 그런 놈이 있나. 어떻게 그런 짓들을
저지르지? 이놈, 그런 못난 녀석은 부모와 자식의 인연을 끊
어버려야지'라고 말할 거라 예상했기 때문이다.

그리고 일이 잘 풀리면 '아, 구마타로. 잘 알려주었다. 네게
폐를 끼쳤구나. 오백 엔은 지금 없지만 일단 다카다야에서
빌렸다는 삼십 엔만은 갚아주마'라며 돈을 내줄지도 모른다
고 생각했다.

하지만 덴지로는 구마타로가 말을 마쳤는데도 전혀 감정

이 흔들리지 않은 듯 차분하면서도 의아하다는 듯한 말투로 "그래서?"라고 물었다.

구마타로는 저도 모르게 되뇌었다.

"그래서, 라면?"

"네가 그런 이야기를 내게 했는데, 그래서 내가 어떻게 했으면 좋겠느냐는 거지."

구마타로는 우물거렸다.

"어떻게 했으면 좋겠느냐. 그렇게 물으시니 좀 그렇지만, 역시 그런 일은 몹쓸 짓이죠. 뭐랄까, 내 자식이 그런 나쁜 짓을 저지르면 안 될 일이니 역시 아버지로서 야단을 쳐야 하지 않을까요? 그래서 말씀드리러 온 건데요."

"그래서 뭘? 넌 내 자식이 나쁜 짓을 저질렀다고 일러바치러 온 거냐?"

"아, 뭐, 말하자면 그렇죠."

"거 오지랖 참 넓구나. 그럼 알겠으니 그만 돌아가거라."

"에, 그게, 예. 음, 그렇죠. 가겠습니다. 돌아갈 텐데 앞으로 어떻게 하실 건지?"

"어떻게 하다니, 뭘?"

"아뇨, 별로 뭐가 어떻다는 건 아니지만 구마지로는 절연당하는 건가요?"

308

"그런 건 너하고 상관없는 일이잖아?"

구마타로는 딱 잘라 말하는 덴지로에게 어떻게 이야기해야 좋을지 몰라 고개를 숙인 채 궁리하다가 이윽고 한 가지 생각이 떠올라 다시 입을 열었다.

"아, 상관이야 없는 일이지만, 아니, 그래도, 저는 구마지로에게 돈을 꿔주었죠. 그리고 오백 엔이나 되는 큰돈도 뜯겼죠. 이걸 어떻게 말해야 하나. 그야 평범한 아버지라면 그냥 넘어갈지도 모르겠지만, 댁은 지역의회 의원이기도 하시니. 그걸 생각하면 역시 그런 나쁜 짓은 마을을 위해서도 못하게 해야죠."

구마타로가 하는 말을 듣던 덴지로가 웃음을 터뜨렸다.

"크하하하하하하하하하하."

"뭐가 우습죠?"

"아, 미안. 미안해. 아까부터 꾹 참고 있었는데 도저히 더는 참을 수 없어 웃고 말았네. 그렇지만 웃지 않을 수가 없어. 이봐, 구마타로. 생각 좀 해보게. 나하고 구마지로는 아비 자식 사이야. 그렇지만 너와 나는 생판 남이지. 그런 남인 네가 불쑥 찾아와 당신 아들은 나쁜 놈이니 인연을 끊어라, 나쁜 짓이었다고 인정하고 돈을 물어줘라, 그렇게 말하면 아비인 내가 네 말대로 그래, 내 아들이 나쁜 놈이었다, 어떻게 그런 나쁜 놈이 있는가, 라고 할 것 같은가? 이봐, 구마타로. 어리광 좀 작작 부려. 구마지로는 이 집안을 이을 장남이야. 물론 그 녀석에게는 심한 소리를 해도 소중한 아들이란 말이지. 생판 남인 너와는 비교할 수 없잖아? 구마타로, 네가 하는 소리는 말이야. 구마지로와 네가 물에 빠졌는데 구마지로는 나쁜 놈 이니 내버려두고 나를 구하시오, 라고 구마지로의 아비인 내 게 들이대는 거나 마찬가지야. 어느 아비가 그런 멍청한 짓 을 하겠는가. 뭐라고 했지? 마을의회 의원? 그런 게 무슨 상 관인가, 멍청하긴. 그렇게 멍청하니 오백 엔이나 되는 큰돈 을 뜯기지. 바보로군. 네가 이야기한 것들은 나도 이미 알고 있었어. 알면서도 모른 척하고 있었던 거지. 그런데 그걸 일 부러 일러바치러 와서 네가 시키는 대로 할 거라고 생각하다 니, 바보 같은 네 모습이 너무 우습구나. 아하하. 아하하."

덴지로는 일부러 더 크게 웃었다. 왜 그랬나 하면 구마타로 를 깔보기 위해서였다.

무시당한 구마타로는 당연히 분했다.

그렇지만 구마타로가 느끼는 분노는 평범한 분노가 아니 었다.

가슴을 쥐어뜯고 심장을 움켜쥐는 듯한, 머리카락을 마구 쥐어뜯어 머리에서 피가 솟는 렌지시* 춤을 추고 싶은 분노였다. 그리고 그 분노에는 실제로 가슴을 쥐어뜯고 심장을 짜내며 머리카락을 마구 쥐어뜯는 듯한 아픔이 따랐다. 하지만 구마타로는 덴지로가 자기를 경멸했기 때문에 분한 게 아니었다. 그럼 구마타로는 뭐가 분했던 걸까.

구마타로는 자기 자신에게 분노했다. 그야말로 얼간이였다는 생각이 들었다. 철없는 어린애라는 생각이 들었다.

구마타로는 자기나 야고로, 노름판에서 만나는 유쾌한 친구들은 이 세상의 규칙에서 벗어나 살고 있지만, 세상에는 정의라는 게 있다고 믿었다. 그리고 덴지로 같은 '어른'들이 그 정의에 따라 세상을 공평하고 공정하게 운영하고 있다고 믿었다.

그래서 규칙을 어기는 이가 있으면 덴지로 같은 어른들이 그걸 공평하게 처리해줄 거라고 굳게 믿었다.

하지만 당연히 현실은 그렇지 않았다. 사람은 제각각 모두 자기 사정에 따라 살아가기 때문에 세상은 늘 분쟁과 갈등이 끊이지 않는다. 그걸 몰랐던 구마타로는 역시 철없는 어린애나 마찬가지였다.

툭하면 '선생님에게 이를 테야'라고 하는 어린이가 있다.

---

* 가부키에서 붉은 갈기를 지닌 사자탈을 쓰고 추는 춤.

이 어린이는 정의를 구현하는 사람인 '선생님'이 모든 일을 공평하게 처리해줄 거라고 믿는다. 그래서 옳지 못한 짓을 저지르는 사람은 '선생님'을 두려워한다고 믿고 툭하면 '선생님에게 이를 테야'라며 상대를 위협한다.

구마지로에게 속은 구마타로도 마찬가지였다. 구마타로는 '선생님', '어른'인 마쓰나가 덴지로에게 '이를 테야'라고 했던 것이다. 하지만 마쓰나가 덴지로는 정의를 구현하는 사람이 아니라 자기 형편을 우선으로 생각하며 살아가는 힘깨나 있는 시민에 지나지 않았다. 당연히 공평한 정의 따위는 안중에 없다.

그걸 알게 된 구마타로는 여태까지 막연하게 사회에는 사회정의라는 게 있고 그 정의에 따라 사회가 운영된다고 믿었던 자신이, 어슬렁어슬렁 찾아와 하소연한 철없고 어린애 같은 자신의 멍청한 행동이 견딜 수 없을 만큼 한심하게 느껴졌다. 자꾸만 머릿속에 '내가 그런 멍청이였나?' 하는 생각이 맴돌았다.

나이 서른 넘은 놈이 부끄러운 줄도 모르고 어린애처럼 고자질하러 왔다. 어른들은 모두 내 편을 들 거라고 믿는 순진한 꼬마. 도둑놈의 아버지를 찾아가 '우리 집에 도둑이 들었습니다. 혼내주세요'라고 한 얼간이다. 나는 다키다니후도

에서 '평생 막 살겠다'고 맹세하고 활화산 분화구에서 술판
을 벌이는 듯한 심정으로 살아왔지만 그건 무엇이었을까? 나
는 아등바등 잘살아보겠다며 그 욕심을 숨기지 않는 녀석들
을 내내 혐오해왔다. 그래서 패배하고 멸망하는 일은 힘들고
괴롭지만 남들이 할 수 없는 그런 일을 웃으며 하는 게 멋지
다고 생각했다. 그 생각에만 의지해 지금까지 고단한 인생을
살아왔다. 그러나 그것은 내가 사회의 울타리 밖의 거친 들
판 같은 곳에 있다고 할 때 성립하는 이야기다. 내가 어린애
처럼 어른이 보살펴줄 거라고 생각하면서 엉망으로 살았다
면 그건 멋도 아니고 뭣도 아니다. 오히려 엉망진창 꼴사나
운 짓이다. 이렇게 생각하면 이제야 고마타로를 비롯해 마을
녀석들이 나를 바라보는 시선이 납득이 간다. 내가 거칠게
행동하면 그걸 두려워하면서도 동시에 경멸하는 시선을 보
냈다. 그러면서도 뭔가 딱한 사람을 보는 듯한 그런 눈빛이
섞여 있었다. 결국 나를, 일부러 사회 테두리 밖의 거친 들판
에 서 있는 멋진 녀석으로 여겼던 게 아니라 나이 먹고도 어
른이 되지 못하는 미숙한 놈으로 여겼던 것이다.

　그런 생각을 하자 피가 끓어올랐다.

　끓어오른다는 말은 액체가 뜨거워진다는 이야기다. 핏줄이
란 온몸에 퍼져 있으니 결국 뜨거운 액체가 몸 안 구석구석

을 휘몰아쳤다는 말이다.

그런 걸 인간이 견뎌낼 수는 없다. 구마타로는 "으어어어 어어어어" 하고 괴상한 소리를 내며 고통스러워했다.

미쳐버릴 듯한 아픔을 견디며 구마타로는 생각했다.

이 아픔, 괴로움이 계속되면 나는 죽거나 미쳐버릴 게 틀림 없다. 그러니 얼른 이 아픔과 괴로움을 제거해야만 한다. 그러기 위해서는 여러 가지 일을 해야만 하는데, 이 아픔과 괴로움을 바로 제거하기는 불가능하고, 그러면 나는 죽거나 미쳐버리고 말 텐데, 그건 곤란하다. 그렇다면 어떻게 해야 하나. 일단 지금은 일시적으로라도 이 아픔과 괴로움을 줄이는 조치를 취해야 하는데, 그러려면 지금 눈앞에서 직접적으로 아픔과 괴로움의 원인이 되고 있는 덴지로를 제거해야, 즉 죽여야 한다.

그렇게 판단한 구마타로는 벌떡 일어서서 "으어어어어어 어어" 하는 이상한 소리를 지르며 덴지로에게 덤벼들었다.

덴지로는 깜짝 놀랐다. 그때까지 맥없이 고개를 숙이고 있던 구마타로가 느닷없이 "으어어어어어어어어" 하고 소리를 지르며 덤벼드니 당연한 노릇이었다.

"무슨 짓이냐?"

덴지로는 비명을 지르듯 언성을 높이고 두 손을 앞으로 내

저으면서 얼른 구마타로를 뿌리치려고 했지만 흥분한 구마
타로의 힘이 워낙 세서 도저히 떨쳐내지 못하고 벌렁 자빠지
고 말았다.

구마타로는 자빠진 덴지로에게 달려들어 배를 무릎으로
찍고 두 손으로 목을 힘껏 조였다.

"으아아아아아."

덴지로가 고통스러워했다.

"으어어어어어."

구마타로가 이상한 소리를 질렀다.

바로 그때였다. 안쪽 방으로 연결되는 판자문이 드르륵 열
리더니 안에서 대여섯 명의 남자가 우르르 뛰어나왔다. 그
들은 덴지로를 올라탄 구마타로를 보더니 "아니, 이 새끼가.
무슨 짓이냐"라고 하며 구마타로에게 달려들어 멱살을 잡고
뜯어냈다.

그 남자들 뒤에서 쓱 앞으로 나온 남자가 덴지로에게 "마
쓰나가 씨, 정말 큰일 날 뻔했군요"라고 말했다. 그 옆에는
갓파를 꼭 닮은 남자가 서 있었다.

이 남자가 대체 누구인가. 돈다바야시에서 구마타로에게
두 번이나 창피를 당한 후시 씨로, 옆에 서 있는 이는 옛날부
터 후시 씨와 붙어 다니던 비옷 입은 기요 씨였다.

하지만 후시 씨의 모습이 예전과는 정말 달랐다. 두 차례에 걸쳐 구마타로에게 겁을 집어먹고 판돈을 털렸던, 또 구마타로의 무시무시한 눈빛과 야고로의 권총 때문에 겁을 집어먹고 꼼짝도 못하던 한심한 후시 씨의 모습은 찾아볼 수 없었다.

후시 씨는 이제 관록이 충분히 붙은 우두머리로 보였다.

옆에 선 비옷 입은 기요 씨도 얼굴은 여전히 갓파를 닮았지만 이제 비옷을 입지 않았고 우두머리 대리인 정도의 풍격을 갖추고 있었다.

그 후줄근했던 후시 씨가 어떻게 이렇게 놀랍게 변신했는가.

남들보다 힘든 세상을 겪고, 수행을 쌓다보니 사나이다운 모습으로 바뀐 걸까.

그렇지는 않았다.

후시 씨 본인은 예전과 달라진 게 전혀 없었다. 그럼 뭐가 바뀌었는가 하면 주변 상황이 변한 것이다.

메이지 17년인 1884년 1월, 메이지 정부는 도박범 처벌 규칙을 발표했다. 이른바 노름꾼 일제단속이었다. 이 발표 후부터는 노름을 하면 바로 잡아가 감옥에 처넣었다. 왜 그랬는가 하면, 바쿠후 말기부터 메이지 시대에 걸쳐 여러 지역에서 무장 세력으로 노름꾼들을 많이 이용했는데, 차츰 세상이 안정되자 그런 무장 세력은 거추장스러운 존재가 되었기 때문이다.

세상이 달라졌다고는 해도 아직 동란의 기억이 생생한 시대라 불평불만이 있는 사람들은 그런 세력을 이용해 세상을 뒤집으려고 했다. 그런 위험을 방지하기 위해서라도 정부는 그런 무장 세력을 괴멸시켜야 한다고 생각해 노름꾼을 모두 잡아들이려고 했다.

도박범 처벌 규칙은 메이지 22년인 1889년에 폐지되었지만 이 기간 동안 힘깨나 쓰는 우두머리들은 모두 잡혔다.

그렇지만 후시 씨는 보잘것없는 존재였기 때문에 검거되지 않았다. 오히려 유력한 우두머리가 없어져 공백이 생긴 구역에 뿌리를 내릴 수 있었다.

메이지 24년인 1891년, 구마타로와 야고로가 다스기야에 쳐들어갔던 시점에 후시 씨는 이미 상당한 위치에 올라 있었다. 그때는 구마타로의 사나운 서슬과 야고로의 박력에 겁을 집어먹고 물러섰지만 그 뒤 세력을 더욱 확장하여 이제 스이분 지역에서는 후시 씨에게 덤빌 만한 상대가 없었다.

그 후시 씨가 "별일 없습니까?"라고 물었다. 덴지로가 답했다.

"그래. 별일 없네."

"정말 아무 일 없습니까?"

"아무 일 없네. 저 녀석이 갑자기 달려들었어."

"야, 인마. 대체 뭐 하는 짓이야."

후시 씨는 젊은이 여럿에게 잡혀 발버둥치는 구마타로에게 다가갔다.

"너 함부로 까불면 안 돼."

이렇게 말하며 구마타로의 얼굴을 들여다본 후시 씨는 그만 소리를 지르고 말았다.

"앗!"

"어."

구마타로도 마찬가지로 소리를 질렀다.

"아니, 네놈은 후시……"

"마쓰나가 씨에게 대들다니, 정말 터무니없는 녀석이라고 생각했는데 네놈이었구나."

그렇게 말하더니 후시 씨는 마쓰나가 덴지로에게 말했다.

"아, 마쓰나가 씨. 제가 이 녀석에게 몇 차례나 심한 꼴을 당했죠. 여기서 만나다니 정말 다행이로군요. 제가 이 친구에게 인사를 좀 해도 괜찮겠습니까?"

"그래, 상관없네. 이놈이 내 목을 조르며 어리광을 부리더군. 한번 따끔한 맛을 보여주면 속이 좀 풀릴지도 모르겠네."

"그럼 정말 뜨거운 맛을 보여주죠. 그런데 마쓰나가 씨, 중요한 건 아니지만 이 녀석이 왜 마쓰나가 씨 목을 조른 겁니까?"

"글쎄, 말도 안 되는 소리를 늘어놓으며 공갈을 치더군. 아마 노름이나 여자 문제 때문에 빚을 진 모양이야."

덴지로가 새빨간 거짓말을 하는 걸 듣고 구마타로는 격분해서 소리를 지르며 마구 몸부림쳤다.

"뭐야? 거짓말하지 마."

몸부림치는 바람에 구마타로를 오른쪽에서 잡고 있던 젊은 녀석 코를 팔꿈치로 치고 말았다.

"으악."

젊은 녀석은 고통스러워하며 두 손으로 코를 움켜쥐었다.

손가락 사이로 새빨간 피가 솟아나왔다. 동료의 피를 본 젊은 녀석들은 순간 겁을 먹고 구마타로를 잡고 있던 힘을 늦췄다. 그 틈을 노려 구마타로는 젊은이들을 밀쳐내고 훌쩍 방으로 뛰어올라가 덴지로에게 덤벼들었다.

하지만 거기까지였다. 젊은이들이 바로 구마타로를 바닥에 엎어뜨리고 깔아뭉갰다.

후시 씨가 천천히 다가와 구마타로 앞에 몸을 수그리더니 찌부러진 거북이처럼 발버둥치는 구마타로의 머리카락을 움켜쥐고 얼굴을 치켜들었다.

구마타로는 절규했다.

"아야아야아야아야아야아야."

"시끄러워. 네놈에게 펄펄 끓인 물을 먹이고 싶군. 날 예전의 나로 보지 마. 이거라도 먹어라."

후시 씨는 은으로 만든 담뱃대로 구마타로의 옆얼굴 살쩍을 후려치듯 때리며 소리쳤다.

"으악."

그러고는 젊은이들에게 구마타로한테서 떨어지라고 한 뒤, 지독한 통증을 참으며 일어서려고 비틀비틀 바닥을 기던 구마타로의 정수리를 담뱃대로 후려쳤다. 그리고 다시 엎어진 구마타로의 얼굴을 걷어차며 "날 무시하지 마, 정말. 우습게 여기지 말란 말이다!"라고 악을 쓰고, 데굴데굴 구르는 구마타로의 멱살을 잡아 일으켜 세우더니 "이걸, 정말, 그냥" 하고 소리치면서 광대뼈 부분을 힘껏 때렸다. 퍽.

허공에 붕 떴다가 봉당으로 굴러 떨어진 구마타로는 기둥을 받친 돌에 머리를 세게 부딪쳤다.

이마가 깨져 새빨간 피가 솟아나왔다.

"꼴좋구나. 이 새끼."

후시 씨가 웃는 소리가 아득히 먼 곳에서 들려오는 듯했다.

구마타로는 고개를 돌려 마구간 쪽을 보았다. 지푸라기가 쌓여 있고 그 바로 앞에 손도끼가 놓여 있었다. 어떻게든 저기까지 굴러가 몇 놈을 해치울 수 있을지는 몰라도 해치울 만큼 해치우고 할복해 방 안에 온통 내장을 뿌려놓고 죽어버릴까. 물론 그건 목숨을 건 심술이다.

그렇게 생각한 구마타로는 몸이 움직이는지 어떤지 확인했다.

마구간까지는 간신히 굴러갈 수 있을 것 같았다.

좋아, 그렇게 해주마.

마음을 굳힌 구마타로는 다시 고개를 돌리다 깜짝 놀랐다. 봉당에 놓인 신발 여러 켤레 가운데 구마타로가 누이에게 사 준 굽 낮은 나막신이 보였다. 구마타로는 머릿속이 혼란스러워졌다.

신발을 벗었다면 그 집에 신발 주인이 있다는 소리다. 즉 누이가 이 집에 있다는 이야기다. 이게 어찌 된 일일까. 마쓰나가 집안은 내게 원수인데 그 집에 아내인 누이가 있다는 것은 누이와 도라키치가 아직도 관계를 끊지 않았다는 것인가. 아버지 집에서 공공연히 만나는 관계가 되어 결국은 마쓰나가 집안 녀석들의 시커먼 속셈을 누이도 뻔히 아는데,

남편인 나만 아무것도 모르고 속았다는 건가. 너무하다. 너무해. 그건 너무나도, 너무나도……

구마타로는 온몸에서 힘이 쭉 빠졌다. 마구간까지 굴러가 손도끼를 집어 들고 휘두를 기력도 사라져 움직이지 못했다.

"이 새끼, 정말 해치워버려."

후시 씨가 소리쳤다. "예" 하고 대답한 젊은이들이 구마타로에게 몰려들었다. 혈기왕성한 젊은이들에게 몰매를 맞으며 구마타로는 마음속으로 오로지 '분하고, 원통하다'라고 염불을 외기만 했는데, 그렇게 염불을 외운다고 도움이 될 리 없다. 너덜너덜해지도록 얻어터져 헝클어진 머리카락은 피범벅이 되고 숨도 거의 쉴 수 없게 되었을 때에야 "다시는 얼씬거리지도 마, 멍청아"라는 욕과 함께 문밖에 내동댕이쳐졌다.

피와 흙으로 범벅이 된 구마타로는 이제 아무런 생각도 할 수 없었다. 고개를 들자 굳게 닫힌 새하얀 문짝이 보였다. 저 문 안에 누이가 있다. 저 문 안쪽에 누이가 있다. 그런 생각만 하면서 새하얀 문짝을 노려보았다.

피와 흙으로 범벅이 된 채 밖에 서 있는 구마타로를 보고 야고로가 비명을 질렀다.

"형님, 이게 어떻게 된 거야. 누가 이랬어?"

"마쓰나가에게 당했다."

구마타로는 간신히 그렇게 말하고 봉당에 들어와 쓰러졌다.

엉금엉금 기어 야고로 쪽으로 갔지만 더는 움직일 수 없었다.

"괜찮아?"

달려온 야고로에게 구마타로가 말했다.

"아우야, 나 원통하다."

야고로는 후회했다.

구마타로의 무기력한 모습에 정이 떨어져 이런 놈을 형님, 형님 하고 받든 자기가 바보 같아 혼자 마쓰나가에게 가도록 내버려두었더니 이 꼴이 되고 말았다. 내가 함께 갔더라면 이 지경은 되지 않았을 텐데. 야고로는 저도 모르게 중얼거렸다.

"형님, 미안해. 미안해. 혼자 보냈더니 그만 이렇게 되고 말았어. 내가 잘못했어. 이제 난 무슨 일이 있어도 형님 낫게 할 거야. 그리고 마쓰나가는 용서할 수 없어. 지금은 형님을 돌봐야 하니까 갈 수 없지만 형님이 혼자 걸을 수 있게 되면 내가 마쓰나가 집안에 쳐들어가서 구마지로와 도라키치를 작살낼 테니까 두고 봐."

야고로의 목소리가 들렸는지 정신을 차린 구마타로가 말

했다.

"아우……"

"아니, 형님. 정신이 들었구나. 정신 차려."

"방금 너 뭐라고 했지?"

"무슨 일이 있어도 형님 낫게 할 거라고. 내가 낫게 해줄 테니까."

"그다음에."

"그다음에? 그다음에는 그러니까, 마쓰나가 형제를 내가 작살내겠다고 했지. 그러니 형님은 안심해."

"야고, 나도, 나도 같이……"

힘겹게 숨을 쉬면서 간신히 거기까지 말한 구마타로의 눈에서 눈물이 한 줄기 흘러내렸다.

곤고산에서 찬바람이 불어와 나무를 흔들고 집까지 흔들었다. 불을 피우고 물을 끓여 따스해야 할 실내인데 창문과 문 틈새로 냉기가 들어와 불 근처는 따뜻했지만 방과 봉당 구석 쪽은 차가웠다. 그래도 몸을 움직이는 사람은 괜찮지만 움직이지 못하는 구마타로는 이불 안에 있는데도 추웠다.

야고로 집에서 급한 조치를 한 다음 덧문짝에 실어 옮기고 이튿날부터 의사의 치료를 받은 구마타로는 생각보다 상태가 좋지 않아 12월은 누워 지냈다. 해가 바뀌어 메이지 26년 인 1893년 1월이 되어서도 구마타로는 누워 있었다.

다른 사람들은 '와, 설날이다' 하면서 '설날이 되면 뭐가 좋 지? 흰 눈 같은 밥 지어 장작 같은 말린 대구와 함께 먹고 고 타쓰에서 쿨쿨 자는 게 좋지' 하는 노래를 부르며 신나게 술 마시고 놀았지만 구마타로의 집은 설날 분위기를 찾아볼 수 없었다.

설날 장식을 하기는 했다. 그렇지만 그 장식에 어울리는 새 해 분위기가 전혀 나지 않았다. 매일 찾아오는 야고로가 여 느 때와 마찬가지로 오후 두 시쯤 와서 작은 목소리로 "새해 복 많이 받으세요"라고 했을 뿐이다.

누이는 여느 때와 다름없는 모습이었다. 그 모습을 보고 야 고로는 고개를 갸웃거렸다. '대체 저 여자는 무슨 생각일까?' 하는 의문이 들었다.

그러나 자리에 누운 구마타로는 누이의 아무 일도 없었다 는 듯한 태도를 당연하게 받아들이고 있었다.

어쨌든 누이는 나를 시험하고 있는 거니까.

구마타로는 이제 그런 생각을 완전히 받아들이고 있었다.

구마타로는 누이가 주변 사람들에 대해 내렸을 결론이 어 떤 것일지 상상해보았다.

모리모토 도라는 돈 때문에 딸을 팔고, 말린 날치를 공평하게 나눈 사위를 욕하며 돈을 더 가져오라고 했다. 그 지독한 욕심은 죄업이다.

마쓰나가 구마지로는 계략을 꾸며 나한테 큰돈을 뜯어냈고, 자기 혼자만 잘난 줄 알며 남을 무자비하게 다루었다. 이 투도(偸盜)와 차별은 죄업이다.

마쓰나가 덴지로는 이 세상의 정의와 윤리를 왜곡하고 정의를 믿는 사람을 경멸했으며 불한당을 동원해 부상을 입혔다. 당연히 이 사욕은 죄업이다.

마쓰나가 도라키치는 남편이 있는 여자와 관계를 맺었고, 또 나에게 친구처럼 접근해 알게 된 사실을 남에게 흘렸다. 이 사악한 간음은 죄업이다.

마쓰나가 덴지로의 집에서 얻어맞아 봉당에 나가떨어지며 기둥을 받친 돌에 머리가 부딪히고 피가 철철 흘러나와 시야가 새빨갛게 물든 순간, 구마타로는 마쓰나가 일가를 모조리 죽여야겠다고 생각했다.

왜냐하면 '이놈들은 누이의 시험을 통해 죄인으로 인정되었다'고 생각했기 때문이다.

그러면 나는 어떤가. 나는 죄인이 아니다. 왜냐하면 나는 이월당에서 십일면관세음보살님이 모든 죄업을 씻어내주셨기 때문이다. 그러면 나는 내 죄가 없다고 해서 태연해도 되는가? 그렇지는 않으리라. 왜 관세음보살님이 내 죄를 깨끗이 없애주셨는지 생각하면 된다. 관세음보살이 '네가 부탁했으니까'라고 할까? 그럴 리 없다. 그때 주변에는 많은 사람이 다들 진지하게 기도하고 있었다. 그 모든 사람들의 죄업을 씻어주셨으리라고 생각하기는 힘들다. 그러면 왜 내 죄만 용서해주셨을까? 내가 다키다니후도에서 미꾸라지를 구해주려고 한 모습을 부동명왕이 보고 십일면관세음보살에게 가서 '저 녀석 좀 괜찮은 면이 있다'고 이야기해주었을지도 모른다. 그렇지만 그것만으로는 좀 부족하다. 역시 관세음보살에게는 더 깊은 뜻이 있으리라. 어떤 뜻인가 하면, 이 세상에 정의를 실현하는 것이다. 썩어빠진 마쓰나가 집안과 모리모토의 죄를 밝히는 것이다. 그래서 관세음보살은 모든 사람을 시험하려고 보낸 누이를 내 옆에 있게 한 것이다. 그리고 누이에 의해 마쓰나가 집안의 부패가 드러난 이상 나는 마쓰나가 놈들을 몽땅 죽일 수밖에 없다. 대체 그놈들은 어떻게 된 인간들인가. 사람을 우습게 여기는 건가? 그놈들이 이 세상에 살아 있다는 사실 자체가 마을의 수치다. 그놈들이 더러운 숨을 내뱉어 마을 공기가 썩는다. 물이 오염된다. 그런데 그런 놈이 지역의회 의원까지 맡고 있다. 마을에서 큰 세력을 지니고 있다. 많은 땅을 가지고 있고 엄청난 현금까지 있다. 야쿠자와 거래하면서 반대 세력을 폭력으로 밀어낸다. 남의 집안 며느리를 능욕하고도 아무 일 없었다는 듯이 마을을 활보한다. 마쓰리 때면 거액을 기부하고 신사에도 넉넉히 기부하기 때문에 특별대우를 받으며 귀족처럼 지낸다. 이럴 수가 있는가? 이게 괜찮은 건가? 괜찮은 건가? 괜찮을 리 없다. 하지만 마을 녀석들도 마찬가지 방식으로 부패하고 타락했다. 기부를 받았기 때문에, 술을 얻어 마셨기 때문에, 조의금을 듬뿍 받았기 때문에, 도무지 그놈들의 잘못을 들추려 하지 않고 외려 그놈들을 비판하는 의로운 사람을 욕보인다. 이대로 가다가는 내 원한이 마을 전체로 넓어져 온 마을에 불을 싸지르고 부녀자까지 포함해 마을 사람들을 깡그리 죽이지 않으면 화가 가라앉지 않을 것이다. 그렇게 되기 전에 악의 싹을 없애야만 한다. 정의를 위해. 죽이겠다. 죽이겠다. 죽이겠다. 죽이겠다. 죽이겠다. 모두 죽이겠다. 죽이겠다. 죽이겠다. 죽이겠다. 죽이겠다. 모두 죽이겠다. 죽이겠다. 죽이겠다. 죽이겠다. 죽이겠다. 모두 죽이겠다. 죽이겠다. 죽이겠다. 죽이겠다. 죽이겠다. 모두 죽이겠다. 죽이겠다. 죽이겠다. 죽이겠다. 죽이겠다. 모두 죽이겠다. 죽이겠다. 죽이겠다. 죽이겠다. 죽이겠다. 모두 죽이겠다. 죽이겠다. 죽이겠다. 죽이

겠다. 죽이겠다. 모두 죽이겠다. 죽이겠다. 죽이겠다. 죽이겠
다. 죽이겠다. 모두 죽이겠다. 죽이겠다. 죽이겠다. 죽이겠다.
죽이겠다. 모두 죽이겠다. 죽이겠다. 죽이겠다. 죽이겠다. 죽
이겠다. 모두 죽이겠다.

'죽이겠다. 모두 죽이겠다'는 말은 이제 구마타로의 개인적
인 진언(眞言)이 되었다.

누이가 일어서더니 문을 활짝 열었다.

자리에 누워 속으로 죽이겠다, 죽이겠다, 죽이겠다, 죽이겠
다, 모두 죽이겠다, 라고 외치는 구마타로의 배 언저리에 설
날 햇빛이 비쳤다.

1월 14일. 구마타로는 혼자 지팡이를 짚고 스이분 신사에
참배했다.

모두 죽이겠다는 진언을 계속 외우면서도 구마타로는 생
각했다.

틀림없이 관세음보살님은 나를 선택해 정의를 실현하려고
했다. 그런데 왜 나를 선택했을까? 더 확실한 근거가 있다면
나는 굳센 마음으로 놈들을 모조리 죽여버릴 수 있을 텐데.
창자를 도려내는 듯한 슬픔과 함께 창자를 도려낼 듯한 정
의. 패연하게 비가 쏟아졌다. 패연하게 창자를 도려낸다. 마

쓰나가 구마지로의 창자를 도려낸다. 내 창자와 바꿔 끼울까. 네 뇌와 내 뇌를 한번 바꿔보는 게 나을까. 한 번, 딱 한 번만 이라도. 무시무시한 일이다. 비가 내린다. 머릿속에서도 비가 주룩주룩 쏟아졌다.

비가 계속 내렸다.

신사에는 인기척이 없었다. 구마타로는 본전에는 절을 하지 않고 똑바로 걸어 뒤에 있는 말사로 갔다.

구마타로는 생각했다.

허공에 떠 있던 삼각형 부유물체. 그것이야말로 나로 하여금 이 세상에 정의를 구현하고 악당의 창자와 베어낸 목을 사람들에게 내보이도록 하려고 나타난 신이다. 내가 참배하면 신은 반드시 그 부근에 나타날 것이다. 예전에 나는 잡목 숲 안의 이름 없는 작은 사당에서 머리를 조아리고 기도했는데, 그때는 내 기도가 이루어지지 않았다. 만약 지금도 신이 나타나지 않는다면, 나는 어떻게 하면 좋을까.

그렇게 생각하며 구마타로는 나기 신사의 도리이 앞에 섰다.

마구 나부끼고 있었다.

심상치 않은 양이었다.

팔천만 개쯤 되는 크고 작은 부유물체가 새하얀 은빛으로 가득 빛나고 있었다. 그 빛 때문에 구마타로의 얼굴과 몸도

새하얗게 빛났다.

"아아아앗" 구마타로는 큰 소리로 외쳤다. 그리고 "이제 이런 건 필요 없어"라며 지팡이를 부러뜨렸다.

구마타로는 세 차례 부르짖었다.

"하늘에서 뉴멘이."

"하늘에서 뉴멘이."

"하늘에서 뉴멘이."

어렸을 때 구마타로는 뉴멘을 아주 싫어했다.

그런데 왜 이렇게 외쳤는지, 구마타로 스스로도 이해할 수 없었다. 하지만 구마타로는 밝은 빛을 받아 자기 마음속 혐오와 저주가 티끌 한 점 없이 완벽하게 정의로 변해가는 것을 똑똑히 느꼈다. 구마타로는 빛 속에서 계속 소리쳤다.

두 시간 뒤. 기도터에서 다리를 절며 무서운 속도로 걸어가는 남자와 마을 사람 두 명이 스치듯 지났다.

"지금 다리 절면서 지나간 게 누구지?"

"얼핏 얼굴은 보았는데 모르는 사람이었어."

"그렇지만 옷 무늬는 눈에 익은데. 저 사람 기도 구마타로 아닌가?"

"아니야. 전혀 다른 얼굴인데. 마치 도깨비처럼 무서운 얼굴이었어."

"그렇지만 옷 무늬나 체격은 구마타로인데."

"그런가? 모르겠네."

두 농부가 의아해하는 것도 당연한 노릇이었다. 정의를 실현하기 위해 마쓰나가 집안은 물론이고 누이까지 죽이기로 마음먹은 구마타로의 얼굴이 완전히 다른 사람처럼 변했기 때문이다.

3월이 되자 구마타로는 몸이 완전히 나아 마쓰나가에게 복수하기 위한 구체적인 계획을 세우기 시작했다. 그 무렵 야고로에게는 작은 사건이 일어났다.

야고로는 지난해 여름쯤 아사이 덴자부로의 딸 아키와 좋아하는 사이가 되었다.

구마타로가 혼자 마쓰나가의 집에 쳐들어가 흠씬 두들겨 맞고 있을 때 야고로는 볼일이 있다고 했는데, 그 볼일이 바로 아키와 몰래 만나기로 한 약속이었다. 야고로는 아키와 함께 살 작정이었다. 아키도 그럴 생각이었는데 덴자부로는 야고로 같은 놈에게 딸을 주다니 말도 안 되는 소리라고 했다.

아버지의 반대에 부딪힌 두 사람은 슬픔에 잠겨 나라로 도망쳤다. 그러니까 이때까지만 해도 야고로는 마쓰나가의 집

에 쳐들어가 죽을 생각은 없었다는 이야기다. 아키와 살림을
차려 재미나게 살 꿈을 꾸었다.

그런데 아키는 이내 아버지에게 끌려가 집에 갇혔다. 결국
야고로는 덴자부로에게 아키를 줄 수 없다면 포기할 테니 위
자료 백 엔을 내놓으라고 윽박질렀다.

하지만 농사꾼인 덴자부로에게 백 엔이나 되는 큰돈이 있
을 리 없었다. 고민하다 못한 덴자부로는 어느 협객을 찾아
가 야고로와 협상해달라고 부탁했다. 그 협객은 다름 아닌
후시 씨였다. 이 무렵 후시 씨의 세력은 더욱 강대해져 야고
로도 감히 맞서지 못하고 어쩔 수 없이 물러났다. 야고로는
그놈들을 언젠가는 죽여버리겠다고 으르렁대는 한편 장래의
희망이 사라졌기 때문에 자포자기 상태가 되었다.

5월 19일, 다케다 이치고로는 문 앞에 서 있는 야고로를 보
고 불길한 느낌이 들었다.

요 삼 개월 동안 한 달에 십 센인 집세도 내지 않은 야고로
가 굳이 자기를 찾아오다니, 뭔가 트집을 잡으러 왔거나 아
니면 당분간 집세를 낼 수 없을 것 같다는 네거티브한 이야
기를 하러 온 게 틀림없다고 생각했기 때문이다. 그렇지만
예상과 달리 야고로는 품에서 삼십 센을 꺼내 '늦어서 미안

하다'며 다케다에게 건넸다.

다케다는 위화감을 느끼면서도 영수증을 써서 야고로에게 건넸다. 그 위화감의 근원은 늘 돈 문제가 확실하지 못하던 야고로가 밀린 집세를 들고 온 것에 있었던 게 아니라 이상하리만치 밝게 웃는 야고로의 얼굴에 있었다. 그 사실을 깨달은 것은 야고로가 돌아가고도 시간이 꽤 흐른 뒤였다.

맑은 날이었다. 다케다에게 집세를 치른 야고로는 몇 번이나 지났는지 모를 만큼 눈에 익은 길을 지나 집으로 향했다.

여러 사람이 도랑을 치우고 있었다. 그 부근 논에 볍씨를 뿌릴 준비를 하는 것이었다.

매년 보는 익숙한 풍경인데도 유난히 선명하게 느껴졌다.

야고로는 밝게 생각하기로 했다.

이런 5월 풍경도 이번 생에 마지막이 될지도 모른다는 생각 때문이었다.

집에 돌아온 야고로는 집 안에 있는 여러 도구와 냄비, 솥 같은 것들을 정돈하고 깨끗하게 청소했다.

청소를 마친 야고로는 네 평이 채 안 되는 방 한가운데 서서 흡족한 표정으로 둘러보았다. 천장에 쳐진 거미줄을 보고 털어낸 다음 그을음과 먼지를 깨끗하게 쓸고 걸레로 다다미를 훔친 후 만족하고 걸레를 짜서 말렸다.

청소를 마친 야고로는 벽장을 열고 안에서 시커멓고 긴 물건을 꺼냈다.

무라타 소총이었다.

야고로는 문 쪽을 향해 조준하는 시늉을 하다가, 이윽고 어깨에 멘 뒤 다른 보따리를 손에 들고 잰걸음으로 밖으로 나갔다.

"아, 형님아, 미안. 많이 기다렸어?"

야고로는 이케다야에 들어서면서 구마타로에게 말했다.

조금 먼저 왔는지 구마타로 앞에는 술병 두 개와 작은 빈 사발이 놓여 있었다.

하지만 구마타로는 취하지 않은 것 같았다. "아니, 괜찮아"라고 하더니 "오, 그건가?"라며 야고로가 가지고 온 무라타 소총 쪽으로 손을 뻗었다.

"그래. 좋지? 그리고 이게 총탄이야."

"좋구나."

구마타로는 총을 손에 들고 야고로가 조금 전 집에서 했던 것처럼 길을 향해 겨누어보았다.

마침 안에서 나온 이케다 센타로가 버럭 소리를 질렀다.

"구마, 너 뭐 하는 짓이냐."

"뭘 그리 놀래? 총알 안 넣었어."

구마타로는 그렇게 말하며 총을 탁자 위에 놓았다.

"사람 놀라게 만들지 말아줘."

이케다는 술 주문을 받아 안으로 들어가며 중얼거렸다.

"총알이 안 들었는지는 모르지만 구마타로 얼굴이 너무 무서운 표정이라 당장이라도 사람을 쏴 죽일 것 같네."

이케다는 고개를 갸우뚱하며 안으로 들어갔다.

구마타로가 야고로에게 물었다.

"돈 모자라지 않았어?"

"아, 아는 사람한테 싸게 샀어. 아직 많이 남았어."

"그거 다행이다."

구마타로는 만족스러운 듯이 미소를 지었다.

그때 이노우에 데이지로라는 남자가 들어왔다.

이노우에 데이지로는 원래 소심해 대담한 구석은 찾아볼 수 없는 남자인데도 어설프게 왈짜처럼 굴기 좋아하는 건달이라 마을 사람들은 그를 두려워했다. 그는 사람들과 일정한 거리를 두고 교제하지 않는 구마타로나 야고로와 편하게 대화를 나누는 모습을 보여주고 마을 사람들에게 '난 이런 불한당들과도 편하게 지내는 사이다. 그러니 나도 어엿한 건달이다'라는 인상을 심어주려고 했다. 그는 구마타로와 야고로를 보면 대개 "어이, 형씨" 하며 말을 걸어왔다.

구마타로나 야고로는 그런 데이지로를 가소롭게 여겼지만 굳이 두들겨 팰 만한 상대도 아니라서 내버려두고 지냈다.

그런 데이지로가 여느 때와 마찬가지로 "어이, 형씨. 어떻게 지내시나? 요즘 괜찮은 노름판 있어?"라며 이케다야로 들어왔다. 하지만 야고로 옆에 앉으려고 하던 그는 흠칫 놀랐다. 탁자 위에 위험한 물건이 놓여 있었기 때문이다.

데이지로는 앉은 걸 후회하며 바로 자리를 뜨려고 했지만 앉자마자 바로 일어서기도 이상하다 싶어 엉뚱한 소리를 늘어놓았다.

"아니, 정말 뭐랄까, 날씨가 좋군. 그런데 형씨, 얼굴이 좋아 보이네. 으아, 눈초리가 날카로워. 그런 눈으로 딱 째려보면 무섭지, 진짜. 술 마시는 건가? 좋아, 좋지. 난 안 돼. 돈도 없고 시간도 없어. 난 바빠서 말이야. 바로 가봐야 해서……"

그런 소리를 늘어놓는 데이지로를 구마타로와 야고로는 히죽히죽 웃으며 바라보았다.

"그럼 이만 슬슬 먼저……"

자리에서 일어서려는 데이지로의 어깨를 쿡 누르며 야고로가 말했다.

"뭐 어때서 그래. 한 잔만 마시고 가."

야고로가 그렇게 말하자 데이지로는 털썩 주저앉아 따라
주는 술을 시무룩한 표정으로 마셨다. 하지만 자꾸만 탁자에
놓인 총이 신경 쓰였다. 잠자코 있기 불가능해 데이지로는
입을 열었다.

"이거 무라타 소총이네?"

야고로가 대답했다.

"그래. 무라타 소총이야."

"산에 가서 꿩이나 사슴이라도 잡을 건가? 형씨들이 사냥
나가다니, 무슨 바람이 불었지?"

　　데이지로는 농담처럼 말했지만 구마타로는 심각한 말투로
대꾸했다.

"맞아, 데이지로. 이건 짐승을 쏠 철포야."

　　이 말을 들은 데이지로는 두려움에 떨며 단숨에 술을 들이
켜고는 "난 이제 가야겠어. 그럼 이만" 하며 인사도 변변히
하지 않고 이케다야를 뛰쳐나갔다.

　　그 뒷모습을 보고 구마타로는 웃었지만 이윽고 함께 웃던
야고로를 돌아보며 말했다.

"아우야, 그럼 너는 오사카나 나라 같은 데 가서 놀다 와
라."

"괜찮겠어?"

"오늘은 19일이잖아. 25일까지는 앞으로 일주일 남았어. 남은 돈으로 놀다 와도 돼."

구마타로는 3월에 자기 명의로 된 논과 산을 몽땅 팔아 돈을 마련했다. 그리고 그 돈을 이 세상에 정의를 구현하기 위한 자금으로 삼아 야고로에게 무기를 구하라고 했다. 그 말을 들은 야고로는 그동안 일본도, 지팡이 겸용 칼, 단도 등을 구했고 이번에는 무라타 소총과 탄약까지 사온 것이다.

구마타로에게 놀다 오라는 말을 들은 야고로가 말했다.

"그렇지만 형님은 어떻게 하려고? 나 혼자 놀러 가도 되겠어?"

"그래. 괜찮다, 괜찮아. 난 좀 할 일이 있어."

"돈은 있어?"

"돈은 됐어. 아, 그래. 지난번에 집에서 이야기했던 그건 사와야 해."

"아아, 그거? 알았어, 알았어. 그럼 미안하지만 이번 생의 추억 삼아 놀러 갈게."

"그래, 다녀와라."

구마타로는 선선히 대꾸했지만 속으로는 밝은 표정으로 이번 생의 추억이라는 소리를 하는 야고로의 배짱에 혀를 내둘렀다. 하지만 구마타로는 이런 생각도 했다.

마쓰나가 같은 놈들은 무슨 수를 써서든 이 세상에 살려두어서는 안 된다. 그 목적을 이루기 위해서라면 목숨은 기러기 깃털보다 가볍다.

구마타로는 총을 어깨에 멨다.

꽤 묵직했다. 구마타로는 말했다.

"그럼 25일에 돌아와."

"그래, 25일까지 올게."

5월 25일은 다이난 공 구스노키 마사시게의 기일이다. 구마타로는 애써 밝게 말했다.

"그럼 잘 놀다 와."

구마타로와 헤어져 이케다야를 나온 야고로는 니가라베에 있는 닛타 효고로의 집으로 갔다.

문을 두드리자 안에서 나온 사람은 일꾼 스케마쓰 사부로였다. 그는 야고로의 얼굴을 보고 성가신 놈이 왔다고 생각했지만 이야기를 들어보니 그게 아니었다. 이 집에서 일하는 여동생 야나를 만나러 왔다고 했다.

그때 야나는 집 안에 없고 밖에서 농사일을 하고 있었다.

스케마쓰는 "지금 없어"라고 쌀쌀맞게 말했지만 야고로는 여동생을 꼭 만나야 하니 있는 곳을 알려달라고 매달렸다.

스케마쓰는 마지못해 야나가 있는 곳을 가르쳐주었다.

야나는 구로타니 계곡에서 조금 올라간 전망 좋은 비탈에서 풀을 베고 있었다.

엎드려 열심히 풀을 베느라 야나는 야고로가 온 것도 몰랐다. 열아홉 처녀를 이런 곳에서 혼자 일하게 만들다니, 야고로는 닛타인지 효고로인지 하는 녀석도 참 지독한 놈이라고 생각했다. 하지만 여동생이 이런 고생을 하는 건 사실은 성실하게 살지 않는 자기 탓이라는 생각도 들었다.

열심히 일하는 여동생에게 말을 걸기 겸연쩍어 야고로는 다가가면서 노래를 불렀다. "아아, 달걀은 명물, 얼씨구, 안에서 깨지는 것 같아, 호이, 야레사요이요이사, 아, 배고파, 배고파." 그래봤자 멋진 노래가 아니라 가사도 가락도 제멋대로 만들어 아무렇게나 부르는 노래였다.

건달답게 허세 부리는 버릇이 있는 야고로는 다른 사람 앞에서는 결코 이런 멍청한 노래를 부르지 않았지만 야나 앞에서는 이따금 이런 식으로 노래를 불렀다.

이런 얼빠진 노래를 부르는 사람은 이 하늘 아래 오라버니 야고로 한 사람뿐이다. 야나는 바로 알아차렸다.

"어머. 오라버니 아니야? 어떻게 여기까지 찾아왔어? 또 돈이야?"

"멍청한 소리. 고생하는 네게 돈을 꾸러 오겠니? 지난번에는 잔돈이 없어서 담뱃값을 빌린 거잖아."

"아, 잔돈이 없으셨어?"

"그렇지."

"그럼 큰돈은 있었고?"

"참 말 많은 녀석이네. 오늘은 잠깐 할 이야기가 있어서 주인집에 네가 있는 곳을 물어 찾아왔어."

야고로는 그렇게 말하더니 품 안에서 일 엔을 꺼내 야나에게 건넸다.

"이, 이건?"

"받아둬."

"오라버니, 또 나쁜 짓 한 거 아니야?"

"걱정 마. 그런 돈 아니야. 너도 나이가 나이니까. 늘 그런 작업복만 입을 수 없지. 다른 데 갈 때 입을 옷 사."

여느 때와 달리 마음씨 고운 소리를 하는 오빠의 모습에 가슴이 철렁 내려앉은 야나가 물었다.

"좋기는 하지만, 오라버니, 왜 이런 큰돈을 내게 주는 거야?"

갑자기 울상을 짓는 야나의 얼굴을 본 야고로는 처음에는 멀리 일하러 가기 때문에 당분간 만날 수 없을 거라고 평범한 작별 인사를 하려 했지만, 그런 식으로 얼버무리기가 귀찮아졌다.

"사실은 말이야. 이번에 죽기로 했어. 너하고도 오늘 작별해야 해. 내가 없어지면 쓸쓸할 테지만 좋은 사람 만나서 그 사람과 함께 행복하게 살아."

남향인 비탈에 햇볕이 들어 따스하고 화창한 오후였지만 야고로가 그 말을 한 순간 야나는 주위가 캄캄해지고 땅이 흔들리는 느낌을 받았다.

불량배, 무뢰한이라고 세상 사람들이 미워하기는 하지만 야나에게는 하나뿐인 오라비다. 어렸을 때부터 야나는 야고로만 의지하며 살아왔다.

물론 야고로는 오라비 노릇을 제대로 한 적이 한 번도 없었다.

오히려 일하는 집에 찾아와 술이나 돈을 얻어가기까지 했다. 그때마다 주인집에서 못마땅한 표정을 짓는 바람에 야나는 면목이 없었다. 그렇지만 야나는 진짜, 진짜, 진짜 자기가 위험에 빠졌을 때, 이 세상 모든 사람이 못 본 척해 절망과 고독 속에 죽어가더라도 손을 뻗어줄 사람은 오라버니뿐이라고 생각했다.

그렇게 생각했기에 낯선 사람들과 어울려 일할 수 있었고 이 세상을 살아갈 수 있었다.

그런 오라버니가 죽는다니. 야나는 온몸이 갈기갈기 찢어지는 심정이었다.

"꼭 죽어야 하는 거야?"

야나는 간신히 이렇게 물었다. 눈물이 뺨을 타고 하염없이 흘러내렸다.

"야나야, 울지 마."

야고로는 야나를 달랬다. 야나가 울음을 그치면 돌아가려고 생각했는데 야나는 아무리 기다려도 울음을 그치지 않았다.

오후 햇살이 오누이를 비췄다.

24일 밤부터 오기 시작한 비는 25일 아침이 되어서도 그치지 않고 계속 내렸다.

밤새도록 빗소리를 들으며 꾸벅꾸벅 졸던 구마타로는 제대로 잠을 자지 않으면 제 뜻대로 행동하기 어려울 거라고 생각해 몇 번이나 뒤척이며 잠을 청했지만 결국 벌떡 일어나고 말았다.

모내기철이라서 누이는 친정에 머물며 일을 돕느라 집에 없었다.

구마타로는 일어나 질주전자를 찾아 주둥이를 입에 물고

물을 마셨다.

"와, 비가 쏟아지는군."

구마타로는 혼잣말을 하면서 이부자리로 돌아왔다.

잠을 자려고 눈을 감아도 자꾸만 오늘 밤 어떻게 할 것인지 궁리하게 되는 바람에 잠을 이룰 수 없었다.

우선 야고로와 내가 대문을 발로 차 부수고 구마지로의 집안으로 들어간다. 한밤중이라 캄캄해서 아무것도 보이지 않으리라. 하지만 상관할 게 뭐 있겠나. 그 집에 불을 지른다. 그러면 놀란 구마지로가 아우성치며 튀어나올 것이다. 칼로 벤다. 샥. 구마지로가 고통과 공포에 질려 울면서 목숨을 구걸한다. 하지만 내가 들어줄 리 없다. 뒈져라, 이 개자식아. 다시 벤다, 벤다, 벤다. 그게 정의 구현이다. 그런 놈은 이 땅에서 사라져야 한다. 그놈이 살아 있다는 게 허용되어 좋을 리 있겠나. 내가 그 녀석에게 대체 무슨 잘못을 했나. 아무 짓도 하지 않았다. 그렇지만 놈은 비열한 수단으로 나를 함정에 빠뜨렸다. 왜 그런 짓을 했지? 어떻게 그런 짓을 할 수 있지? 나는 도무지 이해할 수 없다. 오직 아는 것은 그런 놈이 살아 있다는 사실 자체가 이 세상의 수치이고 관세음보살의 수치라는 사실이다. 그러니 나는 그놈을 죽일 것이다. 죽이겠다. 죽이겠다. 두고 봐라. 그놈은 울면서 용서를 빌리라. 그때 그놈의 낯짝을 보는 게 내 삶의 보람이다. 쌤통이다, 이놈아. 네 목숨은 내 손 안에 있다. 그런 것도 모르고 돼지처럼 자는 너의 그 오만불손한 태도를 용서할 수 없다. 두려움에 떨어라. 더 무섭게 만들어주마. 겁을 먹어라. 지역의회 의원까지 지내는 주제에 제 자식만 귀하게 여기면서 그 자식이 흉악한 짓을 해도 나무라지 않고 외려 감싸며 남이 힘들어해도 모른 척하는데, 그래도 괜찮은 건가? 지역의회 의원까지 맡았다면 잘못은 잘못했다고 인정하고 사과한 다음 배상하지 않는 한 이 세상의 정의는 지켜지지 않으리라. 다이난 공 구스노키 마사시게는 주군을 지키기 위해 싸웠다. 그것은 정의를 위한 싸움이었다. 나도 놈들을 없앨 것이다. 두고 봐라, 멍청아. 그렇게 하려면 필요한 것이 무라타 소총, 칼, 검은 칼집과 흰 칼집. 어느 쪽으로 할까. 불쑥 철포를 겨누며 위협할까? 우선 내가 문을 박차며 구마지로의 집 안으로 들어간다. 그다음에 어떻게 하려고 했더라? 아, 불을 지른다. 구마지로가 울면서 빈다. 쌤통이다. 누가 육십 엔을 빌렸다는 거야, 이 멍청아. 오백 엔 돌려줘. 다스기야에 가서 사과해. 그때 내가 낸 백 엔도 돌려줘, 이 멍청아. 대체 나한테서 얼마를 빼앗아야 속이 풀리는 거냐, 이 바보야. 그런데 어떻게 하기로 했지? 우선 구마지로의 집으로 가서 문을 발로 차서 부수고……

생각이 맴맴 돌기 시작하면서 구마타로는 잠에 빠져 들었다.

비는 계속 내렸다.

도둑질하러 들어간 다스기야의 객실에는 항아리가 잔뜩 있었다. 그 안에서 남자와 여자의 팔이 튀어나오더니 '이리 오세요, 이리 오세요' 하며 손짓했다. 기분이 나빠 계속 칼로 베어냈다. '그것 봐라, 이 얼간이들아' 하며 신나게 열다섯, 열여섯 개를 베어냈을 때 바닥에 떨어져 꿈틀대던 손이 불쑥 허공으로 날아올라 구마타로에게 덤벼들어 목을 조였다. 으아악, 숨을 쉴 수 없잖아. 이럴 줄 알았다면 베지 않는 게 나았을 텐데. 그런 후회를 하고 있는데 바깥문을 쾅쾅 두드리는 자가 있었다. '큰일 났다, 경찰이다' 생각하면서도 어서 들어와 구해주면 좋겠다는 생각에 소리를 크게 질렀다. 그와 동시에 구마타로는 잠에서 깼다. 그랬더니 실제로 바깥문을 쾅쾅 두드리는 자가 있었다.

"이른 아침부터 누구야?"

투덜거리면서 구마타로가 문을 여니 밖에 서 있던 다니 야고로가 "잘 잤어?"라며 큰 소리로 인사했다.

"참 태평한 녀석일세."

구마타로는 씁쓸하게 웃었다. 간신히 잠이 들 뻔했는데 깼다. 다시 잘 수도 없어 어차피 이렇게 된 거 이케다야에 가서 술이라도 마시고 취해서 자야겠다고 생각했다.

"그거 사 왔어."

구마타로는 보자기에 싼 물건을 내미는 야고로에게 "나갈까?"라고 하며 밖으로 나왔다.

여전히 비가 내리고 있었다. 야고로는 이케다야에 앉아 오사카에서 아가씨를 산 이야기, 연극을 본 이야기를 늘어놓으며 밝은 표정이었다.

하지만 그 이야기를 듣고도 구마타로는 내리는 비처럼 우울한 기분에 말을 거의 하지 않았다.

구마타로는 자기가 우울한 것이 이상했다.

마쓰나가 덴지로의 집에서 후시 씨에게 흠씬 얻어맞은 구마타로는 비틀거리며 간신히 야고로의 집에 도착했다. 이마에서 흐르는 피 때문에 시야가 물들어 산도 마을도 붉게 젖었다. 그게 구마타로에게는 활활 타오르는 불길로 보였다.

자신의 분노로 세상을 불태우고 있는 것처럼 보였던 것이다.

그 뒤 피가 멈추고 상처는 나았지만 세상은 여전히 불타고 있었다.

구마타로의 분노와 원한은 그토록 깊고 컸다. 덴지로, 구마지로, 간통한 남녀, 호적을 옮겨주지 않은 모리모토 도라를 처치하지 않는 한 분노는 가라앉지 않을 테고 분도 풀리지 않을 것이다. 죽이겠다. 죽이겠다. 죽이겠다. 죽이겠다. 모두 죽이겠다. 죽이겠다. 죽이겠다. 죽이겠다. 죽이겠다. 모두 죽이겠다. 죽이겠다. 죽이겠다. 죽이겠다. 죽이겠다. 모두 죽이겠다. 죽이겠다. 죽이겠다. 죽이겠다. 죽이겠다. 모두 죽이겠다. 죽이겠다. 죽이겠다. 죽이겠다. 죽이겠다. 모두 죽이겠다. 죽이겠다. 죽이겠다. 죽이겠다. 죽이겠다. 모두 죽이겠다. 죽이겠다. 죽이겠다. 죽이겠다. 죽이겠다. 모두 죽이겠다. 죽이겠다. 죽이겠다. 죽이겠다. 죽이겠다. 모두 죽이겠다. 죽이겠다. 죽이겠다. 죽이겠다. 죽이겠다. 모두 죽이겠다. 죽이겠다. 죽이겠다. 죽이겠다. 죽이겠다. 모두 죽이겠다. 죽이겠다. 죽이겠다. 죽이겠다. 죽이겠다. 모두 죽이겠다. 죽이겠다. 죽이겠다. 죽이겠다. 모두 죽이겠다. 죽이겠다. 죽이겠다. 죽이겠다. 죽이겠다. 모두 죽이겠다. 개인적인 진언을 외우며 간신히 정신의 평형을 지켜온 구마타로였다.

이것은 진언이자 선언, 성명이기도 했다.

그래서 구마타로는 재산을 모두 팔아 총과 칼을 구하고 원래 7월에 지내야 할 조상 제사도 앞당겨 마치는 등 차근차근 준비를 해왔다.

그리고 드디어 5월 25일 오늘, 주군을 위해 목숨을 버리고 싸워 후세에 충신으로 이름을 남긴 구스노키 마사시게의 기일. 미리 야고로와 의논하여 정한 결행일. 즉 지금까지 쌓인 원한을 씻어내는 날이라 굳이 따지자면 이렇게 유쾌한 날은 없으리라.

그런데 나는 왜 우울한 걸까. 구마타로는 생각했다.

살갗에는 가늘고 쪼글쪼글한 불쾌가 붙어 있고 명치 부분에는 채소 절일 때 쓰는 누름돌처럼 크고 칙칙하고 시커먼 불쾌의 응어리가 맺혀 있었다.

손가락이 너무 가렵다. 긁으면 또 다른 곳이 가렵다.

잠이 부족해 온몸이 나른하다. 머리카락이 끈적거린다.

이런 상태로 덴지로와 구마지로를 해치울 수 있을까. 정신 차려야 한다, 나는. 구마타로가 그런 생각을 하며 술을 들이켰을 때 저쪽에서 이노우에 데이지로가 걸어오는 모습이 보였다.

구마타로는 이노우에 데이지로를 놀리면 우울한 기분이 풀어질지도 모른다고 생각해 말을 꺼냈다.

"아우, 저기 이노우에 데이지로가 오는데."

"아, 정말."

"좀 놀려줄까?"

"좋지, 놀려주자."

야고로는 그렇게 말하고 웃더니 이케다야 앞을 그냥 지나가려는 데이지로에게 말을 걸었다.

"어, 데이지로. 심각한 얼굴을 하고 어딜 가는 거야?"

데이지로는 속으로 '이런, 나를 보았네'라고 생각하며 대꾸했다.

"아, 뭐야, 야고로구나? 우산을 쓰고 있어서 못 봤네. 비가 꽤 오는군."

데이지로가 멈춰 서 대꾸하는 모습을 본 구마타로는 속으로 '모른 척하며 지나가려던 주제에 뻔뻔하네, 저 자식' 하고 생각하면서도 웃는 표정으로 말했다.

"내가 살 테니까 한잔하고 가지?"

"아침부터 속이 좋지 않아서, 다음에 하지."

"아, 그래? 그런데 지금 어디 가는 건가?"

"아, 산에 가서 할 일이 있어서."

"산에 가서 일할 만큼 기운이 넘치는 사람이 술 한잔 못하겠어? 마시고 가. 한잔하고 가라고."

구마타로와 야고로는 데이지로를 억지로 자리에 앉혔다. 그러고는 자기들은 노름판에서 돈을 잃고 가난뱅이에다가 너처럼 생업도 없고, 게다가 너한테 술까지 사느라 돈이 더 없다, 이제는 강도나 살인 같은 짓을 할 수밖에 없다, 하지만 강도나 살인은 수입이 좋은 편이니 그걸 할 때는 반드시 친구인 너를 부르겠다, 그러니 앞으로 강도, 살인을 함께 하자, 이런 소리를 늘어놓았다. 데이지로는 안색이 붉으락푸르락했다.

여느 때는 지나가는 사람이 쳐다보면 무뢰한과 어울리는 모습을 남에게 자랑하듯 보여주던 데이지로인데, 이런 무시무시한 범죄를 권유받고는 겁을 집어먹은 나머지 사람이 지나갈 때마다 고개를 폭 숙이거나 얼굴을 돌리기도 하며 구마타로, 야고로와 함께 술을 마시는 모습을 보여주지 않으려고 애썼다.

구마타로와 야고로는 그런 식으로 데이지로를 놀리면서 오전 열 시까지 술을 마시고 둘이 함께 구마타로의 집으로 돌아갔다.

바로 누워 잠이 든 구마타로가 무슨 소리를 듣고 잠에서 깬 때는 오후 세 시쯤이었다.

누이가 돌아와 있었다. 야고로는 아직 자는 중이었다.

구마타로는 머릿속에 떠오른 것이 있어 누이에게 물었다.

"지금 바로 나갈 수 있나?"

"나갈 수 있지."

"그럼 맛있는 것 줄 테니까 따라와."

구마타로는 그렇게 말하며 이부자리에서 기어 나왔다.

"우산 하나밖에 없는데."

"괜찮아, 상관없어. 같이 쓰고 가지 뭐."

사이좋게 우산을 나눠 쓰고 구마타로와 누이가 도착한 곳은 마을 묘지였다.

구마타로는 그 묘지 안에서도 가장 전망이 좋은 높은 지대로 올라갔다. 그리고 새로 생긴 멋진 무덤 앞으로 누이를 데리고 가 자랑스럽게 말했다.

"이 무덤 좀 봐."

"정말 훌륭한 무덤이네. 대체 누구 묘지?"

"잘 봐. '기도 구마타로의 묘'라고 적혀 있잖아. 내 무덤이야."

"이런 건 언제 만들었어?"

"이레 전에 만들었어. 봐봐, 이 근처에 이런 멋진 무덤은 없지?"

"없어."

"너나 나나 언젠가는 여기 들어갈 거야. 자, 절하고 가자."

"아직 아무도 없는데 무슨 절을 해?"

"뭐, 어때. 절하고 가자."

구마타로가 말하자 누이는 묘를 향해 합장했다.

그사이 구마타로는 누이 뒤에 우산을 들고 서 있었다. 누이가 절을 마치고 돌아서자 누이에게 우산을 건네더니 이번에는 자기가 합장하고 묘 앞에 엎드려 절을 했다.

두 손을 모으며 구마타로는 "조복, 조복, 조복(調伏)*"이라고 중얼거렸다.

일어선 구마타로에게 우산을 건네며 누이가 물었다.

"뭐라고 한 거야?"

"아니야, 별거 아니야."

구마타로가 말을 흐리며 누이에게 다시 물었다.

"무덤 좋지?"

"좋은 무덤이네."

그리고 두 사람은 별 이야기 없이 우산 하나를 둘이 쓰고 집으로 돌아왔다.

다니 야고로는 이미 일어나 책을 읽고 있었다.

밥상을 차려 셋이 함께 저녁을 먹고 난 뒤 구마타로는 누이에게 오늘은 여동생인 우노를 데리고 본가에 가서 자라고 했다.

누이는 이유도 묻지 않고 고개를 끄덕인 뒤 설거지를 마치

---

* 기도를 통해 악마나 원수를 물리치는 일. 혹은 주술의 힘을 빌려 남에게 저주를 내려 죽기를 바라는 일.

자 집을 나섰다.

오후 열한 시, 야고로에게 "갈까?"라고 말을 건넨 구마타로는 남색 바탕에 줄무늬가 들어간 겹옷을 입고 흰색 칼집에 넣은 칼을 허리에 꽂았다. 오른손에는 무라타 소총을 들고 허리에는 총탄을 잔뜩 찼다.

"가자" 하고 대답한 야고로는 흰색 칼집에 넣은 칼을 들고 품 안에는 권총을 숨겼다. 바로 일어선 야고로가 걸어 나가다 뒤를 돌아보더니 구마타로에게 "형님아, 그거 들었어?"라고 물었다. 구마타로는 "아, 그래. 여기 있다"라며 장지문 앞에 놓아두었던 보따리를 집어 들었다.

두 사람은 빗속을 말없이 걸었다. 한동안 걷다가 구마타로가 불쑥 입을 열었다.

"갑자기 뉴멘을 먹고 싶네."

"뉴멘? 이상한 걸 먹고 싶다고 하네. 먹고 갈까?"

"아니야, 그만두자. 그렇게 하면 한도 끝도 없어."

"하하하, 그건 그래."

야고로가 웃었다. 두 사람은 다시 말없이 걸었다.

쏟아지는 비에 불어난 계곡물 소리가 요란했다.

구마타로와 야고로는 마쓰나가 덴지로의 집 앞에 멈춰 섰

355

다.

"자, 쏜다."

"잠깐."

야고로를 제지한 구마타로는 보따리를 풀었다.

사자머리 탈이 나타났다.

구마타로는 그걸 뒤집어쓰고 탈에 달린 끈을 몸에 묶었다.

구마타로의 눈앞에 탈 안쪽의 허무가 드러났다.

비 내리는 어두운 밤보다 더 캄캄한 어둠이 구마타로와 세상 사이에 가로놓여 있었다.

구마타로는 "야고로, 쏴"라고 외치고 자기도 마쓰나가 덴지로의 집 문을 겨냥해 쏘았다.

총성이 울려 퍼졌다. 그 소리를 듣고도 구마타로의 마음에는 아무런 감정도 떠오르지 않았다.

느닷없이 울려 퍼진 두 발의 총성에 놀란 덴지로는 벌떡 일어났다.

곧 밖에서 문을 쿵쿵 두드리는 소리가 났다.

덴지로는 마을의 누군가가 이변을 알리러 온 거라고 생각해 옷을 홀딱 벗고 자던 차림 그대로 문까지 달려가 문을 열고는 깜짝 놀랐다.

문 밖에는 은빛으로 빛나는 칼을 든 사내가 서 있었다. 게

다가 그 사내 뒤에는 사자가 떡하니 버티고 서 있었다.

대담한 편인 덴지로도 깜짝 놀라 앗 하고 소리치며 그 자리에 얼어붙고 말았다. 그 순간 사자가 갑자기 칼을 휘둘렀다. 덴지로는 얼른 손으로 머리를 감쌌다. 왼쪽 손가락이 잘려나가고 봉당에 핏방울이 튀었다.

핑음을 내며 두 개의 칼날이 날아오는 것을 간신히 피한 덴지로는 마루 위로 올라가 안쪽으로, 안쪽으로 달렸다.

구마타로에게는 덴지로가 슬로모션으로 나타난 것처럼 보였다.

자연스럽지 못할 만큼 느린 동작으로 봉당에 내려서더니 뭐라고 소리를 질렀지만 알아들을 수 없었다.

시야에는 덴지로와 사자탈의 안쪽이 거의 반반씩 들어왔지만 이윽고 덴지로가 안쪽의 허무로 빨려 들어왔는지 안쪽에 있는 허무가 바깥으로 흘러나갔는지 그 경계가 흐릿해졌다.

구마타로는 아무 생각도 않고 칼을 들어 올렸다가 내려쳤다.

피가 튀는 순간 구마타로는 서로 뒤섞이는 두 세계에서 덴지로가 겁에 질린 표정을 짓는 모습을 똑똑히 보았다. 예전에 이마다 시카조가 얻어맞았을 때처럼 겁먹은 얼굴이었다.

컴컴했던 집 안이 대낮처럼 환해졌다. 구마타로가 무심코 고개를 드니 입구 쪽 소데가라미*와 창이 걸려 있는 중인방에 삼각형 부유물체가 나타나 빛을 내며 흔들리고 있었다.

그걸 본 순간 구마타로의 머릿속에는 더할 나위 없이 아름다운 섬광이 스쳐지나갔다.

"오호호호호호호."

구마타로는 마구 웃으며 봉당으로 뛰어들었다.

구마타로는 사자머리 탈 안쪽에 있는 자기 머리, 그 머리의 안쪽에서 사방을 둘러보았다.

몇 백 개나 되는 흰 절구가 어둠 속을 질주했다. 그런데 어쩜 이리 준비성이 없는 사람들인가. 수많은 절구가 마구 질주하는 캄캄한 어둠이라 위험한데도 여러 명의 남녀가 엎드려 피하지도 않고 주위를 어슬렁어슬렁 걸어 다니고 있었다. 게다가 알몸이거나 고시마키**만 걸친 무방비한 모습이었다. 절구는 느티나무로 만든다. 단단하기 때문이다. 단단하고 튼튼하게 만든 절구는 무게가 나간다. 그 단단하고 튼튼한 절구가 무서운 속도로 날아다니는 곳을 발가벗고 어슬렁어슬

---

*에도 시대에 범인을 잡는 데 쓰던 도구. 긴 자루 끝에 가시가 돋은 여러 가닥의 갈고랑이가 달려 있어 그 부분으로 범인의 소매를 감아 넘어뜨린다.
**일본 전통 여성복을 입을 때 아랫도리의 맨살에 두르는 속치마.

렁 걷는 건 자살행위나 마찬가지다. 쾅. 절구를 옆통수에 정통으로 맞은 여자가 뇌수를 뿜어내며 비명 지를 틈도 없이 쓰러지고 말았다. 아직 죽지 않은 여자는 사지를 푸들푸들 떨며 경련을 일으켰다. 다른 남자와 여자들도 계속해서 퍽퍽 절구에 맞아 머리가 박살나며 쓰러졌다. 그때 절구가 질주해 가는 안쪽 어둠 속에서 일 미터가 채 안 되는 흰빛 두 줄기가 규칙적으로 교차하거나 평행으로 움직이며 가까이 다가왔다. 그사이에도 절구는 계속 질주해 마침내 두 줄기 흰빛과 절구가 정통으로 부딪혔다. 절구는 완전히 두 쪽이 나 위아래로 각각 날아가고 뭔가에 부딪혀 부서졌다. 요란한 소리가 울려 퍼지고 화약 냄새가 났다. 가루가 날렸다. 흰빛은 그렇게 절구 몸통을 자르면서 나아갔다. 이제는 그렇게 많던 절구도 몇 개 남지 않아 산발적으로 두세 개가 힘없이 날아다니는 정도였다. 하지만 그마저도 흰 빛줄기에 잘려 박살나고 말았다. 절구를 맞고 뇌가 부서져 쓰러진 채 꿈틀대던 남녀는 그 모습을 보고 저 일 미터가 채 안 되는 흰빛이 자기들을 구하러 왔다고 생각했으리라. 흰빛이 다가오자 머리가 아픈데도 불구하고 움직이기도 힘든 몸을 추슬러 어떻게든 그 빛에 매달리려고 했다. 하지만 흰빛은 허를 찌르는 움직임을 보였다. 두 줄기 흰빛은 여자의 앞뒤로 각각 움직이더니 등과 배를 사정없이 베었다. "꺄아아아악." 여자는 짐승처럼 비명을 지르며 쓰러지더니 다시는 움직이지 않았다. 그 광경을 본 젊은 남자가 도망치려고 했지만 무서운 나머지 제대로 움직이지도 못했다. 오줌을 질질 흘리며 어린 여자아이처럼 앉은 채로 손만 움직여 조금씩 기어갈 뿐이었다. 하지만 그렇게 해서는 벗어날 수 없다. 빛이 한차례 번쩍 스쳐지나갔다. 귀에서 뺨까지 베자 다른 빛이 배를 가로로 베었다. 펑 하는 소리와 함께 창자가 튀어나왔다. "오오오오오오오오옷." 비명을 지르며 자기 내장을 왼손으로 움켜쥔 남자는 빛으로부터 도망치려고 오른팔을 써서 기었지만 같은 곳을 맴돌기만 할 뿐 제대로 벗어나지 못했다. 그사이에도 남자의 내장은 계속 쏟아져 나왔다. 두 줄기 빛은 잠시 허공에 머물며 규칙적으로 교차하기도 하고 평행으로 움직이기도 했다. 이윽고 빛 한 줄기가 움직이나 싶더니 픽 하고 젊은 남자의 목을 찌른 뒤 옆으로 움직였다. 젊은 남자는 뜨거운 덩어리가 목구멍을 넘어오는 걸 느끼면서 잠시 몸부림치며 뒹굴었다. 이미 날아오는 절구는 없었다. 그저 먼지만 자욱할 뿐이었다. 두 줄기 빛은 표류하듯 움직이다가 객실 구석 쪽에서 움직이지 못하는 소녀의 왼쪽 허벅지를 찌르고 또 옆구리를 찔렀다.

구마타로는 지독한 통증을 느끼고 제정신이 들었다.

손가락이 미끈거렸다. 피가 튄 게 아니라 자기 피였다.

덴지로의 처 다케의 배를 가르고 셋째 아들인 사고로의 목을 찌르고 셋째 딸 스에를 베려고 칼을 들어 올렸을 때 칼이 상인방에 걸린 것이다. 흰 칼집에 넣은 칼은 날밑이 없었기 때문에 손이 미끄러져 손가락을 베고 말았다.

뜨끔거리는 통증을 느끼면서 구마타로는 멍하니 생각했다.

질주하는 절구는 나의 저항감을 나타낸다.

하지만 그 저항감이 놈들의 머리통을 부쉈다. 그리고 나는 그 저항감을 이겨내고 놈들을 베었다.

구마타로는 멍하니 천장을 올려다보았다.

흰빛은 아직도 떠다니며 주위를 밝히고 있었다.

그렇지만 보고 있노라니, 흔들리면서도 세 개의 점이 같은 힘으로 서로 당기는 듯한 아름다운 균형은 깨져 삼각형은 부정형으로 바뀌고 있었다.

흰빛은 차츰 붉은빛을 띠더니 참기 어려운 냄새와 열을 발산했다. 어느새 방 안에는 검은 연기가 가득 찼다.

야고로의 목소리가 들렸다.

"덴지로 놈은 밖으로 도망쳤는데."

"알았다."

구마타로는 그렇게 대답하면서 '내가 결국 여기까지 오고

야 말았구나' 하는 생각을 했다.

구마타로는 전에 '내 사상과 말이 하나가 되었을 때 나는 죽을 것이다'라는 말을 했던 것을 떠올렸다.

구마타로는 사자머리 탈을 벗어 불속에 던져 넣었다.

그런데도 탈 안쪽의 허무는 여전히 구마타로의 눈앞에 그대로 남아 있었다.

구마타로는 '내 사상과 말이 직렬로 이어졌다'고 생각했다.

눈을 부릅뜬 사자가 시뻘건 불길에 휩싸여 있었다.

구마타로는 무의미하게 총을 쏘면서 "오오오오오오오옷" 하고 악을 쓰며 달렸다.

밖으로 도망친 덴지로는 왼쪽 손가락 통증 때문에 울면서 달리고 있었다. 집 뒤에 있는 대나무 숲을 헤치고 옆집인 쓰지 시게조의 집으로 뛰어 들어간 그는 "큰일 났네. 미친놈이 우리 집에 쳐들어왔어"라고 호소했다.

당연히 쓰지는 자던 중이었지만 덴지로의 말을 듣고 큰일이 났다 싶어 주변 사람들을 불러 모아 덴지로의 집으로 달려갔다.

"으앗, 무섭게 타고 있네."

"제기랄, 불을 질렀잖아."

덴지로는 이를 갈며 팔을 걷어붙였지만 불길이 워낙 거세

이미 손을 쓸 수 없는 지경이었다. 그는 그저 멍하니 그 자리에 서 있었다.

바로 그때 구마타로와 야고로가 나타났다.

"이놈들! 시끄럽게 굴면 죽여버릴 테다."

두 사람이 총을 쏘고 칼을 휘두르며 마구 덤벼드는 바람에 사람들은 모두 두려움에 떨며 후다닥 도망쳤다.

오다 구로는 바로 그 총성을 들었다.

오다는 몸을 일으켜 어둠 속에서 귀를 기울였다.

비 오는 소리와 함께 다시 총소리가 들렸다. 오다는 옆에 누워 있던 아내에게 말을 걸었다.

"여보, 지금 소리 들었어?"

"예, 무슨 철포 같은 거 쏘는 소리가 났어요."

"같은 게 아니야. 틀림없이 철포 소리야."

"무서워요. 어떻게 하죠?"

"어떻게 하긴. 무턱대고 밖에 나갔다가는 괜히 말썽에 휩쓸려. 문단속 단단히 해야지."

오다는 아내에게 그렇게 말하고 나가보려고 들지 않았다.

구마타로는 빗속에서 무관심하고 허무한 세계를 달리고 있었다.

세계의 끝에 집이 있었다.

구마타로는 이야앗 하고 소리치며 문을 향해 총을 난사한 뒤 박차고 들어갔다. 집주인 구마지로는 재빨리 일어나 처자식을 버리고 으아앙 울면서 뒷문으로 달아났다. 그리고 목청껏 "도둑이야, 도둑이야" 하고 소리쳤다.

하지만 아무도 나오지 않았다.

구마타로는 칼을 등에 지고 구마지로를 뒤쫓으며 "누가 나올 줄 알아? 이 멍청한 놈아"라고 외쳤다. 또 "이 상황에서 나오면 내가 들개에게 쫓겼을 때도 당연히 나왔겠지, 멍청아"라고 소리쳤다.

구마타로는 보리밭으로 도망친 구마지로를 쫓아가 칼을 휘둘러 구마지로의 발꿈치 힘줄을 끊었다.

구마지로는 울면서 보리밭에 엎어졌다. 발이 너무 아파 울부짖었다.

"아이구, 아파. 아이구, 아파. 아이구, 아파."

구마타로는 구마지로를 내려다보며 말했다.

"닥쳐. 조용히 해."

"조용히 할 수가 없어. 아이구, 아파. 아이구, 아파. 아이구, 아파."

구마타로는 마지막으로 울 수 있는 기회라는 듯이 악을 써대는 구마지로의 목에 칼끝을 들이대고 말했다.

"조용히 하지 않으면 목소리도 낼 수 없게 해주지."

그러자 구마지로는 바로 입을 다물었다. 잠시 후 그는 작은 소리로 훌쩍거리면서 구마타로에게 애원했다.

"미안. 시키는 대로 할게. 시키는 대로 할 테니까 살려줘. 돈도 갚을게. 그러니까, 그러니까 제발."

"시끄러워."

구마타로는 그렇게 말하며 구마지로의 얼굴에 칼을 휘둘렀다. 칼날이 구마지로의 두 눈을 벴다.

"으히이이이이이이잇."

구마지로는 피리 소리 같은 비명을 지르더니 왼손으로 눈을 누르고 오른손으로 몸을 지탱하면서 보리밭을 데굴데굴 굴렀다. 손가락 사이로 피가 철철 흘러나왔다.

"으히이이이이이잇. 내 눈이, 내 눈이 불에 타는 것처럼 아파. 타는 것처럼 아파. 아무것도 보이지 않아."

"시끄럽게 구네, 이 멍청한 놈."

구마타로는 구마지로의 오른손을 잘랐다.

손을 잃은 구마지로는 보리밭에 쓰러져 진흙투성이가 되어 뒹굴었다.

피가 폭포처럼 쏟아졌다. 눈에서도 피가 흘렀다.

"피, 피가 멈추지 않아. 어떡해. 어떡해. 어떡해."

구마지로는 그러면서 계속 뒹굴었다.

야고로가 뒤따라와 "이놈!" 하며 등을 벴다.

등가죽이 터져 등뼈가 드러났다. 거기에 비가 쏟아졌다.

"히이이이이이이익."

구마타로가 "죽어라!"라고 외치며 머리를 반쪽 내려고 정수리를 내려쳤지만 실수로 약간 왼쪽을 베고 말았다. 구마지로의 왼쪽 머리가 잘려나가 축 늘어지면서 귀와 머리카락이 왼쪽 가슴 부분에서 대롱거렸다. 구마지로가 끔찍한 비명을 질렀다.

"꺄아아아아아아아아."

이어서 구마지로와 야고로가 번갈아 "이놈!", "죽어라!", "분수를 알아야지!", "짐승만도 못한 놈!", "죽어라!"라고 외치며 난도질했다.

사람을 칼로 죽일 때, 찌르면 간단하지만 베면 치명상이 되지는 않는다.

생선회를 치듯 잘게 썰려 헤아릴 수 없을 정도로 많은 붉은 상처를 입은 구마지로는 미칠 듯한 통증을 느끼면서도 목숨이 붙어 있었지만 이윽고 움직이지 않게 되었다.

구마지로는 땅바닥에 엎드린 채로 궁둥이를 치켜들고, 대롱

대롱 겨우 붙어 있는 왼손으로 음경을 꼭 쥔 채 죽고 말았다.

그 상처투성이인 등에 비가 쏟아져 내렸다.

피 묻은 칼을 들고 구마지로의 집으로 돌아온 구마타로와 야고로는 구마지로의 내연의 아내 리에를 찔러 죽이고 자식인 다섯 살 난 규타로, 세 살배기 고타로도 베어 죽였다.

리에나 규타로, 고타로는 끽소리도 못하고 죽었다. 리에는 공포에 질린 나머지 입을 열지 못했고 규타로와 고타로는 제 아비의 죽음도 모른 채 자고 있었다.

구마타로 혼자만 말이 많았다.

구마타로는 칼을 휘두르면서 중얼거렸다.

"사변과 말과 세상이 직렬로 놓이는 허무의 세계에서는 어떤 일도 돌이킬 수 없다. 생각해보면 나는 지금까지 살아오면서 여러 국면에서 지금이야말로 돌이킬 수 없는, 되돌아갈 수 없는 지점이라고 생각했다. 그렇지만 전혀 그렇지 않았다. 돌이켜보면 얼마든지 돌이킬 수 있는 지점이었다. 그래서 나는 지금 이 상황에 몰렸다. 결국 그 지점들이 진짜 돌이킬 수 없는 국면이었다면 나는 그때 확실하게 허무와 직렬로 연결되어 사라졌을 것이다. 하지만 나는 돌이키지 않았고 이제 나는 정의를 행하고 있는데 이 정의가 진짜 정의이기 위해서 나는 바로 이 지점을 돌이킬 수 없는 지점으로 삼아야 한다."

구마타로는 그렇게 말하며 태어난 지 사십 일밖에 지나지 않은 하루에를 칼로 찔렀다.

구마타로는 무명(無明)의 어둠 속을 달리고 있었다.

정신을 차리니 야고로가 보이지 않았다.

구마타로는 '무서워 도망친 모양이군' 하고 가볍게 생각했다.

어둠 속에 서 있던 모리모토 도라는 구마타로를 보자마자 아무 말 없이 집으로 달아났다. 구마타로는 도라를 베려고 칼을 뽑은 뒤 쓴웃음을 지었다. 구마지로의 집에서 칼을 휘두를 때 상인방에 부딪혀서인지 칼날이 부러져 있었다.

총을 들어 겨눈 구마타로가 방아쇠를 당기려고 한 순간 멀리서 탕 하는 폭발음이 들려왔다. 깜짝 놀란 도라가 집 바로 앞에서 넘어졌다.

구마타로는 재미있다고 생각했다.

"세계가 허무에서 직렬로 연결되었기 때문에 동시다발적으로 나와 같은 일을 하며 스스로를 막다른 곳으로 몰아넣는 녀석이 있군. 절구의 저항감을 극복하고, 그 저항감이 바탕이 되어야 할 수 있는 일이지. 절구를 파괴해 저항감을 없앤 뒤 더욱 격렬해졌어. 세상이 절구처럼 박살나고 천지가 새로워진다. 나는 사라질 거야. 죄가 사라질 거야."

구마타로는 그렇게 말하더니 쓰러진 도라에게 걸어가 막 일어서려던 도라의 등에 총구를 대고 방아쇠를 당겼다. 탕, 탕, 탕. 총성이 세 발 울리고 도라는 숨이 끊어졌다.

모리모토 도라가 등에 총탄을 맞고 죽을 무렵 마을에 불이 났다는 걸 알게 된 기도 헤이지는 얼른 옷을 걸치고 아내 도요에게 "아무래도 불이 난 것 같군. 내가 가서 살피고 올게. 집 잘 보고 있어"라고 하더니 불길이 오르는 곳으로 향했다.

헤이지가 나간 뒤 바로 집에 들어선 사람이 있었다.

구마타로였다. 구마타로는 안채로는 들어가지 않고 헛간으로 향했다.

누이와 누이 여동생이 헤이지 집에 묵을 때면 대개 안채가 아니라 헛간에서 잤기 때문이다.

구마타로는 헛간 문을 열었다. 누이와 우노는 깨어 있었다.

구마타로는 누이만이 이 상황을 이해할 거라고 생각했다.

누이는 자기 의지나 욕망이 없이 그저 남을 측정하기 위해서만 존재한다. 누이만이 구마타로의 행위를 올바르게 의거로 인정하리라. 구마타로는 누이가 오로지 사람들을 시험하기 위해서 자기에게 시집왔고 도라키치와 간통했다고 생각했다. 하지만 누이는 엽총을 들고 피투성이가 되어 들어온 구마타로를 보더니 비명을 지르며 옷도 제대로 걸치지 못한 채 도망치려고 했다. 하지만 입구에는 구마타로가 서 있어 나가지 못하고, 창문으로 달려가서는 머리를 내밀고 "도라키치, 살려줘"라고 소리쳤다.

그제야 비로소 구마타로는 누이가 깊은 통찰력을 가지고 그런 소리를 지른 게 아니며, 사람들의 의지를 시험하기 위해 신이 보낸 존재도 아니라는 사실을 깨달았다.

누이가 단순히 음탕한 인간이었다는 사실을 깨달은 것이다.

"평평한 땅에 소나무가 있으면 보기 싫지. 베어버려야 해. 거기 소나무가 있다는 사실까지 포함해 모든 게 잘못되었어. 귀찮아. 죽고 싶다. 너부터 죽어라."

구마타로는 그렇게 말하며 총을 발사했다.

누이의 뒤통수가 부서졌다.

열다섯 살 난 우노는 그 광경을 가만히 지켜보고 있었다.

구마타로의 눈과 우노의 눈이 마주쳤다.

두 사람의 눈에는 감정이 실려 있지 않았다. 구마타로가 우노에게 물었다.

"넌 슬프거나 노엽지 않니? 내가 무섭지 않아?"

우노는 말없이 고개를 끄덕였다. 구마타로가 말했다.

"도망쳐. 도망치지 않으면 죽일 거야."

우노가 비로소 입을 열었다.

"어디로?"

"몰라. 어디로 도망쳐야 하는지 나도 모르겠구나."

그러더니 구마타로는 헛간을 나갔다.

주위는 여전히 어두웠지만 구마타로는 이제 뛰지 않았다.

그냥 터벅터벅 걸었다. 사람들이 아우성치는 소리, 계곡을 흐르는 요란한 물소리, 화염에 휩싸인 지붕에서 굵은 대나무가 터지는 소리가 들려오기 시작했다.

조금 전까지만 해도 아무 소리 들리지 않았는데.

구마타로가 피범벅이 된 옷을 갈아입고 손가락 상처를 물로 씻으며 심한 통증 때문에 얼굴을 찌푸리고 있을 때 문이 덜컹덜컹 흔들리는 소리가 났다. 마쓰나가가 복수하러 왔나 싶어 자세를 가다듬었지만 쏜살같이 뛰어 들어온 사람은 피투성이 야고로였다. 구마타로가 말했다.

"마쓰나가인 줄 알았더니 너였구나. 어디 갔었어?"

"미안, 미안해. 좀 봐줘. 마침 생각난 게 있어서 아사이 덴자부로 집에 갔다 왔어. 화약 채운 대나무에 도화선을 묶어 마루 밑에 넣고 폭발시켰어."

"아, 그게 너였구나. 재미있었겠다."

"그랬지. 그런데 형님아, 왜 가만히 있어? 어서 가자."

"가다니, 어딜 가?"

"형님아, 정신 차려. 제일 중요한 도라키치는 아직 해치우지 못했어."

"아, 그런가?"

"아, 그런가가 아니지. 여기 있으면 바로 경찰 놈들이 올 텐데. 일단 이 자리를 피하고 도라키치를 해치워야 하잖아."

"그건 그렇구나."

"그건 그렇구나가 아니지. 어서 가자."

"너 피범벅이야. 옷 갈아입고 가는 게 어때?"

"그렇게 꾸물거릴 시간 없다니까. 그러는 사이에도……"

"그렇지만 그 꼴이면 남들 눈에 금방 띄지."

"그건 그렇군. 그럼 형님 옷 좀 빌려줘."

"그래. 거기 쌓아놓은 거 있어. 갈아입어."

야고로는 옷을 갈아입고 핫피*를 걸쳤다.

"그럼 가자"라고 하는 구마타로는 하오리를 입고 있었다.

부러진 칼을 마루 밑에 숨기고, 미리 준비했던 지팡이 칼과 검은색 칼집이 있는 단도를 들고 탄약과 화약을 챙긴 구마타

---

* 공장 직공이나 여관 종업원들이 주로 입던 작업복.

로와 야고로는 밖으로 나갔다.

구마타로는 어렴풋이 밝아오는 세상을 둘러보았다.

검은 새가 농가의 흙담 앞을 걷고 있었다. 대숲이 바람에 술렁거렸다. 비는 그쳤지만 모든 것이 젖어 물기를 잔뜩 머금고 있었다.

세계는 더 이상 구마타로의 말과 직렬로 이어지지 않았다.

구마타로의 사변은 구마타로의 얼굴 가죽 안에서 곪아가고 있었다.

구마타로는 지금 자기 머리가 종이인형 같다, 흰돌고래 같다고 생각했다.

구마타로는 앞으로 어떻게 할 것인가를 전혀 생각할 수 없었다. 왜냐하면 열 명을 죽이면 자기는 이미 돌이킬 수 없는 막다른 곳에 이르러 있을 거라고 생각했기 때문이다.

그렇지만 막다른 곳이라고 생각하며 부딪힌 벽은 종이로되어 있었다. 부딪힌 순간 바로 찢어져 그 앞에 변함없는 세계가 나타났으니 우습다. 그러나 웃을 수 없다. 그 종이란 누이. 정의를 구현하라고 한 것은 관세음보살이지만 부정을 폭로한 것은 모든 이를 시험하는 누이의 눈이라고 믿었다. 그런데 누이가 단순히 음탕한 존재였다니 우습다. 그러나 웃을 수 없다. 나는 터무니없는 생각을 하는 바람에 어디에도 이르지 못했다. 아무 의미도 없이 그저 빙글 한 바퀴 돌아 원래 있던 세계로 돌아온 셈이다. 하지만 나는 원래의 내가 아니다. 무서우리만치 피폐해졌다. 타인의 죽음, 열 명의 죽음이 내 자신의 죽음으로서 내 안에서 되살아난다. 죽음이란 사람들 각자의 것이지만 나는 열 명의 죽음을 내 죽음으로서 갚아야만 한다. 그것은 무서운 일이다. 다른 사람의 죽음을 짊어지고 죽을 때까지 산다는 것은 너무도 괴롭고 힘든 일이다. 막다른 곳이 막다른 곳이 아니었다는 것은 무서운 일이다. 그리고 이런 생각이나 고민도 이제는 말이 되어 세상에 나가는 게 아니라 내 머릿속에서 갈 곳을 잃고 썩어 고름이 된다. 흰돌고래가 된다.

이런 머리로 어떻게 도망간다는 건가. 어디로 도망가야 한다는 것인가.

구마타로는 야고로에게 말했다.

"아우야, 그런데 어디로 도망가야 하지?"

야고로가 밝은 목소리로 답했다.

"한 번도 생각해보지 않았는데."

오사카나 나라 방향으로 도주하자는 이야기도 나왔지만 결국 그렇게 하지 않은 까닭은 어젯밤 집에 없던 도라키치가 돌아오면 죽인 뒤에 도주하자고 야고로가 강하게 주장했기 때문이다. 구마타로는 이번 일을 자기가 시작했다는 체면상 반대할 수 없어 일단 니가라베에 사는 구마타로의 친척 히가시 다케지로의 집으로 가게 되었다.

이른 아침에 무기를 들고 나타난 두 사람을 본 히가시는 잠깐 놀란 듯했지만 바로 싱글벙글 웃으며 "아, 어서들 와. 잘 왔어"라며 두 사람을 안으로 들였다. 그리고 아내 가메에게 밥을 지으라고 해 대접한 뒤, 이부자리를 깔아 두 사람을 재웠다.

다케지로는 왜 이렇게 구마타로에게 친절했는가.

다케지로도 마쓰나가 집안에 원한이 있기 때문이었다. 다케지로는 낚시가 취미라서 명품이라고 할 만한 낚싯대도 여러 대 가지고 있었다. 그런데 구마지로가 그 가운데 가장 좋은 것을 좀 구경하자고 하더니 빌려간 뒤에 돌려주지 않았다. 화가 치밀어 받으러 가도 지금 외출해야 한다, 나중에 갖다줄 테니 기다려라 할 뿐 가지고 오지 않았다. 그런 일이 몇 차례 반복되어서 결국 "돌려주지 않으면 경찰에 이야기하겠다"고 했더니 못마땅한 듯 "돌려주면 되잖아. 돌려준다니까"라며 내던지듯 돌려준 소중한 낚싯대는 흠집이 잔뜩 나고 끝이 부러져 너덜너덜한 처참한 모습이었다.

다케지로는 "너희들이 죽이지 않았으면 내가 해치웠을 거야"라고 말했다. 구마타로는 속으로 '절대로 그러지 못할 주제에 제정신이 아니로군' 하고 생각했지만 편히 자고 싶어 아무 말도 하지 않았다.

　엄청나게 큰 사건이 발생하자 마을은 끓는 냄비처럼 소란스러워졌는데, 히가시 다케지로와 마찬가지로 쾌재를 부르는 사람이 많았다.

　땅을 팔고 돈을 받지 못한 사람이 있었다. 물을 둘러싸고 터무니없는 소리를 들은 이도 있었다. 지나가다 배를 때리고는 히죽히죽 웃더라는 이야기도 있었다. 그런 사람들 모두가 마쓰나가 집안이 당했다는 이야기를 듣고 고소하게 여겼다.

　무자비하기 짝이 없는 범행이다. 요즘 같으면 사람들의 증오를 샀을, 젖먹이 아기까지 살해한 일에 대해서도 사람들은 요즘 세상 사람들처럼 받아들이지 않았다.

　인간이란 불행한 존재라 특별히 계몽되고 발전했기 때문에 자비인욕(慈悲忍辱)의 마음을 지니게 된 것은 아니다. 요즘 사람들이 당시에 살았던 사람들보다 자비심이 깊은 것은 먹고사는 걱정이 없어졌기 때문이다. 인간이란 자신의 생존이 무엇보다 중요해 그게 충족되어야 비로소 다른 사람을 생각할 수 있게 된다.

그 증거로 지금도 후진국은 사람값이 싸다. 일본도 앞으로 경제가 악화되어 국민이 평등하게 먹지 못하는 상황이 되면 모럴이 황폐해져 전보다 훨씬 더 남의 죽음에 무감각해질 것이다.

　결국 요즘 사람들은 옛날 사람에 비해 자비심이 깊어진 게 아니라 그냥 나이브해졌을 뿐이다. 먹고 살기 고단했던 그 시절 사람들이 더 강인한 정신과 투철한 생사관을 지녔다고 할 수도 있다.

　물론 어린아이에게까지 손을 대고 목을 벤 짓은 그때 사람들도 잔학하게 여겨 분노했다. 다만 밑바닥에는 지금과는 다른 죽음에 대한 감각을 지니고 있었기 때문에 이것이 원인이 되어 히스테리나 패닉에 빠지는 일은 없었다.

　한편 비탄에 빠지거나 분노하는 사람도 당연히 있었다. 마쓰나가 집안과 관계가 있거나 친한 사람들은 분노하고 탄식했다. 화가 난 나머지 가슴을 쥐어뜯으며 땅바닥에 쓰러져 뒹구는 사람도 있었다. 물론 그렇게까지 한 사람은 한 명뿐이고, 주변 사람들은 놀라서 지켜보고만 있었지만.

　무턱대고 두려워하는 사람도 있었다.

　"그때 그놈들이 확 나와서 마을에 온통 불을 지르고 모조리 죽이겠다고 했거든. 무서웠지."

이렇게 말하며 떠는 사람이 있었다.

"오늘 밖에 나오니 구마타로와 똑같이 생긴 남자가 옆집 문 앞에 서 있더라고. 그만 그 자리에 얼어붙어서 오늘 아침부터 밖에 잘 못 나가겠어."

이렇게 말하며 집에서 술을 마시는 이도 있었다.

문단속을 빈틈없이 하고 집 안에서 종일 염불을 외는 사람도 있었다.

모내기철에 이런 상태가 지속되면 농사를 지을 수 없다. 무슨 수를 쓰더라도 범인을 빨리 체포해야 한다. 그렇게 바라는 사람이 있는 것은 당연하다. 마을 사람들은 그날 중으로 돈다바야시 경찰서에 급히 신고했다.

경찰은 빠르게 움직였다.

돈다바야시 경찰은 바로 병력을 투입했고 전화 연락을 받은 오사카 지방재판소는 예심판사, 검사, 의사를 보냈다. 판사와 검사가 수사 현장에 오는 것은 요즘 상식으로는 잘 이해가 안 되는 일이지만 그 시절에는 제도적으로 재판소가 직접 수사하고 진상을 규명한 다음에 공판을 진행하게 되어 있었다.

26일 밤에는 오사카부 경찰서의 스즈키라는 경부장과 순사 여러 명, 이와시게라고 하는 검사정, 미즈사와라는 검사도 출장을 나왔다.

이렇게 해서 26일에는 기본적인 수사 태세가 갖춰져 오사카 지방재판소의 판사, 검사, 오사카 경찰서의 경부, 순사, 돈다바야시 경찰서의 경부, 순사로 이루어진 임시 출장소가 다케다 이치고로의 집을 빌려 설치되었고 관계자를 불러 취조하기 시작했다.

가장 엄중한 취조를 받은 사람은 이노우에 데이지로였다. 평소 구마타로, 야고로와 친하게 지냈고 사건 당일 아침에 두 사람과 술 마시는 모습을 여러 명이 목격했기 때문에 공범이 아닌지 의심받았다.

처음에는 제법 왈짜처럼 굴며 핏대를 올리던 데이지로도 엄격한 취조가 진행되고 자기가 공범자로 의심받고 있다는 사실을 깨닫고는 겁을 집어먹었다.

"저는 아무 짓도 하지 않았습니다. 정말이에요. 믿어주세요. 아무 짓도 하지 않았어요."

순사의 소매를 잡고 늘어지면서 울었다. 노련한 어느 경부는 속으로 이런 하찮은 놈이 그렇게 대담한 범행을 저지를 리 없다고 생각했다.

그 뒤 이어진 취조를 통해 그는 사건과 관계없다는 사실이 밝혀져 귀가했다.

출장소를 나온 데이지로는 풀이 죽어 키가 조금 작아진 듯했다. 하지만 조금 지나자 흥분해서 "난 경찰에 끌려갔던 몸이야. 난 그 구마타로와 말 놓고 지내는 친구 사이지"라며 주위 사람들에게 허풍을 떨었다. 못 말릴 인물이다.

그러나 주위 사람들은 구마타로와 친구라는 말만 듣고도 감탄했다.

27일 오전 다섯 시쯤 출장소로 뛰어 들어온 여자가 있었다.

히가시 다케지로의 아내 가메였다. 가메는 이렇게 말했다.

26일 밤 열한 시쯤 남편인 다케지로가 집을 비웠을 때 갑자기 문을 밀고 들어온 사람이 있었다. 누군가 했는데 구마지로와 야고로였다. 쌀을 두 홉 꺼내 밥을 지으라고 했다. 그렇지만 그런 극악무도한 사람에게 밥을 지어 상을 차려준 일이 알려지면 나중에 문제가 될 거라고 생각해 여러 가지 핑계를 대며 밥을 짓지 않았다. 그러자 두 사람은 버럭 화를 내고 "밥을 짓지 않으면 이거 맛을 볼 텐데"라고 하더니 검은 칼집에 든 칼과 총을 보여주며 으름장을 놓았다. 그러면 밥은 지어줄 수 없지만 죽 남은 게 있으니 이걸 먹으면 어떻겠느냐고 했다. 그러자 두 사람은 죽을 먹고 가버렸다. 무서운 나머지 아침까지 덜덜 떨다가 날이 밝기를 기다려 신고하러 왔다.

거짓말이었다.

구마타로와 야고로가 자고 있는 사이, 마을 상황을 살피러 갔다 온 다케지로는 수사가 엄중하게 진행되는 걸 보고 간이 콩알만 해졌다. 허리에 도시락을 차고 짚신을 신은 순사가 그야말로 마을을 샅샅이 뒤지며 구마타로와 야고로의 행방을 뒤쫓고 있었다. 큰길 곳곳에도 순사가 서서 지나가는 사람을 불심검문하며 인근 가옥들을 이 잡듯 마루 밑까지 조사하며 돌아다녔다. 도저히 자기 집에 숨겨둘 수 없겠다고 생각한 다케지로는 구마타로와 야고로에게 마을에 있다가는 위험하겠다고 설득해 밤이 되기를 기다렸다가 떠나게 한 뒤, 이 모습을 본 사람이 있을까 두려워 만약을 위해 이렇게 거짓말로 신고했다. 위협당하는 바람에 어쩔 수 없이 밥을 주었다고 꾸며낸 것이다.

다케지로에게 마을 상황을 전해들은 구마타로는 여전히 얼굴과 머리 안쪽에서 썩은 사변이 미끈거리는 흰돌고래 같은 상태였다. 그는 손가락 상처의 통증을 다른 사람의 죽음을 자신의 죽음으로서 살아가는 괴로움의 상징처럼 느끼며 고통스러워했다. 하지만 일부 마을 사람들이 영웅처럼 이야기하기도 한다는 소리를 듣자 만족스러워 허영심이 더욱 부풀었다. 그 말을 듣고는 흰돌고래나 손가락 통증 따위는 잠시 잊고 "뭐, 나나 되니까 마쓰나가를 해치울 수 있었지"라고 뻐기며 허세를 부렸다.

그렇게 잘난 척하다가도 구마타로는 생각했다. '이런 상황에서도 아직 허세를 부리는 나란 인간은 대체 뭔가.' 하지만 그런 생각을 하면 다시 손가락이 아파 얼른 다시 허세를 부렸다.

잠시 기뻐하는 구마타로였지만 경찰 수사가 엄중하다는 말을 들었을 때는 얼굴을 찌푸렸다. 하지만 다음 순간 더욱 표정이 구겨졌다. 그날 밤 분명히 아사이 덴자부로의 집 마루 밑에서 폭발이 있었는데 마침 아키와 그 어머니가 다른 방에서 잤기 때문에 다친 사람은 아무도 없고, 그냥 화약만 폭발했을 뿐이라는 이야기를 다케지로가 하자 야고로가 전혀 안타까워하지 않고 "기필코 아사이 집안 식구들을 모조리 죽일 테다. 그밖에도 열두세 명은 죽여야 할 놈이 있잖아"라고 말했기 때문이다.

구마타로는 자기 머리는 이제 흰돌고래이고 그런 짓은 더는 하고 싶지 않다고 말하고 싶었지만, 자기 원한을 갚는 일을 야고로가 거들었는데 야고로가 원한을 푸는 걸 자기가 돕지 않으면 화를 낼 거라고 생각했다. 또 허영심이 자극되어 방금 허세를 부리기까지 했기 때문에 체면상 "그럼 해치우자. 처치할 때까지는 잡히면 안 돼. 죽으면 안 돼"라며 검은 칼집의 칼자루를 두드리고 거만하게 말했다.

그러자 히가시 다케지로도 "해치워, 해치우라고" 하는 무책임한 소리를 내뱉고는 아내에게 주먹밥을 만들게 해 두 사람에게 주었다.

구마타로와 야고로는 야음을 틈타 곤고산으로 도망쳤다.

가는 길에 순사가 화톳불을 피우고 쇠로 만든 초롱을 든 채 곳곳을 지키고 있어 구마타로는 겁이 났지만 야고로가 "순사들은 얼간이야. 우리가 어디 있는지 가르쳐줄까?"라며 웃는 걸 보고 다소 마음이 놓였다.

구마타로는 야고로에게 말했다.

"그런데 어떡하지? 산에 들어가면 잘 곳이 있나?"

야고로가 웃으며 말했다.

"무슨 소리야? 일단 산에 들어가면 숯 굽는 오두막, 찻잎 찌는 오두막, 나무꾼 오두막 같은 게 얼마든지 있을 거야. 동굴도 있고. 잘 곳은 아주 많아. 게다가 5월이거든. 산에 들어가 일하는 사람이 오백 명도 넘을걸. 그래도 아무도 못 만날 거야. 그만큼 깊은 산이거든. 들킬 일 없어."

"하기야 다이난 공도 곤고산에 있는 지하야 성에 들어가

간토 지역에서 온 대군을 물리쳤으니까."

그렇게 말하며 구마타로도 웃었지만 이내 얼굴을 찌푸렸다. 다친 손가락이 너무 아팠기 때문이다.

가와치에 있는 한적한 마을에서 열 명이나 되는 사람이 한꺼번에 살해당한 일은 큰 사건이다. 27일에는 신문기자가 취재하러 왔다. 기자는 출장소에 들러 경찰 이야기를 듣고 또 마을 안을 돌아다니며 주민들의 이야기를 들었다.

하지만 주민들은 뒤탈이 두려워서 또는 마쓰나가 집안을 신경 쓰느라 혹은 기도를 신경 쓰느라 외지인에게는 쉽게 입을 열지 않았다. 기자는 애를 태우면서도 기사를 정리해 5월 28일 신문에 '가와치 10인 살해'라는 제목으로 자세한 소식을 실었다.

반응은 대단했다. 29일에는 더 자세한 정보가 나와 드디어 세상 사람들의 이목이 이 사건에 집중되었다. 그러자 마을 사람들 가운데 "사실은……"이라며 자세한 이야기를 하는 사람도 나타났다.

그런 이야기를 바탕으로 점점 더 자세한 기사가 실려 구마타로와 야고로의 평소 생활이나 가정 형편, 마쓰나가 구마지로 일가를 살해한 무참한 방법, 사건 뒤 현장 모습, 범행에 사용한 칼의 가격, 불행 중 다행히 목숨을 건진 소녀 우노의 뒷이야기, 범인으로 오인되어 체포당한 얼간이 등등 곁다리 이야기까지 알려지고, 원래 간통과 빚, 즉 색과 욕이 원인인 이 사건은 인민대중의 큰 흥미를 끌었다. 사람들은 모이기만 하면 이 이야기를 했고 그러다보니 신문은 팔기 위해 이 사건에 점점 더 많은 지면을 할애했다. 그리고 마침내 《열 명을 벤 원한의 칼날》같은 소설까지 나오게 되었다.

이렇게 되니 구마타로와 야고로는 일부 마을 사람들이 마쓰나가를 해치웠다며 갈채를 보내던 것과는 다른 의미에서 영웅이 되었다.

사람들은 자기 마음속에 있는 흉포한 충동이나 울분을 이 사건에 투영해 구마타로와 야고로에게 분노하면서도 한편으로는 칭송했다.

직장이나 가정, 학교에서 좀 거칠게 구는 사람에게 '네가 구마타로냐?'라고 하거나 난폭한 행동을 하는 사람에게는 '야고로에게 이를 거야'라고 하는 말이 유행했다.

그러는 사이 사람들 머릿속에서 사건의 스토리는 복수로 단순화되었다. 구마타로의 행위는 결국 남녀 관계로 비롯된 원한을 갚은 것이기 때문이다. 게다가 그 복수를 한 자는 아직 살아서 도망쳐 숨어 있다는 사실에 사람들은 흥분했다.

구마타로와 야고로는 이제 유명인, 시대를 대표하는 인물이 되었다.

이쯤 되면 우연히 그 유명인을 안다는 사실만으로도 다른 사람에게 자기도 그 유명인과 마찬가지로 칭송받을 거라고 착각하는 촐랑이들이 반드시 나타난다.

'나는 저 유명인과 같은 초등학교를 다녔지'라며 남에게 자랑한다. 같은 학교를 다녔다는 것은 그냥 우연히 근처에 살았기 때문일 뿐인데도 자랑한다. 또는 '다들 그 녀석을 대단하게 여기지만 내가 알기에 걔는 그냥 어린애였어'라는 식으로 헐뜯는다.

초등학생이라면 당연히 그냥 어린애다.

그런 사람들이 이러니저러니 입을 놀리는 바람에 신문기자는 취재하기 쉬워지고 그래서 기사가 점점 많아진다. 기사가 나오면 더 관심이 높아진다. 그래서 이노우에 데이지로 같은 인간은 기뻐서 어쩔 줄 모르며 당사자가 없다는 걸 빌미로 "난 구마와 술잔을 나누는 형제 같은 사이였지"라고 떠들면서 얼굴이 새빨개져 신나 했다.

사람들은 그렇게 들떠서 즐거워했지만 이런 보도에 속이 타는 사람도 있었다.

경찰이다.

한시바삐 구마타로를 체포해야 한다. 이걸 지상명제로 삼아 대대적인 수사망이 펼쳐졌다.

오사카부를 오가는 철도 각 역과 항구, 큰길, 유곽, 여관에 비상망이 펼쳐졌다. 산을 타고 다른 현으로 도망치지 못하도록 나라 현의 고세, 다카다, 고조, 다쓰타 경찰서에 연락해 그쪽도 비상망을 쳤다.

27일에는 돈다바야시, 밋카이치, 사라치, 후루이치, 가시와라, 고쿠부, 야오, 교코지 등 각 경찰서로부터 아흔여섯 명이나 되는 경찰관이 스이분에 파견되었다. 돈다바야시 경찰서 같은 곳은 서장 이하 거의 모든 경찰관이 파견되어 서에는 사무원 몇 명만 남았을 뿐이었다. 그 기간 동안 돈다바야시에는 범죄가 크게 늘었다.

28일에는 오사카 동쪽, 남쪽, 사카이 지역 경찰서에 비상소집령이 발동해 마흔여섯 명이나 되는 경찰관이 정오 지난 시각에 도착했다. 이와시게 검사정, 미즈사와 검사, 스즈키 경부장 등을 포함해 공무원 백일곱 명, 여기에 히가시 다케지로나 이노우에 데이지로도 포함되어 있으니 우습기는 하지만, 아무튼 죽창과 수렵용 총으로 무장한 마을 주민과 유지 마흔 명까지 포함해 백마흔일곱 명을 열여섯 개 부대로 나누어 니가라베 아자 오쿠야마, 기라야마 아자 오쿠, 나카쓰하라, 히가시사카야마, 이와이타니, 구로토가타니, 아시타니, 기리야마, 세키야 , 니시노우에 아자 오쿠니, 야마노이 아자 데아이, 미즈코시 고개, 지하야 가도, 이와타니, 가미가와치, 시모가와치, 미즈코시 고개 부근의 요소, 지하야 고개 등을 각각 담당 지역으로 배정해 수색했다.

모두 산간 지역이라 수색대는 길도 없는 산속을 헤집으며 샅샅이 수색했다. 그렇지만 지하야 산속 숯가마 앞에 버려진 피 묻은 짚신을 발견했을 뿐 구마타로나 야고로를 찾지는 못했다. 순사 가운데는 이렇게 수색했는데 발견하지 못했다면 이미 어디선가 자살한 게 아니겠느냐는 이도 있었다. 이 의견에 동조하는 사람도 많았다.

그렇지만 29일이 되어 그렇지 않다는 사실이 밝혀졌다.

오후 한 시경, 출장소에 구마타로와 야고로를 보았다는 자가 나타났기 때문이다.

신고한 사람은 통칭 엔메이킨이라고 불리는, 본명이 아카이 도타로인 스물한 살 난 젊은이였다. 도타로는 다음과 같이 이야기했다.

내가 아메토라라고 부르는 예순한 살 된 쓰지 도라히로와 곤고산 미쓰야라는 곳에 있는 나무꾼 오두막에 머무르고 있는데, 28일 오후 일곱 시쯤 구마타로와 야고로가 들어왔다.

구마타로는 검은 칼집에 넣은 칼과 무라타 소총을 가지고 있었고 야고로는 지팡이 칼과 권총을 가지고 있었다.

들어오자마자 야고로는 "여기 경찰이 오지 않았느냐?"고 물었다. 네 시쯤까지 경찰관이 다니고 있었다는 걸 알지만 이런 놈들은 잡혀야 한다고 생각했기 때문에 "여긴 전혀 오지 않았다"고 거짓말을 했다. 그러자 야고로가 "그러면 오늘 밤은 여기서 신세를 지겠다"며 지팡이 칼을 뽑아 "너 움직이지 마. 움직이면 죽이겠다"고 으름장을 놓더니 자리에 누웠다.

위협을 당해 화가 났고 이런 악한은 잡혀야 한다고 생각했기 때문에 이놈들이 잠들면 오두막을 빠져나가 출장소에 신고해 잡아가도록 하자고 생각했다. 그래서 코를 골며 잠이 든 척했지만 놈들은 어찌 된 일인지 전혀 잠을 자지 않고 날이 밝자 밥을 지으라고 했다. 시키는 대로 하지 않으면 죽일 것 같아 밥을 하니 배불리 먹고 쌀 한 되를 내놓으라고 한 다음 "쌀값이다"라며 돈을 주기에 거절했더니 "그냥 받아둬"라고 하며 돈을 내던지고 그대로 사라져버렸다. 오두막을 나간 때가 오후 네 시쯤이라고 생각한다.

하지만 대부분 거짓말이었다.

분명히 구마타로와 야고로가 들어왔을 때는 깜짝 놀랐다.

그렇지만 그 표정을 보고 해칠 생각이 없다는 걸 바로 알 수 있었다. 엔메이킨과 아메토라는 마쓰나가가 잘 죽었다고 생각했는데, 구마타로와 야고로는 마을 사람들 가운데 그렇게 생각하는 사람도 있다는 걸 아는 듯한 말투였다.

구마타로는 하오리를 입었고 야고로는 핫피를 걸쳤는데 두 사람 모두 옷차림은 말쑥했다.

사실 야고로는 지팡이처럼 보이는 칼을 뽑지 않았다. 조용히 "잠깐 묵어가게 해달라"고 부탁했고 엔메이킨은 "그러죠"라며 흔쾌히 받아들였다.

또 경찰 운운한 것도 거짓말이었다. 오히려 엔메이킨이 "네 시쯤까지 이 부근에 경찰관이 있었으니 조심해라"라고 충고했다. 그리고 이십 엔을 내던지듯 두고 갔다는 것도 거짓말이었다. 사실은 "쌀 좀 나눠줄 수 없겠나?"라고 하는 구마타로에게 엔메이킨이 먼저 "그럼 한 홉에 이십 엔만 내고 가져가라"라고 했다.

아침까지 푹 잔 두 사람이 떠날 무렵 아메토라가 말했다.

"우린 너희가 여기 왔었다는 이야기를 경찰에 하지 않을 테니 안심해라."

야고로가 웃으며 대꾸했다.

"신경 쓰지 마세요. 가서 이야기하고 오면 됩니다. 경찰이 언제 여기 올지 몰라도 그때쯤이면 우린 이미 다른 곳에 가 있을 테니까. 그리고 신고하면 이쪽으로 사람들이 몰릴 테니 다른 쪽은 감시가 허술해져 오히려 도망치기 쉽죠."

그 이야기를 듣고 어슬렁어슬렁 산을 내려온 엔메이킨은 점심때가 지나서야 출장소에 도착해 거짓말을 했다.

그런 사정을 알 길 없는 경찰은 옳다구나 하며 미쓰야 부근을 샅샅이 수색했지만 당연히 구마타로와 야고로는 발견되지 않았다.

또 29일 저녁 무렵, 가와카미 쇼타로라는 말 못하는 이가 출장소에 찾아와 28일 오후 다섯 시쯤 니가와라베 모치코사카라는 곳에서 구마타로와 야고로를 만났는데 총을 들이밀며 "어서 꺼져, 도망치지 않으면 쏴죽일 테다"라고 위협했다며 손발을 부들부들 떨면서 신고했다.

진실이었다.

미쓰야에 있는 나무꾼 오두막으로 가던 중에 쇼타로와 마주친 구마타로와 야고로는 얻을 것도 없고 또 말을 못하는 사람이라서 신고할 수 없으리라고 판단해 "얼른 가라!"고 하며 쇼타로를 보냈던 것이다. 그때 야고로는 "뭐, 벙어리라 경찰에 신고하러 가지는 못하겠지"라며 웃었는데 그 말에 부아가 치민 쇼타로는 애써 출장소를 찾아와 신고했던 것이다.

쓸데없이 남 험담을 하면 원한을 사기 마련이다.

단서를 잡았다고 기뻐한 경찰은 쇼타로를 앞세우고 경부 다섯 명, 순사 쉰 명을 현장으로 보냈다. 주위를 빈틈없이 수색했지만 구마타로와 야고로는 흔적도 찾을 수 없었다.

가시와라 경찰서의 순사 구모이 긴고는 나무뿌리를 밟고 넘으며, 가지를 헤치고 비탈을 오르면서 어쩌면 쇼타로가 거짓말을 하는 게 아닌지 속으로 의심했다.

사실 그렇게 생각하는 경찰관은 많았다. 하지만 그걸 입 밖에 내는 순간 자기가 지금 하고 있는 일도 결국 거짓으로 하는 일이 되기 때문에 다들 말없이 수사했다.

구마타로와 야고로를 만났다는 사람이 나타났다는 소식을 들은 신문기자는 바로 아메토라와 엔메이킨을 찾아가 "실제로는 어땠나? 어땠어?"라고 물었다.

아메토라와 엔메이킨은 구마타로와 야고로가 이렇게 말했다고 전했다.

"우리는 아무나 막 죽이는 게 아니야. 원한이 있는 놈만 죽이지. 그런데 경찰은 우리를 사람만 보면 마구 죽이는 미치광이처럼 이야기하다니 웃기는군."

"그렇지만 아직 네댓 명 죽여야 할 놈이 더 있으니까. 뭐, 어차피 우리는 잡히지 않을 테니 추워지기 전에 그놈들을 죽

이고 자수하거나 그러지 못하면 그냥 <u>스스로</u> 목숨을 끊거나
해야지.”

“어쨌든 우린 남의 손에 죽진 않을 거야.”

“마쓰나가의 장례. 우린 그걸 산에서 봤어. 기분 좋더군.”

또 아메토라와 엔메이킨은 구마타로는 손가락 상처가 깊
어 아픈지 기운이 없어 보였는데 야고로는 죽여야 할 놈은
반드시 죽이겠다고 중얼거리며 밥을 먹으면서 지팡이처럼
보이는 칼을 휘두르고 방귀를 뿡뿡 뀌기도 하는 등 기운이
넘쳤다고 했다. 그리고 두 사람의 옷은 젖지도 않았고 더럽
지도 않았으며 무기를 들고 있었고 총탄도 많이 가지고 있었
다고 했다.

구마타로와 야고로를 직접 만났다는 엔메이킨과 아메토라
의 생생한 증언에 신이 난 기자는 바로 기사를 써서 오사카
로 보냈다. 그 기사를 읽은 사람들은 “우와, 어쩜 이렇게”라
고 하며 크게 흥분했다.

역시 엔메이킨과 아메토라로부터 구마타로와 야고로가 많
은 탄약을 가지고 있다는 이야기를 들은 스즈키 경부장은 우
울해졌다. 탄약이 그렇게 많다면 발견했을 때 틀림없이 총격
전이 벌어질 테고, 경찰에도 많은 사상자가 나올 것이기 때
문이다.

스즈키 경부장은 경찰 담당 의사를 보내라고 명령하려 했지만 수사 전체에 필요한 비용을 생각하니 암담했다.

백 명이 넘는 경찰관의 밥값만 해도 엄청난 금액이었다.

스즈키 본부장은 "대체 앞으로 얼마나 많은 돈이 들까. 빨리 좀 잡으면 좋겠는데"라고 중얼거리며 수화기를 집어 들었다.

그렇지만 스즈키 경부장의 한숨도 소용없이 구마타로와 야고로의 종적은 전혀 파악이 되지 않았다.

어찌 보면 당연한 노릇이다. 곤고산은 기슈, 야마토, 이즈미에 걸쳐 있는 산맥이다. 골짜기가 깊은 산들이라 간토 지역의 대군 백만 명이 포위해도 천 명이 지키는 이곳 성을 함락하지 못할 만큼 산세가 험하다.

게다가 야고로는 평생 산에서 일했기 때문에 얼핏 보기에는 풀숲으로만 보이는 곳에도 길이 있고, 뜻밖의 장소로 이어지는 모세혈관 같은 루트가 있다는 걸 잘 알고 있었다. 하지만 어제까지만 해도 시내에서만 근무하던 경찰관들은 설사 체력이 있다고 해도 산에는 전혀 익숙하지 않았다. 특히 29일에는 비까지 내려 온몸이 흠뻑 젖은 채 익숙하지 않은 산길을 걷는 경찰관들은 지친 나머지 얼굴이 창백해지고 의식은 몽롱해져 이미 수사를 하는 건지 그냥 생각 없이 산속을 방황하는 것인지 알 수 없는 지경에 이르러 있었다.

30일은 소나기가 왔다. 수색하기는 어려운 날씨였다. 하지만 돈도 들어가고, 일부 마을 사람들은 두려워한다지만 일부는 재미있어하는 눈치를 보이고 있다. 게다가 신문이 계속 기사를 써대고 있어 스즈키 경부장은 어쨌든 조금이라도 빨리 구마타로와 야고로를 체포하고 싶었다. 스스로 총지휘를 맡은 스즈키 경부장은 다카야마 경무과장, 야스이 보안과장을 비롯한 쉰네 명을 이끌고 곤고산으로 들어갔다.

비가 내리는데다가 뿌연 안개마저 끼어 자기 발도 보이지 않는 지경이었다. 이런 상태라면 바로 옆에 구마타로와 야고로가 서 있어도 알아볼 수 없다.

높고 가파른 지하야 봉우리에 선 스즈키 경부장은 비에 흠뻑 젖어 중얼거렸다.

"이거 글렀군."

바로 그 무렵 보료산 부근을 수색하던 야스이 보안과장은 발을 헛디뎌 미끄러지는 바람에 십오 미터쯤 아래로 굴러 떨어졌다. 나무뿌리에 걸려 크게 다치지는 않았지만 발을 삐어 울상이 되었다. 그런 야스이에게도 비는 사정없이 쏟아졌다.

30일 깊은 밤, 미즈사와 검사, 스즈키 경부장, 다카야마 경무과장, 야스이 보안과장이 모여 회의를 했다. 이런 식으로는 아무리 해봐야 소용없다는 사실을 어렴풋하지만 깨달았기 때문이다.

스즈키 경부장이 말했다.

"어쨌든 지금 방식으로는 결말이 나지 않겠어요. 비용도 많이 들고. 할 수만 있다면 내일이라도 체포되면 좋겠는데, 미즈사와 씨, 좋은 의견 없습니까?"

미즈사와 검사가 대답했다.

"음, 뭐 저도 지금 같은 방식으로는 힘들겠다고 생각합니다. 하지만 뾰족한 방안이 떠오르지 않는군요. 이렇게 해보면 어떨까요? 여기 있는 모두가 한번 현장을 시찰하는 겁니다. 현장에 가서 지형을 비롯한 모든 걸 잘 봐두는 거죠. 그러면 용의자의 심리라거나 다른 것들도 보이지 않겠어요? 그다음에 수사 방침을 세우면 어떨까 생각합니다."

술술 이야기하는 미즈사와 검사의 얼굴을 보면서 야스이 보안과장은 속으로 '저렇게 멍청한 아저씨를 봤나' 하고 생각했다.

당연한 이야기를 뭘 저리 자랑스럽게 떠벌리는 거지? 그래서 우리가 오늘 산에 갔던 거고, 이런 방식으로는 안 되니까 어떻게 하는 게 좋을지 회의하는 건데, 저 아저씨는 남의 말을 귓등으로도 안 듣나?

하지만 그걸 대놓고 이야기하면 말다툼이 벌어질 테니 입을 다물고 있었다.

스즈키 경부장이 말했다.

"물론 그렇죠. 그래서 우리가 오늘 현장에 갔던 겁니다. 그런데 산에 가보니 시야가 아주 나빠 수색이라기보다 그냥 고생하며 산길을 걷는 것처럼 되고 말았죠. 이건 현장 순사도 마찬가지예요. 그런 방식으로는 아무 의미가 없겠다는 생각이 들더군요. 그러면 이걸 어떻게 하느냐, 그걸 의논하고 싶은 겁니다. 지금처럼 계속하면 비용도 엄청나게 들 겁니다."

"그렇죠."

미즈사와 검사가 고개를 끄덕이며 맞장구를 쳤다.

"그렇다면 이렇게 합시다. 일단 우리가 현장을 시찰하고 그다음에 수사의 기본 방침을 궁리하는 거죠. 그런 식으로 하면 되지 않을까 생각합니다."

스즈키 경부장은 절망해 고개를 푹 수그리고 잠시 아무 말도 하지 않았다.

아무런 진전도 없는 회의가 밤이 깊도록 이어졌다.

그러는 동안 다카야마 경무과장은 눈을 감고 팔짱을 낀 채한 마디도 하지 않았다. 미간에 주름이 깊게 패었다. 수사에 진전이 없어 고뇌가 너무 깊은 나머지 아무 말도 할 수 없는 것일까?

그렇지는 않았다.

다카야마 경무과장은 성실한 사람이었다. 성실하기 때문에 낮에는 열심히 수색했다.

열심히 수색하니 피곤했다. 피곤하면 역시 사람은 졸리기 마련이다. 다카야마 경무과장은 너무 졸려서 그만 잠이 들 것 같은 걸 간신히 참고 있었다.

하지만 걸핏하면 범인이 체포되어 여관 같은 곳에서 위로의 축하연이 열리고 알록달록하고 하늘하늘한 의상을 입은 연체동물 같은 미녀 수십 명이 이국적인 춤을 추는 모습을 구경하면서 다함께 싱글벙글 웃는 모습이 머릿속에 떠오르며 혼이 꿈의 세계로 날아가는 것이었다.

이렇다보니 회의는 전혀 진전이 없어 결국 미즈사와 검사의 주장대로 일단 현장을 시찰하기로 했다. 그리고 용의자가 눈치채지 못하도록 앞으로는 산을 수색할 때 변장을 하기로 결정하고 회의를 마쳤다.

그 쓸데없는 회의가 끝났을 무렵, 즉 31일 새벽 세 시쯤 가미가와치에 사는 구마타로의 친척 닛타 다쓰지로의 바깥문 앞에서 "형님, 형님" 하고 부르는 사람이 있었다.

하지만 경찰의 준비는 빈틈없었다. 구마타로와 야고로가

들를 만한 집에는 순사를 잠복시켰다. 이런 시간에 와서 작은 목소리로 밖에서 부른다면 구마타로나 야고로가 틀림없다고 생각해 순사는 바로 뛰어나갔지만 나가보니 이미 구마타로와 야고로의 모습은 보이지 않았다.

구마타로와 야고로가 문을 열기 전에 육감으로 안에 순사가 있음을 눈치챘다고밖에 생각할 수 없지만 사실은 그렇지 않았다. 이 집은 바깥문 상태가 아주 좋지 않아 열려면 고생을 좀 해야 했는데, 순간적으로 그 점을 잊은 순사가 문이 반쯤 열린 상태로 꽤 오래 '어라? 어라?' 하고 허둥댔던 것이다. 그래서 구마타로와 야고로는 얼마든지 도망칠 틈이 있었다. 하지만 순사는 이것을 있는 그대로 보고하면 자기와 자기를 파견한 경찰서의 명예에 흠집이 난다고 생각해 그 부분을 생략한 채 상사에게 보고했다.

오전 네 시쯤 보고를 받은 수뇌부는 다시 회의를 열어 순사 열세 명을 파견해 부근을 수색하도록 했다. 또한 복장은 순사라는 걸 알 수 없도록 근처 집에 가서 옷을 빌려 농부나 나무꾼 차림을 하라고 지시했다.

이미 조금씩 날이 밝아오고 있었다.

"어차피 일어났으니 우리도 바로 시찰하러 나가볼까요?"

미즈사와 검사의 제안에 따라 수뇌부는 곤고산으로 올라

갔다.

발을 다친 야스이 보안과장은 임시출장소에 남았다.

31일 오전에는 헌병 여섯 명이 파견 나왔다.

아무래도 백 명쯤으로는 일손이 부족해 오사카 지방재판소를 통해 헌병본부에 헌병 몇 십 명을 파견해달라고 요청했지만 그렇게 넓은 지역이면 헌병 몇 명이 가봐야 의미가 없을 거라며 헌병본부는 거절하려 했다. 하지만 오사카 지방재판소가 요청한 내용을 딱 잘라 거절하기도 난처해 이날은 체면치레로 헌병 여섯 명을 파견했다.

그러나 겨우 여섯 명이라고 무시할 수는 없었다. 그 가운데는 난바신치(難波新地) 주둔지에 근무하는 기노시타 도키치 군조(軍曹)*가 있었기 때문이다.

기노시타 도키치는 대단한 군인이었다. 얼마나 대단했는가 하면, 몇 해 전 기노시타는 와카야마 산속으로 숨어든 도적을 혼자 힘으로 체포했다. 그는 또 변장의 명수로, 지금껏 순례자나 헌 옷 장수로 변장해 공로를 세운 일이 몇 번이나 있었다.

사람들은 "기노시타 군조가 왔으니 이제 걱정 없다"라고

---

*옛 일본 육군의 부사관 계급 중 하나.

수군댔다.

이 소식을 들은 신문기자는 재빨리 기노시타 군조를 취재하러 갔다. 기자가 어떤 방법으로 범인을 잡을 것인지 물었지만 기노시타는 비밀이라며 대답해주지 않았다.

그러나 기자는 재미있는 이야기를 들을 수 있었다.

기노시타가 파견되었다는 사실을 알게 된 다이가쓰카의 어느 중이 나무꾼 한 명을 데리고 찾아온 것이었다. 이 남자는 사실 기노시타 군조가 도쿄에 있었을 때 기노시타의 집에서 일하던 남자로 산길에 밝았다. 그는 "분골쇄신, 나리께서 공을 세우게 해드리겠습니다"라고 말했다.

기자는 이 일을 잔뜩 부풀려 기사로 썼고, 그걸 읽은 사람들은 기노시타 군조가 그 능력으로 단숨에 사건을 해결할 것만 같은 기분이 들었다.

31일 오후 두 시쯤 되었을 때, 하루 전부터 산에 들어가 있던 경부와 순사가 지칠 대로 지친 몸으로 돌아왔다. 하지만 구마타로나 야고로를 본 사람은 없었다. 30일 저녁, 미쓰야에 있는 나무꾼 오두막 북쪽에서 모닥불 연기가 오르는 걸 발견하고 헉헉거리며 풀숲을 헤치고 간신히 올라가 보니 사람은 없고 모닥불만 타고 있었다는 게 유일한 흔적이었다.

잠시 후 시찰하러 나갔던 미즈사와 검사 일행이 돌아왔다.

그리고 바로 회의가 열렸다.

미즈사와 검사가 말했다.

"나는 이런 식으로는 안 된다고 생각해요. 역시 근본적으로 방식을 바꿀 필요가 있겠습니다."

야스이 보안과장은 속으로 '그래서 어제부터 그렇게 이야기했잖아, 멍청아'라고 생각했다.

회의는 늘 그랬듯 명확한 방침을 정하지 못했다. 그렇지만 비용 문제도 있고 또 이러고 있는 사이에도 매일 다른 사건이 일어나 일이 산더미처럼 밀려 있었기 때문에 일단 31일 밤에 이와시게 검사정, 다니가와 예심판사, 미즈사와 검사, 스즈키 경부장, 다카야마 경무과장은 오사카로 철수하기로 했다.

경찰관도 마흔 명만 남기고 나머지는 일단 철수하게 되었다.

수사가 전혀 진전을 보이지 못하고 해결의 단서조차 보이지 않는데 이렇게 철수해버리면 사건은 더욱 해결하기 힘들어진다.

그런데도 철수하는 까닭은 무엇인가. 이대로는 해결되지 않는다. 비용도 계속 누적된다. 다들 지쳤다. 어떻게든 상황을 바꿔야 한다. 하지만 수사 인력을 증원하는 쪽으로는 바꿀 수 없다. 그렇다면 줄이는 쪽으로 방향을 바꿔보자. 더 힘들어지지 않겠느냐는 의견도 있지만 상황이 바뀌는 것은 틀림없고 비용 문제도 생각하면 좋은 방향으로 바뀌는 거라고 할 수도 있다. 게다가 이것은 최종적인 방침을 확정한 것이 아니라 '일단은, 우선' 해보는 것일 뿐이며 결과가 좋지 않으면 다시 생각하면 된다는 생각에 따른 결정, 즉 전형적인 쓸데없는 회의의 결과였다.

그리하여 출장소에서 경찰관들이 철수한 31일 심야였다. 스이분 아자 아카마쓰의 산지기 아카마쓰 류조의 아내 오리우가 애를 안고 출장소로 뛰어 들어왔다. 오리우는 다음과 같이 하소연했다.

오후 열한 시쯤 문을 열고 들어오는 사람이 있었는데 남편이 돌아온 줄만 알고 그냥 누워 있었다. 그런데 들어온 사람은 다름 아닌 구마타로였다. 그는 배가 고프니 먹을 것을 좀 달라고 했다.

그때 나는 아이를 안고 누워 있었기 때문에 그냥 누운 자세로 몸이 좋지 않아 힘들다고 했다. 그러자 구마타로는 "흥, 칠칠치 못하게"라고 하더니 밖으로 나갔다. 몸이 좋지 않다는 것은 거짓말이지만 무서워서 얼굴이 창백했기 때문에 구마타로는 진짜로 몸이 좋지 않다고 생각했으리라. 구마타로가 나간 뒤 창문으로 바깥을 살피니 밖에는 야고로가 기다리고 있었다. 두 사람은 히가시가와치 촌 방향으로 걸어갔는데 나는 두 사람이 보이지 않게 되기를 기다려 신고하러 출장소로 달려왔다.

오리우의 신고 내용을 들은 야스이 보안과장은 때가 좋지 않다고 생각했다. 오늘 아침까지는 그림자도 보이지 않던 흉악한 용의자가 많은 경찰관이 철수하자마자 마을에 모습을 드러내다니.

야스이 보안과장은 단순히 타이밍이 좋지 않다고 생각했을 뿐 구마타로와 야고로가 경찰 인력이 크게 줄었다는 정보를 얻었기 때문에 마을에 내려왔다고는 생각하지 않았다. 그는 왜 하필 오늘 밤이냐고 탄식하면서 출장소 안을 둘러보았다.

출장소에는 경부 세 명과 순사 열 명쯤이 남아 있을 뿐이었다.

야스이는 쇼노라는 경부와 순사 세 명을 출장소에 남도록 하고 몸소 나머지 경찰관을 이끌고 현장으로 급히 달려갔다. 또 이 정도로는 인원이 부족하기 때문에 곳곳에서 경계 근무 중인 순사들에게 연락해 두세 명을 불렀는데, 그때 큰일이 일어나고 말았다. 구마타로와 야고로가 마을 안으로 들어왔다는 사실을 알게 된 주민들이 무서운 나머지 공황 상태에 빠지고 만 것이다.

공황 상태에 빠진 사람들 가운데는 구마타로와 야고로의 소문을 퍼뜨리며 떠들고 기뻐하던 사람들도 섞여 있었다.

왜 떠들고 기뻐하던 사람들이 갑자기 두려워하게 되었는가. 그것은 갑자기 출장소에서 경찰관들이 철수했기 때문이다.

평소에 늘 으스대는 관리들이 백 명이 덤볐는데도 기껏해야 두 명인 구마타로와 야고로를 잡지 못하고 허둥대는 모습은 통쾌하기 짝이 없었다. 구마타로와 야고로의 편을 들고 싶어진다.

그렇지만 그렇게 떠들며 즐거워할 수 있는 것은 자기들 신변이 안전하다고 생각하기 때문이다. 경찰관들이 철수해버리면 구마타로와 야고로가 언제 마을로 돌아올지 모른다. 그러고 보니 범행을 저지를 때 불타는 마쓰나가 덴지로의 집 앞에서 구마타로가 '이놈들! 시끄럽게 굴면 죽여버릴 테다'라고 했다는 이야기를 한 사람도 있고 또 '온 마을을 불태우고 모조리 죽이겠다'고 소리치는 걸 틀림없이 들었다는 사람도 있다. 그래서 지금 걷는 이 길 옆 풀숲에 구마타로나 야고로가 숨어 있다가 칼을 휘두르며 엽총을 겨누고 공격해올 것 같은 기분이 들어 두려워지지 않을 수 없었다.

게다가 일부 주민은 죽창을 들고 경찰관들의 수색에 참가하거나 길잡이를 했다. 경부장이나 판사, 검사가 마을에 계속 남아 지켜줄 거라고 생각했는데 그들이 철수해버린 지금은 잠자리에 들어서도 불안했다. 수색에 참가한 모습을 풀숲에 숨어 구마타로와 야고로가 지켜보았다가 원한을 품고 '잘도 수색을 거들었겠다'라며 공격해올지도 모른다 싶어 무서워 잠을 이루지 못했다.

그래서 무섭다, 무섭다 겁을 내고 있는데 아카마쓰 류조의 집에 구마타로가 나타났다는 소식이 들리니 견딜 수 없는 노릇이다. 공포 때문에 머리가 마비되었는지 무턱대고 "살려달라"고 울부짖으며 출장소로 달려온 마을 주민이 서른 명이나 되었다.

제일 먼저 달려온 사람은 이노우에 데이지로였다.

"살려주시오."

데이지로는 울면서 안채로 뛰어들었다. 그 뒤를 이어 주민들이 계속 뛰어 들어왔다.

촌장이자 오사카부 의회 의원이기도 한 다케베 사부로는 대담한 인물이었다. 다케베는 마을 사람들의 공황 상태를 바라보며 이건 자기가 수습해야 한다고 마음을 굳히고 사건 발생 이후 처음으로 버럭 소리를 질렀다.

"너희는 왜 이리 겁쟁이들이냐. 너희들 조상은 막상 전쟁이 시작되면 창을 둘러메고 다이난 공에게 달려갔는데. 이게 무슨 꼬락서니냐."

다케베가 버럭 소리를 질렀을 때 호르르르르르르륵 하고 호루라기가 울렸다. 다케베가 소리쳤다.

"자, 악당이 온 것 같은데 배짱 있는 녀석은 나를 따르라."

그렇게 말하며 달려나가려고 하는데 쇼노 경부가 말을 걸었다.

"저어."

"뭐냐."

"현장에는 우리가 갈 테니 여기 계시면 됩니다."

"우리들이 이곳 지리를 더 잘 아네. 자네들은 여기서 연락을 맡아."

다케베의 말에 쇼노는 옆에 서 있던 순사에게 말했다.

"그럼 말씀대로 할까?"

그러고는 다시 다케베를 보고 "잘 부탁드리겠습니다"라며 고개를 숙였다.

"걱정 말게."

그렇게 말하며 다케베는 어둠 속으로 달려나갔다. 다케베의 선동에 몇 사람이 몽둥이와 도끼, 철퇴 같은 이런저런 무기를 들고 뒤를 따랐다.

다케베 일행이 나간 직후 엇갈리듯 얼굴이 파랗게 질린 남자가 출장소로 뛰어들었다.

구마타로의 어린 시절 친구 이마다 시카조였다. 시카조는 들어오자마자 공포에 질려 부들부들 떨면서 말했다.

"놈이 왔어요. 놈이 왔어. 그놈이. 빨리, 빨리, 빨리."

쇼노가 깜짝 놀라 물었다.

"그놈은 어디 있나? 어디서 봤나?"

시카조는 눈을 부릅뜨고 일그러진 입술 사이로 침을 흘리다가 겨우 입을 열었다.

"그래요, 그놈이. 아아, 거기에. 아아, 여기에. 안, 안, 안에. 더 안쪽에. 빨리, 빨리, 빨리."

그러더니 시카조는 기절했다.

상황이 이 지경에 이르자 쇼노는 이마다 시카조가 공포에 질린 나머지 제정신이 아니라는 사실을 깨닫고 쓴웃음을 지었다. 쇼노는 안쪽에서 상황을 지켜보던 마을 사람에게 시카조를 보살펴주라고 했다. 안에서 사람이 나와 참 겁 많은 녀석이라고 웃으며 안아 일으킨 바로 그때, 동쪽에서 총소리가 두 발 울려 퍼졌다. 시카조의 머리를 떠받치던 마을 사람은 으악 하고 비명을 지르며 방으로 도망쳤다.

시카조의 머리가 봉당 바닥에 떨어지며 쿵 하는 둔탁한 소리를 냈다.

그러나 마을 사람들은 시카조의 머리를 걱정할 여유가 없었다. "이번에는 진짜 왔다"며 겁을 먹고 허둥지둥했다.

총성 두 발은 야고로가 쏜 것이었다.

마침 다케베 일행이 출장소를 출발했을 무렵이었다.

나카무라 오아자나카에 야고로의 호적상 양아버지로 되어 있는 다니 젠노스케라는 이가 살았는데, 새벽 한 시쯤 문 밖에서 부르는 소리가 났다. 야고로였다.

그러나 경찰은 빈틈없었다. 젠노스케의 집에 야고로가 들를 거라고 예상하고 집 안에 순사를 배치해두었다. 순사는 목소리를 죽이고 젠노스케에게 말했다.

"나가봐. 나는 여기 숨어 있을 테니까 잘 구슬려 안으로 들어오게 해."

"아, 예."

고개를 끄덕였지만 젠노스케는 부들부들 떨기만 할 뿐 문을 열지 못했다.

무슨 짓을 저지를지 모를 흉악한 야고로가 영문을 알 수 없는 '태엽장치가 된 소고기 여섯 길 주시오'라는 말을 외치며 무시무시한 칼을 휘둘러 자기를 베어 죽이지 않을까 두려왔기 때문이다.

어쩔 수 없이 아카시라는 그 순사는 봉당으로 뛰어내려가 '얼른 열지 않으면 수상하게 여길 거야. 뭐 해, 어서어서'라며 젠노스케를 채근했지만 밖으로 소리가 흘러 나갈까봐 염려해 얼굴 표정과 몸짓, 손짓으로 그런 뜻을 전달하려고 했기 때문에 바보가 수화 연습을 하는 듯 전혀 뜻이 통하지 않았다.

그때 다니 젠노스케의 이웃집에도 순사가 잠복근무하고 있어 문 틈새로 야고로의 모습을 살피고 있었다.

만약 야고로가 나타나면 우선 집 안으로 유인해 대기하던 순사가 덮치고, 동시에 이웃집에 있던 순사가 뒤에서도 덮치는 작전을 세운 상태였다. 결국 안팎에서 협공하는 셈이다.

하지만 아무리 기다려도 야고로는 안으로 들어오지 않았다.

어떻게 된 거지? 빨리 들어오란 말이야. 안에 들어오지 않으면 포박할 수 없잖아. 거 참, 애타게 만드네. 아카시는 속이 새카맣게 탔다.

순사가 그런 생각을 하면서 상황을 살피는데 이윽고 야고로는 수상하다고 생각했는지 젠노스케가 잠에 곯아떨어져 못 일어난다고 생각했는지 그냥 가려고 했다.

아무리 계획과 다르다고는 해도 여기서 놓치면 본전도 못

찾는다고 생각한 이웃집의 잠복 순사는 "다니 야고로, 거기서!"라고 호통을 치며 뛰쳐나갔다.

아마 순간적인 기분 때문에 그렇게 외쳤을 테지만 어리석은 짓이었다. 그 말은 야고로에게 '자, 피해라' 하고 신호를 보내준 것이나 마찬가지였다.

야고로는 쏜살같이 달아났다.

순사는 그 뒤를 쫓았고, 또 밖에 문제가 있다는 걸 눈치챈 아카시도 젠노스케를 밀쳐내고 밖으로 뛰어나와 뒤따랐다. 그러나 밤길인데다가 지리를 잘 아는 야고로는 나는 듯 도망쳤지만 순사들은 그러지 못해 자꾸 우물쭈물했다. 그래도 여기서 야고로를 놓칠 수는 없다고 생각해 죽어라 뛰면서 캄캄한 길을 온 힘을 다해 달렸다. 그러다가 아카시는 나무뿌리에 걸려 엎어지는 바람에 땅바닥에 얼굴을 된통 찧었다.

"아이고, 코야."

아카시는 신음하면서 땅바닥에 뒹굴었다.

하지만 동료를 돕기보다 범인에게 포박을 지우는 게 경찰의 도리라고 생각한 동료 순사는 계속 야고로를 뒤쫓으며 속으로 잡을 수도 있겠다고 생각했다.

앞쪽에서 개울물 흐르는 소리가 들려왔기 때문이다.

그렇게 생각하면서 뒤쫓아 가니 아니나 다를까 야고로는

개울 앞에서 머뭇거리는 듯했다. 그럼 그렇지. 순사는 "야고로, 거기 서!" 하고 다시 고함을 지르며 달려갔다. 그런데 야고로는 대체 어떻게 그럴 수 있는지 폭이 육 미터 가까이 되는 개울을 훌쩍 뛰어 건너편으로 넘어가더니 대나무 숲속으로 뛰어 들어갔다.

순사는 멍하니 개울가에 서서 "다리 힘이 엄청나구나" 하고 중얼거렸다.

바로 그때 대나무 숲에서 탕, 탕 하고 두 발의 총탄이 날아왔다. 순사는 얼른 엎드렸다.

출장소에서 사람들이 들은 총소리는 바로 이것이었다.

나흘 동안 대대적인 포위망을 펼쳐 찾은 범인을 바로 앞에서 놓쳐버린 것이 너무도 안타까웠던 순사는 아직 그리 멀리 가지 못했을 거라고 믿고 야고로가 선택할 길을 대략 짐작해 찻집 앞이라고 불리는 곳으로 갔다. 그 부근에 있는 인가라고 해봐야 도리이 히사지로라는 산지기 집 한 채뿐이었다.

순사는 도리이에게 물었다.

"방금 야고로가 오지 않았었나?"

그러나 도리이는 "아뇨, 오지 않았습니다"라고 차분하게 대답했다.

도리이의 태도에서 묘한 느낌을 받은 순사는 "방금 철포

소리 들었을 텐데"라고 말했지만 도리이는 "아뇨, 못 들었는데요"라며 변함없는 태도로 대꾸했다. 결국 순사는 "너 야고로를 숨겨주었지? 그런 짓을 했다가는 치도곤을 당할 거야"라고 말했다. 그러나 도리이는 말꼬리를 올리며 왜 그런 소리를 하는지 의아하다는 듯 "아뇨?"라고 답했다.

"너 가는귀가 어둡냐?"라고 물었지만 그 물음에 대해서도 "아뇨?"라고 대답해 도무지 말이 통하지 않았다. 순사는 혹시 이놈이 멍청이인가, 아니면 극도로 괴팍한 녀석인가 생각하며 이런 놈과 이야기를 나누는 사이에 야고로가 멀리 달아날까봐 초조해졌다. 일단 집 안을 살펴보았지만 봉당에 방한 칸밖에 없는 집에는 누가 피해 들어온 흔적도 없어 순사는 그 집을 나와 다시 부근을 수색했다. 하지만 야고로의 모습은 어디서도 찾을 수 없었다.

잠시 후, 다른 순사가 경계를 서고 있는 아오키타니의 지장당(地藏堂)을 구마타로와 야고로가 지나갔다.

어둠 속에 숨어서 경계를 서고 있던 순사는 잠깐 망설인 뒤에 "기도 구마타로, 게 섰거라" 하고 소리치며 덮치려 했는데, 곧 으앙 하고 울며 그 자리에 쭈그리고 말았다.

구마타로가 총을 쏘았기 때문이다.

총성이 그치고 바람을 타고 화약 냄새가 날아와 순사는 조심조심 눈을 떴다. 구마타로와 야고로가 도망치는 모습이 보였다.

순사는 반사적으로 "서랏!" 하고 외쳤다.

그 직후 순사는 자기 눈을 의심했다.

구마타로가 멈춰 섰기 때문이다.

그뿐만 아니라 구마타로는 천천히 순사 쪽으로 걸어왔다.

순사 가까이까지 오더니 구마타로는 검은 칼집에 든 단도를 뽑았다.

어둠 속에서 칼날이 빛났다.

칼을 머리 위로 쳐들고 다가온 구마타로는 얼굴을 순사에게 가까이 들이대며 낮은 목소리로 말했다.

"뭐야?"

순사는 아무런 대답도 할 수 없었다. 구마타로가 다시 말했다.

"뭐냐고."

순사는 기어들어가는 목소리로 간신히 말했다.

"너, 널 포박하겠다."

"포박한다고?"

구마타로는 웃으며 왼팔로 순사의 머리를 껴안고 귀에 입을 가까이 댄 채 말했다.

"해봐."

순사의 왼쪽 뺨에서 피가 한 줄기 흘러내렸다. 칼날을 갖다 댄 것이다. 캄캄한 어둠이 스윽 하고 순사의 머릿속으로 스며들어 퍼졌다.

순사는 그 자리에 털썩 쓰러졌다. 동료가 달려왔을 무렵에는 구마타로와 야고로는 그림자도 보이지 않았다.

순사는 '공포에 질려 기절하고 말았다'고는 보고할 수 없었다. '체포하려고 격투를 벌이다가 칼에 베여 쓰러졌다. 구마타로와 야고로가 도쿠세키라는 험한 곳으로 달려가는 모습을 보았지만 그 뒤 상처 때문에 정신을 잃었다'고 보고했다.

31일 밤에 구마타로와 야고로가 마을에 나타났다는 말을 들은 스즈키 경부장은 1일 오후 열한 시쯤 경부 다섯 명을 이끌고 오사카에서 출장소로 돌아왔다.

몹시 화가 나 있었다.

그는 자리에 앉자마자 불쾌하기 짝이 없다는 목소리로 야스이 보안과장에게 말했다.

"그래서?"

"그래서라고 하시면?"

"당연히 어찌 된 일인지 보고하라는 이야기 아닌가!"

415

호통을 친 스즈키는 그 뒤 야스이의 보고를 말없이 들었다. 다 듣고 난 뒤 이렇게 말했다.

"제발 좀. 준비할 만큼 했고 경찰 인력도 이만큼 있는데 왜 겨우 두 명을 잡지 못해서 내가 오사카에서 얼간이 취급을 받아야 하나? 그런 소리 하고 싶으면 곤고산에 한 번이라도 올라가보고 나서 말을 하라고. 사방 경계를 철저하게 해서 동서남북 어느 길로도 도망칠 수 없어. 녀석들은 먹을 것도 없을 게 아니야? 그래서 마을에 내려온 거고. 작전 대성공이야. 그런데 이게 뭔가? 다 잡았다가 놓쳤잖아. 바보야? 26일부터 27, 28, 29, 30, 31 그리고 1일. 일주일이나 지났어. 그동안 비용이 얼마나 들었는지 아나? 그동안 뭘 한 거야? 앞으로 일주일 동안 똑같이 이렇게 시간을 보낼 텐가? 그런 예산이 어디 있어? 너희들은 이제 오늘부터 잠도 자지 마. 자지 말고 수사해, 이 멍청이들아. 아니, 왜 여기 이렇게 잔뜩 몰려 있나? 여기 다섯 명, 여섯 명씩 있을 필요 없잖아. 현장으로 가, 현장. 현장에 가서 수사를 하란 말이다. 너희들도 마찬가지야. 이런 데는 한 명만 있어도 충분해."

스즈키 경부장은 그렇게 말하며 자기가 데려온 여섯 명의 경부까지 포함해 열두 명의 경부를 현장으로 급히 보냈다.

구마타로와 야고로가 마을에 나타나자 주민들의 공포는 더욱 커졌다.

마을 사람들은 이제 안절부절못했다. 구마타로와 야고로가 잡히지 않아 일도 손에 잡히지 않았다. 개미 한 마리 빠져나갈 틈도 없는 포위망 때문에 이제 구마타로는 상처 입은 짐승처럼 사나울 수도 있다. 그렇다면 자포자기 상태인 그가 마을에 다시 쳐들어와 불을 지르고 살육을 저지르는 게 아닐까?

마을 사람들은 그런 생각 때문에 겁을 집어먹어 잘 때는 머리맡에 죽창을 두고 잤고 낮에는 순라대를 짜서 죽창을 들고 대열을 맞춰 돌아다녔다.

구마타로와 야고로를 가장 두려워한 것은 마쓰나가 집안과 관계 있는 사람들이었다. 또 구마타로에게 돈을 빌려준 사람들도 두려워했다.

이런 사람들 집에는 순사가 이십사 시간 경비하고 있었는데 야고로가 기필코 죽이겠다고 선언한 아사이 덴자부로 같은 이는 너무 두려워한 나머지 자기는 죽은 목숨이나 마찬가지라며 매일 울면서 염불을 외웠다.

또한 사람들은 자주 총성을 들었다고 거짓 신고를 했다. 범인의 흔적이 끊어지면 경찰이 범인은 자살했을 거라고 판단해 철수할지도 모른다고 생각했기 때문이다.

　제4사단 제4연대 제3대대가 미즈코시 고개를 넘어 돈다바야시까지 행군한다는 이야기를 들은 어느 마을 사람이 말했다.

　"미즈코시 고개를 지날 거면 내친 김에 야외훈련을 해도 좋잖아. 그렇다면 구마타로와 야고로가 깜짝 놀라 산에서 나올 텐데."

　그렇게 되지는 않았다.

　어느 마을 사람이 말했다.

　"스이분, 모리야, 가와노카미, 니가라베, 기리야마 인근의 농사꾼을 모두 합치면 천 명은 될 테지. 아무리 그놈들이 재빠르다고 해도 천 명이 한꺼번에 수색을 하면 바로 잡힐걸."

　그렇게 되지는 않았다.

　대부분의 마을 주민이 말했다.

　"기노시타 군조는 뭘 하는 거야? 기노시타 군조는."

　그 무렵 체포의 명수 기노시타 군조는 미쓰야에서 북쪽으로 삼백 미터쯤 들어간 론쇼라는 곳을 확신에 찬 걸음으로 저벅저벅 걷고 있었다. 그곳은 낮에도 어두운 깊은 산속에 난 길이었다.

그리고 마을에는 골칫거리가 하나 있었다.

마쓰나가 도라키치였다.

구마타로와 야고로가 가장 미워하는 인물이었던 도라키치는 5월 25일 사건 당일 밤에 일하러 우지에 가 있었기 때문에 우연히 죽음을 면할 수 있었다.

마을 사람들은 구마타로와 야고로가 정말 분하게 여겨 어떻게든 도라키치를 처치하려고 마을에 쳐들어올 텐데 그렇다면 이번에는 몇 사람이 죽어나갈지 모른다고 수군거리며 벌벌 떨었다.

한편 하룻밤 사이에 자손을 살육당한 마쓰나가 덴지로는 다른 사람이 된 듯 멍해져 마치 넋이 나간 사람 같았다. 하지만 도라키치는 젊어서 혈기가 넘치는지 "만약 이대로 구마타로와 야고로가 발견되지 않는다면 할 수 없지. 나도 똑같이 갚아주는 수밖에. 어떻게 할지 빤하잖아. 구마타로의 아버지 헤이지와 어머니 도요, 그리고 동생 미쓰조를 몽땅 죽여버릴 거야"라고 떠들었다.

하지만 안 그래도 골치 아픈 지금 그런 일이 일어나면 큰일이라고 생각해 다케베를 비롯한 몇 사람이 중간에 끼어 헤이지가 논 삼백 평을 마쓰나가 집안에 내주고 도라키치는 앞으로 원한을 품지 않고 복수하지 않겠다는 약속을 하는 것으로 사태가 수습되었다.

예순아홉 살이 된 헤이지는 남은 재산을 모두 모리모토 도라의 유족에게 조의금으로 내놓고 자기는 아들 미쓰조와 함께 순례에 나서 시코쿠와 사이고쿠를 돌며 구마타로의 손에 목숨을 잃은 열 명의 영혼을 달래기로 했다. 불쌍한 노인이다.

마을은 그렇게 공포와 소동으로 엉망진창인 상태가 되었지만 그 뒤 구마타로와 야고로의 종적은 뚝 끊어졌다.

경찰 간부는 내통하는 사람이 있는 게 아닌지 의심했다.

31일 밤, 구마타로와 야고로는 아카마쓰 류조의 집에 나타나 음식을 요구했다.

26일 히가시 다케지로의 집에 나타났을 때는 밥을 달라고 했고 또 29일 미쓰야에 있는 나무꾼 오두막에 나타났을 때는 엔메이킨과 아메토라에게 밥을 지어달라고 했다.

그런데 1일 이후로는 음식을 구하러 마을에 내려온 적이 없었다. 또 목격될 때마다 옷차림이 변했다고 했다. 물론 그 목격 정보라는 게 상당히 엉성하고 꾸며낸 부분이 있다는 사실을 최근 알게 되었지만 그렇다고 해도 산속에서 지내며 음식 문제로 어려움을 겪지 않는다면 이상하다. 그래서 경찰은 혹시 남몰래 옷이나 음식을 산속으로 운반하고 수사 정보도

홀리는 사람이 있는 게 아닌지 의심한 것이다.

실제로 구마타로와 야고로에게 음식을 준 히가시 다케지로나 엔메이킨은 태연했다.

일단 그 모습을 본 사람이 없을 테니 구마타로와 야고로가 말하지 않는 한 경찰이 알 리는 없다고 생각했기 때문이다.

그러나 구마타로의 친척들은 잔뜩 주눅이 들었다.

경찰이나 겁에 질린 마을 사람들이 '저놈들이 사실은 어디 있는지 알고 밥 같은 걸 몰래 갖다주는 거 아니야?'라고 여기는 듯한 따가운 시선을 느꼈기 때문이다.

닛타 다쓰지로는 나카타니 닌페이, 쓰지모토 데이고로를 비롯한 친척들을 불러 모았다.

"우리가 음식이나 옷가지를 갖다주는 걸로 아는 모양인데, 어쩌지?"

우에다 마사고로가 말했다.

"이런 상황까지 왔으니 어쩔 수 없지. 우리가 구마타로를 찾자."

"찾다니, 어떻게?"

"산에 가야지. 가서 구마야, 어디 있니, 하고 부르면서 돌아다녀야겠지."

"그랬다가는 갑자기 철포를 쏘지 않을까?"

"멍청이. 친척인 우리가 부르는데 대뜸 쏘기야 하겠어?"

"그렇게 찾아서 잡자는 건가?"

"그렇지."

"쉽게 잡혀줄까?"

"그럼. 네가 잡을 수 있을 거야. 뭐니 뭐니 해도 우린 친척이잖아. 잘 타이르면 구마가 어느 정도 말 들을지도 모르지."

"그야 그럴지도 모르지만 구마를 그렇게 쉽게 찾을 수 있겠어? 경찰이 매일 죽어라 산을 뒤지는데도 만나지 못하는데."

"그래. 그러니까 친척인 우리가……"

"친척이 나선다고 쉽게 찾는다는 보장은 없지."

"뭐, 그렇기는 하지만 우리가 열심히 찾고 있다고 마을 사람들이 생각하게 되면 아, 저 녀석들 저렇게 열심히 찾네. 그렇다면 내통하고 있다고 보는 건 이상하다, 이렇게 생각하지 않겠어?"

"아, 그렇군. 그러면 그렇게 할까?"

이렇게 의견을 모아 6월 3일 오전 여덟 시부터 이노우에 도라, 나카타니 닌페이, 닛타 다쓰지로, 쓰지모토 데이고로, 닛타 효고로, 우에다 마사고로, 이렇게 여섯 명이 곤고산에 들어가 해 질 무렵까지 '구마야, 구마야' 하고 소리치며 산속

422

을 돌아다녔고 4일에도 같은 방법으로 찾아다녔다. 그렇지만 구마타로와 야고로는 나타나지 않았다. 어쩔 수 없이 5일에도 산에 들어가기로 했는데 그날은 아침부터 비가 내렸다.

닛타 효고로가 중얼거렸다.

"뭐야, 비가 오네. 비 맞으며 찾아다니기는 힘든데. 아아, 경찰이 빨리 구마를 체포해주지 않으려나?"

효고로가 중얼거리는 소리를 들은 나카타니 닌페이가 말했다.

"그런데 기노시타 군조는 무얼 하는 걸까? 산에 들어간 지 꽤 되었는데."

그때 기노시타 군조는 사냥꾼과 나무꾼도 들어간 적이 없을 만큼 아주 깊은 산속을 혼자 걷고 있었다.

기노시타 군조는 문득 멈춰 서서 날카로운 눈빛으로 나뭇가지를 관찰했다.

투툭투둑 소리와 함께 검은 그림자가 하늘을 날았다.

원숭이였다.

기노시타는 다시 걷기 시작했다.

심상치 않은 속도로. 척, 척, 척 소리를 내면서.

4일 오전에 다시 스즈키 경부장이 왔다. 이날은 일요일이라

원래 스즈키는 쉬는 날이었는데도 현장을 찾아온 것이었다.

경찰관들의 근무 배치를 확인하고 지시를 내리면서 스즈키는 머리를 감싸 쥐었다.

"인원이 부족해, 인원이."

확실히 그렇다. 넓고 깊은 곤고산, 지하야 산을 기껏 몇 십 명밖에 안 되는 경찰관이 돌아다녀봐야 끊임없이 이동하며 걷는 두 명을 찾아낼 수 있을 리 없다.

스즈키는 야스이 보안과장에게 말했다.

"나는 휴일이어도 이렇게 상황을 파악하러 나왔어. 경찰에 봉직하는 자라면 자기 돈이 좀 든대도 수사를 계속할 수도 있지 않겠나, 보안과장?"

"경부장님, 그건 무리입니다. 현상금 같은 게 붙는다면 또 몰라도."

"현상금이라고? 괜찮을지도 모르겠군. 현상금을 타기 위해 자비를 들여 나오는 경찰관도 생길 테지. 그렇다면 돈이 많이 들지 않겠군. 야스이 군, 자네가 그렇게 지금부터 정리를 해줘."

"알겠습니다."

스즈키 경부장은 지시를 내렸지만 그런 것은 잔재주에 지나지 않았다. 역시 많은 인원을 보내 산을 수색할 수밖에 없으리라. 그러나 그렇게 하면 비용이 많이 든다. 그렇다고 이 렇게 시간만 가면 결과적으로 비용이 더 들지도 모르고…… 스즈키는 머리를 싸매고 끙끙거리며 한숨을 내쉬었다.

6월 6일이 되자 스즈키는 마침내 결단을 내렸다.

이런 적은 인원으로는 수색해봤자 시간만 흐를 뿐 결말이 나지 않고 비용도 든다. 또 사건이 장기화되면 사람들이 경찰은 뭘 하고 있느냐고 비판할 테고, 경찰 내부에서는 스즈키는 뭘 하고 있느냐고 비판하리라. 시끄럽다. 네까짓 것들이 내 심정을 알기나 해? 그렇다면 이제 어쩔 수 없다. 많은 인원을 동원해 단숨에 끝장을 내자.

6일 밤이 되자 오사카 네 개 구를 비롯해 군 지역에서도 차출한 경찰관 백예순다섯 명이 속속 도착해 일대가 붐볐다. 사이라쿠지 뜰에 큰 가마솥을 걸고 경찰관들을 위한 밥을 지으며 급히 숙소도 마련했다. 산길을 안내할 사람도 고용하는 등 마치 불난 집처럼 소란스러웠다.

그리고 이튿날인 7일, 제복 차림이면 구마타로와 야고로가 경계할 테니 각자 작업복 같은 간편한 복장으로 갈아입었다. 칼은 거적에 싸고 도롱이와 삿갓, 얼굴을 감싸는 수건, 이틀 치 식량까지 꼼꼼하게 준비해 세 명을 한 조로 쉰네 개 조를 꾸려 정오를 알리는 종소리를 신호 삼아 차례로 곤고산을 향해 출발했다.

사건 발생 이후 가장 큰 규모의 수색이 시작되었다.

오후 두 시, 동굴 안은 밝았다.

천장이 꽤 높은, 열 평쯤 되는 동굴 안이 밝은 까닭은 그 입구가 서쪽으로 나 있고 앞쪽 산등성이가 깎인 듯 낮아지고 있기 때문이다. 그래서 해가 서쪽으로 기울기 시작하는 오후 두 시부터 네 시까지는 동굴 안이 환했다.

우연히 발견한 동굴이었다.

31일 밤, 순사들이 갑자기 줄어들었다. 무턱대고 사람들을 불러 모아 수색을 했지만 결국 포기하고 물러가는 모양이라고 생각해 상황을 살피러 마을에 내려갔다. 그런데 아카마쓰의 아내가 밀고해 순사에게 쫓기고 말았다. 또 다니 젠노스케의 집에서도 지키고 있던 순사에게 쫓겼는데, 도리이 히사지로의 임기응변 덕에 위기를 모면했다. 그 뒤에도 주인이 출장소로 몸을 피해 빈집이 된 인가에서 쌀과 된장을 훔치는 중에 순사에게 들켰다. 다행히 그 순사는 겁쟁이라서 위협했더니 기절했다. 구마타로와 야고로는 아무도 없는 것처럼 꾸미고 순사가 잠복하고 있다는 사실을 깨닫고는 서둘러 산으로 뛰어 들어왔다. 하지만 캄캄한데다가 당황했기 때문에 산

에 익숙한 야고로도 어디를 어떻게 걷고 있는지 한동안 알
수 없었다.

무라타 소총을 허리춤에 꽂고 무턱대고 걷다가 계곡에서
낭떠러지를 기어올라 산등성이에 올랐다. 그런데 산등성이
가 한결 가파르게 깎이며 직각으로 꺾어진 지점에 이르렀을
때 구마타로가 낭떠러지 아래로 굴러 떨어지고 말았다.

낭떠러지 아래는 크고 작은 바위가 널린 계곡이었다.

그대로 떨어졌으면 구마타로는 바위에 머리가 깨져 죽었
을 것이다. 그렇지만 산등성이에서 아래로 삼 미터쯤 내려간
부분에 나무가 있어 구마타로는 거기 걸렸다.

나무에 걸린 구마타로는 자기에게 무슨 일이 일어났는지
바로 깨달았지만 위를 올려다보고 오싹했다.

산속은 밤중이면 캄캄하지만 그래도 산등성이에 이르는
낭떠러지와 하늘은 색이 분명히 다르다. 낭떠러지는 칠흑 같
은 어둠이지만 산등성이 위로 보이는 하늘은 조금 옅은 먹빛
어둠이다.

그렇게 이해하고 현재 위치에서 위를 올려다본 구마타로
는 산등성이가 상당히 위쪽에 있다는 사실을 깨달았다. 아래
쪽으로 눈길을 돌리니 바닥을 알 수 없는 칠흑 같은 어둠이
이어졌다. 급류가 콸콸 흐르는 소리가 울려 퍼질 뿐이라는

것을 알고 구마타로는 소름이 끼쳤다.

그렇게 생각한 순간 발을 헛디뎠다. 구마타로는 얼른 두 손으로 나무줄기를 껴안았다.

하지만 계속 이런 꼴로 있을 수는 없다.

습격 때 다친 오른쪽 손가락의 심한 통증을 참아내며 구마타로는 아래쪽으로 발을 뻗어 디디려고 했다. 하지만 아무리 발을 뻗어도 발이 닿지 않아 두 발은 허공을 걷어찰 뿐이었다.

이게 어떻게 된 걸까? 구마타로는 초조했지만 어쨌든 이대로 있다가는 떨어지고 말 것이다. 그렇게 생각한 구마타로는 필사적으로 팔을 번갈아 앞으로 내밀면서 조금씩 절벽 쪽으로 다가가려고 했다.

하지만 아무리 가도 발을 디딜 곳이 나오지 않았다. 결국 팔이 절벽 쪽에 부딪혀 더는 나아갈 수 없었다. 캄캄한 어둠 속에서 구마타로는 생각했다.

이곳은 처마처럼 되어 있는 절벽 부분이리라. 그렇다면 난 이제 글렀다는 건가? 거짓말. 정말이야? 정말로 난 이제 끝장이야?

그렇게 생각한 구마타로는 발을 버둥거렸지만 그 순간 손가락에 심한 통증이 와 나무를 놓치고 허공에 내던져지고 말았다.

쿵.

둔탁한 소리가 났다. 구마타로의 머리가 바위에 부딪히는 소리였다.

구마타로는 아악 하고 소리를 질렀지만 동시에 '어라?' 하는 생각도 들었다. 낭떠러지 아래로 떨어졌다면 몸이 바위에 부딪힐 때까지 꽤 시간이 더 걸릴 텐데 손을 놓자마자 거의 동시에 머리와 등을 부딪쳤기 때문이다. 그리고 아프기는 하지만 치명상을 입은 것 같지도 않았다.

구마타로는 살금살금 손을 뻗었다. 평평한 지면이 느껴졌다.

위에서 야고로가 "형님아, 괜찮아?" 하고 부르는 소리가 들려왔다. 구마타로가 떨어진 곳은 동굴의 입구로, 낭떠러지 꼭대기에서 삼 미터 남짓 아래에 위치해 있고 입구 바로 위쪽으로는 구마타로가 걸렸던 나무가 자라고 있었다. 또 아래쪽은 구마타로가 생각했듯이 처마처럼 튀어나온 게 아니라 반대로 삼십 센티쯤 테라스처럼 튀어나와 있었다.

산등성이에서는 나무에 가려져 그 입구가 보이지 않았고, 낭떠러지 아래 계곡에서는 바위에 가려져 보이지 않았다. 구마타로와 야고로에게는 더할 나위 없는 은신처였다.

구마타로가 부르는 소리를 듣고 야고로는 대담하게도 어

둠 속에서 낭떠러지를 내려왔다. 야고로는 이보다 더 좋은 은신처는 없을 거라며 기뻐했다. 자기도 이런 동굴이 있는 줄 몰랐으니 아무도 모를 것이기 때문이었다.

동굴 넓이는 약 열 평쯤, 자연동굴이 틀림없지만 안쪽 바위 벽에는 정으로 쪼아낸 흔적이 또렷하게 보였다.

구마타로는 이 동굴이 다이난 공의 군사들이 쓰던 비밀창고였을 거라고 했다. 야고로는 수도자가 수행하던 공간이 아니겠느냐고 했다.

동굴은 안으로 들어갈수록 천장이 높아졌고, 중간쯤부터는 안으로 들어갈수록 바닥이 계단식으로 차츰 높아져 맨 안쪽에서는 바닥과 천장이 만났다.

폭이 가장 좁은 통로는 일 미터쯤 되었지만 넓은 곳은 삼 미터 가까이 되어 두 사람이 몸을 숨기기에는 충분한 넓이였다.

산등성이에서나 계곡에서나 동굴의 입구가 보이지 않기 때문에 수색하는 경찰관에게 발각될 일은 일단 없을 거라고 생각했다. 실제로 수색대원들이 동굴 위의 산등성이와 아래쪽 골짜기를 몇 차례나 지나갔지만 알아차린 사람은 없었다.

기노시타 군조 같은 이는 하루에도 몇 번씩 산등성이를, 그리고 계곡을 지나갔지만 아주 빠른 속도로 성큼성큼 지나갔고 동굴 입구 쪽에는 눈길 한 번 주지 않았다.

그만큼 안전한 동굴이었다. 문제라고 하면 드나들 때 삼 미터 남짓한 낭떠러지를 오르내려야 한다는 점뿐이었는데 그 문제도 바로 해결했다.

동굴 안쪽, 바위가 포개져 천장과 바닥이 만나는 곳에는 배를 깔고 엎드리면 지나갈 수 있을 만한 좁은 틈새가 있었는데 그곳으로 이 미터쯤 가면 구마타로가 떨어졌던 곳과는 반대편으로 나갈 수 있었다. 이쪽도 경사가 급하기는 매한가지지만 나무와 얼룩조릿대가 빽빽하게 난 비탈로 나갈 수 있고, 이곳에서 산등성이까지는 이 미터쯤이라 비교적 쉽게 올라갈 수 있었다.

이쪽 역시 빽빽하게 자란 얼룩조릿대에 뒤덮여 있었고 아무리 생각해도 사람이 지나다닐 리 없는 급경사였기 때문에 수색대가 이곳을 발견할 가능성은 없었다. 또 설사 발견하더라도 동굴 안쪽에서 통로를 돌로 막아버리면 아무도 들어올 수 없었다.

그 동굴 입구 쪽에 웅크리고 앉은 구마타로의 눈과 귀, 코, 입, 그리고 머릿속에서 갈 곳을 잃은 사변의 고름이 질질 흘러나왔다.

고름은 메마른 얼굴에 들러붙어 구마타로는 표정을 잃었

다. 그리고 손가락의 통증. 구마타로는 손가락이 쑤실 때마다 다른 사람의 죽음을 떠올리며 자기 죽음을 생각했다. 통증은 지속적이었다.

동굴에 틀어박힌 지 나흘이 지났다.

구마타로는 바위 표면에 달라붙듯 자라난 풀고사리가 바람에 흔들려 천천히 움직이는 모습을 멍하니 바라보면서 마치 자신에게 손짓하는 것 같다는 생각을 했다. 그리고 언젠가 똑같은 광경을 본 적이 있다는 사실을 떠올렸다.

구마타로는 곧 예전에 다키타니후도에서 있었던 일이 기억났다.

그때도 지금처럼 조용했었지. 구마타로는 생각에 잠겼다.

그때 내가 모처럼 풀어준 미꾸라지를 새가 먹어버렸다. 내가 살려주었는데 새가 먹어버린 것에 절망해 계곡에 쭈그리고 앉아 있을 때도 풀고사리가 저렇게 손짓하는 것처럼 보였다. 그리고 그때 나는 직감적으로 풀고사리가 손짓해 데리고 가려는 곳이 결코 좋은 데는 아닐 거라고 생각했는데, 역시 그랬다. 그때 풀고사리가 손짓해 부르는 곳으로 따라간 결과 나는 이런 동굴까지 오게 되어 손가락의 지독한 아픔을 견디고 있다. 의사에게 가고 싶다. 그렇지만 나는 그때, 그곳이 결국 막다른 곳이며 더는 갈 곳이 없는 끝이라고 생각했다. 풀고사리가 '이리 와, 이리 와' 하고 나를 불러서 나는 풀고사리를 따라갔다. 왜냐하면 달리 갈 곳도 없었기 때문이다. 그렇지만 그 길은 멸망에 이르는 길이었다. 나는 그 막다른 곳에 이르러 열 명을 죽였다. 더는 어쩔 길이 없는 막다른 곳이라고 생각하고 있었는데, 다시 풀고사리가 나타나 손짓하고 있다. 아직도 갈 길이 남았다는 겁니까, 풀고사리님? 이제 그만 하시죠, 풀고사리님. 그렇다면 내가 풀고사리의 손짓을 무시하면 그만이겠지만 막다른 곳에 이른 인간은 그 길이 멸망으로 가는 길임을 알면서도 길이 있는 이상 가고 만다. 가다보면 뭔가 좋은 일이 생기는 게 아닐까 하는 착각과 미망을 품는다. 그 좋은 일이라는 게 뭔가 하면, 예를 들면 지금 내게는 이 햇빛. 하루 종일 해가 들지 않는 동굴에서 손가락 통증을 견디며 웅크리고 있는 내게 이 햇살은 황금빛이다. 나는 한 시부터 세 시까지 빛을 쬐며 즐거워한다. 하지만 이 기쁨이 며칠이나 갈까. 하루하루 조금씩 왼쪽으로 위치를 바꾸는 해는 앞으로 이틀이면 이 굴 안을 비추지 않으리라. 그때쯤이면 마을에서 슬쩍한 쌀도 떨어져 다시 힘든 나날이 시작되리라. 즉 살아 있는 한 고된 여정은 한없이 이어지고, 나는 한없이 괴로워지리라. 편해지고 싶으면 죽는 길밖에 없다. 하지만 정말로 계속 나빠지기만 할까? 이 아픔, 이 고통에서 해방

될 수는 없는 걸까? 노름판에서도 계속 잃어 한 푼도 남지 않았을 때 갑자기 끗발이 올라 주머니가 가득 차도록 돈을 따게 될 때가 있다. 그렇게 느닷없이 모든 일이 잘 풀리기 시작하는 것을 바라서는 안 될까? 구체적인 순서를 생각하면 우선 내 손가락 상처가 낫는다. 야고로를 잘 설득해 아사이 덴자부로를 죽이지 않도록 한다. 경찰 포위망을 뚫고 산을 타고 남쪽으로 도망쳐 도쓰카와를 지나 기슈로 빠져나가 이름을 바꾸고 그곳 아가씨를 아내로 얻어 즐겁게 산다. 이렇게 될 가능성은 일단 없다. 그렇다면 내가 이 아픔과 고통에서 해방되기 위해서는 지금을 진짜 막다른 곳으로 받아들이고 풀고사리의 손짓을 거절한다, 즉 죽는다는 것밖에 없다는 이야기인데 내가 제일 두려운 일은 혹시 사후 세계가 있을지도 모른다는 것이다. 내가 죽어 '자, 이제 죽었다. 죽었으니 드디어 이곳이 끝이리라' 생각했는데 거기에도 풀고사리가 있어 나에게 손짓을 한다. 어쩔 수 없이 따라갔더니 끔찍한 곤경이 나를 기다리고 있다면, 다시 그런 일이 일어나면 나는 어떻게 하지? 아, 그런가? 그게 지옥이라는 건가? 이승에서 나쁜 짓을 저지르면 사람은 지옥에 간다. 착한 일을 한 사람은 극락으로 가고. 나는 사람을 열 명이나 죽였고 착한 일은 한 번도 한 적이 없으니 지옥에 갈 거다. 지옥이란 고통스러운 곳이다. 아마 이 손가락 통증의 육만 배쯤 되는 아픔이 온 몸을 덮치리라. 그런 일이 닥치면 인간은 대개 죽고 말 테지만 그럴 수도 없다. 왜냐하면 이미 죽었으니까. 그런 곳으로 가기는 너무 싫다. 견딜 수 없다. 무슨 방법이 없는 걸까? 원래 내가 열 명을 죽인 것은 정의를 위해서였다. 그런 사악한 놈들이 멋대로 날뛰게 놔두면 안 된다고 생각했기 때문이다. 어린아이도 죽이기는 했다. 그건 사실 절구가 질주했기 때문이다. 그런 절구가 세상에 있었다는 것 자체도 내 죄가 되는 건가? 대부분의 사람은 그런 절구를 내버려두고 자기 일에만 몰두한다. 나는 자신을 희생해 절구에 대해 고민하고 부모마저 버린 채 열 명을 죽였다. 그게 죄가 되어 지옥에 간다. 애당초 그 석실에서 가쓰라기 도루를 죽인 게 모든 문제의 뿌리다. 그때 고세에 가지 않았다면, 아카마쓰 긴조와 마주치지 않았다면, 숲속의 작은 도깨비를 만나지 않았다면 이렇게 되지는 않았으리라. 내가 하지도 않은 일을 했다고 아카마쓰 긴조가 우기는 바람에 나는 고세에 갔고 가쓰라기 도루를 만났다. 그래도 그 문제는 관세음보살께서 없었던 일로 해주었다. 그런데 바로 그 때문에 마쓰나가 집안사람들과 모리모토 도라를 해치워야만 한다고 생각한 나는, 그 일 때문에, 관세음보살의 은혜 때문에 한 일로 지옥에 간다. 그걸 피하려면 어떻게든 여기서 더 살아남아 이 세상에서 착한 일, 열 명을 죽인 죄보다 더 많은 착한 일을 해 사람들에게 기쁨을 주며 살아야 한다. 그렇게 하면 관세음보살께서 내 죄업을 소멸시켜주시리라. 그것 말고는 내가 살 길이 없다. 그러나 이 막다른 곳에서 어떻게 빠져나가야 하나. 산다는 건 어차피 죄를 더 짓는 일일 뿐인가? 나는 착하게 살고 싶다. 이런 걸 더 일찍 알았다면 좋았을 텐데. 이미 늦었다. 손가락이 아프다. 끈적거리던 감촉이 아직 손가락에 남아 있다. 그 손가락이 아프다. 이 통증은 내가 살아 있다는 증거다. 죽으면 통증은 사라진다. 그리고 이 통증은 열 명을 죽이느라 생긴 아픔이다. 이 아픔이 소멸한다는 것은 내가 죽으면 열 명을 죽인 죄업도 소멸한다는 이야기다. 그렇다면 죽는 편이 낫다. 그렇지만 그렇다면 지옥이란 것이 없다는 이야기가 된다. 그렇지만 지옥은 예로부터 있다고 했으니 그게 없을 리는 없을 터이다. 그러니까 죽는다고 죄가 사라지는 것은 아니며, 그건 내가 지옥에 가게 될 거라는 이야기다. 그러면 죽지 않는 편이 낫다는 이야기지만, 그러나 산다고 하는 것은 그건 그것대로 또 지옥 같다. 왜냐하면 이 손가락의 통증, 통증이라는 감각은 열 명의 죽음과 직결되는 아픔이기 때문이다. 이게 없다면 나는 야고로를 편히 대할 수 있으리라. 그렇지만 나의 아폼이라는 신경이 다른 사람을 죽인 일과 결합되어버려 쉽게 생각할 수 없다. 아아, 그때 칼을 너무 위로 치켜들었다. 그래서 상인방에 걸리는 바람에 손가락이 미끄러져 다치고 말았다. 베기보다 찌르기가 나았을 텐데. 아니면 날밑이 있는 검은 칼집에 넣은 칼을 쓰는 게 나았을 텐데. 이제 와서 아무리 후회해봐야 시간은 돌이킬 수 없다. 상처와 통증은 나의 죄업과 이어지고 말았다. 처음에는 그런 매듭쯤이야 금방 풀 수 있거나 끊을 수 있을 거라고 생각했다. 하지만 상처는 낫기는커녕 점점 나빠지기만 했다. 손가락이 썩었다. 썩는 부위가 팔로 퍼지고 온몸으로 번져, 나는 죄 때문에 썩어 죽을 것이다. 둔중한 죽음. 죄의 통증을 동반하면서 느리게 진행되는 죽음. 그렇게 되지 않으려면 지금 당장 썩은 손가락을 잘라내야 한다. 그렇지만 잘라낸 곳의 상처가 또 낫지 않으면 어떻게 하지? 상처는 더욱 커지기만 할 것이다. 죄업을 잘라내려고 해봤자 아픔만 더 커질 뿐, 이제는 방법이 없다. 그저 멸망에 이르는 험한 길만 남아 있는 것 아닐까.

구마타로의 그런 생각이 썩은 얼굴 안쪽에서 넘쳐 나와 얼굴 표면을 타고 흘러내리며 악취를 풍겼다.

해가 가려져 동굴 안이 어두워졌다.

구마타로는 머릿속에서 꿈틀거리는 생각이 괴로워 야고로

가 돌아올 때까지 잠을 자려고 했다. 하지만 손가락이 아프고 또 눈꺼풀 안쪽의 어둠 속에 무시무시한 것이 숨어 있는 기분이 들어 도무지 잠을 이룰 수 없었다. 풀고사리가 천천히 흔들렸다.

안쪽 큰 바위가 있는 곳에서 무슨 소리가 들렸다. 벌떡 일어난 구마타로는 총을 겨누었지만 "나야 나"라고 하며 나타난 사람은 야고로였다.

야고로는 매일 동굴을 나가 산속을 돌아다녔다.

"잠깐 다녀올게"라며 동굴을 나가려고 하는 야고로에게 구마타로가 왜 밖에 나가느냐고 물으면 야고로는 여러 이유를 들었다.

하나는 정찰이다. 아직 죽이지 못한 마쓰나가 덴지로, 마쓰나가 도라키치, 아사이 덴자부로 같은 놈들을 죽이기 위해 마을 상황을 정찰한다.

또 하나의 목적은 양동(陽動)이다. 산속 여기저기에 흔적을 남겨 수사를 교란시키고 동굴이 발각되지 않도록 하려는 것이다.

야고로는 지름길을 따라 산속을 다니며 총을 쏘고 모닥불을 피워 수색대를 이리저리 분산시켰다. 또 5일에는 구마타로에게 할복할 테니 발견하면 매장해달라는 내용의 글을 써 달라고 해 이걸 가이코사카라는 곳에 갖다 두기도 했다.

그리고 야고로가 동굴을 나가는 이유는 음식을 구하기 위해서이기도 했다.

31일 한밤중에 훔친 쌀이 아직 있지만 오래 버틸 수는 없을 것 같아 야고로는 감자를 캐 오기도 하고 복숭아를 따 오기도 했으며 콩 튀긴 것을 주워 오기도 했다. 또 민가에서 말린 날치를 훔쳐 오기도 했다. 또 총으로 새를 쏘아 잡아 온 적도 있었다.

야고로는 그런 걸 먹고 찌꺼기를 일부러 멀리 가지고 가 산속 여기저기에 버렸다. 이 또한 은신처를 알아내지 못하게 하고 수사를 교란시켜 수색 인원을 한곳에 집중하지 못하도록 만들기 위해서였다. 참으로 주도면밀한 녀석이다.

그러나 구마타로는 야고로가 나가서 돌아다니는 게 걱정스럽다고 말했다. 야고로는 의아하다는 듯 눈을 가늘게 뜨고 말했다.

"어째서?"

"어째서라니? 나가 다니다가 들킬지도 모르잖아."

야고로가 웃으며 말했다.

"하하하, 형님아, 그럴 일 없어."

"왜 그럴 일 없어?"

"순사들 다 얼간이들뿐이라니까. 산길 걷는 것만 해도 죽을 맛일걸. 평지라면 또 몰라도 그런 녀석들 몇 만 명이 오더라도 나를 잡을 수는 없을 거야."

"그야 그럴지도 모르지만 자칫 우연히 딱 마주칠 수도 있잖아."

"없어."

"없어?"

"없어. 나보다 먼저 그놈들이 나를 알아차릴 일은 없어. 형님이 보면 웃을 거야. 무슨 생각인지 모르지만 그놈들 농사꾼 옷차림을 하고 있는데 걸음걸이 하나부터 모든 게 이 지역 사람들과는 전혀 다르거든. 금방 구분할 수 있어."

"그래?"

"그럼. 게다가 철포나 칼은 거적에 싸서 감추고 있어. 그러니 만약 무슨 일이 있어서 서로 공격해야 하는 상황이 되더라도 놈들이 꾸물꾸물 거적을 풀어 철포를 꺼내는 사이에 내가 모조리 쏴 죽이는 거지. 그놈들 대체 무슨 생각들인지 모르겠어. 멍청이들이야."

"으음."

구마타로는 신음 소리를 냈다.

"그건 그럴지도 모르지만, 여기 있으면 절대로 들킬 일 없 잖아. 그런데 굳이 나가서 돌아다닐 필요가 있어?"

구마타로가 그렇게 말하자 야고로가 몸을 들이밀며 말했 다.

"바로 그거야, 형님아."

"뭔데."

"내가 가만히 지켜보며 생각한 건데 조금만 더 애쓰면 경 찰이 없어질 거라고 생각해."

"어째서? 왜 그렇게 생각해?"

"그건 말이야. 이런 이야기지……"

야고로가 설명했다.

사건 발생 직후에는 경찰이 많은 인력을 투입했지만 이틀 뒤부터는 산을 수색하는 인원이 크게 줄었다. 왜냐하면 경찰 은 많은 경찰관을 동원할 만한 예산이 없기 때문이다. 지금처 럼 지구전을 계속 벌이면 경찰은 예산이 떨어져 인원을 더 줄 일 것이다. 그렇게 인원이 크게 줄었을 때를 노려 마쓰나가, 그리고 아사이의 집에 쳐들어가 실컷 분풀이를 하면 된다.

구마타로가 웃었다.

"하하하. 그럴 리 있겠냐? 경찰은 일본이라는 나라가 물주 인 셈이잖아. 경찰에 돈이 없을 리 있겠냐, 바보야?"

"아니, 그렇지 않아. 물주는 돈이 있다고 쳐. 하지만 돈 가진 사람이 직접 오는 건 아니야. 말하자면 여기 오는 사람은 물주의 대리인이지. 그 대리인이 얼간이라서 손해만 보면 어떻겠어? 물주가 화나겠지?"

"그야 그럴지도 모르지만 아무리 그래도 나라에 돈이 없다는 건……"

"그게 아니라니까."

"어떻게 그렇게 확신해?"

"어제 일인데, 내가 구로토가타니 쪽을 지나가는데 맞은편에서 순사 세 명이 왔어. 난 얼른 풀숲에 숨었지."

"깜짝 놀랐겠다. 그래, 그래서?"

"순사들이 여기서 담배 한 대 피우고 가자면서 걸터앉았지. 그리고 담배를 꺼내 피우면서 이야기하는 거야. 이제 지겨워서 하고 싶지 않다더군. 이야기 내용은 불평뿐이었어. 힘들다느니, 졸린다느니 하는 소리들 말이야. 그 가운데 한 명이 이런 이야기를 하더라고. 경부나 보안과장은 비용이 많이 드니 빨리 잡아오라고 하지만 밥 정도는 제대로 먹여야 하는 거 아니냐고. 얼마나 돈이 없으면 이런 밥을 먹이면서 수사하라고 할 수 있느냐고 하더라. 경찰이 어지간히 돈이 없는 모양이야."

"정말이냐?"

구마타로는 반신반의하며 말했다.

"그렇다면 더더욱 여기 틀어박혀 있는 게 낫지 않아?"

"어째서?"

"어째서라니, 당연하잖아. 우리가 내내 여기서 지내 그림자
도 형체도 보이지 않으면 저놈들 의욕이 더 떨어지고 더 힘
들게 되겠지."

"그게 아니야."

"뭐가 아니야?"

"생각해봐. 그렇게 하면 경찰도 별로 움직이지 않아도 되
잖아. 그러면 별로 피곤하지도 않을 테고. 그러느니 앗, 저쪽
에서 총소리가 났네, 앗, 이쪽에 생선뼈가 떨어져 있네, 하면
서 우왕좌왕하지만 찾아내지 못하는 게 더 기운 빠지겠지.
말하자면 좀 공격적으로 나가는 거랄까?"

"그렇지만 난 손가락을 다쳐서 함께 움직일 수 없으니 내
내 여기 있잖아. 넌 괜찮겠지만 네가 순사에게 공격을 받더
라도 난 알 수 없으니까."

"이틀, 이틀이야. 이틀 지나도 돌아오지 않으면 순사에게
공격받았다고 생각해."

불안해하는 구마타로에게 야고로는 별일 아니라는 듯 말

했다. 하지만 구마타로는 더 불안해졌다.

구마타로는 지금 자기들이 동굴에 숨어 있는 것을 두 가지 측면에서 생각해보았다.

하나는 추가적인 복수. 즉 동굴에 숨어서 기회를 엿보다 좋은 기회가 생기면 바로 마을로 내려가서 아직 죽이지 못한 놈을 처치한다. 그러기 위해 잠복한 것이다.

다른 하나는 도망이라는 측면.

열 명을 죽였으니 당연히 경찰에 쫓기는 신세가 되었다. 그 경찰의 수사망을 피하기 위해 동굴에 잠복한 것이다.

지금 야고로는 오로지 복수에 대해서만 이야기한다. 하지만 경찰에 잡히면 복수할 수 없으니 복수를 위해서는 계속 잡히지 않아야 한다.

그렇지만 계속 도망만 다녀서는 복수를 할 수 없다.

기회가 생기면 바로 마을로 달려가야만 한다.

그리고 둘 중 어느 것을 이루기 위해서도 족쇄가 되는 것은 부상당한 구마타로다.

야고로 혼자라면 그야말로 경찰 인력이 줄어들 때를 노려 야음을 틈타 마을에 들어가서 총을 난사하고, 아사이의 집으로 쳐들어가 불 지르고 모조리 죽이는 것이 얼마든지 가능하다.

혹은 산을 타고 기슈로 달아나 신구, 나고야, 도쿄로 도망칠 수도 있다.

복수건 도망이건 둘 다 쉽다.

그렇지만 구마타로가 있기 때문에 야고로는 그렇게 할 수 없다.

이 문제를 야고로는 어떻게 생각할까?

구마타로는 마쓰나가 덴지로의 집에 쳐들어갈 때 야고로가 '잠깐 볼일이 있어서 갈 수 없어'라고 했던 것을 떠올렸다.

또 구마타로는 언젠가, 야고로는 자기에게 보석 같은 존재지만 야고로에게 자기는 돌멩이에 지나지 않아 그런 사실을 알게 되면 야고로는 자신을 떠날 거라고 생각했던 일도 기억했다.

구마타로는 야고로가 밖에 나갈 때마다 이대로 돌아오지 않는 게 아닐까 불안했다. 그래서 포개진 바위 틈새로 야고로가 얼굴을 내밀 때면 늘 마음이 놓였다.

방금도 야고로가 "나야 나"라며 들어왔을 때 구마타로는 말로 표현할 수 없는 안도감을 느꼈다. 하지만 그런 의심을 품고 있다는 사실을 야고로에게 들키고 싶지 않아 "뭐야, 너냐? 순사인 줄 알고 쏠 뻔했네"라며 무뚝뚝하게 말했다.

"부탁해."

야고로가 태평하게 대꾸한 뒤 물었다.

"손가락은 어때?"

구마타로는 "뭐, 그럭저럭, 좋아졌어"라고 대답했다.

전혀 그렇지 않다. 상처는 더욱 쑤시고 아팠다.

구마타로는 요 며칠 통증 때문에 거의 잠을 이루지 못했다. 야고로는 "소주가 있으면 좋을 텐데"라고 하며 웃었다.

"오늘 마을 언저리까지 갔었는데 틀렸어."

"그랬어?"

"응. 경찰이 바글바글해. 소주를 훔칠 수 없었지."

야고로는 그렇게 말하고 또 웃었지만 흥분한 구마타로는 놀라서 물었다.

"뭐야? 마을에 경찰이 북적거려?"

"그래, 넘쳐나. 이백 명쯤 되는 것 같아."

"틀렸잖아."

"뭐가 틀려?"

"네가 그랬잖아. 계속 나가 돌아다니면 경찰이 돈이 떨어져 철수하게 될 거라고. 그런데 뭐야. 오히려 늘었다니."

"그게 아니라니까."

"뭐가 아니야?"

"형님아, 잘 들어봐. 오늘 저쪽의 인원이 갑자기 불었다는 건 저쪽도 필사적이라는 이야기야."

446

"필사적이라니, 뭐가?"

"마침내 돈이 없어졌다는 거지."

"그런데 인원을 늘렸잖아?"

"그건 그렇지만, 역시 돈은 날짜가 제일 중요하잖아? 매일 먹어야만 하니까. 그래서 놈들이 이번에 단판승부를 보려고 그렇게 많은 인원을 모은 게 틀림없어. 형님아, 그러니까 지금만 참으면 되는 거야. 네댓새 여기 틀어박혀 있으면 놈들은 돈이 떨어져 모두 철수하고 말 거야."

경찰은 예산이 바닥났기 때문에 단숨에 해결해버리려고 많은 인원을 동원한 것이고, 그 계획이 어긋나면 수사 규모를 축소할 게 틀림없다. 이렇게 주장하는 야고로의 의견을 듣고 구마타로는 내심 그럴지도 모르겠다고 생각했다.

소규모 수사에서도 현장 순사는 불평했다. 그건 야고로가 주장하는, 비용이 누적되는 문제 때문에 경찰이 힘들어하고 있다는 증거다. 경찰은 야고로의 말대로 대규모 인원을 투입해 이틀이나 사흘 만에 해결을 보려는 것이다. 분명히 이런 움직임이 나흘이나 닷새 이어지면 경찰의 전략은 근본적으로 실패라고 볼 수 있다. 다이난 공 구스노키 마사시게가 지하야 성에서 농성하며 간토에서 온 백만 대군을 맞아 싸웠던 상황과 비슷하다. 그러고 보면 어렸을 때부터 나를 다이난

공에 비겼는데 지금 보니 야고로가 다이난 공 구스노키 마사
시게이고 나는 아무런 힘도 없는 고다이고 천황 같구나.

구마타로는 그런 생각을 하다가 '이런 생각을 한 게 처음이
아니고 언젠가 같은 생각을 한 적이 있는데 그게 언제였더
라' 하고 기억을 더듬었지만 생각나지 않았다.

"그럼 경찰 수가 줄면 고조나 다카다 쪽으로 도망가야겠
다."

별생각 없이 한 말이었다.

그 말을 들은 야고로가 격하게 반응했다.

"제정신이야? 어떻게 그럴 수가 있어? 경찰이 없어지면 아
사이 덴자부로와 마쓰나가 놈 집에 쳐들어가야지."

야고로가 눈을 부릅뜨고 말하는 걸 듣고 구마타로는 머리
가죽이 찌릿찌릿 서는 것 같았다. 또 목구멍과 배 속에 묵직
한 것이 가득 차는 듯했다. 구마타로가 물었다.

"그럼 그다음에는 어떻게 할 거야?"

"그걸 내가 어떻게 알아? 그때는 그때지. 도망칠 수 있으면
도망치고, 그럴 수 없다면 죽을 수밖에 없지. 아니, 지금 무슨
생각하는 거야? 아직 덴지로와 도라키치는 해치우지 못했잖
아. 아니면, 뭐야? 자기 볼일만 끝나면 속 후련하니 도망치겠

다는 거야? 목숨이 아까워? 내 원한은 어떻게 할 거야? 자기 원한만 풀면 내 원한은 아무래도 상관없다는 건가? 어떻게 할 거야?"

구마타로는 바로 대꾸했다.

"제정신이냐? 내가 어떻게 그래. 네 원한도 풀어야지."

"그럼, 그래야지. 내가 도와서 여기까지 왔는데 뒷일은 나 몰라라 하면 안 되지."

그렇게 말하면서 야고로는 옆에 있던 총을 집어 들고 총신을 어루만졌다.

이튿날 아침, 어두컴컴한 동굴 안에 야고로의 목소리가 울려 퍼지고 있었다.

네댓새 숨어 지내면서 경찰 수가 줄어들면 아사이와 마쓰나가의 집을 친다는 계획에 구마타로가 동의해 야고로는 기분이 좋아진 듯했다. 어젯밤처럼 사나운 태도는 사라지고 오히려 하찮은 잡담을 늘어놓았다. 손가락 상처가 아파 우울한 구마타로는 야고로가 하는 말들을 거의 흘려듣고 있었지만 야고로가 문득 내뱉은 어떤 말이 귀에 꽂혔다.

"난 말이야. 왠지 형님이 늘 진짜 속은 말하지 않는 것 같다는 기분이 들어. 입으로 말하는 것과 속으로 생각하는 게 전혀 다른 게 아닌가, 뭔가 제각각이 아닌가 하는. 어때, 사실은?"

야고로에게 그런 말을 듣고 구마타로는 얼른 대꾸했다.

"그래?"

태연한 척했지만 속은 바짝바짝 탔다.

야고로가 지금 말한 것, 즉 머리로 생각한 것이 말로 연결되지 않아 자기 안에서 밖으로 나가지 않는다는 사실 때문에 구마타로는 오랜 세월 짜증이 났고 괴로웠지만, 그걸 남이 눈채채지는 못할 거라고 생각했다. 왜냐하면 그렇게 생각이 말이 되어 나오지 않는 구마타로를 사람들은 바보나 괴짜라며 업신여겼기 때문이다.

그렇지만 구마타로는 '바보는 너희들이지'라고 생각해왔다. 구마타로의 생각이 말로 이어지지 않는 까닭은 구마타로가 지닌 생각이 말로는 표현할 수 없는 복잡한 것이었기 때문이다. '서양의 빵이라는 거, 그거 맛있다더라'라거나 '오늘 밭일하는데 원숭이가 왔길래 괭이로 쫓아냈어'라거나 '콩값이 싸' 이런 거나 생각하고 말하며 그보다 더 복잡한 생각은 자기 머리 안에도 없고 바깥세상에도 없다고 믿는 녀석들이 내 생각을 이해하기나 할까. 멍청한 놈들. 구마타로는 그렇게 생각했다.

그런 놈들은 '또 구마가 영문 모를 소리를 하네'라며 비웃었다. 어차피 아무것도 전달되지 않으니, 그러면 애초에 아무런 뜻도 없는 무의미한 행동을 하자고 생각해 옷 앞자락을 활짝 벌린 채 누워 소면이나 생선구이를 배 위에 올려놓고 맨손으로 휘젓고 있으면 '구마가 또 술 취해서 바보짓을 한다'면서 비웃었다. 그럴 때면 구마타로는 '너희들이 뭘 알아?'라거나 '내가 무슨 생각으로 이러는지 알기나 하고 웃는 거냐?'라고 호통을 치며 소란을 피우고 싶었다. 실제로 소리를 지르며 난폭하게 굴기도 했다. 그러다보니 점점 더 바보로 여겨져 비웃음을 샀다.

그러나 당연히 그런 놈들은 자기 생각과 말이 제각각이라는 사실을 알 리 없다고 믿었다. 그런데 야고로가 그 부분을 지적하다니 구마타로로서는 허를 찔린 셈이었다.

구마타로는 고조에서 돈을 크게 잃고 강가에서 야고로에게 도박에 대한 자기 생각을 이야기하던 때를 떠올렸다.

그때 나는 복잡한 문제에 대해 술술 말할 수 있다는 게 너무 이상했다. 야고로는 내게 특별한 존재라서 내 조각조각인 생각을 갈파할 수 있었던 걸까? 그럴 리가 있겠나. 하기야 노름이란 분명히 복잡한 것이지만 그건 원숭이가 빵을 먹고 콩값이 싸다는 것과 별 차이 없는 이야기다. 내가 누이를 죽이게 된, 구마지로를 죽이게 된 진짜 이유는 야고로에게 아무리 이야기해봐야 이해하지 못하리라. 오히려 도라키치가 더 잘 이해하지 않을까. 하지만 실제로는 누이가 그저 음란한 계집이었듯이 도라키치도 그저 까불이에 지나지 않을지 모른다. 그러니 역시 내 조각조각인 생각은 아무도 이해할 수 없을 텐데, 야고로는 어떻게 내 생각을 아는 걸까?

그런 생각을 하며 구마타로는 야고로를 바라보았다. 야고로는 대나무 통에 담긴 물을 마시며 "물이 얼마 남지 않았네"라고 중얼거렸다.

구마타로는 생각했다.

그런데, 그렇다면 나는 여태까지 한 번도 남에게 내 생각 그대로를 말한 적이 없다는 이야기가 된다. 그렇다면 난 죽을 때까지 누구에게도 진심을 이야기하지 않는 셈이다. 그건 좀 쓸쓸한 기분이 든다. 역시 누군가가, 내가 아닌 다른 사람이 나의 실제 생각, 진심을 알아주면 좋겠다. 그리고 지금 내게 내가 아닌 다른 사람이라면 야고로뿐이다. 그런데 곤란한 문제는 야고로도, 약간은 앞서거니 뒤서거니 하겠지만 나하고 거의 동시에 죽을 텐데, 그렇게 되면 내 진짜 마음을 알고 있는 사람이 이 세상에서 사라진다는 이야기다. 그래도 이야기하는 게 의미가 있다면, 한 번은 내 생각을 그대로 이야기했다는 사실이 남을 것이다. 혹시 인간의 영혼이 불멸이라면 야고로의 영혼은 내 진실을 온전히 간직하게 되리라.

그렇게 생각한 구마타로는 야고로에게 자기 생각을 그대로 이야기하기로 마음먹었다. 구마타로가 말했다.

"아, 아우야."

"뭔데, 형님아."

"내가 마쓰나가와 모리모토 도라, 누이를 해치운 진짜 이유를 아니?"

"알지."

"말해봐."

"화가 났기 때문이잖아."

"그게 뭐 그렇기는 해. 하지만 화가 났기 때문만은 아니었어. 그야 화가 나기는 했지. 그런데 그때마다 생각한 게 있어서. 그건 마쓰나가라는 인간의 본래 모습이랄까, 모리모토 도라가 보여주는 지독함이랄까. 그런 게 화가 난 원인이었지. 그게 화라면 화지만 말이야. 솔직하게 말할게. 그건 화야. 화가 났지. 그런데 너하고 나라에 갔었잖아? 그때 나는 말이야. 솔직하게 말할까? 그때 난 창피했어. 너 대불 앞에서 한참 기도했잖아. 절을 해야 한다면서. 네가 너무 진지하게 절을 하는 바람에 난 주위에 있는 사람들에게 창피했어. 뭐랄까, 이런 이야기를 하려고 한 건 아닌데 그만 그런 생각이 들 때가 있다는 거지. 말은 하지 않았지만 말이야. 그때 난 너하고 의형제라는 게 창피해서 먼저 밖으로 나갔지. 일행으로 여겨지는 게 창피할 때가 있잖아. 그런 의미에서 솔직하게 이야기하는 게 더 중요한 일일 거야. 무슨 일이 있을 때 바로바로 이야기하는 거야. 말없이 화만 내고 넘어가지 않고 그때그때 말해야만 알 수 있지. 그런데 나라에 갔을 때 말이야. 그때 너 대불전에서 절하고 있을 때 난 이월당에서 절을 했어. 그때 생각했지. 나는 살면서 노름 같은 짓밖에 하지 않았잖아? 그야 군이 따지자면 다른 일도 했겠지만 어쨌든 착한 일은 한 적 거의 없고 나쁜 짓만 저질렀던 셈이지. 관세음보살님께 절을 하면서 만약 내가 저지른 죄업을 모두 씻어주면 나는 앞으로 착한 일만 할 수 있을 거라는 생각이 들었지. 물론 살면서 착한 짓도 좀 하기는 했을 테지만 워낙 나쁜 짓을 많이 해 언 발에 오줌 정도일 거야. 그렇지만 관세음보살님이 그걸 모두 없애주신다면 착한 일을 아주 조금만 해도 착한 일 한 것만 남잖아? 참말을 하자면 나는 그런 생각 때문에 다스기야에 간 거야. 그런데 그만 일이 그렇게 되어 결국 나쁜 짓을 한 셈이 되었지. 나쁜 짓을 할 생각은 없었어. 그런데 돈을 내놓으라고 하니까, 그래서 무덤에 들어가 도둑질을 한 거 아니야? 그렇게 악업을 쌓았으니 아주 착한 일을 해야 한다고 생각했어. 그래서 마쓰나가를 해치우기로 한 거야. 물론 화도 났어. 그래. 하지만 그건 절반 정도야. 반쯤은 착한 일을 하는 거라고 생각했거든. 이건 정말이야. 그 증거를 댈까? 사실대로 말하지. 그놈들을 없애기로 마음먹었을 때도 그랬고 처치하고 있을 때도 투명한 삼각 빛이 나와 둥실둥실 떠다녔어. 아니, 아니야, 아니, 아니라고. 정말이야. 난 그걸 신이라고 생각했어. 신이 나타나 해치워, 해치워 하는 거라고 생각했지. 그걸 왜 신이라고 하는지 물으면 대답할 말이 없지만 그런 게 아무 때나 나타나는 건 아니잖아. 너는 신이라고 생각하지 않니? 그래서 난 놈들을 죽인 건데, 솔직하게 말하면 반쯤은 화가 났기 때문이기도 해. 이러면 안 되는 건가, 하는 생각도 들었고. 그런데 참말로 난 누이가 신이 보낸 사람이라고 생각했거든. 아니, 아니야. 정말 그렇게 생각했다니까. 원래는 누이가 몸소 죽여야만 할 놈들을 내게 가르쳐준 게 아닌가 생각했지. 그렇지만 역시 그건 아니라는 사실을 깨달았어. 그래서 죽였으니까 그건 그냥 순전히 화가 나서 그런 거라고 할 수 있을지도 모르지. 진짜, 진짜, 진짜, 진짜로 마음속에 있는 말을 하자면, 그렇게 놈들을 죽이며 나는 어떻게 될까 하는 생각이 들었어. 나 손가락 아프잖아? 그래서 마음이 약해진 건지…… 너야 너를 끌어들여놓고 대체 무슨 소리를 하는 거냐고 생각할 테지만 말이야. 아, 할 거야. 물론 아사이를 죽일 거야. 그건 당연한 이야기지. 그런데 사실 내생각을 말하자면 죽이지 않는 게 어떨까 하는 생각도 좀 들어. 그런데 솔직하게 말할까? 사실대로 말하자면 뭐 사람들을 죽였으니까 난 죽어야 할 거라고 생각해. 인간은 언젠가죽기 마련이지. 다만 지옥이라는 게 정말 있다면 어쩌나 싶어 무서운 거야. 그렇다면 조금이라도 더 살면서 공덕을 쌓아야 하지 않겠어? 착한 일을 하고 나서 죽는 게 더 낫지 않겠느냐는 생각이 드는 거지. 사실 참말을 하라면 그런 생각이 좀 들어."

구마타로는 이렇게 말하고 입을 딱 다물었다.

자기 생각을 최대한 충실하게 말로 옮겼다.

거짓을 전혀 섞지 않고 이야기했다.

그렇지만 이야기하면서도 구마타로는 내내 말이 생각의표면을 미끄러져 내려가는 듯한 안타까움을 느꼈다. 그 안타까움은 말을 하면 할수록 심해졌다. 또 이야기하는 중에 구마타로의 머릿속에는 어떤 생각이 떠올랐다. 하지만 구마타로는 그 생각을 이야기하지 않았다. 이야기할 수 없었다.

"물 뜨러 갈게."

야고로가 말했다.

말투가 이상하게 담백했다. 구마타로의 이야기를 듣고 무엇을 이해했는지는 알 수 없었다.

야고로는 일어서더니 허리에 가죽 띠를 두르고 지팡이 칼을 꽂았다. 구마타로가 말했다.

"물 뜨러 가는데 그렇게까지는 하지 않아도 되잖아."

"아니, 순사가 있을지도 모르니까."

야고로는 그렇게 말하며 무라타 소총과 대나무 통을 집어들었다. 구마타로는 야고로가 다시 돌아오지 않을 작정이 아닐까 생각했다.

내가 더 살면서 좋은 업을 쌓아야 한다고 한 말에 화가 난 거다, 구마타로는 생각했다.

구마타로가 말했다.

"나도 같이 가자."

나무뿌리를 잡고 산등성이로 기어 올라간 구마타로는 벌써 저 앞을 걷고 있는 야고로의 뒤를 따랐다.

야고로는 사방을 빈틈없이 경계하면서 걸었다.

구마타로는 압도적인 것이 다가오는 느낌을 받았다.

바로 앞 풀숲이나 혹은 저 멀리 산꼭대기에서 자기들을 지켜보는 시선이 숨어 있는 듯했다.

구마타로는 그 기분 나쁜 긴장감이 앞으로 나흘이나 계속될 거라고 생각하니 갑자기 맥이 빠졌다.

구마타로는 걸음을 서둘러 산등성이가 직각으로 꺾어지는 지점에서 야고로를 따라잡았다. 그리고 말했다.

"아우야, 아예 지금 그냥 마을로 내려가버릴까?"

"그것도 괜찮을지 모르지."

야고로는 그렇게 말하며 웃었지만 진심으로 그렇게 생각하지는 않는지 그냥 가버렸다.

구마타로는 아사이 덴자부로, 그리고 아사이 아키가 마을길을 터벅터벅 걷고 있거나 찬물 흐르는 도랑에 쭈그리고 앉아 채소를 씻는 모습을 떠올렸다.

손가락이 여전히 아팠다.

구마타로는 조금 전 머릿속에 떠올랐지만 말하지 않았던 생각을 되새겼다.

앞으로 나흘 동안 이 불쾌한 느낌이 계속될 것이다. 그리고 요 일주일 동안 느꼈던 기분이 더 증폭되어 앞으로 일주일 더 이어지리라. 어쩌면 현장에서 사살. 지금 당장 죽건 도망쳐 목숨을 이어가건, 지금 쌓을 수 있는 가장 큰 공덕은 무엇일까. 그건 전부터 알고 있었다. 바로 사람의 목숨을 구하는 일. 그래도 갚을 길 없는 부채, 빚.

그 순간 구마타로의 눈이 타들어가듯 아프더니 시야가 캄캄해졌다.

구마타로는 두 손으로 눈을 가렸다.

손에서 썩은 내가 났다. 손가락이 또 아팠다. 눈도 지독하게 아팠다.

그런 통증이 얼마나 이어졌을까. 어쩌면 눈 깜빡할 순간이었을지도 모른다. 통증이 가라앉아 구마타로는 눈을 떴다. 비탈 아래 계곡으로 달려 내려가는 야고로가 보였다.

바위 표면에서 자라는 풀고사리가 보였다.

바람 한 점 없는데도 풀고사리는 천천히 흔들렸다.

구마타로가 총을 겨누고, 쏘았다.

야고로가 낭떠러지 아래로 굴러 떨어졌다.

낭떠러지를 등지고 나무뿌리에 발을 디뎌 내려가면서 구마타로는 생각했다.

큰 죄책감에서 벗어나려고 굳이 작은 죄를 저지르니 죄책감은 더 커졌다. 구원받을 줄 알았지만 결국 구원받지 못했다. 어쨌든 패배는 되돌릴 수 없다는 사실을 이제야 깨달았다. 나는 더 일찍 패배를 인정해야 했다. 그러면 빚을 남기더라도 더 적은 빚으로 끝낼 수 있었을 텐데. 그걸 이제야 깨달았다. 그렇지만 그걸 알았다고 달라질 게 무엇인가. 나는 이제 죽을 텐데. 그것도 엄청난 빚을 부둥켜안고 죽을 텐데. 나는 왜 나 혼자 죽지 못하고 다른 사람을 끌어들였나. 그건 내가 애초부터 나밖에 생각하지 않았기 때문이다. 나는 여태 단 일 초도 다른 사람의 처지를 생각해본 적이 없었다. 야고로를 죽인 것도 더 많은 사람의 죽음을 미리 막기 위해서라고 생각했지만 아까 낭떠러지 아래로 굴러 떨어진 야고로 옆에서 명복을 빌 때 그게 아니라는 사실을 깨달았다. 왜냐하면 나는 죽은 야고로의 얼굴을 똑바로 볼 수 없었기 때문이다. 결국 내가 이런 짓을 저지른 까닭은 내가, 바로 내가 구원받고 싶었기 때문이지 아사이 집안 사람들을 위해서 그런 것이 아니었다.

구마타로는 눈물을 흘리며 하늘을 향해 말했다.

"잘못했습니다. 모두 거짓말이었어요."

그리고 구마타로는 오른쪽 발에 힘을 주고 가슴에 총구를 댔다. 왼쪽 발가락을 방아쇠에 건 다음 "나무아미타불" 하고 중얼거렸다.

하지만 구마타로는 방아쇠를 당기지 않았다.

잠시 구마타로는 그 자세로 가만히 있었지만 이윽고 방아쇠에서 발가락을 떼고 중얼거렸다.

"내가 아직도 참말을 하지 않는 것 같군."

구마타로는 생각했다.

나는 아직도 거짓말을 하고 있다. 그건 머릿속 어딘가에 참회하고 참말을 한다면 죽어도 영혼은 구원받을지 모른다는 기대감이 있기 때문이다. 그냥 나 편할 대로 만들어낸 실체 없는 썩은 믿음에 지나지 않는다. 하지만 그런 것에 매달려 구원받고 싶다고 생각해 참말을 할 리는 없다. 내가 거짓말을 한 것은 사실이지만 그런 게 내게 진짜 절박하고 생생한 진실은 아니다. 나는 살아 있는 동안 신에게 참말을 말하고 죽고 싶다. 단지 그뿐이다.

그런 생각을 하며 구마타로는 초조해졌다.

야고로를 쏘았을 때 난 총소리를 들은 경찰관이 당장이라도 달려올 게 틀림없다고 생각했기 때문이다.

서둘러야 한다.

그렇게 생각한 구마타로는 다시 방아쇠에 발가락을 걸고 진짜, 진짜, 진짜인 자기 생각을 자기 마음 깊은 곳에서 찾으려고 했다.

광야였다.

아무런 말도 없었다.

아무런 생각도 없었다.

아무것도 나오지 않았다.

그저 눈물만 흐를 뿐이었다.

구마타로의 입에서 한숨 같은 목소리가 흘러나왔다.

"그래서는 안 되는 거였어."

총소리가 메아리쳤다.

흰 연기가 푸른 하늘로 솟아오르다 이내 사라졌다.

여름밤. 밤의 여름. 사람들이 열광하고 있었다. 열광의 중심에 망대가 있었다.

붉은 천, 흰 천이 감긴 망대에서 사방팔방 빛과 열, 리듬이 뿜어져 나오고 있었다.

사람들은 그 빛과 열과 리듬에 몸을 맡기고 완전히 도취했다.

수많은 사람들. 운동복 차림의 서양 남자. 젊은 여자. 유카타를 걸친 아저씨, 아줌마. 어린아이들. 노인들. 학생 같은 녀석. 시인 같은 놈. 학교 선생 같은 녀석. 야쿠자 같은 놈.

수많은 사람들이 리듬에 맞춰 한 덩어리가 되어 미친 듯 춤추고 있었다.

망대 위에는 온도토리라고 불리는 선창자와 그 무리들.

배 속까지 울리는 큰북 소리, 미친 듯이 뛰노는 샤미센 가락, 기타가 번쩍이듯 울어대며 질주해 연주는 끝이 없었다. 그 끝없이 이어지는 연주에 맞춰 선창자가 가끔 자기 아름다운 목소리를 자랑스럽게 굴리며 가사가 일단락되는 부분에 맞춰 가락을 거둬들이면, 사람들은 가락과 가사에 에너지를 주입하듯 "이야코랏세, 돗코이세"라며 크게 추임새를 넣었다.

내건 제목은 '가와치 10인 살해사건(河内十人斬り).' 부제는 '스이분 소동.'

메이지 26년, 1893년에 기도 구마타로, 다니 야고로 두 사람이 애정과 금전 문제가 얽힌 원한 때문에 열 명을 죽이고 곤고산에 숨었다가 자결한 사건을 당시 돈다바야시 경찰서장의 인력거꾼이자 온도(音頭)를 좋아하던 이와이 우메키치가 공연해 크게 호평을 얻어 아직도 무대에 오르는 가와치온도의 스탠더드 넘버.

선창자가 더욱 힘을 주어 대사를 읊었다.

"베고 썰어도 풀리지 않는 네 심정. 이렇게 해주마, 에잇."

바로 연주 소리가 커지고 군중의 열광은 절정에 이르렀다.

군중이 열과 빛을 받으며 열광하는 그 모습을 응시하는 자가 있었다.

구마타로였다.

구마타로의 혼이었다.

구마타로는 언제 끝날지 모를 사람들의 열광 속을 오랫동안 떠돌고 있었다.

고백 1 - 묵은 인연

인터넷에 남긴 흔적을 뒤져보면 제가 이 작품, 마치다 고의
《살인의 고백》을 처음 언급한 때는 2005년 9월 6일입니다.
제41회 다니자키 준이치로상을 받았다는 이야기를 남겼습니
다. 이 즈음 마치다 고라는 작가를 처음 만났는데 단편소설
이었습니다. 〈히토코토누시 신〉이라고 이 책에도 나오는 신
이야기였습니다. 2006년 4월 20일에는 《살인의 고백》을 읽
고 난 뒤의 흥분을 인터넷에 거칠게 몇 마디 남겼습니다.

사실 그즈음 어느 출판사가 번역 출간 계획을 세웠다는 소
식을 들었습니다. 나중에 어떤 출판사인지 알게 되었고 담당
편집자와 예상되는 어려움에 대해 이야기를 나누기도 했습
니다. 결국 그 출판사는 계약 기간 동안 책을 내지 못하고 말
았습니다.

2015년 초여름, 한겨레출판의 해외문학 담당자 두 분이 제 작업실을 찾아왔고 《살인의 고백》 번역에 대한 논의가 오갔습니다. 십여 년 이어진 꽤 묵은 인연입니다만 이때 저는 이 작품을 번역할 마음이 없었습니다.

고백 2 ─ 핑계는 많지만

제가 이 작품을 우리말로 옮기기 힘들겠다고 생각한 이유는 여럿입니다. 여러 해 이어지던 어머니 간병으로 작업 시간을 제대로 낼 수 없다는 이유는 핑계라고 할 수 없겠죠.

내심 장만한 큰 핑계는 이 작품 거의 전체가 사투리로 이루어졌다는 점이었습니다. 그것도 배경은 19세기 말의 일본 농촌. 사투리뿐 아니라 등장하는 생활용품이나 용어에 어려움이 있을 것이 빤했습니다. 또 이 소설은 굳이 따지자면 순문학이기 때문에 주인공의 길고 깊은 사변(思辨)이 자주 나옵니다. 때론 술 마시고 취한 상태의 넋두리거나 지독한 흥분 상태에서 뿜어내는 아우성입니다. 게다가 단행본 676쪽이나 되는 분량을 옮겨야 한다는 것은 계산에 아무리 서툰 사람이라도 맡을 일이 아니었습니다. 더구나 '이 소설은 번역되지 못할 거다'라는 일본 네티즌의 발언을 읽은 기억도 발목을 잡았습니다.

자세한 과정을 다 밝힐 수야 없어도 어쨌든 번역 작업을 둘러싼 몇 가지 조정이 이루어지고, 두 편집자의 사탕발림에 속아 번역 계약서에 도장을 찍기로 했습니다. 제가 분수에 넘치게 작업을 맡겠다고 마음을 새롭게 한 까닭은 주말 등산 객이라도 히말라야 14좌 완등을 꿈꾸듯 도전이란 뜻도 없지 않겠지만 기어코 계약서에 도장을 찍기로 구두 약속하고 만 제 어리석음을 가리기 위한 분식에 지나지 않습니다.

남은 것은 오로지 마치다 고의 《살인의 고백》을 꼼꼼하게 정식으로 읽어보자는 속셈 하나였습니다. 한 차례 건성으로 읽었을 때도 느꼈던 압도적인 감동을 제대로 느끼고 싶었습니다. 앞이 보이지 않는 간병의 나날에 겨우 몸을 지탱할 수 있는 지팡이로 삼고 싶었을지도 모릅니다.

또 한 가지 이유랄까, 전제가 된 것은 이 작품을 '표준어'로 옮긴다는 조건을 편집부가 받아들인 점입니다. 저는 외국 사투리를 우리나라 사투리로 옮기는 일에 심각한 문제를 느껴 왔습니다. 자세한 이야기를 여기서 할 수는 없고, 어쨌든 제가 내심 숨기고 있던 비장의 핑계는 '저는 서울 출생이라 사투리를 모릅니다. 그러니 이 작품을 맡을 적합한 번역자가 아닙니다'라는 것이었습니다. 그런데 편집부도 덜컥 '표준어 번역'을 내걸었고, 독자분들께 '일러두기'를 통해 안내하기로 한 것입니다. 제 비장의 평계는 아무 소용없게 되고 말았습니다.

고백 4 - 작가

우리나라에 처음 소개되는 작가라 간략한 소개가 필요하겠습니다. 마치다 고는 1962년 오사카 부 사카이 시에서 태어났습니다. 사카이 시는 이 작품의 무대인 가와치와 이웃한 지역입니다. 그런 까닭에 지은이는 어려서부터 이 작품의 소재인 '가와치 10인 살해사건'에 대해 자주 들었고, 창작의 계기가 된 가와치온도(河內音頭)를 즐겨 들었다고 합니다.

어려서부터 음악적인 재능이 있어 중학교 때부터 록 음악에 빠져들었고 고등학교 때는 밴드 활동을 시작했습니다. 1981년에는 INU라는 그룹의 보컬로《밥 처먹지 마!》라는 곡을 발표하며 정식 데뷔하기도 했습니다. 이때는 펑크록을 주로 했다는데 그 뒤로 음악적인 변화를 추구하며 많은 앨범을 내놓았습니다. 뿐만 아니라 배우로도 여러 영화와 텔레비전 드라마에도 출연한 것으로 기록되어 있습니다.

1992년에《헌화》라는 시집을 내며 시인이 된 마치다 고는 1996년에 〈훌쩍이는 다이고쿠(大黑)〉란 첫 소설을 발표하며 소설가로도 데뷔합니다. 그 뒤의 성취는 작가가 받은 문학상을 열거하는 정도로 대신합니다.

1996년 제7회 분카무라 되마고 문학상 수상
1996년 제19회 노마 문예 신인상 수상
2000년 제123회 아쿠타가와상 수상
2001년 제9회 하기와라 사쿠타로상 수상
2002년 제28회 가와바타 야스나리 문학상 수상
2005년 제41회 다니자키 준이치로상 수상
2008년 제61회 노마 문예상 수상

고백 5 - 당부

이 작품을 손에 든 분들께 부탁드리고 싶은 말씀은 많지만 짧게 줄입니다. 우선 자신이 아는 가장 토속적인 사투리를 머릿속에 떠올리며 읽어주시기 바랍니다. 그리고 작가가 정성 들인 일본어의 리듬감은 번역을 거치며 제대로 구현하기 불가능했지만 최소한 노력은 했습니다. 그러니 살짝 소리를 내어 읽으시면 더욱 감사하겠습니다. 그리고 두 번 읽어달라는 부탁을 드립니다. 이유는 직접 읽어보면 느끼실 겁니다.

저는 이 작품의 첫 문단에서 주인공 구마타로의 탄생을 읽으며 이미 발목까지 빠진 느낌이 들었고, 세 번째 문단을 이루는 단 한 문장, '그래서는 안 되는 것 아닌가'에서 늪에 빠진 느낌을 받았습니다. 이 세 번째 문단의 한 문장은 작품 전체를 통해 여러 차례 반복됩니다. 그만큼 중요한 의미를 지닌 말이죠. 이런 반복되는 문장, 표현, 이미지에 다른 소설보다 조금만 더 신경 써서 읽어주시기 바랍니다.

아무리 늦어도 구마타로가 누이와 결혼하는 즈음부터는 책을 손에서 놓을 수 없고, 구마타로가 정의를 위해 모두 죽이겠다고 외치는 그 순간부터 마지막 페이지까지는 잠시도 눈을 뗄 수 없을 겁니다.

고백 6 – 감동

감동은 말로 나눌 수 없다고 생각합니다. 제가 이 작품을 읽고 옮기며 느낀 감상을 이 자리에 구구절절 적을 수도 없고, 또 제대로 표현할 재주도 없습니다. 다만 저는 이 작품을 제가 읽은 일본 현대문학 가운데 가장 마음에 드는 몇 작품 안에 꼽습니다. 일개 번역자가 얼마나 안다고 일본 문학사를 운운하겠습니까만 제가 지금까지 읽은 일본 소설 가운데 명작으로 꼽기에 망설일 이유가 없습니다. 다만 부족한 능력 때문에 그 감동을 여러분들에게 고스란히 전해드리지 못하는 점이 아쉬울 뿐입니다.

고백 7 - 후회

이 작품의 번역은 결국 어머니가 돌아가신 뒤에야 마무리
되었습니다. 어머니도 병상에서 가끔 이 소설을 뒤적이셨습
니다. 간병은 더 많은 시간을 이 작업에 들이지 못한 아쉬움
을 남겼습니다. 요즘은 십 년쯤 지나면 개정판을 내는 일이
흔합니다. 그때 또 세상이 어떻게 변했을지 모르지만 이 작
품이 오래 사랑받아 십 년 뒤에 그런 기회가 주어지기를 바
랍니다. 저는 뻔뻔하게 미리 준비해두겠습니다.

권일영

옮긴이 권일영

서울에서 태어나 중앙일보사에서 기자로 일했다. 무라타 기요코의《남비 속》(1987년 아쿠
타가와상 수상작)을 우리말로 옮기며 번역을 시작했다. 기리노 나쓰오, 미야베 미유키, 히
가시노 게이고 등의 소설을 번역했고, 하라 료의 '사와자키 탐정 시리즈'를 비롯해《에도가
와 란포 결정판》시리즈 등을 우리말로 옮기고 있다.

살인의 고백 하

초판 1쇄 인쇄 2018년 6월 8일
초판 1쇄 발행 2018년 6월 15일

지은이 마치다 고
옮긴이 권일영
펴낸이 이상훈
편집인 김수영
기획편집 김수현 임선영 김준섭 류기일
마케팅 조재성 천용호 박신영 노유리 조은별
경영지원 이해돈 정혜진 장혜정 이송이

펴낸곳 한겨레출판(주) www.hanibook.co.kr
주소 서울시 마포구 효창목길 6(공덕동) 한겨레신문사 4층
전화 02-6383-1602~3
팩스 02-6383-1610
메일 munhak@hanibook.co.kr

ISBN 979-11-6040-168-4 04830
         979-11-6040-166-0(세트)